Montemurato

Padavia   Bellezza

Volana

Fortezza

Bellona

Classe

Giglia

Moresco

Remora

Romula

Cittanuova

TALIA

Stad van sterren

Mary Hoffman

# Stravaganza
## Stad van sterren

Vertaald door Annelies Jorna

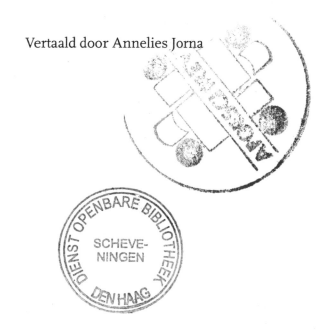

Van Goor

Voor Bexy, ster van de stad

ISBN 90 00 03523 6

Oorspronkelijke titel *Stravaganza. City of Stars*
Oorspronkelijke uitgever Bloomsbury Publishing Plc, London
© 2003 Mary Hoffman
© 2004 Nederlandse vertaling Van Goor en Annelies Jorna
© 2004 voor deze uitgave Van Goor, Amsterdam
Omslagontwerp Ian Butterworth en Marieke Oele
Omslagillustratie Carol Lawson
Illustraties schutbladen en binnenwerk Peter Bailey
www.van-goor.nl

De gesloten verdragen en verbonden maken het soms onmogelijk voor het beste paard om te winnen. Want dit is geen gewone paardenrace. Het is oorlog. Als de overwinning niet door snelheid en kracht kan worden behaald, dient zij gekocht of gestolen te worden.'
WILLIAM HEYWOOD, *Palio and Ponte*, 1904

'...Bronzen klanken van de klok
zweven vanaf de toren over de parade...
De tijd bestaat niet meer
en de finish nadert: achter een woud van wimpels,
boven het klokgelui in de vrije lucht,
buiten het blikveld...'
EUGENIO MORTALE, *Palio*, 1939
(vertaald door Jonathan Galassi, 1998)

'Nella vastita della casa mi aggiravo come in un bosco incantato. Bosco senza draghi nascosti, pieno di liete meraviglie.'
GIUSEPPI TOMASI DI LAMPEDUSA, *Ricordi d'infanzia*, 1955
('Door de enorme ruimte van het paleis dwaalde ik als door een betoverd woud. Een woud zonder verraderlijke draken, vol blije wonderen.')

# INHOUD

# Proloog: Het vliegende paard

Al dagenlang was Cesare de stallen bijna niet uit geweest. Starlight, zijn lievelingspaard, kon elk moment van een veulen bevallen en hij wilde de geboorte niet missen. 's Nachts sliep hij in het stro van de lege box naast haar. Zijn bruine haar werd blond van de strootjes en zijn kleren jeukten en kriebelden.

Ook deze avond schrokte hij zijn eten naar binnen en ging meteen naar de stal terug. Hij kreeg de hik toen hij onder het poetsen van de grijze merrie zachtjes voor haar floot. In de schemering glansden de manen van Starlight als zilver en onder het borstelen blies ze door haar neusgaten naar hem. Ze was onrustig.

Voor Cesare telde nu niets anders dan Starlight. Zijn familie woonde bij de stalhouderij van de Ram en zijn vader, Paolo, was stalmeester voor de twaalfde van de Ram. Paolo had hem de zorg voor Starlight gegeven en Cesare was vastbesloten hem niet teleur te stellen.

'Het duurt niet lang meer, schoonheid,' fluisterde hij. Ze hinnikte terug en in de steeds donker wordende stal leek het alsof ze met haar witte hoofd knikte. Ook de andere paarden waren van slag. Het waren half-arabieren, gevoelige dieren; de Ram hield alleen renpaarden. In een box aan de overkant schraapte Arcangelo, de jonge kastanjebruine vos, in zijn slaap met zijn hoeven over de grond en hij liet zijn oren wiebelen alsof hij van de overwinning droomde.

Cesare ging in het stro liggen, viel in slaap en droomde ook van de overwinning. Dag en nacht droomde hij hetzelfde – dat hij op het paard van de Ram de Stellata reed en won.

Een kleine grijze kat gleed om de hoek van de staldeur en trippelde naar de plek waar Cesare lag. Langzaam, voorzichtig, wurmde ze zich in de kromming van zijn arm en ze begon te spinnen.

Even voor middernacht veranderden de geluiden in de stal. Starlight was rusteloos. Cesare werd wakker en zag dat zijn vader er was. Paolo had de merkwaardige gave altijd precies te weten waar en wanneer hij nodig was. Hij had een fakkel bij zich, die hij in een standaard hoog aan de muur schoof zodat de vonken niet in het stro konden vallen. Cesare kwam lenig overeind en liet de kat los, die zich verontwaardigd in de deuropening ging zitten wassen.

Bij het flakkerende licht van de fakkel ontfermden vader en zoon zich stilletjes over de merrie. Het was haar tijd. De bevalling ging gemakkelijk; het was niet haar eerste. Maar toen het veulen in Cesares handen gleed, schrok hij alsof hij zich brandde.

'Wat is er?' fluisterde Paolo. De hele stal leek de adem in te houden.

'Ik weet niet wat er is,' fluisterde Cesare terug. 'Voel je het ook? Er is iets bijzonders met dit veulen. Toen ik het opving, kreeg ik een schok – alsof de bliksem insloeg.'

Starlight draaide haar prachtige hoofd om en begon haar nieuwgeborene te likken. Het merrieveulen was donker, maar niet alleen omdat ze nog nat was van haar geboorte; ze was zwart, zo zwart als de nacht buiten, waar de kerkklokken van de stad het middernachtelijke uur sloegen. Ze kwam op wankele benen overeind en zoals bij ieder pasgeboren veulentje zocht haar mond blindelings naar moedermelk.

De staldeur, die Paolo op een kier had laten staan, sloeg door een plotselinge windvlaag open. Een bundel maanlicht gleed de stal in. Cesare hield zijn adem in. Bij het zilveren licht van de maan en de gouden gloed van de fakkel leek het pasgeboren veulen een toverwezen uit de mythologie.

Het veulentje met de lange benen, dat aan haar moeders tepel trok, werd snel droog in de warme nachtlucht. Haar vacht was glanzend zwart en ze zou zonder meer een eersteklas renpaard worden. Maar er was meer. Terwijl ze haar spieren uitprobeerde en vertrouwen in haar stakerige benen kreeg, spande ze haar schouders en spreidde ze twee kleine, vochtige, zwarte vleugels die even groot waren als van een jonge zwaan.

'*Dia!*' zei Paolo en hij hield zijn adem in. 'Het moment is aangebroken. Hier bij ons, in de Ram, is een gevleugeld paard geboren.'

Ook de grijze kat kwam kijken. En Cesare merkte dat elk paard in de stal, zelfs Arcangelo, wakker was en naar het pasgeboren veulen keek. Een wild gevoel golfde door hem heen. Hij wist niet of hij moest juichen van vreugde of in tranen uitbarsten. Hij wist alleen dat er een wonder was gebeurd, waardoor zijn leven voorgoed was veranderd.

# I

## GEZINSLEVEN

Het gevleugelde paardje zat onder een laagje stof. Het stond in een hoek van de uitpuilende etalage van de antiekwinkel waar Georgia iedere dag op weg van school naar huis bleef staan kijken. Een maand geleden was het beeldje voor het eerst in de etalage verschenen en ze had inmiddels bijna het bedrag op het witte prijskaartje, dat om de nek hing, bij elkaar gespaard.

Sparen ging niet snel, want ze besteedde bijna al haar geld aan de manege waar ze zich maar eens in de twee weken rijles kon veroorloven.

'Waar is zo'n dure hobby voor nodig?' had haar stiefvader Ralph tegen haar moeder gemopperd, toen ze haar een helm en rijbroek gaven. 'Waarom houdt ze niet van dingen die andere meisjes leuk vinden?'

'Dacht je soms dat die niets kosten?' had Georgia's moeder licht spottend geantwoord, in een van die zeldzame momenten dat ze het voor haar dochter opnam. 'Wees blij dat ze niet iedere week om nieuwe kleren vraagt, of om make-up en mobieltjes en haarverf. Trouwens, ze betaalt haar lessen zelf.'

Dat was twee jaar geleden, toen Ralph net met Maura getrouwd was. Met zijn zoon Russell erbij waren ze met z'n vieren in een nieuw huis gaan wonen. Bij de gedachte aan Russell kneep Georgia's keel samen en het zweet stond haar in de handen. Ze concentreerde zich snel op het gevleugelde paardje.

Bestond een paard met vleugels maar echt... Wat zou het heerlijk zijn om op te stijgen en voor altijd weg te vliegen. Georgia deed haar ogen dicht en stelde zich de beweging voor van een paard onder haar, de overgang van stapvoets naar draf, van draf naar galop, en dan, ja, waarom niet naar vliegen? Als bij de vijfde versnelling van een auto op de snelweg zou er nog een laatste overgang zijn, waardoor de klapperende vleugels paard en ruiter van de grond tilden naar een luchtledige ruimte waar niemand hen kon pakken.

Er werd op de ruit getikt en ze deed haar ogen weer open. Iemand met grijs haar en een bril keek naar haar en wenkte uitnodigend. Georgia herkende de eigenaar van de antiekwinkel – meneer Goldsmith, volgens de naam die in vervaagde letters boven de etalage stond. Weer wenkte hij en ze duwde de deur open.

Paolo besefte dat het zwarte merrieveulen zo snel mogelijk de stad uit moest. Als het nieuws van de wonderbaarlijke geboorte bekend werd, was het risico groot dat ze ontvoerd zou worden. Het was een ongelooflijke toevalstreffer dat dit gebeurd was in hun wijk, de twaalfde van de Ram, en een goed voorteken voor de paardenrace in augustus, maar Paolo stond erop dat het geheim moest blijven.

'Ze kan niet in de race uitkomen,' zei hij tegen Cesare. 'Dat voordeel wordt ons niet gegund.'

'We kunnen haar van de zomer toch niet laten meedoen. Dan is ze nog veel te klein,' zei Cesare.

'Wees daar maar niet zo zeker van,' antwoordde Paolo. 'De gevleugelden zijn anders dan gewone paarden. Ze groeien ook in een ander tempo.'

Vader en zoon hielden de hele nacht de wacht, wreven de merrie en haar veulen warm en gaven hun vers ligstro en water. Paarden groeiden snel, maar het was waar dat het zwarte veulen een paar uur na haar geboorte al uitzonderlijk sterk en goed ontwikkeld leek. Cesare was telkens weer verbaasd hoe een pasgeboren veulentje meteen overeind krabbelde en op eigen benen ging staan. Wat een verschil met zijn broertjes en zusjes, die voortdurend de aandacht van hun moeder nodig hadden en er een eeuwigheid over deden voordat ze echte mensen werden.

Cesare was veel liever in de stallen bij zijn vader, omringd door de warme geur van paarden, dan thuis waar je altijd over wasgoed en pannen met kleuterpap struikelde. Bovendien was dit de enige plek waar hij met Paolo kon praten en waar zijn vader hem over wonderen als het gevleugelde paard vertelde.

'Zo'n geboorte komt maar eens in de eeuw voor in Remora,' zei Paolo. 'Dit is de eerste keer dat ik het meemaak... en nog wel in onze eigen twaalfde!' Hij kon zijn geluk niet op. 'Zoiets moois is er in mijn hele leven nog niet in de Ram gebeurd.'

'Maar hoe kan het?' vroeg Cesare. 'Ik bedoel, we kennen de vader. U hebt Starlight laten dekken door die hengst uit Santa

Fina... hoe heette hij ook alweer? Alessandro. Zo bijzonder was hij toch niet? Wel een prachtpaard, natuurlijk, en hij heeft in '68 de Stellata gewonnen, maar vleugels had hij niet.'

'Dat heeft er niet zoveel mee te maken,' zei Paolo langzaam, terwijl hij Cesare peinzend aankeek en zijn woorden woog. 'Aan een stamboom kun je de komst van een gevleugelde niet voorspellen. Het gebeurt alleen als de tijd onstabiel is, zoals nu, en het is een voorbode van geluk voor de twaalfde waar het veulen wordt geboren. Maar een garantie voor succes is het niet. En er kleeft ook gevaar aan.'

Ze besloten om de merrie en haar veulen de volgende avond te verhuizen. Bij donker zou het veilig zijn om haar naar Santa Fina te brengen. Alessandro's eigenaar, Roderigo, was te vertrouwen en hij zou het veulen tijdens haar groei verborgen kunnen houden. Als het nieuws van haar bestaan bekend werd, zouden de rivalen van de Ram, vooral de twaalfden van de Tweeling en de Vrouwe, hemel en aarde bewegen om haar in hun macht te krijgen en de Ram van hun gunstige voorteken te beroven. Als de wedstrijd van dit jaar voorbij was, zou het veiliger zijn om haar te tonen.

'Hoe zullen we haar noemen?' vroeg Cesare.

'Merla,' zei zijn vader resoluut. 'Merel. Dat zij altijd vrij zal mogen vliegen.'

Georgia had nog nooit zo'n rommelige, leuke winkel gezien als die van meneer Goldsmith. Het was een wanorde van meubels, beeldjes, kleren, wapens, boeken, sieraden en bestek. Achter het bureau met de kassa werd de chaos nog groter.

In een koperen paraplubak stonden twee zwaarden, een ouderwets geweer, een groenzijden parasol en een paar krukken. De stoel van meneer Goldsmith stond ingeklemd tussen wiebelende bergen bladmuziek en versleten, in leer gebonden boeken. Vanuit deze vesting keek hij naar Georgia.

'Er is iets in mijn etalage waar jij weg van bent,' zei hij. 'Ik zie je bijna elke dag om deze tijd staan kijken. En wat is het probleem? Niet genoeg geld? Kom, jongen, zeg het maar!'

Georgia voelde haar wangen rood worden. Ze werd altijd voor een jongen aangezien. Het kwam door haar stekeltjeshaar en het feit dat ze zo plat was als een pannenkoek. Dat was al vervelend genoeg in haar klas, waar de andere meisjes indrukwekkende vormen hadden. Ze had zich aangewend met gebogen schouders te lopen en slobbertruien te dragen. En de laatste tijd had ze haar uiterlijk als excuus gebruikt; alsof ze al dat vrouwelijke gedoe flauwekul vond. Vandaar haar korte haar. En vandaar het zilveren ringetje in haar rechterwenkbrauw.

Meneer Goldsmith keek haar onderzoekend aan.

'Het is het paardje,' zei Georgia. 'Het gevleugelde paard.'

'Aha,' knikte hij. 'Dat mooie Etruskische dingetje. Een kopie, natuurlijk. Afkomstig uit een museumwinkel in Italië, denk ik.'

'Weet u dat niet zeker?' vroeg Georgia verbaasd.

'Nee,' zei meneer Goldsmith. 'Mijn spullen komen overal vandaan. Ik meen dat ik dit uit het huis van een oude dame aan Waverley Road heb. Ze had alleen nog een achternichtje, dat haar erfenis niet snel genoeg kon verkopen om aan geld te komen. Ze bracht dozenvol spullen binnen. Geen meubilair, jammer genoeg. Daar had ze al een opkoper voor gevonden. Toch waren er nog een paar fraaie zilveren kandelaars, waarop ik een aardige winst heb gemaakt.'

Georgia herinnerde zich die kandelaars wel. Ze had ze in de

etalage gezien, één dag voordat het gevleugelde paard verscheen. Ze ging na school nooit rechtstreeks naar huis, maar deed er zo lang mogelijk over, bekeek etalages en maakte enorme omwegen. Ze wilde niet alleen met Russell in huis zijn voordat haar moeder van haar werk kwam.

'Het is prachtig,' zei ze snel, om haar gedachten af te leiden. 'Het lijkt heel oud.'

'Je bent helemaal geen jongen, hè?' zei meneer Goldsmith opeens. Het was zijn beurt om te blozen. 'Sorry, hoor. Ik kan de mode van vandaag de dag niet bijhouden.'

'Geeft niet,' zei Georgia. 'Ik had het meteen moeten zeggen. Ik ben Georgia O'Grady. Ik ga naar de Barnsburyschool aan Waverley Road. Ik ken het huis dat u bedoelt wel.'

'En ik ben Mortimer Goldsmith,' zei de oude man en hij schudde haar de hand. 'En nu we ons netjes aan elkaar hebben voorgesteld, zal ik het paardje uit de etalage halen.'

Hij stak zijn hand in de etalage en legde het beeldje in Georgia's handpalm. Het voelde warm aan van de zon die door het raam scheen, alsof het leefde. Ze haalde een papieren zakdoekje uit haar spijkerbroek en stofte het voorzichtig af. Meneer Goldsmith sloeg haar gade.

'Hoeveel heb je?' vroeg hij zacht en toen Georgia een bedrag noemde dat twee pond lager was dan de vraagprijs, nam hij het beeldje van haar over en begon het in watten te verpakken.

'Dat moet maar genoeg zijn,' zei hij. En vanaf dat moment had Georgia het gevoel dat ze vriendschap hadden gesloten.

Russell was er al toen ze thuiskwam. Hij draaide op zijn kamer heavy metal-cd's op topvolume, waardoor Georgia ongemerkt naar haar eigen kamer kon glippen. Ze deed meteen de deur op slot en slaakte een diepe zucht van opluchting. Dit was het gevaarlijkste moment van de dag. Als Russell thuis was, probeerde ze haar veilige kamer te bereiken voordat hij doorkreeg dat ze er was en in de aanval ging.

Op maandag was er niets aan de hand, want dan moest hij na school voetballen, en op dinsdag had Georgia bijles wiskunde. Vrijdags ging ze naar vioolles, maar dan bleven de woensdag en donderdag nog over, met tussen school en de terugkomst van hun respectievelijke ouders twee lange uren waarin ze Russell moest zien te ontlopen.

Hij was twee jaar ouder dan zij en zat twee klassen hoger. Al vanaf hun eerste ontmoeting hadden ze een hekel aan elkaar. 'Als je soms denkt dat ik die rotmoeder van je mijn vader laat versieren, heb je het goed mis,' had hij achter de rug van hun ouders om tegen haar gesist.

Maar hij had het huwelijk van Ralph en Maura niet kunnen tegenhouden en er was hem niets gevraagd toen beide ouders hun eigen flat verkochten en samen een huis kochten. Georgia en Russell waren allebei min of meer enig kind en dat hielp ook niet mee. Russells veel oudere zus Liz was met zijn moeder meeverhuisd toen zij Ralph en hem in de steek liet. En sindsdien voelde het voor Russell alsof zijn vader en hij een front vormden tegen de rest van de wereld.

Tegenwoordig stond hij in zijn eentje tegen Georgia. Russell verdroeg Maura omdat zijn vader door haar een veel beter humeur had dan toen hij nog alleen was. Toch bleef hij haar kwalijk nemen dat ze hun tweemanschap had verstoord. Maar omdat hij het niet kon maken rot tegen haar te doen kreeg Georgia de volle laag.

Georgia zou best een oudere broer willen hebben. Ooit was er een babybroertje geweest, dat een paar dagen na zijn geboorte doodging. Niet lang daarna was haar vader vertrokken. Georgia was toen nog zo klein dat ze zich die twee nauwelijks kon herinneren. Ze had uit die tijd nog een vaag beeld van haar altijd verdrietige moeder. Maar op een dag droogde Maura haar tranen en had gezegd: 'Nu heb ik er genoeg van. We zullen ons op eigen kracht moeten redden.'

En dat was gelukt, totdat Ralph op het toneel verscheen. Georgia had geen moeite met hem. Hij hield van Maura en hij kon geestig zijn als hij een goede bui had. Hij zeurde alleen wel vaak over geld. En hij bracht Russell mee.

Georgia pakte het gevleugelde paardje uit en zette het op haar ladekast. Toen ging ze naar haar computer en logde in. 'Etrusken' typte ze in de zoekmachine. 'Etrusken + paard + vliegen.'

Er waren talloze matches met links, maar Georgia was een ervaren surfer en ze bekeek ze lang niet allemaal. Op een mooie Amerikaanse site vond ze een prachtig beeldje van verguld brons, dat drie jaar geleden op een veiling was aangeboden maar niet verkocht was. Het was nog geen twintig centimeter hoog en het leek precies op het beeldje dat Georgia net had gekocht, maar de cataloguswaarde lag tussen de twee- en drieduizend dollar, heel wat meer dan zij had betaald.

Een andere goede site maakte melding van een bronzen vaas uit Monteleone, waar dat dan ook mocht liggen, met de afbeelding van een rijtuig dat door gevleugelde paarden werd getrokken. Jammer genoeg was er geen foto bij, maar Georgia kon zich er toch een voorstelling van maken.

In de twaalfde van de Tweeling verwachtte stalmeester Riccardo een illustere gast: Niccolo, hertog van Giglia en hoofd van de machtige familie Di Chimici. Hij logeerde bij zijn jongere broer Ferdinando, die paus en tevens prins van Remora was. Remora was de officiële hoofdstad van de groeiende republiek van de Chimici's, maar in het noorden, in Giglia, lag de echte macht, bij de hertog en zijn erfgenamen.

Niccolo, achterkleinzoon van de stichter van de Chimici-dynastie, had vier zoons en een dochter, en hij was de meest ambitieuze man van heel Talia. Onder zijn leiding had de familie Di Chimici haar netwerk uitgebreid tot alle belangrijke steden in het noorden, waar ze nu bijna overal de macht in handen had. Alleen de lastige stadstaat Bellezza aan de noordoostkust bleef zich tegen elke band met hem of zijn familie verzetten. Maar ook voor Bellezza had Niccolo zo zijn plannen gesmeed.

Hier in Remora was zijn positie onaantastbaar. Terwijl hij de paar honderd meter tussen het pauselijk paleis en de stalhouderij in de twaalfde van de Tweeling aflegde, moest hij telkens blijven staan om een hoffelijk praatje te maken met rijke kooplui en zich eer te laten betuigen door armere burgers die zijn hand wilden kussen. Niccolo kwam in een puike stemming bij de stallen aan.

Riccardo, de stalmeester van de Tweeling, barstte van trots. De vorige dag was de paus al op bezoek geweest en nu kwam ook nog de hertog van Giglia, de rijkste man in heel Talia, de paarden inspecteren.

Riccardo bewaarde zijn grootste troef voor het laatst. 'En dit, hoogheid, is het paard waarmee wij in de Stellata uitkomen.'

Niccolo keek naar de nerveuze vos met opengesperde neusvleugels, die in de beperkte ruimte van zijn box probeerde te steigeren. Met zijn gehandschoende hand streelde Niccolo de neus van het paard, sprak het sussend toe en draaide zich toen om naar de stalmeester.

'Hoe zijn de tegenstanders dit jaar?'

'Tja, uwe hoogheid weet dat elk stadsdeel geheimzinnig doet over zijn eigen paard,' zei Riccardo een beetje zenuwachtig.

Niccolo di Chimici keek hem ijzig aan. 'Je wordt niet alleen betaald om voor de paarden te zorgen, maar ook om geheimen boven water te halen, meen ik?' zei hij.

'Ja, hoogheid,' mompelde de stalmeester. 'En dat zal makkelijker gaan nu ik een nieuwe stalknecht heb. Hij is me speciaal aanbevolen door uw neef, de ambassadeur van Bellezza. Signor Rinaldo heeft me verteld dat deze man hem een grote dienst heeft bewezen en erom bekendstaat dat niets geheim voor hem kan blijven.'

Niccolo glimlachte. Hij wist wel iets van de dienst die die kerel in Bellezza had bewezen. Als het dezelfde man was, had hij de stad bevrijd van de felste tegenstander van de familie Di Chimici. En al was de neef van de hertog er niet in geslaagd dat mens te vervangen door een marionettenduchessa, de nieuwe bewindsvrouwe van de stad – nog maar een jong meisje – moest toch veel makkelijker te beïnvloeden zijn?

'Heeft hij verstand van paarden?' was het enige wat hij de stalmeester vroeg.

*

Gaetano di Chimici was onrustig. Hij was in het pauselijk paleis van zijn oom achtergebleven terwijl zijn vader de stad bezocht en hij had hier niets te doen. Hij zou veel liever in Giglia zijn, waar hij aan de universiteit studeerde en bezigheden genoeg had. Intussen kreeg hij steeds meer het gevoel dat zijn vader plannen met hem had die hij voorlopig nog verzweeg.

Gaetano zuchtte. Het was geen pretje om bij de voornaamste

familie van Talia te horen. Zijn vader was de bron van talloze samenzweringen en smeedde aan de lopende band plannen om nog rijker en machtiger te worden. Dat liet Gaetano allemaal koud. Hij wilde terug naar zijn boeken en zijn vrienden die, net als hij, bezig waren met schilderen, beeldhouwen en muziek; niet met sluwe complotten om stompzinnige oorlogjes tussen stadsdelen te financieren, of verbintenissen af te dwingen met andere families van adel en de hoge burgerij.

Het had misschien verschil gemaakt als hij een van de oudste zoons was geweest, maar hij was de jongste, op Falco na, en die arme Falco telde eigenlijk niet, al waren Gaetano en de andere familieleden dol op hem. Fabrizio, de oudste, zou het hertogdom Giglia erven. Carlo zou prins van Remora worden, omdat oom Ferdinando als paus geen kinderen had. Beatrice zou wel uitgehuwelijkt worden aan een neef – Alfonso misschien, zodat ze duchessa van Volano kon worden nu oom Fabrizio dood was.

Wat bleef er dan voor hem over? Hij had ooit gedacht dat zijn vader van plan was hem te laten trouwen met een nichtje – Alfonso's zusje Caterina misschien. Als kind was Gaetano dikke maatjes geweest met een ander nichtje, Francesca, dochter van de prins van Bellona, maar hij had gehoord dat ze was uitgehuwelijkt aan een of andere oude man in Bellezza als onderdeel van een van de uitbreidingsplannen van de familie.

Gaetano schudde zijn hoofd. Wat een familie! En nu maakte hij zich zorgen dat het nieuwe plan van zijn vader iets met de kerk te maken had. Oom Ferdinando had niet het eeuwige leven en Niccolo had waarschijnlijk al besloten wie Ferdinando als paus moest opvolgen. Carlo had duidelijk laten merken dat hij onder geen voorwaarde de kerk in zou gaan – en dan bleef Gaetano over.

Nou, ik pas ervoor, besloot hij. De kerk moet een roeping

zijn, geen politieke afspraak. Waarom mag ik niet gewoon verder studeren?

Maar hij wist het antwoord op die vraag. Voor de Chimici's stond de welvaart van de dynastie voorop; ook de vrouwen moesten bereid zijn te trouwen met degene die door het hoofd van de familie voor hen werd uitgekozen. Hun eigen mening en voorkeur speelden geen rol. Voor de zoons was het al niet anders. Jij krijgt dat prinsdom, jij trouwt met die prinses, in deze stad word je ambassadeur, jij moet tot priester gewijd worden – het was altijd hetzelfde liedje.

Gaetano vroeg zich af of hij de eerste Di Chimici in vijf generaties was die nee durfde te zeggen.

Gezinnen! Wat is er eigenlijk zo leuk aan een gezin? dacht Georgia. De stemming aan het avondeten was altijd gespannen en Georgia snapte niet waarom haar moeder zich nog druk maakte. Maar Maura, die maatschappelijk werkster was, vond het vreselijk als er tussendoortjes werden gesnaaid of met het bord op schoot voor de tv werd gegeten.

'Het is het enige moment van de dag dat we als gezin bij elkaar zijn en kunnen bijpraten,' hield ze vol.

Twee dingen klopten niet aan dat idee, dacht Georgia. Om te beginnen waren ze geen gezin en dat zouden ze nooit worden ook. Zelfs als ze Ralph ooit als vader kon zien, zou ze Russell nooit als broer accepteren. En verder kon Maura niet koken. Ralph was geen haar beter, en vaak bestond die zo belangrijke gezinsmaaltijd uit diepvriespizza of vis met patat van de snackbar verderop.

Maar dat maakte Maura allemaal niets uit. De tv en radio moesten uit, Georgia en Russell dekten de tafel met volledig bestek, ook al kon je patat beter met je vingers eten, en dan zaten ze twintig slopende minuten beleefd te doen en buikpijn te krijgen.

Het gesprek bestond uit vragen van de ouders en antwoorden van de kinderen. Georgia en Russell zeiden onder het eten nooit rechtstreeks iets tegen elkaar. Eigenlijk, besefte Georgia, zeiden ze sowieso geen stom woord tegen elkaar als een van de ouders in de buurt was.

Als ze alleen waren – een situatie die ze zoveel mogelijk vermeed – had Russell veel meer te melden. Zo'n soort pestkop was hij. Soms dacht Georgia dat hij maar beter agressief had kunnen zijn in plaats van sluw. Als hij haar te lijf was gegaan, zou het in zekere zin makkelijker zijn geweest. Dan had ze haar moeder blauwe plekken kunnen laten zien, waarna hij niet langer ongestraft zijn gang zou kunnen gaan.

Nu kwelde hij haar met woorden die vanbinnen en niet vanbuiten sporen achterlieten. Hij raakte haar in haar diepste angsten en onzekerheden, haalde ze genadeloos voor den dag en liet er het wrede licht van zijn sarcasme op schijnen.

'Trut' was nog zijn mildste benaming voor haar. Hij analyseerde in detail hoe lelijk ze was, hoe onvrouwelijk, en hij spotte met haar paardenliefde. 'Iedereen weet toch waarvoor dat staat? Dat is klassiek... een substituut voor seks... al die spierkracht tussen je benen. Alle paardenwijven zijn trutten zonder een kerel – net als jij.'

Het gif bleef zijn mond uit stromen en Georgia had geen verweer. Natuurlijk had ze het meer dan eens tegen haar moeder gezegd en ze was er zelfs eens tegen Ralph over begonnen. Maar zij vonden dat ze het niet zo moest overdrijven, want pesterijtjes kon je van een oudere broer nu eenmaal verwachten en ze moest niet zo lichtgeraakt zijn. Naderhand kreeg ze het nog erger te verduren van Russell omdat ze zo laf was geweest bescherming bij haar moeder te zoeken. Georgia sloot zich steeds meer af en verborg haar kwetsbaarheid, liet haar schouders nog meer hangen en zei zo weinig mogelijk, zonder te begrijpen waarom ze zo veel haat opriep in iemand die zij toch ook niet uitgekozen had om mee te moeten leven. Als het erop aankwam had zij net zo veel, of net zo weinig, reden om hem te haten.

De dag waarop het vliegende paardje in haar leven kwam liep slecht af. Het was haar gelukt om Russell na school te ontlopen, maar tot haar schrik hoorde ze 's avonds bij de zoveelste diepvriesmaaltijd dat Maura en Ralph naar de bioscoop gingen. Dat deden ze eens in de maand en omdat ze van artistieke filmhuisvoorstellingen hielden, nog vaak zwart-wit ook, hadden ze het opgegeven Georgia en Russell mee te vragen. Van oppas was natuurlijk geen sprake, want ze waren al vijftien en zeventien.

Georgia ging al naar haar kamer voordat hun ouders de deur uit waren. Ze begroef zich in haar biologiehuiswerk. Maar al snel werd ze door haar eigen biologie verraden; ze moest naar de wc.

Russell was op de overloop. Groot en dreigend hing hij bij de deur van de badkamer rond. In een flits bedacht Georgia dat het echt iets voor hem zou zijn om haar de toegang te weigeren tot ze het in haar broek deed. Dan had hij geweldige nieuwe munitie om haar voor schut te zetten. Ze was al aan het berekenen hoe ze naar de kleine wc bij de kamer van Maura en Ralph kon glippen toen hij bij de deur wegging en ze op het nippertje naar binnen kon.

Toen ze de badkamer uit kwam, stond hij er nog steeds en hij ging achter haar aan haar kamer in; ze was niet snel genoeg om hem buiten te sluiten. Nu zat ze met hem in haar kamer opgezadeld – een van haar ergste nachtmerries. Hij zei een hele poos niets en opeens zag ze haar kamer door zijn ogen. Heel anders dan de kamer van andere meisjes van vijftien. Er hingen geen posters van popsterren, tv-helden of een knappe buitenlandse voetballer.

Aan de muur hing alleen een oud affiche van Everest Milton bij de Paard van het Jaar Show, waar Maura haar mee naartoe had genomen toen ze zeven was. Er was nog een omlijste reproductie van een zwart en een wit paard die langs een wildstromende rivier galoppeerden. Georgia wist dat het geen bijster goed schilderij was, maar ze hield er toch van. Het vliegende paardje stond op haar ladekast.

'Jij bent echt achterlijk, hoor,' zei Russell op montere, bijna aardige toon. 'Meiden van jouw leeftijd groeien over dat gezeik met die knollen heen, wist je dat. Behalve dan die manwijven in de manege. En dat zijn potten.'

Georgia kon zich niet beheersen. 'Je bent nog nooit in de manege geweest. Je kent die mensen helemaal niet!'

Het was natuurlijk stom om tegen Russell in te gaan. Hij grijnsde akelig.

'Wedden dat ik gelijk heb? Wedden dat je daarom gaat? Proberen ze je al te versieren? Vind je wel leuk, hè? Geen kerel zou naar je omkijken. Behalve als-ie dronken was en een weddenschap had afgesloten.'

Hij slenterde door de kamer, pakte haar spullen op en zette ze lukraak weer neer. Georgia schuifelde bijna onmerkbaar opzij totdat ze met haar rug voor het gevleugelde paardje stond en hem het zicht erop ontnam; het was te kostbaar om in Russells klauwen te vallen.

'Best een strak plan,' ging hij door. 'Waarom gooi je niet wat geld over de balk om een van mijn vrienden dronken te voeren voor een weddenschap? Dat-ie je een beurt geeft? Lekkerder dan paardrijden.'

Georgia balde haar vuisten. Een blinde woede kwam in haar op en ze wilde Russell te lijf gaan, al wist ze dat ze belachelijk klein zou lijken naast zijn grote lijf.

Op dat moment ging de telefoon. Russell liep ernaartoe. Ze hoorde de nonchalante, supercoole toon die hij altijd tegen zijn vrienden aansloeg. Georgia sprong naar de deur om hem op slot te doen. Haar handen beefden. Voor geen geld ter wereld ging ze vanavond nog haar kamer uit om haar tanden te poetsen; ze zou haar bed in duiken en de tandplak op de koop toe nemen.

Cesare nam zijn middageten mee naar de stal om Paolo bij de wacht af te lossen. Hij streelde Merla's neus en praatte sussend tegen haar moeder. 'Maak je geen zorgen,' zei hij. 'We brengen jullie naar een veilige plek. Niemand zal je je veulen afnemen.'

Hij ging in het stro zitten, strekte zijn benen en leunde met zijn rug tegen een paal. De grijze kat kwam uit het niets te voorschijn, wurmde zich op zijn schoot en wrong spinnend haar ronde kop in de hand waarmee hij zijn brood met kaas vasthield.

Georgia lag in het donker op haar rug en de tranen druppelden uit haar ooghoeken in haar oren. Ze hield het vliegende paardje in haar hand geklemd. Zo ongelukkig had ze zich nog nooit gevoeld. Zelfs toen haar babybroertje dood was gegaan en haar vader verdwenen was en haar moeder voortdurend had gehuild, had Georgia zelf zich niet ellendig gevoeld. Ze was toen nog klein genoeg om zich meer zorgen te maken of er wel cake bij de thee was en hoe ze de nieuwe pop zou noemen die ze van haar moeder had gekregen toen Ben was geboren.

Maar nu was haar leven een nachtmerrie. Op school had ze geen vriendinnen; de meeste meisjes die ze op de basisschool had gekend, waren ergens anders heen gegaan. Er was een nieuwe in de klas, Alice, die misschien een echte vriendin kon worden. Op één punt had Russell wel een beetje gelijk – Georgia was achterlijk, sociaal gezien. Ze werd niet voor feestjes gevraagd en de populaire meiden van haar klas gingen in het weekend naar cafés en disco's; plekken waar zij voor geen goud kwam. Zelfs niet met make-up, een kort rokje, hoge hakken en een topje dat haar navel vrijliet. In het donker moest ze zowaar een beetje lachen om het idee alleen al.

En thuis was het leven veranderd in een aaneenschakeling van krijgslisten om Russell uit de weg te gaan. Maar hem ontwijken was niet meer genoeg. Hij zocht haar bewust op om haar te kwellen. Zo kon het echt niet verder. Als mam haar dan niet wilde helpen, moest ze maar weglopen.

Georgia viel in slaap met het vliegende paardje in haar hand en in haar hart de vurige wens dat ze in een land was waar paarden vleugels hadden en ze voor altijd van haar problemen weg kon vliegen.

Cesare lag een beetje te dommelen. Hij werd wakker van de kat. Met een ruk ging ze rechtop zitten, spande haar lijfje, gromde diep in haar keel en zette haar haren overeind.

Hij zag onmiddellijk waar ze van geschrokken was. Een jongen, weggedoken in een hoek, met grote bange ogen. Cesare sprong verbaasd op. Hij had niet echt geloofd dat de vijanden van de Ram iemand zouden sturen om Merla te ontvoeren – en al helemaal geen magere jongen die op een bange haas leek. Kon zo iemand een spion zijn?

Cesare deed een stap naar voren en balde zijn vuisten. 'Wat moet je?' grauwde hij. 'Je hebt hier niets te zoeken. Wegwezen!'

Georgia wist niet wat haar overkwam, behalve dat ze in een stal was. De warmte en de vertrouwde, troostrijke geur van paarden weerhielden haar ervan het op een gillen te zetten. Ze had geen idee hoe ze hier gekomen was en wie die boze, bruinharige jongen was. Het leek alsof hij expres het zicht ontnam op iets achter hem. Iets in zijn houding deed haar denken aan haarzelf toen ze het beeldje had afgeschermd voor Russell. Langzaam ontspande ze de hand waarin ze het gevleugelde paardje had vastgeklemd.

De jongen hield zijn adem in. En toen hij naar haar toe kwam om het beeldje beter te bekijken, zag ze achter hem een wonderlijk wezen dat model had kunnen staan voor het paardje in haar hand. Een prachtig, gitzwart veulen met twee gevouwen veren vleugeltjes op de schouders.

# 2

## EEN NIEUWE STRAVAGANTE

De tijd leek stil te staan toen de twee figuren in de stal allebei als verlamd met grote ogen naar een vliegend paard keken. Langzaam ontspande Cesare zich. Van die vreemde jongen ging geen dreiging uit en hij was zichtbaar overdonderd door de aanblik van het zwarte merrieveulen. Maar waarom had hij dan zo'n beeldje bij zich?

'Hoe kom je daaraan?' vroeg hij.

'Waar ben ik?' vroeg Georgia tegelijkertijd.

Het was zo'n vreemde vraag dat Cesare zijn eigen vraag vergat. Hij bekeek de jongen nog eens goed. Het was een heel rare vogel. Om te beginnen droeg hij kleren van zulke fijne stof dat alleen een rijke koopman zich die kon veroorloven in Remora, maar ze slobberden om hem heen, zonder model, zonder versiering, als het kloffie van de armste dagloner. Toch droeg hij als een jonge edelman kostbaar zilver in zijn oren, en in zijn wenkbrauw iets wat Cesare nog nooit in Talia had gezien. Het was een raadsel. En het gekste was dat de jongen zelf niet wist waar hij was.

'Hoe ben je hier terechtgekomen, als je niet weet waar je bent?' vroeg Cesare.

Georgia schudde haar hoofd. 'Geen idee,' zei ze. 'Het ene moment lag ik nog in bed in Londen, het volgende was ik in deze stal. Maar dit is niet de manege waar ik paardrijd. Ik heb deze paarden nog nooit gezien. En dat veulen al helemaal niet. Maar ze is echt fantastisch, hè?'

Cesare zag dat het enthousiasme van de vreemdeling even echt was als het zijne. Hij vond het goed dat hij dichterbij kwam. Dat rare joch leek toch veel te gek op paarden om het veulentje kwaad te doen?

'En toch heb je een beeldje van haar bij je,' zei hij. 'Als je niet wist dat ze hier was, is het wel heel erg toevallig dat je een paar uur na haar geboorte in de twaalfde van de Ram verschijnt.'

'Toch wist ik het niet,' zei Georgia. 'Hoe zou ik dat nu kunnen weten? Ik bedoel, gevleugelde paarden zijn niet echt. Die bestaan niet.'

'In Remora wel,' zei Cesare trots. Het was cruit voor hij er erg in had. 'Eén keer in de eeuw maar – en deze keer valt de eer aan de Ram te beurt.'

'De Ram? Ik weet niet wat je bedoelt,' zei Georgia.

'Kom je dan niet uit Remora?' vroeg Cesare.

'Nee, dat zei ik toch al,' zei Georgia. 'Ik woon in Londen, in de wijk Islington.' En toen de jongen nog steeds niet-begrijpend keek, voegde ze eraan toe: 'Je weet wel – Europa, de aarde, het zonnestelsel, het heelal.' Precies zoals ze het vroeger in haar schoolboeken schreef.

'In Anglia?' zei de jongen. 'Maar je bent nu in Talia. In Remora, de hoofdstad. Hoe kun je hier terecht zijn gekomen als je dat niet weet?'

Hij nam de jongen scherp op om te zien of hij loog. Pas toen merkte hij dat de jongen dikke ogen van het huilen en vuile sporen van tranen op zijn gezicht had. Cesare schaamde zich voor zijn botheid. Om de een of andere reden voelde die knul zich doodongelukkig. Hij was maar een jaar of zo jonger dan Cesare zelf, die zich niet kon herinneren ooit zo verdrietig te zijn geweest dat hij urenlang had gehuild.

'Wat heb je?' vroeg hij onhandig. 'Heeft iemand je iets gedaan?'

Opeens wist Georgia het allemaal weer. Het getreiter van Russell, haar gevoel gevangen te zitten op haar kamer, het verlangen naar een wereld te vluchten waar paarden konden vliegen. Misschien was ze terug in de tijd en de streek waar de Etrusken hadden geleefd? Hoe heette dat land – Etrurië? Maar de jongen had het over Remora, in Talia, en die namen had ze nooit eerder gehoord. Verward deed ze haar ogen dicht. Zou hij verdwenen zijn als ze ze weer opendeed, samen met het wonderbaarlijke veulen en de hele stal?

Maar in plaats daarvan kwam een grote, grijsharige man, die zoveel op de jongen leek dat hij zijn vader wel moest zijn, de stal in en keek verbijsterd naar haar.

'Wie is dat, Cesare?' vroeg hij plompverloren, maar niet onvriendelijk.

'Dat weet ik niet,' antwoordde Cesare naar waarheid. 'Opeens was hij hier... zomaar.'

'Ik ben Georgia O'Grady,' zei ze en ze besefte dat Cesare er geen idee van had dat ze een meisje was.

'Giorgio Credi,' zei de man, die haar kennelijk ook voor een jongen aanzag. Maar ze kon het nu niet rechtzetten.

'Ik ben Paolo Mantalbano, stalmeester van de twaalfde van de Ram,' zei de man formeel. 'Zo te zien heb je al kennisgemaakt met mijn zoon, Cesare. Vertel eens wat je hier komt doen.'

*

In een andere stal nog geen kilometer verderop in de stad werd een nieuwe stalknecht langs de paarden geleid.

'En dit is Benvenuto, onze keus voor de Stellata,' zei Riccardo.

De nieuwe stalknecht bekeek de vos keurend. Hij krabbelde het paard tussen de oren. Hij genoot ervan dat hij terug was bij de dieren; het was onnatuurlijk geweest om in Bellezza niet te kunnen rijden. Eigenlijk was hij blij dat hij weg was uit die protserige, opgepoetste stad met haar weelderige levensstijl en de belachelijke aanbidding van de bewindsvrouwe.

Enrico moest niets meer van vrouwen hebben. Hij hield zich liever met paarden bezig, nu de enige serieuze relatie in zijn leven op een ramp was uitgedraaid. Zijn verloofde was onder geheimzinnige omstandigheden verdwenen, ervandoor met een andere vent, vermoedde hij nu. Maar haar vader had hem toch de halve bruidsschat gegeven, en zijn voormalige werkgever, Rinaldo di Chimici, had hem rijkelijk beloond voor zijn diensten in Bellezza.

Om het geld hoefde Enrico dit baantje in Remora niet te nemen, maar het spioneren zat hem in het bloed. En hij kwam steeds dichter bij het kloppende hart van de familie Di Chimici. Zijn nieuwe werkgever was de paus, Rinaldo's oom, lid van de oudere garde van de familie. En Enrico's opdracht, waarvoor hij zogenaamd stalknecht bij de Tweeling was geworden, kwam erop neer dat hij ervoor moest zorgen dat hun paard de Stellata zou winnen, goedschiks of kwaadschiks.

'*Siamo a cavallo*,' zei hij zacht tegen Benvenuto. 'We gaan werken als een paard,' en het paard hinnikte instemmend.

*

Ongeveer halverwege Georgia's verhaal kregen vader en zoon Mantalbano in de gaten dat de indringer een meisje was. 'Waarom draag je jongenskleren?' vroeg Paolo.

Georgia keek langs haar lijf naar het slobberige T-shirt en de grijze trainingsbroek waar ze altijd in sliep. Ze haalde haar schouders op.

'Iedereen draagt zulke kleren waar ik vandaan kom,' zei ze.

'Dragen meisjes een pantalon en hebben ze zulk kort haar?' vroeg Cesare ongelovig.

'Niet allemaal,' gaf Georgia toe en ze liet haar hand over haar stekeltjeshaar glijden. 'Maar ze dragen wel allemaal een pant... een broek, bedoel ik. Overdag meestal spijkerbroeken, en 's nachts een oude legging of een trainingsbroek.' Toen schoot haar iets te binnen. 'Het is hier geen nacht, hè?'

Bij wijze van antwoord gooide Paolo de deuren open en het heldere zonlicht stroomde de stal in. De kat liep op haar gemak naar de deuropening en ging in de zonneschijn haar oortjes wassen. Cesares adem stokte. Georgia merkte dat hij en zijn vader allebei naar haar staarden alsof ze opnieuw versteld van haar stonden.

'Wat is er?' vroeg ze en ze wist zich met haar houding geen raad.

Cesare wees naar de grond achter haar. 'Je hebt geen schaduw,' zei hij.

*

Na zijn beleefdheidsbezoek aan de stalhouderij in de Tweeling ging Niccolo di Chimici dwars door de stad naar de twaalfde van de Vrouwe. Zijn route voerde hem naar het niemandsland van de Strada delle Stelle, die van de Zonnepoort in het noorden van de stad tot de Maanpoort in het zuiden liep. De weg was zo breed dat twee paardenkoetsen elkaar makkelijk konden passeren. Halverwege, in het centrum van de bijna ronde stad, lag de Campo delle Stelle, de ruime ronde piazza, verdeeld in veertien secties, waar jaarlijks de grote paardenrace in de stad van de sterren werd gehouden.

Aan de rand van het plein bleef Niccolo even naar alle drukte en levendigheid staan kijken. Midden op het plein was de fontein, versierd met marmeren vissen die water spuwden en nymfen met overstromende kruiken, en op de fontein stond een hoge, smalle pilaar die niet breder was dan een paal, met daar weer bovenop het beeld van de wilde leeuwin die Remus en Romulus zoogde. Remus had deze stad gesticht en zijn tweelingbroer Romulus was naar het zuiden getrokken om de rivaliserende stad Romula te stichten.

De huizen rond de Campo hadden evenals het grote pauselijke paleis, waar Niccolo's broer Ferdinando woonde, sierlijke balkons met uitzicht op de renbaan. Over een paar weken zou elk balkon gedrapeerd zijn met de kleuren van de twaalfde die door de bewoners werd gesteund; wit en roze voor de Tweeling op het pauselijk balkon, groen en paars voor de Vrouwe, rood en geel voor de Ram... Niccolo knarsetandde bij de gedachte aan de Ram.

'Mag ik uwe hoogheid een verfrissing aanbieden?' vroeg een kraamhouder vrijpostig en hij kwam met een kroes ijskoude citroenlimonade op de hertog af lopen.

Het was een welkome onderbreking. Niccolo dronk gulzig

en stopte de man zilverstukken toe die de prijs van de limonade ver overstegen. Toen vroeg hij zich af of hij wel zo roekeloos
had mogen zijn. Gewoonlijk dronk en at hij niets buiten de
muren van de familiepaleizen, waar voorproevers alles op vergif controleerden; hij werd onvoorzichtig op zijn oude dag.
Maar vandaag bofte hij – er was niets mis met de citroendrank.

Niccolo stak de Campo over en dook in een van de smalle
steegjes aan de andere kant die naar de hoofdstraat van de
twaalfde van de Vrouwe leidde.

'Alweer onvoorzichtig,' mompelde hij, omkijkend. Maar er
kwam geen sluipmoordenaar achter hem aan. De hertog liep
de Via della Donna af naar het hoofdplein van de twaalfde,
waarbij hij veel standbeelden van de Vrouwe passeerde, soms
afgebeeld als oosterse godin en dan weer als de zachtaardige
moeder van de baby die geboren was om koning van de wereld
te worden. Niccolo maakte geen verschil tussen die twee. Als
Taliaan was hij gewend twee religies aan te hangen, of tenminste te doen alsof hij in beide geloofde.

In de twaalfde van de Vrouwe voelde hij zich beter thuis dan
waar ook in Remora. Deze wijk had trouw gezworen aan
Giglia, zoals iedere twaalfde trouw was aan een van de stadstaten waaruit het land bestond. Dit kleine deel van de stad van
sterren hoorde bij de stad van bloemen. Niccolo zou zijn geld
op het paard van de Vrouwe zetten, al juichte de huishouding
van zijn broer natuurlijk voor het paard van de Tweeling. Die
Benvenuto van hen was een fraai dier; het was tijd om eens in
de stal van de Vrouwe te gaan kijken welk paard zijn eigen
mensen zouden inzetten.

*

36

Paolo liet het bodempje bier, dat nog over was van Cesares middagmaal, in Georgia's mond druppelen. Ze zag lijkwit en was met een klap in het stro gaan zitten toen ze zag dat ze geen schaduw had.

'Wat betekent het?' vroeg ze nu. 'Betekent het dat ik hier niet echt ben?'

'In zekere zin,' zei Paolo ernstig. 'Het betekent dat je een stravagante bent.'

Dat zei Georgia niets, maar ze zag Cesare een teken slaan dat op het kruisteken leek, alsof hij net gehoord had dat ze een heks of een duivel was.

'Wat moeten we doen?' vroeg hij. 'We kunnen haar niet aan de soldaten uitleveren.'

'Natuurlijk niet,' zei Paolo kalm. 'We nemen gewoon contact op met een andere stravagante.'

'Hoe dan?' vroeg Cesare, die erg bezorgd keek. 'Dat zijn toch gevaarlijke, machtige magiërs in steden als Bellona?'

'Dat valt wel mee,' zei zijn vader lachend. 'Ik ben er zelf ook een.'

Nu was het Cesares beurt om met een klap te gaan zitten.

Georgia wist niet wat een stravagante was, laat staan hoe zij en die breedgeschouderde man er allebei een konden zijn, vooral omdat hij wel degelijk een schaduw had. Maar ze kon zien dat Paolo's mededeling een enorme schok voor Cesare was.

'Vooruit dan maar,' zei Paolo. 'Het wordt ook hoog tijd dat je het weet. Ik denk er al een tijdje over om het je te vertellen. Twee leden van mijn genootschap komen binnenkort naar de stad en zij kunnen Georgia en ons met raad en daad helpen. Ondertussen moet ze kleren hebben waardoor ze niet zo opvalt.' Hij draaide zich om naar Georgia. 'Vanwege je haar moeten het jongenskleren zijn. En je kunt hier maar beter Giorgio blijven heten.'

'Goed,' zei Georgia snel, want ze moest er niet aan denken wat meisjes droegen in dit voorhistorische oord waar ze op onbegrijpelijke wijze terecht was gekomen. Ze zag zich al met een kapje over haar haar lopen, of met een korset onder een jurk.

Op bevel van zijn vader ging Cesare kleren van zichzelf halen en Georgia ging het gevleugelde veulen beter bekijken. Ze liet Paolo het beeldje zien.

'Griezelig, hè?' zei ze. 'Het moet iets te maken hebben met waarom ik hier ben.'

'Dat is ook zo,' zei Paolo. 'Het is een talisman. Alle stravaganti hebben een voorwerp dat als talisman dient. De talisman is de sleutel die de doorgang tussen onze twee werelden voor ons ontsluit. Maar als ik jou was, zou ik het beeldje verborgen houden, vooral hier in Remora. Deze stad is een vesting van de Chimici's en zij hebben een ongezonde belangstelling voor stravagatie.'

'U zult me wel dom vinden,' zei Georgia, 'maar kunt u me dat uitleggen? Ik weet niets van stravaganti en ik begrijp niet waarom u denkt dat het paardje ervoor gezorgd heeft dat ik hier gekomen ben. Ik ken die kimimensen ook niet. En hoe lang moet ik hier blijven? Mijn moeder wordt razend als ik morgenochtend niet thuis ben.' Ze dacht even na. 'Of is het daar al morgenochtend?'

Paolo schudde zijn hoofd. 'Ik kan niet op al je vragen antwoord geven,' zei hij. 'Maar ik kan je vertellen wat ik wél weet, en wat ik vermoed. De stravaganti zijn een genootschap van wetenschappers, verspreid over alle stadstaten in Talia. In Remora ben ik de enige. Het is een gevaarlijke gave, die ik dan ook maskeer door stalmeester te zijn. Zelfs mijn gezin weet niet dat ik een stravagante ben... Niemand hier wist het, totdat ik het net aan Cesare vertelde.'

'Hij schrok zich dood,' zei Georgia. 'Waarom is het zo gevaarlijk stravagante te zijn?'

'De eerste stravagante kwam per ongeluk uit jouw wereld naar de onze,' zei Paolo. 'Hij heeft het genootschap opgericht. Hij kwam uit wat jij Engeland noemt en wij Anglia. Hij was natuurfilosoof, een alchemist zoals ze ook wel genoemd werden, en hij vond de weg hierheen als gevolg van een explosie in zijn laboratorium – een alchemisch ongeluk.'

'Hoe heette hij?' vroeg Georgia, die zich voornam hem op te zoeken op internet.

'William Dethridge,' zei Paolo. 'Tenminste, zo heette hij destijds. Vijfentwintig jaar geleden kwam hij voor het eerst naar Talia, toen de Chimici's een steeds steviger greep op ons land begonnen te krijgen. Sindsdien leert hij Talianen hoe ze een talisman moeten gebruiken, die hij uit zijn wereld heeft meegenomen, zodat ze er zelf heen kunnen reizen. En wat nog belangrijker is, we brengen vanuit Talia ook talismannen naar jouw Engeland, om nieuwe reizigers in staat te stellen de reis van jouw wereld naar de onze te kunnen maken.'

'Talismannen?' zei Georgia. 'Zoals mijn gevleugeld paardje, bedoelt u? Komt het uit Talia?'

'Ja,' zei Paolo. 'Ik heb het zelf gebracht.'

Nu was het Georgia's beurt om haar hoofd te schudden. Ze leek een beetje op een hond, die het water uit zijn oren moest schudden om te kunnen horen wat zijn baas van hem wilde.

'Bent u in Engeland geweest?' vroeg ze ongelovig. 'In mijn wereld? Wanneer? En hoe? Ik heb het paardje gekocht bij meneer Goldsmith, van het antiekwinkeltje. Hij zei dat het uit het huis van een oude dame aan Waverley Road kwam.'

'Een paar maanden geleden liep het hoog op tussen de Chimici's en de stravaganti,' zei Paolo. Bezorgd liet hij zijn hand door zijn donkergrijze haar gaan. 'Er is zoveel dat ik je uit moet leggen, zoveel dat je nog niet weet. Een nieuwkomeling als jij is als een pasgeboren lammetje tussen de wolven, vooral omdat je regelrecht in een machtsbolwerk van de Chimici's terecht bent gekomen.'

'U noemt die naam de hele tijd,' zei Georgia. 'Wie zijn dat en waarom zijn ze een bedreiging voor de stravaganti?'

'Het is een machtige familie,' zei Paolo. 'De machtigste familie van heel Talia. De Chimici's heersen als hertog of vorst over de meeste stadstaten van Noord-Talia. In de gebieden waar ze geen macht hebben, sluiten ze een verbond met het stadsbestuur. Hier in Remora, dat ooit de hoofdstad was van het grote Remaanse Rijk, is de paus, die ook onze vorst is, de tweede zoon van de huidige generatie Di Chimici. Ze zijn fabelachtig rijk en hun ambitie kent geen grenzen. Ze willen heel Talia in handen krijgen. In het noorden lukt ze dat uitstekend, op één uitzondering na, en nu hebben ze hun zinnen gezet op Romula en Cittanuova in het zuiden. Als alle twaalf stadstaten eenmaal bij de republiek van de Chimici's horen, kun je er zeker van zijn dat de republiek een koninkrijk wordt. En je kunt wel raden welke dynastie de eerste koning zal leveren.'

Hij keek Georgia afwachtend aan.

'De Chimici's?' opperde ze bedachtzaam. 'Maar toch begrijp ik niet wat dat allemaal met mij te maken heeft. Ik weet niets van politiek en die van u lijkt ook nog eens heel anders dan die van ons. Ik bedoel, in welke eeuw leeft u eigenlijk?'

In Georgia's wereld zou dit een belediging zijn waar geen

antwoord op werd verwacht, maar hier bedoelde ze het als een serieuze vraag, want ze begreep er echt niets van.

'De *cinquecento*... De zestiende eeuw,' zei Paolo. 'Ik weet dat jij van meer dan vierhonderd jaar later komt. Je moet bedenken dat ik niet alleen in jouw wereld ben geweest, maar ook in jouw tijd.'

'Dat is ook zoiets,' zei Georgia en ze fronste haar wenkbrauwen. 'De naam van uw land, Talia, lijkt veel op ons Italië, maar ik kan u verstaan en ik heb nooit Italiaans geleerd.'

'Stravaganti verstaan altijd de taal van het land waar ze heen reizen,' zei Paolo. 'Maar tot nu toe is er alleen een doorgang tussen jouw Engeland en ons Talia geweest.'

'Hoe kan het dat het hier honderden jaren geleden is? Voor mij, bedoel ik,' zei Georgia. 'Ik begrijp er eigenlijk nog steeds niet veel van. U zegt dat ik hierheen ben gebracht, maar waarom dan? Ik ben maar een kind, nog jonger dan Cesare zo te zien. Hoe kan ik de stravaganti helpen tegen een rijke, machtige familie? Ik kan niet eens tegen één klier thuis op.'

Op dat moment stoof Cesare met een armvol kleren binnen.

'Het spijt me dat het zo lang duurde,' hijgde hij. 'We hebben hoog bezoek. Ik heb hem overgehaald een glas wijn met Teresa te drinken, maar Georgia moet hier weg. En zij niet alleen. Hij wil de paarden zien.'

'Wie?' vroegen Georgia en Paolo tegelijkertijd.

'Hertog Niccolo,' zei Cesare. 'Niccolo di Chimici zit in onze keuken. En hij kan elk moment hier zijn!'

# 3

## VERDEELDE STAD

Hertog Niccolo was onder de indruk van Zarina, de merrie van de Vrouwe. Ze was een fel, bruin, driejarig renpaard, in topvorm en klaar om haar kunsten te vertonen in de Stellata. Maar hij had zo zijn twijfels wat de twaalfde van de Ram ging doen en in een opwelling besloot hij ook hun stallen te bezoeken.

Zoals de Vrouwe een verbond had met Giglia en de Tweeling met Remora zelf, zo was de Ram de twaalfde die trouw had gezworen aan Bellezza en de hertog wilde dat juist hun paard er niets van terecht zou brengen in de race. Natuurlijk paste hij ervoor om die gevoelens te laten blijken. Een bezoek van de machtige hertog van Giglia was een eer voor dat eenvoudige paardenvolk en hij was één en al hoffelijkheid, zoals een edelman hoorde te doen tegen zijn minderen.

En ze waren zich wel degelijk bewust van die eer, die stalmeester en zijn zoon. Die halvegaren werden echt zenuwachtig van zijn aanwezigheid in de stalhouderij en ze wilden hem maar al te graag hun kampioen laten zien. Als ze een greintje verstand hadden gehad, zouden ze hem hebben wijsgemaakt dat ze met een ander paard uitkwamen. Het was zonder meer een prachtig beest, die Arcangelo van hen.

'Mooi zo, mooi zo!' zei hij joviaal, op en top de welwillende beschermheer. 'De Vrouwe krijgt er een kluif aan hem te verslaan, al hebben wij ook een prachtpaard.'

'Het is nog niet zover, uwe hoogheid,' zei Paolo beleefd. 'Er kan nog veel gebeuren voor de dag van de wedstrijd, en op de dag zelf natuurlijk ook.'

'Groot gelijk,' zei de hertog. Hij was moe en hij wilde terug naar het behaaglijke paleis van de paus. Maar toen hij de stal uit liep, bleef hij even staan om naar een grijze merrie met haar zwarte veulen te kijken. Over de rug van het veulen lag een deken.

'Wat heeft dat kleintje?' vroeg hij.

'Lichte verhoging, hoogheid,' zei Paolo. 'We zijn voorzichtig met haar, want ze is vannacht pas geboren.'

Niccolo knikte. 'Altijd het zekere voor het onzekere nemen,' zei hij en met een achteloos wuivend gebaar verliet hij de stal, waarbij hij zijn hoofd moest buigen om zich niet aan de balk boven de deur te stoten. Paolo deed hem uitgeleide. Zodra de twee mannen verdwenen waren, hoorde Cesare een onstuitbare niesbui boven zijn hoofd. Hij klom snel de ladder naar de hooizolder op.

Georgia had de hele gebeurtenis door een kier in de houten vloer gadegeslagen.

'Nog een geluk dat je niet moest niezen toen de hertog er was,' zei Cesare en ze begonnen allebei te lachen, opgelucht dat de bezoeker Georgia en het veulen niet had gezien. Of beter gezegd, het veulen had hij wel gezien, maar hij had niet geweten wat er te zien viel.

Paolo's grijze hoofd verscheen in het valluik. 'De kust is veilig,' zei hij. 'Dat scheelde maar een haartje. Hoe eerder we Merla in Santa Fina krijgen, hoe beter.'

'We brengen haar en Starlight de stad uit,' legde Cesare aan Georgia uit. 'Mijn vader vindt dat veiliger. Als de andere twaalfden weten wat hier bij de Ram is gebeurd, zien ze groen van afgunst en proberen ze haar vast te ontvoeren.'

Georgia had op de hooizolder de jongenskleren aangetrokken, terwijl hertog Niccolo beneden rondliep. Zij en Cesare waren ongeveer even groot; misschien was hij klein voor zijn leeftijd, of anders waren Taliaanse jongens niet zo groot als hun eenentwintigste-eeuwse soortgenoten.

Paolo bekeek Georgia kritisch. 'Zo lijk je meer op een Remaan,' zei hij. 'Al zullen de mensen nog wel gek staan te kijken van een staljongen met zilveren sierraden.'

'Maar ik ben niet Remaans,' zei Georgia. 'En ik begrijp nog steeds niets van Remora en die race waar jullie zo gewichtig over doen. En u hebt me ook nog niet alles over de stravaganti verteld.'

'Daar is later nog wel tijd voor,' zei Paolo. 'Eerst moet je een beetje wegwijs worden in de stad. Als jouw stravagatie net zo is als de vorige uit jouw wereld, moet je voor donker naar huis terugkeren. Dan heb je nu nog een paar uur. Cesare moest je Remora maar laten zien. Hij kan je alles over de Stellata vertellen.'

\*

In het pauselijk paleis deed de paus voorzichtig zijn mantel van zilverbrokaat af. Hij zag er indrukwekkend uit in zijn roze zijden soutane, al was hij niet zo lang als de hertog, zijn broer.

Ook was Ferdinando minder ambitieus dan Niccolo. Hij hield van het goede leven, van zijn mooie wijnen en verrukkelijk klaargemaakte maaltijden, zijn zachte bed en zijn bibliotheek vol zeldzame manuscripten. Hij vond het niet erg dat hij geen vrouw en gezin had. Het vuur van de hartstocht had in zijn jeugd eenmaal kort geflakkerd, maar hij had al jaren liever een glas rode Bellezza-wijn en een debat over theologie met zijn kardinalen dan de opgave een vrouw gelukkig te maken.

De enige vrouwen die hij sprak, waren zijn schoonzusters en nichtjes; de mannelijke Chimici's waren in de meerderheid. Ferdinando vroeg zich vaak bezorgd af wat dat voor zijn opvolging betekende. Zijn tweede neef Carlo zou prins van Remora worden, maar wie zou na hem paus zijn? Het was ondenkbaar dat die rol naar iemand buiten de familie ging. Hij had gehoopt dat het bezoek van zijn derde neef inhield dat Gaetano interesse voor de kerk had, maar tot nu toe leek de jongen vooral te mokken en zich niet op zijn gemak te voelen in het paleis.

Ferdinando werd er onrustig van. Meestal lukte het hem om te vergeten dat hij zelf niet meer dan een stropop was, een marionet aan de touwtjes van zijn uitgekookte en meedogenloze oudste broer. Het was natuurlijk een idee van Niccolo geweest dat Ferdinando de kerk moest gaan leiden, en zijn geld had ervoor gezorgd dat Ferdinando snel opklom tot kardinaal en uiteindelijk tot paus werd gekozen. Ferdinando werd zenuwachtig als hij eraan dacht wat een uitkomst het was geweest toen de vorige paus, Augustus II, opeens doodging. Hij was toen al wel een oude man, maar... Snel zette Ferdinando de gedachte aan zijn voorganger van zich af.

Als prins en kerkvorst in de belangrijkste stad van het land leidde hij een gerieflijk, zelfs luxueus leven, en zo op het oog werd hem veel respect betoond. De mensen op straat vielen op hun knieën wanneer hij langskwam. Maar hij kon niet altijd vergeten dat hij anders was dan de grote pausen van vroeger, in de gloriedagen van het Remaanse Rijk. En de heldere blik van de jonge Gaetano had het hem opnieuw in herinnering gebracht.

'Het diner wordt geserveerd, uwe heiligheid,' kondigde zijn lakei aan.

Ferdinando manoeuvreerde zijn omvangrijke buik van de stoel en ging op weg naar zijn maaltijd. Zijn ogen glinsterden bij de aanblik van de zilveren schalen en bokalen op een tafel die in een gloed stond van evenveel kaarsen als er op het hoge altaar in de Dom van Remora te vinden waren. Alleen hijzelf, Niccolo en Gaetano zaten om het sneeuwwitte tafelkleed, maar er waren meer dan tien huisknechten die hen op hun wenken bedienden.

Aan het eten ging een kort gebed vooraf, opgezegd in het Talisch, de oude taal van Remora en heel Talia. Ferdinando at langzaam en genietend van elk zorgvuldig klaargemaakt gerecht. Niccolo at weinig en dronk veel. Gaetano werkte alles wat hem werd voorgezet zo snel naar binnen als nog enigszins fatsoenlijk was, alsof hij de hele dag hard op het land had gewerkt, terwijl hij in werkelijkheid humeurig in het paleis had rondgehangen en zijn vrienden en boeken had gemist.

'Hoe was jouw dag, broer?' vroeg Ferdinando.

'Heel bevredigend,' antwoordde Niccolo. 'Ik heb jouw mooie Benvenuto bekeken, mijn Zarina gezien, en daarna een bezoek aan de Ram gebracht.'

Ferdinando trok zijn wenkbrauwen op. 'En welk paard zetten ze dit jaar in?'

'Een mooie bruine vos die Arcangelo heet,' zei Niccolo. 'Prachtig gebouwd en vurig. Daar gooien ze hoge ogen mee.'

Gaetano maakte een soort snurkgeluid en deed toen alsof hij zich in de wijn had verslikt.

'Je had mee moeten gaan, Gaetano,' zei zijn vader minzaam. 'Dat zou je best leuk hebben gevonden.'

Het was waar dat Gaetano van paarden hield; hij was een van de beste ruiters in de familie. Misschien kwam het door de wijn, maar zijn ergernis over zijn vader en Remora begon weg te ebben. 'Tja, wie weet,' gaf hij met een glimlach toe. 'Wilt u naar alle twaalf stalhouderijen? Dan ga ik morgen graag mee.'

'Dat is wel een goed idee,' zei Niccolo, die tot op dat moment helemaal niet die bedoeling had gehad. 'De andere twaalfden mogen zich niet gepasseerd voelen, wel? En het kan ook geen kwaad om de tegenstanders te zien.'

*

Georgia keek haar ogen uit toen ze door de straten van Remora liepen. Paolo had wel gezegd dat ze in de zestiende eeuw waren, maar het was toch een schok om door een stad te lopen vol smalle straten belegd met keitjes, zonder auto's, en huizen zo dicht op elkaar dat er waslijnen over straat hingen en de katten van het ene dak op het andere sprongen.

Overal in de wijk, die Georgia als de twaalfde van de Ram leerde kennen, waren tekens en symbolen van dat dier te zien. Op ieder kruispunt stond een beeld van een ram met gekrulde hoorns, aan sommige gevels hingen rood met gele banieren waarop een steigerende ram met een zilveren kroon stond afgebeeld en om de paar meter zag ze kleine ijzeren ringen in de muren, met daarboven de borstkas van een ram die met de voorpoten in de lucht sloeg.

'Wat zijn dat?' vroeg Georgia, die naar een ring wees.

'Daar kun je de paarden aan vastzetten,' zei Cesare. 'En kijk eens naar boven!'

Georgia keek omhoog en daar, op zo'n tien meter boven de grond, waren nog meer ringen.

'Voor de vliegende paarden,' fluisterde Cesare. 'Alle twaalf-den houden rekening met ze, voor de zekerheid.'

Hij bracht haar naar een pleintje. Aan de noordkant stond een grote, indrukwekkende kerk en midden op het plein was een fontein. De zon schitterde in het bruisende water, dat een waaier van fonkelende waterdruppels leek. Het water spoot uit de mond van een enorme ram met hoorns van zilver. Op de drietanden van de zeegoden om de fontein glinsterde nog meer zilver.

'Dit is de Fonte d'Argento, de zilveren fontein,' legde Cesare uit. 'De Ram is verbonden aan het gilde van de zilversmeden en zij hebben de fontein voor ons versierd. Elke twaalfde heeft een band met een van de gilden in de stad. De Vrouwe met de schilders, de Tweeling met de bankiers.' Hij lachte. 'Het had ook andersom kunnen zijn. De Chimici's zijn bankiers en Giglia, de stad van de Vrouwe, is hun bolwerk. Maar ze staan ook bekend als beschermheren van de kunsten, dus dan kloppen de schilders ook wel weer.'

'Ik kan het niet volgen,' zei Georgia. 'Ik dacht dat de Vrouwe een andere wijk van déze stad was. Hoe kan het bij een andere stad horen?'

Ze gingen op de stenen bank van de fontein zitten en Cesare begon het geduldig uit te leggen. 'Iedere twaalfde in Remora is trouw aan een van de stadstaten in Talia. Alleen de twaalfde van de Tweeling steunt Remora zelf. De Vrouwe is voor Giglia en de Ram voor Bellezza.'

'Hoe heten de andere twaalfden?' vroeg Georgia. 'Je noemt steeds dezelfde drie.'

'De Stier, de Kreeft, de Leeuwin, de Weegschaal, de Schorpioen, de Boogschutter, de Steenbok, de Waterman en de Vissen,' dreunde Cesare op, terwijl hij ze op zijn vingers telde. Georgia dacht even na. 'Aha!' riep ze toen triomfantelijk. 'Het zijn de tekens van de dierenriem, hè? Astrologie? Maar wacht eens... waarom Leeuwin? Waar ik vandaan kom noemen we het Leeuw – Leo.'

'Alleen een leeuwin kon de tweeling zogen,' zei Cesare laconiek. 'Je weet wel... Romulus en Remus.'

'In mijn wereld was het een wolvin,' zei Georgia. 'Maar waarom heeft die twaalfde geen verbond met Remora?'

'Omdat ze voor Romula zijn,' zei Cesare.

Georgia schudde haar hoofd. Het zou een eeuwigheid duren voordat ze het op een rijtje had.

'Kom mee naar de Campo,' zei Cesare en hij stond op. 'Daar kan ik het makkelijker uitleggen.'

Ze liepen door een nauwe steeg en kwamen op het fraaiste plein dat Georgia ooit gezien had. Wie het plein op liep, kreeg het gevoel alsof hij vrijkwam uit de gevangenis, of geboren werd na een moeizame bevalling. Georgia kon het wel uitschreeuwen van enthousiasme. De ronde, open ruimte baadde in het felle zonlicht. Eromheen stonden huizen en statige gebouwen. Er was een fraaie fontein in het midden, met een slanke pilaar erop. En het plein zelf was bestraat in een soort haringsteekpatroon van bakstenen, verdeeld in gelijke parten, met onderling een afscheiding van rechte lijnen. De bestrating leek op een sinaasappel die horizontaal doormidden was gesneden. Elk partje had in het midden een teken van de dierenriem.

'Zie je,' zei Cesare. 'Twaalf delen... één voor elke twaalfde. En de weg naar elke twaalfde van de stad begint op het eigen deel. Wij staan nu op de Ram.'

Georgia telde. 'Maar het zijn er veertien, geen twaalf,' protesteerde ze.

'De andere twee leiden naar de Strada delle Stelle,' legde Cesare uit. 'Dat is een soort niemandsland tussen de Zonnepoort en de Maanpoort. Kijk maar, ze hebben het teken van de zon en de maan. Iedereen mag er gaan en staan wanneer hij maar wil.'

'En dat mag in de andere straten niet?' vroeg Georgia ongelovig.

'Nou, dat hangt ervan af bij welke twaalfde je hoort,' zei Cesare. 'De Ram is bondgenoot van de Leeuwin en de Boogschutter, maar leeft in vijandschap met de Vissen. De Vissen zijn onze buren in het zuidwesten, waardoor het voor ons extra gevaarlijk is om daar te komen.'

'Maar hoe kunnen ze weten van welke twaalfde je bent?' vroeg Georgia.

'Door de kleuren natuurlijk,' zei Cesare en hij wees op zijn halsdoek. Die was van hetzelfde rood en geel dat Georgia op de banieren in de straten van de Ram had gezien. Ze besefte dat ze zelf ook zo'n herkenningsteken droeg. Ze schudde haar hoofd. Het had iets van de straatbendes in Los Angeles.

'Kun je niet onafhankelijk zijn?' vroeg ze. 'Ik bedoel, niet bij een van de twaalfden horen?'

'Niet bij een twaalfde horen?' herhaalde Cesare, alsof hij zijn oren niet kon geloven. Het deed Georgia denken aan de toon waarop Russell 'dat wil er niet in' zei wanneer hij iets hoorde wat hij niet begreep.

'Iedereen in Remora wordt in een twaalfde geboren,' probeerde Cesare het opnieuw. 'Als een vrouw te vroeg een baby krijgt, terwijl ze op bezoek is in een ander deel van de stad, heeft ze een zakje aarde uit haar eigen twaalfde bij zich om op

het kraambed te strooien, zodat het kind toch op zijn eigen ge-
boortegrond ter wereld komt.'

Tot nu toe had Georgia zich de stad voorgesteld als een verzameling fanatieke supporters van verschillende voetbalclubs,
maar nu kreeg ze door dat het veel verder ging.

'Goed,' zei ze. 'Je hebt twee bondgenoten en een vijand. En
de andere acht?'

'O, in die twaalfden ben je veilig genoeg,' zei Cesare. 'Zullen
we er een gaan bekijken?'

Ze wandelden de Campo over. Overal waren kraampjes waar
eten, drinken, wimpels en vlaggen in alle kleuren van de re-
genboog werden verkocht. Georgia onderscheidde het rood en
geel van de Ram. Ze merkte dat alle voorbijgangers een halsdoek om hadden, of een ander zichtbaar kenmerk van hun
twaalfde droegen. Deftiger geklede mensen droegen een satijnen lint in hun eigen kleuren.

Blauw en paars, groen en geel, rood en zwart. Cesare wees de
kleuren aan en benoemde ze moeiteloos: Schorpioen, Steenbok, Leeuwin. En toen kwamen ze langs een groepje jongens
dat roze met blauwe linten droeg. Wijzend naar Cesare en
Georgia begonnen ze te schelden.

'Snel,' fluisterde Cesare. 'Vissen!' Hij sleepte haar een steegje in tegenover de kant waar ze de Campo waren op gekomen.
'Dit is de twaalfde van de Boogschutter; hier komen ze niet
achter ons aan.'

De Vissenbende verdween in een aangrenzende steeg. 'Ze
zijn de Schorpioen in gegaan,' zei Cesare, luisterend. 'Dat is
een van hun bondgenoten, snap je.'

'Tuurlijk,' zei Georgia sarcastisch.

Cesare keek haar ernstig aan. 'Dit is geen spelletje,' zei hij.
'Je moet die regels kennen als je veilig wilt zijn in Remora.'

Georgia merkte dat de twaalfde van de Boogschutter net zo ingedeeld was als de Ram. Ook hier waren overal standbeelden, al waren deze van een centaur met pijlen en boog, ook hier was voor de kerk een plein met een fontein in het midden. Cesare zei dat dit de Fonte Dolorosa was. Hij knikte toen een groep jongens met rode en paarse halsdoeken langskwam, en de jongens zwaaiden. 'Boogschutters,' fluisterde hij.

'Dolorosa,' zei Georgia en ze liet de lettergrepen over haar tong rollen. 'Dat klinkt triest. Waarom?'

Cesare haalde zijn schouders op. 'Ik weet het niet. De kerk is de San Sebastiano; hij is de beschermheilige van de Boogschutters. Misschien maken de pijlen het triest.'

'Wacht even,' zei Georgia. 'Elke twaalfde heeft een kerk, met heiligen en zo, maar alles is ingericht naar sterrenbeelden. Is dat niet raar? Ik bedoel, in mijn wereld moet de kerk niets van astrologie hebben. Dat vinden ze een beetje te veel hocus-pocus. Al vinden ongelovige mensen, en dat zijn eigenlijk de meesten, op hun beurt weer dat de kerk ook hocus-pocus is.'

Ze kon zien dat Cesare geen idee had wat ze bedoelde. Daarom liet ze het onderwerp varen en vroeg: 'Bij welk gilde hoort de Boogschutter?'

'Dat van de ruiters,' zei Cesare opgetogen. 'We boffen met onze bondgenoten, hè?'

'Heeft elke twaalfde zijn eigen paarden?' vroeg Georgia. Ze had opeens het gevoel dat ze zich thuis kon voelen in deze stad.

'Natuurlijk,' zei Cesare. 'Iedere twaalfde heeft zijn eigen stalhouderij en stalmeester. Zij zorgen voor het paard dat in de Stellata uitkomt.'

'Dat is toch de race waar je vader het over had?'

'Ja, de Stellata is de paardenrace van de stad van sterren,' zei Cesare. 'Wij komen dit jaar met Arcangelo.'

'Die grote bruine vos?' vroeg Georgia. 'Hij is prachtig. Ik zou wel eens op hem willen rijden. Wie is de jockey?'

'Ik, hoop ik,' zei Cesare bescheiden, maar Georgia kon wel zien dat hij barstte van trots. 'De race wordt in de Campo gehouden, de Campo delle Stelle,' voegde hij eraan toe.

'Wat, het ronde plein waar we net waren?' zei Georgia. 'Maar dat is klein! Ik bedoel, voor een piazza is het groot genoeg, maar niet voor een renbaan. Hoe lang duurt de race dan?'

Cesare keek beledigd. 'Minstens anderhalve minuut,' zei hij.

Georgia zag aan zijn gezicht dat ze het niet moest wagen om te lachen. Het was hem ernst. De wedstrijd, die zo belangrijk was in deze buitengewone stad, zou voorbij zijn in minder tijd dan nodig was om een bericht te schrijven. Maar als ze hier terug zou komen, moest ze leren om de tradities en gewoonten te respecteren. En ze besefte dat ze graag terug wilde komen. Heel graag.

Alsof hij haar gedachten had gelezen, keek Cesare naar de lucht. 'Over een uur is het donker,' zei hij. 'We moeten naar de Ram terug.'

Georgia kwam met een ruk overeind in bed. Haar moeder stond op de deur te bonken en het zweet brak Georgia uit.

'Georgia, schiet op, je moet naar school!' gilde Maura. 'Doe die deur toch niet altijd op slot!'

'Wat is er gebeurd?' vroeg Georgia zich slaapdronken af. Het duurde even voordat ze kon omschakelen naar haar leven van alledag. Het vooruitzicht van een dag op school leek opeens ondraaglijk saai.

Ze had op een grove matras op Paolo's hooizolder gelegen en was in slaap gevallen met het beeldje van het gevleugelde paardje in haar hand. Het laatste wat ze zich herinnerde, was dat Paolo en Cesare voorbereidingen troffen om Merla naar haar schuilplaats in Santa Fina te brengen, waar dat ook mocht zijn.

'Dat moet ik hun nog eens vragen,' mompelde ze, op weg naar de douche. En toen besefte ze dat ze het Etruskische paardje nog vasthield. Ze stopte het snel in de zak van haar trainingsbroek. Russell mocht het niet zien.

Wat het allemaal ook betekende en waar de paardenstad Remora in het echt ook was, het gevleugelde paardje moest ervoor zorgen dat ze daar weer terug zou komen.

# 4

## GEESTVERSCHIJNING

Voor het huis van de stalmeester in de twaalfde van de Ram
hield een koets stil en twee passagiers stapten uit. De ene was
stram en bewoog zich moeizaam, de ander was veel jonger en
sprong lenig op de grond. Hij bood de oude man zijn arm als
steun. De twee waren duidelijk op elkaar gesteld. Vader en
zoon, zou een toeschouwer misschien denken, al leken ze in
niets op elkaar. De jongen was tenger met dik, zwart haar dat
naar de mode van Talia lang was en met een paars lint losjes bij
elkaar werd gehouden. Zijn kleren waren eenvoudig van model, maar de stof wees op welvaart.

De oudere man was breed en hij zag er krachtig uit, ondanks
zijn stramheid. Zijn haar was wit en hij had iets gedistin-
geerds; hij had een professor kunnen zijn, maar hij had de ver-
weerde handen van iemand die lichamelijke arbeid verricht.

Nu stond het tweetal in de vroege ochtendlucht op de keitjes
van Remora en ze keken nieuwsgierig om zich heen.

'Wederom een onbekende stad, Luciaan, doch waarlijk imposant,' zei de oudere man. 'Doch wat zouden den brave burgers wel zeggen indien zij wisten van hoeverre wij in werkelijkheid zijn gekomen?'

De jongen kreeg geen tijd om te antwoorden, want de deur ging open en een grote, grijze man verscheen.

'Maestro!' zei hij en zijn ogen straalden. 'Welkom! Ik ben blij u te zien. En uw zoon ook.'

De twee mannen omarmden elkaar als broers en toen sloeg de stalmeester zijn forse armen om de jongen heen.

'Je moet kennismaken met mijn zoon Cesare... jullie zijn bijna even oud. Kom binnen, kom binnen. Teresa heeft een stevig ontbijt voor jullie klaarstaan.'

Voor Georgia ging de dag als in een roes voorbij. Ze merkte niet eens aan het ontbijt dat Russell haar sukkel noemde. Voor het eerst in jaren had ze iets om over na te denken wat haar volledig in beslag nam.

Zelfs toen ze nog in de stad van sterren was, had ze al geweten dat het een droom zou lijken als ze weer in haar eigen wereld terug was. Maar ze wist ook dat het geen droom kon zijn. Ze mocht daar dan geen schaduw hebben gehad, maar ze was van vlees en bloed geweest, had bier gedronken en brood en olijven gegeten voordat ze op de hooizolder in slaap was gevallen. Ze had gedacht dat ze klaarwakker zou blijven, vooral omdat ze wist dat Cesare en Paolo het gevleugelde veulen en haar moeder 's nachts zouden wegbrengen.

Ze was het liefst gebleven om aan dat avontuur mee te doen,

maar Paolo had uitgelegd dat ze in haar eigen wereld 's ochtends bewusteloos in bed zou worden aangetroffen als ze 's nachts in Talia bleef.

'Je ouders zouden zich doodschrikken en denken dat je erg ziek was,' zei hij. 'Je moet terug. Dat gebeurt zodra je in slaap valt – zolang je je talisman maar vasthoudt.'

En hij kreeg gelijk. Of het nu door het bier kwam of omdat ze twee dagen achter elkaar in actie was geweest, Georgia was al snel diep in slaap.

Het was raar om in haar eigen kamer wakker te worden. Alle geluiden waren hard en schel – het nieuws en de weerberichten die uit de radio schalden, zelfs de broodrooster en de ketel die hun ochtendplicht deden en Maura die controleerde of ze allemaal hun benodigdheden voor die dag hadden. Toen Ralphs mobieltje overging, viel Georgia van schrik bijna van haar stoel.

Ondanks al dat lawaai en die drukte leek haar wereld opeens ook erg leeg; een zinloos gedoe van gebeurtenissen en drukdoenerij. Georgia besefte dat de levensstijl en vele regels in Remora haar op het lijf waren geschreven, net als de daar heersende obsessie met paarden, op een manier die ze in haar eigen wereld niet kende.

Maf, dacht ze. Ik ben er maar één middag geweest en ik weet niet eens of ik er terugkom.

En toch dacht ze onophoudelijk aan de twaalfden, de Campo delle Stelle, het gevleugelde paard en aan Cesare. Het leek wel verliefdheid, al was die dan niet gericht op één persoon maar op een hele stad. Die plotselinge gedachte zette haar aan het denken. Ze vond Cesare aardig, hij was leuk om te zien en maar twee jaar ouder dan zij; eigenlijk had ze smoorverliefd op hem moeten zijn, al was dat even idioot als verliefd worden op een jongen op een schilderij uit de Renaissance. Toch was het een ander gevoel. Het was vooral fijn om voor de verandering om te gaan met een jongen die geen hekel aan haar had. Zo moest het voelen als ze echt een broer had gehad, dacht ze opeens. En voor het eerst durfde ze in te zien dat de problemen met Russell door hem kwamen, en niet door haar.

In de middagpauze ging ze in de schoolbibliotheek achter een computer zitten en zocht 'Talia', 'Remora', 'Di Chimici' en 'Stellata' op. Ze spelde de namen op allerlei manieren, maar er werd niets gevonden. Ze verliet de computer, zocht een naslagwerk over de Griekse en Romeinse mythologie en begon te lezen.

Romulus en Remus waren de tweelingzoons van Rhea Silvia en de god Mars. Hun geboorte was een schandaal dat geheim moest blijven; een oudoom had hen in een rivier gegooid en het koninkrijk van hun grootvader gestolen. Na gevoed te zijn door de wolvin – het enige deel van het verhaal dat Georgia al kende – waren ze opgevoed door herders. Toen ze eenmaal volwassen waren, hadden ze hun rechten heroverd en besloten een stad te bouwen. Ze konden het echter niet eens worden over de geschiktste plaats en bouwden ieder een eigen stad. Romulus zette een lage muur om de zijne, waar Remus spottend overheen sprong. In een vlaag van blinde woede had zijn broer hem daarna vermoord.

Er viel nog veel meer te lezen over Romulus, zoals het boeiende feit dat niemand wist wat er na zijn dood met zijn lichaam was gebeurd, waardoor hij tot god was uitgeroepen. Maar wat Georgia vooral opviel, was een korte voetnoot die meldde dat de tweeling ruzie had gemaakt over de vraag hoe ze hun stad zouden noemen: Roma of Remora.

Ze leunde verbijsterd achterover. In Talia was de strijd dus omgekeerd uitgepakt; Remus had de stad gesticht waar ze geweest was en in de Taliaanse geschiedenis had die stad de status van Rome in Italië verworven.

Dat betekende dat in Talia Romulus zijn broer Remus niet had vermoord, dacht ze.

Na school ging ze bij meneer Goldsmith in zijn winkeltje langs. Hij vond het leuk haar te zien. 'Ben je daar weer?' zei hij. 'Je komt toch niet het paardje terugbrengen?'

'Nee, geen sprake van,' zei Georgia, die het paardje in de zak van haar spijkerbroek had zitten. 'Ik wil het voor geen goud kwijt. Ik wil er juist veel meer over weten.'

'Vraag maar raak,' zei meneer Goldsmith. 'Ik ga eerst even thee voor ons zetten.'

'Oké, maar ik kan niet lang blijven,' zei Georgia. 'Ik heb straks vioolles.'

Gaetano en zijn vader deden de ronde langs de stalhouderijen van Remora. Overal waar ze kwamen voelden de verbaasde Remoranen zich vereerd met hun bezoek. De ene wijk na de andere pronkte met haar renpaard; ze bekeken vossen, ruinen, schimmels, grijze, zwarte, bruine, gespikkelde, bonte en gevlekte paarden.

Als laatste gingen ze naar de Weegschaal. Dit was een riskante onderneming. De Vrouwe en de Weegschaal waren tegenstanders. In de twaalfde van de Stier was het al ongemakkelijk geweest, want Niccolo en zijn zoon mochten dan de heren van Giglia zijn – de stad van de Vrouwe – ze waren twee handen op één buik met Remora, en de Tweeling was de gezworen vijand van de Stier. Die vijandschappen en verbonden waren al heel oud in Remora; ze dateerden van eeuwen geleden.

De stalmeester van de Weegschaal, Giacomo, verwelkomde hertog Niccolo en zijn jonge zoon beleefd genoeg. De Vrouwe was wel hun vijand, maar de Tweeling was ook weer een bondgenoot van de Weegschaal, de twaalfde met als gilde dat van de apothekers en scheikundigen – de chimici.

Toch zag Giacomo liever geen groene en paarse linten in zijn stal en het kostte hem al zijn reserves aan goede manieren om de woede uit zijn stem te weren. 'Dit is onze kampioen voor de Stellata, hoogheid,' zei hij zo neutraal mogelijk. 'Il Corvo.' Gaetano vond het een van de mooiste paarden die hij die dag gezien had. Het zwarte paard was trots en fel, zoals de meeste renpaarden in Remora, maar het was ook heel fraai, met krachtige scherpe lijnen. Gaetano had graag een ritje op hem gemaakt, wat natuurlijk ondenkbaar was.

De hertog maakte zo snel als het fatsoen toeliet een einde aan dit bezoek bij de Weegschaal.

'Dat was dan dat,' zei hij tegen zijn zoon. 'We hebben onze plicht gedaan. Niemand is verwaarloosd. Wat vond je van dat dier?'

'Een echte schoonheid,' zei Gaetano. 'Jammer dat hij niet kan winnen.'

Niccolo keek hem vragend aan. 'Ben je waarzegger? "Er is pas een winnaar als de race is gelopen" – dat is toch een van Remora's oudste spreekwoorden?'

'Ja,' zei Gaetano, 'en het was misschien ook wel zo toen het voor het eerst werd gezegd. Toen het bij de Stellata nog eerlijk toeging en er niet met van alles werd gesjoemeld in het voordeel van onze familie.'

Ze waren weer op de Campo en staken automatisch de keitjes over naar het deel van de Vrouwe. Zelfs de hertog van Giglia wilde niet langer dan strikt noodzakelijk op vijandig terrein blijven.

Niccolo trok zijn wenkbrauwen op. Zo'n gesprek wilde hij in het openbaar niet voeren, vooral niet zo dicht in de buurt van de Weegschaal.

'Laten we naar neutraal gebied gaan,' zei hij en hij leidde Gaetano naar de Strada delle Stelle. Ze liepen aan de kant van de Steenbok de straat door en gingen naar een slaperige kleine herberg op een pleintje bij de Maanpoort.

'Hier word ik niet zo snel herkend en kunnen we in rust praten,' zei Niccolo.

De herbergier bracht hun een groengetinte wijn en een grote schaal met besuikerde taartjes, waar alleen Gaetano aandacht aan besteedde.

'Er zit jou duidelijk iets dwars,' zei Niccolo, die naar zijn zoon keek terwijl de jongen de taartjes bestudeerde. 'Wil je me vertellen wat het is?'

'Het komt door deze stad,' zei Gaetano ontwijkend, met een mondvol kruimelgebak. 'Het is allemaal schone schijn. Alles is keurig verdeeld en gaat volgens de regels. Maar dan wordt het tijd voor de Stellata en alle regels worden overboord gegooid. De twaalfde met het meeste geld voor bedrog en omkoperij wordt de winnaar.'

De hertog keek waakzaam om zich heen. Ook op neutraal gebied moest over sommige onderwerpen gedempt gesproken worden, al was het nog beter ze te verzwijgen.

'Je weet hoe de stad in voortekens en visioenen gelooft,' zei hij zacht. 'Als de Vrouwe of de Tweeling de wedstrijd niet wint, wordt dat gezien als een teken dat onze macht afneemt.'

'In dat geval kan het net zo goed de Stier of de Schorpioen of de Steenbok zijn,' zei Gaetano. 'Onze familie heerst over alle steden. Zelfs de Weegschaal mag winnen, want Bellona hoort ook bij ons.'

Niccolo zuchtte. Het was natuurlijk om gek van te worden dat binnen de stadsmuren van Remora die oude feodale zaken van eer en trouw hooggehouden werden. Maar de traditie dat elke twaalfde trouw was verplicht aan een van de twaalf stadstaten was al eeuwenoud, veel ouder dan de familie Di Chimici. Zoiets veranderde je niet van de ene dag op de andere. De bewoners van Remora zouden te vuur en te zwaard hun stad verdedigen als ze ergens anders waren. Als ze elkaar in een andere stad tegenkwamen, zouden twee Remoranen uit rivaliserende twaalfden het de gewoonste zaak van de wereld vinden om samen een café in te duiken.

In de stad zelf heerste altijd die onderstroom van haat en nijd, die van de ene Stellata tot de volgende bleef sudderen en in de weken voor de race tot een uitbarsting kwam. Dan werd het ronduit gevaarlijk in de straten die het dichtst bij de Campo lagen, want de Campo was het strijdtoneel. Verderop, bij de veertien stadspoorten, waar ook de stalhouderijen van de twaalfden waren, tilden de mensen minder zwaar aan de concurrentieslag. Maar het verdeelde patroon in de ronde stad betekende dat elke twaalfde een dodelijke dolk op het hart van de Campo richtte. Het was je reinste zelfmoord om op de dag van de Stellata een stap buiten je eigen twaalfde te zetten.

Langgeleden had een paus besloten om de stad in te delen naar de tekens van de dierenriem, in een poging de gunst te winnen van een bevolking die eerder warmliep voor astrologie dan voor de kerk. Het had tientallen jaren geduurd om alle straten en pleinen nieuwe namen te geven en om de wapenschilden, lijfspreuken en wimpels van de twaalfden te ontwerpen, en toen de boel eindelijk was afgerond, was de paus die dit alles in werking had gezet al lang dood. De stadsbewoners hadden dit nieuwe systeem in hun hart gesloten. De stad was destijds ruwweg in twaalven verdeeld en de bindingen in de stad waren al lang gevestigd. De bevolking hield zich hier met hart en ziel aan en de nieuwe paus, Benedictus, hoefde niets anders meer te doen dan de brede, onpartijdige boulevard en de beroemde Campo te laten bouwen.

Kon een volgende paus de stad misschien opnieuw veranderen? Niccolo piekerde over zijn broer in dat behaaglijke paleis, met ramen die aan de voorkant uitkeken op het deel van de Tweeling in de Campo delle Stelle. Na verloop van tijd zou een nieuwe paus verordeningen kunnen uitvaardigen om het overdreven vertoon van trouw aan elke andere stad dan Remora te verbieden...

Niccolo werd zich ervan bewust dat hij zijn zoon zat aan te staren. De jongen had alle taartjes op. Een trek van ergernis gleed over het aristocratische gezicht van de hertog. Was de kerk dan toch de juiste carrière voor die onverzadigbare zoon van hem? Die jongen zou met gemak net zo'n vadsige buik als die van Ferdinando aan kunnen kweken.

Hertog Niccolo was een meester in het verbergen van zijn gevoelens. 'Neem me niet kwalijk,' zei hij hardop. 'Ik zat na te denken over wat je gezegd hebt.'

'Het echte probleem is dat ik niet weet waarom u me hier mee naartoe hebt genomen,' mompelde Gaetano uitdagend. 'Wordt het niet eens tijd me dat te vertellen?'

'Zeker,' zei Niccolo. 'Wat dacht je ervan om met de jonge *duchessa* van Bellezza te trouwen?'

'Ik weet niet veel van de Etrusken,' zei Mortimer Goldsmith boven een keurig kopje Earl Grey-thee. 'Dat is meer het terrein van archeologen en antropologen. Ik hou me liever bezig met de recentere geschiedenis. Chippendale en Sèvres liggen me beter. Wil je nog thee?'

'Nee, dank u wel,' zei Georgia, die vond dat de thee naar aftershave rook en naar slootwater smaakte. 'Het waren toch vroege Italianen, of zo?'

'O ja, dat staat wel vast. Maar dat is ook zo'n beetje het enige. Er is weinig literatuur over, weet je – alleen wat inscripties.'

'En beeldjes van vliegende paarden,' voegde Georgia eraan toe.

'Ja, en een aantal urnen en zo. Als ik me goed herinner is er een urn in het Brits Museum,' zei hij. 'Of was het het Victoria en Albert-museum? Ik weet zeker dat ik er eens een gezien heb.'

Georgia had veel zondagen doorgebracht in de musea die hij noemde.

'Het moet in het Brits Museum zijn geweest,' besloot meneer Goldsmith na lang nadenken. 'Het waren paarden op een bronzen urn, uit ongeveer de zesde eeuw voor Christus. Maar vleugels hadden ze niet. Het was een of andere barbaarse paardenren, die de ruiters zonder zadel reden.'

Georgia nam zich voor naar het museum te gaan om er zelf achter te komen. Ook moest ze Paolo vragen of de Stellata op ongezadelde paarden werd gereden.

'Jammer, maar ik moet ervandoor,' zei ze en ze stond op. 'Bedankt voor de thee. Het was gezellig.'

'Het genoegen was aan mijn kant,' zei meneer Goldsmith, met een ouderwets buiginkje. 'De volgende keer zorg ik voor Darjeeling,' zei hij toen hij haar nog bijna volle kopje zag. 'En voor chocoladekoekjes. Ik krijg niet vaak jonge mensen op bezoek.'

Georgia moest het hele eind naar muziekles rennen. De vioolkist en haar muziektas sloegen tegen haar benen. Ze verknoeide haar les omdat ze zich niet kon concentreren. Ze kon niet wachten tot ze weer thuis was.

'Het is ongelooflijk,' zei Luciano. 'Een nieuwe stravagante? Nu al? Dat moeten we Rodolfo vertellen. Dottore, hebt u de handspiegel nog?'

'Welzeker,' zei Dethridge. 'Den spiegel bevindt zich immer in mijn reisvalies. Doch laat signor Paolo ons eerst het gehele verhaal vertellen.'

'Mijn zoon heeft met haar gepraat... want het is deze keer een jongedame,' zei Paolo.

Ze zaten in de genoeglijke woonkamer van Paolo en Teresa's huis in het westelijke deel van de stad, niet ver van de Poort van de Ram. De gasten hadden inderdaad een stevig ontbijt voorgezet gekregen, met versgebakken broodjes en vijgenjam en grote kommen koffie verkeerd. De kleine kinderen speelden in de tuin onder het wakend oog van Teresa, die ondertussen de kippen voerde en eieren raapte voor de frittata die ze voor het middageten wilde maken.

Cesare en Luciano hadden stijfjes en beleefd kennisgemaakt, maar ze begonnen zich langzamerhand bij elkaar op hun gemak te voelen. En nu Luciano wist dat Cesare iemand uit zijn vorige wereld had ontmoet, liet hij alle terughoudendheid varen. Hij voelde zich er heel vreemd onder. Het oude Talia mocht dan zijn wereld zijn geworden, hij kon niet zomaar vergeten dat hij uit de eenentwintigste eeuw kwam en het was spannend en griezelig tegelijk om iemand uit zijn eigen tijd te ontmoeten. Zelfs dr. Dethridge, Luciano's pleegvader, die dezelfde wereld van eeuwen geleden achter zich had gelaten, was aangeslagen door het nieuws.

'Komt ze nog terug?' vroeg Luciano.

'O vast, als het aan haar ligt,' zei Cesare. 'Ze wilde dolgraag het vliegende paard zien.'

Dat riep natuurlijk nog meer vragen op en de ruiters van de Ram moesten tekst en uitleg geven over het zwarte veulen, het bezoek van hertog Niccolo en hun nachtelijke expeditie naar Santa Fina om Merla en haar moeder te verbergen.

'Het bezwaart mijn gemoed dat zulk een heerschap door den stad waart,' zei dr. Dethridge. 'Die hertog beraamt snode plannen, dunkt mij.'

'Officieel is hij bij zijn broer de paus op bezoek,' zei Paolo. 'Maar intussen neemt hij de kans waar om de paarden van zijn rivalen te bekijken.'

'Het is toch eigenlijk allemaal doorgestoken kaart?' vroeg Luciano. 'Rodolfo zei dat de race elk jaar zo gemanipuleerd wordt dat een favoriet van de Chimici's wint.'

'Zo gaat het meestal,' gaf Paolo toe. 'Maar er wordt niet altijd een gevleugeld paard in de stad geboren. Ik hoop dat het een overwinning voor de Ram betekent.'

*

'De duchessa van Bellezza?' herhaalde Gaetano dommig; hij was te overdonderd om zijn mond te houden. 'Waarom?'

Zijn vader zuchtte. 'Van jou valt niet één-twee-drie een diplomaat te maken,' zei hij. 'Het gaat er natuurlijk om dat je hertog van Bellezza wordt en die stad tot de orde kunt roepen.'

'Tot de orde van onze familie, bedoelt u,' zei Gaetano, die tijd wilde winnen. Op zich vond hij het geen afschrikwekkend idee. Als hertog van Bellezza zou hij vast wel tijd genoeg krijgen voor zijn boeken en zijn muziek. 'Wat is ze voor iemand?' vroeg hij.

'Heel mooi,' zei Niccolo droog, 'en volgens mij even makkelijk in toom te houden als Zarina.'

Het duurde even voordat Gaetano besefte dat Zarina de vurige grijze merrie van de Vrouwe was.

Ze aten die avond vis met patat, en ijs toe. Gewoonlijk was Georgia blij als zo'n maaltje op tafel kwam, want daar konden Maura of Ralph niets aan verknoeien, maar vanavond had ze geen trek. Ze wilde haar huiswerk afraffelen en vroeg naar bed. Zelfs van Russell trok ze zich niet veel aan.

'Huiswerk op vrijdagavond?' wist hij haar nog net toe te sissen. 'Behalve een monster word je ook nog eens een nerd.'

Ze hielp hem er niet aan herinneren dat het morgen een zaterdag was waarop ze naar de manege ging. Ze liet het wel uit haar hoofd om nog meer aandacht op zich te vestigen.

De avond ging maar niet om. Ze deed wiskunde, Engels en Frans en ging toen naar bed. En vervolgens kon ze niet slapen. Ze had het gevleugelde paard in de zak van haar sweater en in haar hoofd had ze een duidelijk beeld van de hooizolder in Remora, maar de slaap wilde niet komen. Misschien lag het aan het feit dat ze veel te graag wilde, of aan Russells heavy metal-cd waarvan het geluid door de muur dreunde.

'Laat me alsjeblieft weer in de stad van sterren zijn,' wenste ze vurig.

\*

Luciano ijsbeerde opgewonden door de kamer. 'Ik wil wedden dat het iets te maken heeft met Arianna's bezoek aan de stad,' zei hij. 'Ik weet niet hoeveel u van mijn stravagatie weet, maar Rodolfo dacht dat ik naar Bellezza werd gehaald om de vorige duchessa te redden. Zou dat meisje uit mijn wereld komen omdat er weer een complot tegen Arianna is? U weet toch dat wij hier zijn omdat ze uitgenodigd is voor de Stellata?'

'Het is onze plicht al hetgene over den stad te weten te komen wat van belang mag wezen,' beaamde Dethridge. 'De gewoonten en tradities tijdens de wedren zijn van het grootste belang.'

'En ik wil wedden dat die hertog iets uitbroedt,' ging Luciano verder. 'Het is te toevallig dat hij hier tegelijkertijd met ons is.'

Er werd zacht op de deur geklopt. Paolo ging opendoen en Luciano ijsbeerde verder.

'Volgens mij is het hier echt niet veilig voor Arianna,' zei hij. 'Alles wat we over de stad weten wijst erop dat het een broeinest van schurken is. Hoe kan het ook anders als dit het middelpunt van de wereld van de Chimici's is?'

Hij stond nu tegenover de deur. Zijn mond viel open toen hij de tengere figuur met het zilveren ringetje in haar wenkbrauw zag.

Het effect op Georgia was niet minder dramatisch. Ze herkende die jongen met zijn zwarte haar. Nog maar een paar uur geleden had ze in het huis van haar vioollerares naar zijn foto staan kijken.

'Ik heb je twee andere stravaganti beloofd, hè, Georgia?' zei Paolo lachend.

'Lucien!' zei Georgia – en weg was ze.

# 5

## De schaduw van de twijfel

Georgia werd met een klap wakker in haar bed in Londen, maar het was geen ochtend. Haar hart ging tekeer. Het was stil en donker in huis. Verwarde gedachten tolden door haar hoofd. Het was al niet niks om te dromen van een stad met vliegende paarden, vooral als het geen droom bleek te zijn en de stad nog echt was ook. Maar het werd te gek als je daar opeens oog in oog kwam te staan met iemand uit je eigen wereld, iemand van wie je wist dat hij dood was...

Ze lag in het donker met het vliegende paardje in haar hand geklemd, wachtend tot haar hart zou kalmeren en ze weer helder kon denken. Aan de ene kant wilde ze onmiddellijk naar Remora terug, aan de andere kant was ze doodsbang. Het was echt niemand anders dan Lucien die ze in Paolo's huis had gezien. Ondanks die zestiende-eeuwse Taliaanse kleren had ze hem onmiddellijk herkend.

Georgia was een deskundige als het om Lucien Mulholland

ging. Toen zij op de Barnsburyschool kwam, zat hij een paar klassen hoger. Na schooltijd zag ze hem wel eens als ze naar zijn moeder ging voor vioolles. Pas in de tweede klas was ze iets voor hem gaan voelen. Russell had het helemaal mis, want ze was wel in jongens geïnteresseerd – in één bepaalde jongen. Maar Georgia was verlegen en ze gebruikte haar stoere uiterlijk om haar gevoelens te verbergen.

Als Lucien zich al bewust was geweest van die gevoelens, had hij het nooit laten blijken. Ze speelden allebei in het schoolorkest en ze was zich er maar al te goed van bewust hoe ironisch het was dat ze naast Lucien tweede viool speelde. Nu ze elkaar van het orkest kenden, knoopte hij soms een praatje met haar aan als hij haar bij zijn moeder zag. Na een tijdje drong het tot haar door dat ook hij verlegen was. Dat had tenminste als voordeel dat hij geen vriendinnetje had.

Ze begon hoop te koesteren dat ze langzamerhand vrienden zouden worden en dat hij op een dag misschien evenveel voor haar zou voelen als zij voor hem, maar daar kwam door zijn ziekte een einde aan. In het donker herleefde Georgia de pijnlijke tijd waarin ze erachter kwam dat Lucien ernstig ziek was, wekenlang van school wegbleef voor chemotherapie en zijn prachtige haar kwijtraakte. Zijn moeder gaf geen vioolles meer en Georgia hoorde niets meer over hem, behalve soms geruchten die op school rondgingen.

Vorige zomer had ze een paar weken durven geloven dat hij beter werd en na de vakantie weer op school kon komen. Zijn moeder ging weer vioolles geven en Georgia kwam hem zelfs een keer tegen toen ze bij hem thuis was voor les. Hij leek ouder en afstandelijker geworden, maar hij deed niet onvriendelijk, alleen een beetje verstrooid. Georgia had zich voorgenomen hem te vertellen dat ze om hem gaf, maar ze kreeg de kans niet door een opeenvolging van gruwelijke berichten: Lucien lag in het ziekenhuis, hij was in coma, hij was dood.

Ze ging als een zombie naar de begrafenis, zonder te kunnen geloven dat de enige jongen die ze ooit echt aardig had gevonden voorgoed uit haar leven was verdwenen. Pas toen ze zijn bedroefde ouders zag en hoorde hoe de stem van zijn beste vriend Tom brak toen hij een gedicht voorlas, was ze ervan overtuigd dat Lucien echt weg was.

En nu had ze hem teruggezien in Talia, even knap als altijd en zo gezond als vroeger toen hij in het orkest voor haar zat en zij naar het krullende haar op zijn kraag keek. Dit kon toch niet waar zijn? Ze begon zich af te vragen of Talia soms een fantasiewereld was, die haar onderbewustzijn voor haar had geschapen om in weg te kunnen vluchten. Paarden, vliegende paarden nog wel, en nu de herrijzenis van een jongen op wie ze stapelverliefd was... De symbolen lagen voor het grijpen.

En wat moest ze nu beginnen? Het zou heel pijnlijk worden om Lucien terug te zien, zoals ze de eerste keer had gemerkt, maar moest ze dan uit Talia wegblijven?

Georgia keek naar het zwarte paardje in haar hand. Het moest een betekenis hebben; het kon niet puur toeval zijn dat zij het gevonden had. Ze was vast niet zonder een bijzondere reden in Talia terechtgekomen. Was dat ook de oorzaak dat Lucien daar was? Waarom was hij in Talia en wat had het te maken met zijn dood?

Georgia was echt bang. In haar korte ervaring met Remora had ze zich als een toeschouwer bij een toneelstuk gevoeld, iemand die toekeek hoe het verhaal zich ontwikkelde. Maar nu ze Lucien had gezien, was het alsof ze het toneel op werd gesleurd en gedwongen werd mee te spelen. Als ze naar Talia terugging, wist ze dat ze voortaan een actieve rol ging vervullen in het raadselachtige drama dat daar werd opgevoerd. En ze besefte tegelijkertijd dat het spel gevaarlijk was.

Het was chaos bij Paolo thuis. Luciano was lijkwit geworden, Cesare was zich wild geschrokken en ook Dethridge was de kluts kwijt. 'Ken je haar?' vroeg Paolo, en Luciano kon nog net ja zeggen toen Georgia alweer terug was.

Luciano was de enige die begreep wat er was gebeurd. Hij duwde Georgia in een stoel en vroeg Paolo drinken voor haar te halen. Georgia dronk stilletjes rode wijn, liet zich vertroetelen en genoot van de sensatie dat Lucien voor het eerst uitsluitend oog voor haar had.

Ze voelde zich duizelig en begreep niet waarom ze was teruggekomen in dezelfde scène die ze halsoverkop had verlaten. Het had uren geduurd voordat ze de slaap had kunnen vatten. Volgens Paolo was slapen noodzakelijk om naar Talia te kunnen stravageren; ze moest de talisman vasthouden en aan Remora denken als ze in slaap viel. De eerste keer had het haar veel minder moeite gekost, omdat ze toen vrij was van de angst die ze na het terugzien van Lucien had gevoeld.

Hier in Talia was het alsof iemand de pauzeknop had ingedrukt en de scène stil was blijven staan op het moment van haar vertrek.

'Als je binnen dezelfde periode twee keer stravageert, dus op dezelfde dag of dezelfde nacht, kom je in Talia terug vlak nadat je er weg bent gegaan,' legde Lucien uit.

'Maar waarom was ze opeens weg?' vroeg Cesare, die naar Georgia keek alsof hij een geest zag.

'Ik denk dat ze flauwviel toen ze mij zag,' zei Luciano. 'En ze zal op dat moment haar talisman in haar hand hebben gehad. Als je in Talia bewusteloos raakt terwijl je je talisman vast hebt, kom je in onze wereld terug, of je nu wel of niet aan thuis denkt. Dat gaat eigenlijk automatisch.'

Hij zei het tegen Georgia en ze knikte; dat klonk wel logisch.

'Georgia en ik woonden in de andere wereld bij elkaar in de buurt,' ging Luciano verder. 'We zaten op dezelfde school. Ze wist dat ik dood was. Je moet wel gedacht hebben dat je een geest zag,' zei hij en hij keek haar recht aan.

Georgia knikte opnieuw, niet in staat iets te zeggen.

'Mag ik je talisman zien?' vroeg Luciano vriendelijk.

Ze deed haar rechterhand open. De vleugeltjes hadden zo diep in haar vlees gesneden dat ze rode striemen achterlieten. Luciano pakte het paardje van haar aan en bekeek het.

'Het is net onze Merla,' zei Cesare.

'Is Merla veilig?' vroeg Georgia. 'Hebben jullie haar weggebracht?'

'Ja,' zei Paolo. 'Ze is met Starlight in Santa Fina. We rekenen erop dat de Chimici's haar daar niet zullen vinden, maar riskant blijft het altijd. Jammer genoeg hebben ze een zomerpaleis in Santa Fina, maar voorlopig zitten ze hier in de stad. En Roderigo is te vertrouwen.'

'Kan ik naar haar toe?' vroeg Georgia.

'Jawel. Het is niet ver hiervandaan. Je kunt in een paar uur heen en weer zijn,' zei Paolo.

Luciano gaf haar het beeldje terug.

'Pas er goed op,' zei hij. 'De Chimici's zullen jouw gevleugelde beeldje even interessant vinden als het echte veulen.'

'En het wichtje zelve ook, dunkt me, indien zij een wichtje is,' zei Dethridge. Hij zat licht verwonderd naar Georgia's staljongenskleren te kijken.

'In Talia is ze een jongen,' zei Paolo, 'ook al is ze een meisje waar ze vandaan komt.'

'Ach zo,' zei Dethridge. 'Het is ene vermomming. Nu daagt het mij. Derzulken heb ik mogen aanschouwen gedurende toneelvoorstellingen.'

'Waarom praat hij zo?' fluisterde Georgia tegen Luciano.

Hij lachte. 'Valt het jou ook op? Hij komt wel uit onze wereld, maar dat was het Engeland van de zestiende eeuw – van vierenhalve eeuw geleden. Daar komt het door. Mag ik je voorstellen aan doctor William Dethridge, stichter van het genootschap van stravaganti. Hier in Talia heet hij Guglielmo Crinamorte en in Bellezza is hij een belangrijk man.'

Dethridge boog.

'Ik heet hier kennelijk Giorgio,' zei Georgia.

'Ik heb ook een nieuwe naam gekregen,' zei Luciano. 'Ik heet nu Luciano Crinamorte. Dottore Crinamorte en zijn vrouw Leonora zijn mijn pleegouders.' Hij keek snel een andere kant op.

Maar Georgia had andere dingen aan haar hoofd.

'Er is iets wat ik niet begrijp,' zei ze. 'Paolo zegt dat ik een stravagante uit een andere wereld ben. Hij zag het aan me omdat ik geen schaduw heb. Maar jij en dr. Dethridge komen uit dezelfde wereld als ik, al is het bij hem dan eeuwen geleden, en toch hebben jullie wél een schaduw. Kan iemand uitleggen hoe dat zit?'

\*

Rinaldo di Chimici was in de wolken nu hij weer in Remora was. Zijn verblijf in Bellezza was vaak onaangenaam en soms ronduit angstaanjagend geweest, en Rinaldo was geen held.

Hij had een hekel aan die stad, met de stinkende kanalen en de ontembare vrolijkheid van de inwoners. En dan was er nog die onnatuurlijke afwezigheid van paarden. Maar boven alles haatte hij de duchessa, die zo uitgekookt en mooi was en zoveel meer ervaring had in diplomatie dan hij dat ze hem het gevoel gaf een onbenul te zijn.

Maar goed, met dat mens had hij afgerekend. De geweldige duchessa van Bellezza was voorgoed van het toneel verdwenen. Hij mocht er dan niet in geslaagd zijn haar plaats in te laten nemen door zijn nichtje, ze was opgevolgd door haar dochter en dat was nog maar een meisje, dat nooit opgewassen kon zijn tegen zijn oom, hertog Niccolo.

Rinaldo liep naar de stalhouderij van de Tweeling. Hij wist niet zeker hoe zijn carrière verder zou lopen, maar op dat moment hunkerde hij alleen maar naar een snelle rit op een fit paard.

Twee jaar geleden leek het gedaan met Rinaldo, toen zijn vader doodging en als hertog van Volana werd opgevolgd door de oudste zoon, Alfonso. Er was geen andere titel die hij kon erven, hij had geen werk en hij was naar Remora getrokken om zich in een van de vele kamers van oom Ferdinando's paleis te vestigen, totdat hertog Niccolo hem als ambassadeur naar Bellezza had gestuurd.

Rinaldo voelde zich net zo thuis in de twaalfde van de Tweeling als in het nogal sombere familiekasteel in Volana, ver naar het noordoosten. Op zijn terugreis uit Bellezza had hij Alfonso en hun jongere zus Caterina opgezocht, maar hij kreeg het onbehaaglijke gevoel dat hij niet zo welkom was. Zijn broer werd in beslag genomen door het idee aan trouwen en wilde weten of de hertog iemand voor hem op het oog had. Het was de bedoeling dat Rinaldo dat ging uitvissen.

Rinaldo vroeg zich af of het zin had voor te stellen dat hun nichtje Francesca in aanmerking kwam. Hij had haar eerder naar voren geschoven als kandidaat-duchessa van Bellezza en dat plannetje was jammerlijk mislukt. De Chimici's trouwden bij voorkeur onder elkaar en misschien was Niccolo wel voor dit nieuwe idee te porren. Rinaldo was dan ook naar Remora gegaan met de missie oom Ferdinando over te halen Francesca's eerste huwelijk nietig te verklaren. Rinaldo had dat huwelijk tussen haar en een veel oudere Bellezziaanse raadsman bekokstoofd om een inwoonster van Bellezza van haar te maken, waarmee ze aan de voorwaarde voor de duchessaverkiezing had voldaan.

'Goedemorgen, hoogheid,' zei de stalmeester van de Tweeling. 'Ik heb een paard voor u gezadeld – Bacio, de vos.'

'Mooi!' zei Rinaldo, die met genegenheid naar de merrie keek. Ze was zijn favoriete paard in de stalhouderij van de Tweeling, geen kampioen als Benvenuto, maar een snelle draafster en een prachtig dier.

'Ze is goed in vorm, hè?' zei een bekende stem vanuit de schaduw. Rinaldo schrok en verschoot van kleur toen hij de spreker zag. In Bellezza had hij het gevoel gehad dat Enrico om hem heen hing als een vieze geur die hij onmogelijk kon afschudden. De stad was een plaats waar ze zich na de moord op de vorige duchessa allebei zo snel mogelijk uit de voeten wilden maken. Na de explosie waarbij zij was omgekomen, waren de Chimici's en hun volgelingen automatisch verdacht, al was er geen spoor van bewijs dat zij achter de misdaad zaten.

Rinaldo had Enrico geen baan in Remora kunnen weigeren en hij had de man bij zijn beide ooms aanbevolen: bij de paus als een ervaren stalknecht en bij hertog Niccolo als een gewetenloze spion. Maar alleen al het terugzien van die kerel bracht hem van zijn stuk. Enrico had koelbloedig een moord gepleegd, als het al bij één moord gebleven was. Rinaldo had hem weliswaar zelf opdracht gegeven, maar de aanblik van de moordenaar was hem een gruwel omdat hij wist dat die kerel voor een stevig bedrag net zo makkelijk zijn bazen de strot af zou snijden.

'Word je... eh... goed behandeld hier?' vroeg Rinaldo zenuwachtig en het liefst was hij er meteen vandoor gegaan, te paard de heuvels in.

'Heel goed,' zei Enrico. 'Ik ben blij dat ik weer met paarden werk. Die zijn betrouwbaarder dan mensen, als u begrijpt wat ik bedoel.'

Rinaldo dacht dat hij het wel begreep. De sjofele spion koesterde een wrok omdat zijn mooie verloofde na de explosie was verdwenen en de man zich in het hoofd had gehaald dat zijn vroegere opdrachtgever meer van haar verdwijning wist. Rinaldo had het meisje één keer ontmoet en hij wist net zo min iets van haar lot als Enrico, die overigens verdenkingen koesterde die ver van de waarheid waren. De ambassadeur verspilde geen tijd aan vrouwen, hoe mooi ze ook waren. Hij gaf niet om vrouwen, behalve om zijn zus en nichtjes. En het laatste wat hij wilde was dat Enrico hem een kwaad hart toedroeg. De spion kon Rinaldo veel schade berokkenen, en niet alleen lichamelijk.

'Dat is mooi,' zei hij vaag. 'Laat het me weten als je iets nodig hebt.' En hij leidde Bacio de hof op, nagekeken door Enrico's sombere bruine ogen.

*

'Waar zal ik beginnen?' vroeg Luciano. Hij, Cesare en Georgia hadden Paolo en dr. Dethridge samen in gesprek achtergelaten. De jongeren waren langs de westelijke route gelopen en door de poort van de Ram buiten de stadsmuren gekomen. Ze hadden de opdracht meegekregen Georgia zoveel mogelijk over Remora bij te brengen en alle nuttige informatie uit te wisselen.

'Nou, vertel eerst maar hoe je hier bent gekomen,' zei Georgia. Ze zaten op het muurtje bij een boerderij net buiten de stad.

'Vandaag met een koets,' lachte Luciano. 'Maar dat bedoel je niet, hè? Ik kom uit Bellezza. Dat was de stad waar ik in mei voor het eerst heen stravageerde.' Zijn lach verdween. 'Daar woon ik nu – het is nu mijn thuis.'

Ze zwegen alledrie even. Cesare was onder de indruk van die elegante jongen, die een jaar jonger was dan hijzelf en toch al zoveel wonderlijks had meegemaakt. Luciano was een stravagante en Cesare wist nog steeds niet precies wat dat betekende. Cesare had te horen gekregen dat Luciano in de leer was bij signor Rodolfo, de meest gerespecteerde stravagante in Talia, en dat hij in Bellezza bij dr. Crinamorte woonde, de stichter van het genootschap. En nu bleek hij niet alleen een gast uit een andere wereld te zijn, maar ook nog bevriend met Cesares eigen stravagante, het mysterieuze meisje met jongenshaar en zonder schaduw.

'Niets in onze wereld lijkt op Bellezza,' ging Luciano na een tijdje verder. 'Het lijkt op Venetië, maar alles wat van goud is in Venetië is van zilver in Bellezza. Goud heeft hier geen waarde, weet je; zilver is veel kostbaarder. Bellezza is een onvoorstelbaar mooie stad, waar toeristen vanuit deze hele wereld naartoe komen, niet alleen Talianen. En zodra ik er was, voelde ik me weer prima. Mijn haar kwam terug en ik was sterk, net als vóór de kanker.' Hij zweeg, haalde toen diep adem en stortte zich weer in zijn verhaal.

'Ik kan je niet alles in één dag vertellen. Ik ben maandenlang Rodolfo's leerling geweest... hij is geweldig, superslim, een echte magiër. Hij heeft me geleerd wat het is om stravagante te zijn. Hij verwachtte me toen ik kwam, want hij had mijn talisman naar onze wereld gebracht.'

'Wat was jouw talisman?' vroeg Georgia nieuwsgierig.

Een pijnlijke trek gleed over zijn gezicht. Ze kon merken dat de nieuwe Luciano anders was dan de Lucien die ze zich herinnerde. Hij zei dat hij in Talia niet ziek was geweest en toch zag hij eruit als iemand die een ernstige ziekte had doorstaan en er lichamelijk wel, maar geestelijk nog niet van was genezen.

'Het was een notitieboek uit Bellezza,' zei Luciano. 'Ik kan het nu niet meer gebruiken.' Hij stond op en liep voor de muur heen en weer. 'Je ziet dat ik weer een schaduw heb. Ik ben nog altijd een stravagante, maar alleen vanuit deze wereld naar de jouwe. Ik heb die reis nog maar een paar keer gemaakt, want ik heb er veel moeite mee.'

'Door de gevolgen van je ziekte in onze wereld?' vroeg Georgia, die zich stom en tactloos voelde terwijl ze het zei, maar ze moest het weten.

'Ja,' zei Luciano. 'Je weet dat ik in jullie wereld, die de mijne niet meer is, dood ben.'

Cesare keek hem met ontzag aan; hij geloofde zijn oren bijna niet toen hij Luciano hoorde zeggen dat de jongen in zijn oude wereld dood was.

'Is met dr. Dethridge hetzelfde gebeurd?' vroeg Georgia snel, om de spanning te doorbreken.

'Zo ongeveer,' zei Luciano. 'Hij stravageerde naar Bellona,

zijn stad in Talia, om aan een doodvonnis in Engeland te ontsnappen. En later ontdekte hij dat hij hier een schaduw had en
hij besefte dat hij in zijn oude leven dood moest zijn.'

Georgia veranderde van onderwerp. 'Wat heb je in Bellezza
nog meer gedaan, behalve over stravagatie leren?'

'Eerst werd ik door de duchessa uitgekozen om mandolier te
worden. Dat is hetzelfde als een gondolier in Venetië,' zei hij,
'maar Rodolfo haalde me daar weg en toen ging ik vuurwerk
maken. Ik heb de eilanden bezocht, ben in het kanaal gedoken,
heb met een moordenaar gevochten, kreeg een heleboel zilverstukken, er werd een arrestatiebevel voor me uitgevaardigd, ik
werd dronken, ben ontvoerd, hielp een nieuwe duchessa aan
haar verkiezing, heb met haar gedanst op het carnaval...'

Weer veranderde zijn gezichtsuitdrukking en Georgia voelde
een kramp in haar hart.

'Hoe oud is de nieuwe duchessa?' vroeg ze.

'Ongeveer van mijn leeftijd,' zei Luciano. 'Een maand of
twee ouder.' Hij zei het heel achteloos en Georgia wist meteen
waarom. Op dezelfde toon had zij Vicky Mulholland gevraagd
hoe het met Lucien was als ze naar vioolles ging.

'Wat spannend!' riep Cesare. 'Je hebt zoveel meer avonturen
meegemaakt dan ik. Ik heb nog nooit iets anders gedaan dan
paardrijden en mijn vader helpen in de twaalfde. En je hebt de
duchessa van Bellezza ontmoet. De oude duchessa en zelfs de
nieuwe! Mijn leven is er saai bij.'

'Zo saai zal het niet blijven,' zei Luciano grimmig. 'Je kunt
niet de zoon van een stravagante zijn in een bolwerk van de
Chimici's zonder gevaar te lopen.'

'Tot gisteren wist ik niet eens dat hij stravagante was,' zei Cesare. 'En ik weet nog steeds niet wat het inhoudt.'

'Ik ook niet,' zei Georgia. 'En ik ben er nota bene een!'

'Het is een reiziger tussen verschillende werelden,' zei Luciano. 'Tenminste, tussen de wereld van Georgia en de onze.' Hierbij keek hij naar Cesare en identificeerde zich expres met hem in plaats van met Georgia. 'De reis kan in beide richtingen worden afgelegd, maar de talisman – het voorwerp waarmee de stravagante de reis kan maken – komt uit de andere wereld dan die van de stravagante.'

'Maar je zei dat je in de andere wereld terug bent geweest nadat... je weet wel,' zei Georgia. 'Heb je dan nu een talisman die daarvandaan komt?'

'Ja,' zei Luciano, maar hij ging er niet verder op in.

'Waarom zijn juist jullie twee uitgekozen?' vroeg Cesare een beetje verlegen. 'Jullie moeten wel iets bijzonders hebben.'

Luciano en Georgia haalden tegelijkertijd hun schouders op.

'Ik zou niet weten wat,' zei Luciano.

'En ik al helemaal niet,' zei Georgia.

'Tenzij...' zei Luciano en toen zweeg hij, verward.

'Tenzij wat?' vroeg Georgia.

'Ik heb volop de tijd gekregen om erover na te denken,' ging hij aarzelend verder. 'Ik vraag me steeds af of mijn talisman mij gevonden heeft omdat ik in mijn eigen wereld toch al was opgegeven. Ik bedoel, ik ben hier wel gestrand omdat de Chimici's me ontvoerden en ik niet meer terug kon stravageren zonder mijn talisman, maar ik denk dat ik in mijn eigen wereld sowieso doodgegaan zou zijn. De kanker was teruggekomen, weet je.'

Georgia knikte.

'Dus vraag ik me af of dat met elkaar te maken heeft... of ik hier moest blijven omdat ik daar toch dood zou gaan. En nu vraag ik me af... ik vraag het liever niet, maar ik wil het weten... weet je wel zeker dat jij in je eigen wereld echt gezond bent?'

# 6

## De jongste zoon

'Heb jij soms iets onder de leden?' vroeg Maura toen Georgia aan het ontbijt voor de vierde keer omstandig gaapte.

'Nee hoor, mam, er is niets aan de hand,' zei ze. 'Ik heb alleen slecht geslapen.'

Daar was geen woord van gelogen. Lucien had haar al gewaarschuwd. 'Ik was thuis altijd doodmoe toen ik iedere nacht stravageerde,' had hij gezegd. 'Maar ik had tenminste het excuus dat ik ziek was.'

Ze had zijn bezorgdheid – en die van haarzelf – kunnen wegnemen. Ze wist zo goed als zeker dat ze geen ernstige ziekte had.

'Misschien kun je vandaag maar beter niet gaan paardrijden?' zei Russell, alsof hij broederlijk meeleefde. Georgia vuurde een dodelijke blik op hem af.

'Misschien kun jij 's avonds laat die rotmuziek zachter zetten,' kaatste ze terug. 'Ik kon er niet van slapen.'

'Kappen, jullie,' zei Ralph. Hij had een hekel aan ruzie aan tafel.

Georgia had haar rijbroek en laarzen al aan. Soms had ze geluk en gaf Ralph of Maura haar een lift naar de manege, maar die was ver weg en ze waren er de hele ochtend mee kwijt omdat ze dan op haar moesten wachten. Meestal nam ze, zoals vandaag, de metro naar bijna het eindpunt, met haar cap en rijzweep in haar handen. Die attributen bleven niet onopgemerkt en er was onderweg altijd wel een lolbroek die vroeg: 'Waar is je paard?' om vervolgens in lachen uit te barsten om zijn eigen geestigheid. Vandaag lette ze er nauwelijks op, maar uit gewoonte hield ze de tel bij. 'Drie maar,' mompelde ze toen ze de bus van het station naar de manege nam. 'Ik word zeker onzichtbaar.'

De vertrouwde geur van de manege deed haar meteen aan Remora denken, waar paarden als halve goden werden behandeld, ook als ze geen vleugels hadden. Ze had bijna de hele nacht – of de dag ervoor, als je in Taliaanse termen dacht – met Lucien en Cesare over de Chimici's gepraat, over Bellezza, stravagatie en Taliaanse magie. Nu brandde ze van verlangen om terug te gaan en meer te weten te komen over de paardenrace die de stad in de ban hield. En om Lucien terug te zien.

Lucien had aan het einde van hun gesprek gezegd dat ze beter niet elke nacht kon stravageren, als ze niet uitgeput wilde raken. Ook had hij haar gewaarschuwd dat de route vanuit haar wereld niet altijd even stabiel was. Hij, Dethridge en de mysterieuze Rodolfo, die blijkbaar een enorme held voor Lucien was, werkten voortdurend aan stabilisatie van de doorgang, maar zelfs als ze een week over zou slaan, zou ze merken dat in Talia maar één dag voorbij was.

Maar hoe kon ze de kans voorbij laten gaan om hem zo vaak

mogelijk te zien? Haar gezonde verstand zei haar dat ze nu net zomin Luciens vriendin kon worden als wanneer hij echt dood was geweest. En in haar wereld was hij tenslotte echt dood. Ze was het niet van plan, maar zelfs als ze naar Talia zou stravageren om er voorgoed te blijven, leek het onmogelijk dat hij ooit meer dan een goede vriend werd. Verdrietig dacht ze aan de manier waarop hij had gekeken toen hij het over de jonge duchessa van Bellezza had.

De duchessa heette Arianna en het verhaal van haar geboorte was een en al geheimzinnigheid. Ze bleek de dochter te zijn van de vorige duchessa en Rodolfo. Lucien was al met haar bevriend toen ze nog een heel gewoon meisje van de eilanden in de Bellazziaanse lagune was, lang voordat ze over haar afkomst hoorde. Maar toen haar echte moeder vermoord werd, kwam de waarheid aan het licht.

'Georgia!' riep iemand en ze schrok wakker uit haar overpeinzingen. 'Ga je nog rijden vandaag, of blijf je daar de hele ochtend staan?'

Het was Jean, de eigenares van de manege, op wie Georgia erg gesteld was.

'Sorry... ik was mijlenver weg,' antwoordde Georgia naar waarheid.

Falco di Chimici was alleen, op de bedienden na. Hij had het hele paleis voor zichzelf. Het zomerpaleis van de Chimici's in Santa Fina, zo'n vijftien kilometer van Remora, was het weelderigste verblijf van alle huizen van de hertogen van Giglia. Het was gebouwd door de tweede hertog, Alfonso, Falco's grootvader, die het zo druk had gehad met geld verdienen dat hij pas op zijn vijfenzestigste was getrouwd.

Zijn leeftijd weerhield hem er niet van om nog vier zoons te verwekken, van wie Niccolo de oudste was, geboren toen zijn vader al zevenenzestig was. De jongste, Jacopo, nu prins van Bellona, kwam tien jaar later. Hertog Alfonso was op de leeftijd van zevenentachtig jaar gestorven, meer dan twintig jaar voordat Falco werd geboren, en Niccolo was pas twintig toen hij de titel erfde. Alfonso's vrouw, Renata, was veel jonger geweest dan haar man en Falco kon zich zijn grootmoeder nog wel herinneren, een kleine, witharige gedaante met heldere ogen, die met een wandelstok door het palazzo schuifelde, altijd betrokken bij het wel en wee van haar geweldige zoons en kleinzoons en trots op het hele stel.

Zelfs op mij, dacht Falco, terwijl hij langzaam en pijnlijk op zijn twee krukken van de ene kamer naar de andere hinkte. Het was een ongewone gedachte voor hem; Falco deed niet aan zelfmedelijden.

Hij was de aanbeden jongste zoon uit een rijke, invloedrijke familie en het mooiste kind van de hele tak. Toen zijn vader, hertog Niccolo, de baby een paar minuten na zijn geboorte in zijn armen hield, kwamen er onmiddellijk plannen bij hem op om nieuwe prinsdommen te winnen of te kopen zodat dit prachtige kind een waardige titel zou dragen.

Falco had drie oudere broers die ieder op hun eigen manier uitblonken. Fabrizio en Carlo waren knap en slim; Fabrizio was geknipt als erfgenaam van hun vader, omdat hij geïnteresseerd was in politiek en diplomatie en dagelijks veel uren bij de hertog in de studeerkamer doorbracht. Carlo was meer zakelijk aangelegd, zoals de stamvader van de familie vóór hem. Als kleine jongen bouwde hij al kastelen van blokken en hij wilde dat zijn broers de kastelen zouden gebruiken voor hun speelgoedsoldaatjes.

Falco gaf het meest om zijn broer Gaetano, die in leeftijd het dichtst bij hem stond. Knap kon je Gaetano niet noemen. Eigenlijk was hij zelfs lelijk, met die grote neus en brede scheve mond van hem. Er werd beweerd dat hij op hun grootvader Alfonso leek, de bouwer van het grote paleis in Santa Fina. Wel was Gaetano de intelligentste van de broers en het meest geïnteresseerd in de bibliotheken in Santa Fina en in het pauselijk paleis van hun oom.

Als gezelschap was hij ook de leukste. Gaetano kon rijden, schermen en fantastische spellen verzinnen. De mooiste momenten in zijn jeugd had Falco met Gaetano in Santa Fina doorgebracht, waar ze Gaetano's bedenksels tot leven brachten. Ze speelden ridder, spook, ze zochten schatten, ontdekten geheimen over krankzinnig geworden familieleden en ze vonden verborgen testamenten en landkaarten. Soms wisten ze hun oudere zus Beatrice zo gek te krijgen om de jonkvrouw in nood of de krijgszuchtige koningin te zijn wanneer zo'n personage voor Gaetano's verhaal nodig was, maar meestal was het Falco zelf, met zijn tere trekken en enorme donkere ogen, die zich gewillig in sjaals van mousseline of brokaat wikkelde om de vrouwenrol op zich te nemen.

Het liefst van alles hielden ze zwaardgevechten. Ze waren ooit begonnen met houten speelgoedzwaarden en gingen over op stomp ijzer toen Falco tien was. Vechtend werkten ze zich alle trappen van hun paleis op en af, van de grote brede marmeren hoofdtrap naar het geheimzinnige, smalle houten trappenhuis in de bediendenvleugel. Onder de zware kroonluchters van de balzaal vochten ze duels uit en zagen hun spiegelbeeld overal in de glazen wanden. Zelfs in de paleiskeukens vielen ze elkaar aan en verweerden zich. In het vuur van de strijd gooiden ze pannen om en joegen ze de keukenmeiden de stuipen op het lijf. Hoewel Gaetano vier jaar ouder was dan zijn broertje, deden ze in behendigheid niet voor elkaar onder en altijd vielen ze op hetzelfde moment buiten adem lachend neer.

Het was een fantastische tijd. Maar twee jaar geleden was er een eind aan gekomen, op Gaetano's vijftiende verjaardag. Toen was Gaetano oud genoeg om naar de universiteit in Giglia te gaan en alleen Falco bleef bij hun privé-leraar Ignazio over. Als Falco geen ongeluk had gekregen, zou er nog een laatste, lange zomervakantie van avonturen en schermen zijn geweest.

Daar dacht hij nu aan, terwijl hij pijnlijk over de trappen strompelde die hij vroeger met het grootste gemak bestormd had. Hij kwam op de grote, ronde loggia van het paleis met uitzicht op de hoofdingang en stond leunend tegen de balustrade uit te blazen en naar het landschap te kijken.

Vanaf hier waren de stallen niet te zien en daar was hij blij om. Hij had na het ongeluk niet meer gereden, wilde dat ook niet meer, wist niet eens of hij er lichamelijk nog toe in staat was. Hij gruwde bij de vernederende gedachte dat hij op een paard moest worden gehesen terwijl hij vroeger zelf moeiteloos in het zadel was gesprongen. Falco had zijn trots.

Gaetano had voor zijn vijftiende verjaardag een nieuw paard gekregen – een nerveuze, grijze, kampioen die Caino heette. Falco smeekte om een ritje te mogen maken en tegen zijn gewoonte in had zijn broer dat geweigerd. 'Hij is veel te groot voor je, Falconcino,' had Gaetano gezegd. 'Wacht tot je ouder bent.'

De volwassenen moesten erom lachen en Falco ziedde van woede. Er was hem nog nooit iets verboden omdat hij te klein of te jong zou zijn. En Gaetano moest toch beter dan wie ook in de familie weten hoe sterk en handig hij was. Had hij niet die ochtend nog zijn broer tot overgave gedwongen, toen ze rond de tien meter lange eettafel in de grote dinerzaal aan het schermen waren?

Hij wachtte tot het feestelijke verjaardagsdiner aan diezelfde tafel was afgelopen. Iedereen at en dronk te veel, behalve de boze Falco. Nadat de tafel was afgeruimd, trokken de gasten zich terug op de kamers op de koele bovenverdiepingen van het paleis om siësta te houden. Gaetano ging naar de bibliotheek om boven zijn manuscripten te suffen.

Falco liep heimelijk naar de stallen en zadelde Caino. Het was waanzin. De stalknechten zaten aan hun eigen maaltijd, de paarden waren slaperig in de vroege middaghitte en de ruin stond wantrouwend tegenover het onbekende jongetje dat hem de stal uit leidde. Hij legde nauwelijks waarneembaar zijn oren in de nek, stond wel toe dat het kind op zijn rug klom en leek gerustgesteld door de gevoelige handen van de ruiter.

Toch werd Caino al snel weerspannig, want hij voelde niets voor een lange rit in de felle zon. Hij week onverwachts uit voor stenen op zijn pad en ging over op een slome sukkelgang. Toen Falco de sporen in zijn flank zette, versnelde het paard van het ene op het andere moment naar een vliegende galop. Hij daverde als een raket over de velden. Falco was bang. Hij wist dat Gaetano woedend op hem zou worden als hij zijn nieuwe paard uitputte. Gek genoeg was hij niet bang dat hemzelf iets zou overkomen.

Caino zag een hoge muur die hem de weg versperde en zette zijn achterbenen schrap om eroverheen te gaan. De sprong zou hem gelukt zijn als hij niet was geschrokken van een vogel, die op het cruciale moment opvloog. Het paard viel achterover en verpletterde zijn ruiter.

Nog geen halfuur later merkte een stalknecht dat de ruïn weg was. De stalmeester alarmeerde Niccolo, die chagrijnig uit zijn dutje wakker werd. 'Stom van de jongen om in deze hitte met hem te gaan rijden,' mopperde hij. 'Maar hij stond zeker te popelen om zijn cadeau uit te proberen.'

'Nee, hoogheid,' zei de stalknecht. 'Uw bediende zegt dat jongeheer Gaetano in de bibliotheek is.'

De zoektocht duurde uren. Ze troffen het paard dood aan, met achterovergerolde ogen en het prachtige hoofd bevlekt met bloed en schuim. Zijn nek was gebroken. Er waren vijf mannen nodig om het lijk van de jongen af te tillen. Een van die mannen was de radeloze hertog, die erop stond zelf het slappe lichaam van zijn jongste zoon in zijn armen naar het palazzo terug te dragen.

Er werd een ijlbode naar Santa Fina gestuurd om de dokter te halen, die de jongen in een vreselijke toestand aantrof. Drie dagen lang zweefde Falco tussen leven en dood. Hij kon zich nog iets van die tijd herinneren – de sensatie dat hij hoog boven zijn huilende familie zweefde, zo hoog als de geschilderde engelen op het plafond van zijn slaapkamer. Evenals de engelen voelde hij niets; hij bestond uit licht, warmte en gedachten. En toen, op de vierde dag, keerde zijn geest in zijn ernstig gehavende lichaam terug en hij begon aan een nieuw bestaan vol pijn.

Na verloop van tijd heelden zijn gebroken ribben, snijwonden en blauwe plekken, maar hij zou altijd een litteken op zijn wang houden. Zijn rechterbeen was verbrijzeld en geen van de vaardige artsen met hun spalken en verband kon zijn lenige houding en bewegingen terugbrengen. Hij had er twee jaar over gedaan om zo goed en zo kwaad als het nu ging met krukken te leren lopen, en elke stap kostte hem nog moeite en deed pijn. Nu steunde hij op de balustrade, met zijn hoofd op zijn magere hand, en dacht aan het verdriet van zijn vader destijds.

Zijn moeder was een jaar geleden aan de koorts bezweken, waardoor Falco een nieuwe pijn met zich meedroeg. Zijn vader hield nog steeds van hem; dat wist hij. Maar het was een liefde die de jongen nooit helemaal kon accepteren, omdat hij zich te erg voor zijn geruïneerde lichaam schaamde.

Gaetano was zich zo schuldig blijven voelen dat hij zijn broer nauwelijks durfde aan te kijken. Hij bleef met het idee rondlopen dat er nooit een ongeluk zou zijn geweest als hij Falco's verzoek had ingewilligd. Niemand anders gaf hem de schuld en Falco zelf wist ook dat hij het alleen aan zichzelf had te wijten. Bovendien kon hij zichzelf niet vergeven dat hij de dood van het prachtige paard had veroorzaakt, en hij vond zijn letsel zijn verdiende loon. Het verlies van Gaetano's vrolijke gezelschap viel hem zwaar, maar hij hield zich vaak voor dat ook dat een straf was die hij moest dragen.

Waar zou Gaetano nu zijn? vroeg hij zich af.

En als bij toverslag verscheen er een ruiter op de stoffige weg vanuit Remora. Falco wist meteen dat het Gaetano was – niemand anders zat zo te paard. Vroeger zou hij naar beneden zijn gevlogen om zijn broer bij de ingang in de armen te vallen. Nu was dat onmogelijk, zelfs al had hij het gewild. Hij bleef waar hij was en hij vroeg zich af waarom zijn broer opeens zo'n haast had om hierheen te komen.

Georgia voelde zich stukken beter na haar rit. De moeheid was verdwenen en ze voelde zich opgetogen. Ze was jong, fit, gezond en vanavond zou ze Lucien terugzien; morgen kon ze de hele zondag in bed blijven liggen als het nodig was. Bij thuiskomst kon zelfs Russells spottende gezicht haar goede humeur niet bederven.

Ze ging naar boven en liet het bad vol heet water lopen, met naar jojoba geurend schuim. Ze hoorde Russell achter de badkamerdeur staan mopperen, maar het was een van Maura's onverbrekelijke regels dat Georgia na het paardrijden een heet bad moest nemen. Ze bleef in het water liggen tot het koud werd, liet er weer heet water bij stromen en lag te dagdromen over Remora.

Met een schok besefte ze dat ze aan het indommelen was. Ze kwam snel uit bad en droogde zich krachtig af. Ze trok haar ochtendjas over haar ondergoed aan en gooide de rijbroek in de wasmand, nadat ze eerst het gevleugelde paardje uit de broekzak had gehaald. Het werd beschermd door de belletjesfolie. Hoe ongemakkelijk het ook was om het onder het rijden bij zich te hebben, ze liet het niet thuis achter. Niet met een rondsnuffelende Russell in de buurt.

Gaetano rende met twee treden tegelijk de marmeren trap op. De bediende bij de deur had hem verteld waar Falco was. Zonder aarzelen holde hij op Falco af en sloeg zijn armen om hem heen, wat hij in geen twee jaar meer gedaan had.

'Broer,' hijgde hij. 'Ik moest je spreken. Vader wil dat ik ga trouwen!'

Falco was diep geraakt. Het was weer net als vroeger, toen de twee broers elkaar altijd in vertrouwen hadden genomen. Hij beantwoordde Gaetano's omarming warm en keek naar zijn bezorgde gezicht.

'Met wie?' vroeg hij. 'Je kijkt niet erg gelukkig.'

'Nou ja, op zich kan het me niet veel schelen,' zei Gaetano en zijn toon was bitterder dan de woorden suggereerden. 'Ik heb nooit de illusie gehad dat mijn mening ertoe zou doen. Maar ik had het idee gekregen dat vader me bij de kerk wilde hebben.'

'En ben je nu teleurgesteld?' vroeg Falco verbaasd.

'Nee, nee,' zei Gaetano en hij ijsbeerde ongeduldig over de loggia. 'Je begrijpt het niet. Het gaat niet alleen om mij. Vader heeft nu besloten dat jíj de volgende paus in de familie wordt!'

Falco was sprakeloos. Zijn scherpe verstand begreep het meteen helemaal, net zoals het zijn broer was vergaan. Hij was niet langer de mooie jongste zoon, voorbestemd om een kroon te dragen of in een van Talia's adellijke families te trouwen. Van geen vrouw kon verwacht worden dat ze hem een blik waardig zou keuren. Dus moest hij maar naar de kerk afgevoerd worden, want priesters trouwden toch niet. Hij zou oud worden zonder de liefde van een vrouw te kennen, behalve die van zijn moeder en zus. En tegen de tijd dat oom Ferdinando doodging, zou Falco een verkiesbare kardinaal zijn. De verkiezing zou zo gemanipuleerd worden dat hij paus werd.

Falco hield van zijn vader, maar hij hield zichzelf niet voor de gek. Niccolo zou alles naar zijn hand zetten en als hij eerder doodging dan Ferdinando, zou hij ervoor hebben gezorgd dat zijn wens werd uitgevoerd door zijn opvolger Fabrizio.

Falco was dertien en hij had het gevoel dat zijn hele toekomst voor hem was uitgestippeld. In zekere zin vond hij het niet eens zo heel erg. Als priester kon hij een groot geleerde worden, filosofische werken schrijven, een wijnkenner worden. Hij zag het al voor zich. Maar al was hij nog zo intelligent, hij was ook nog maar een jongen die niet kon accepteren dat zijn actieve leven nu al voorbij was.

Gaetano keek verslagen. 'Ik kan het niet aanzien als jou zoiets gebeurt. We moeten er iets op vinden. Het is de bedoeling dat ik met de nieuwe duchessa van Bellezza trouw. Het is nog een meisje – jonger dan ik. Vader heeft me haar portret laten zien en ze is erg mooi.'

'Ze zijn toch altijd mooi op schilderijen?' zei Falco. 'Ben je het verhaal van prinses Rosa Miranda vergeten?'

Gaetano lachte die brede, scheve glimlach van hem. Het verhaal over de prinses was een van zijn mooiste bedenksels geweest. Ze hadden zich een hele zomer vermaakt met het lange, ingewikkelde drama van een liefdespaar dat verraden werd, waar bloederige familievetes en verhitte zwaardgevechten uit voortkwamen. Gaetano dacht met pijn terug aan die tijd waarin Falco het ene moment blijmoedig als de graaf van Moresco over de trappen rende en zich het volgende ogenblik opgewekt in een blauwfluwelen gordijn hulde om de mooie prinses te spelen.

'Luister,' zei Gaetano. 'Over die duchessa. Haar vader en regent is Rodolfo Rossi, een machtige magiër. Volgens vader is hij een stravagante.'

Falco's ogen werden nog groter dan ze al waren. 'Wat is dat?'

Gaetano aarzelde. 'Dat weet ik ook niet precies. Maar ik weet wel dat vader en de anderen veel ontzag voor die lui hebben. Stravaganti kennen allerlei geheimen. Maar er bestaat kennelijk een vijandschap tussen hen en onze familie. Vader zou hun nooit om hulp vragen.'

'Hulp waarvoor?' vroeg Falco.

'Voor jou,' zei Gaetano. 'Als ik doorzet en met dat meisje trouw, kan ik haar vader vragen jou te helpen. Ik weet zeker dat hij de kennis heeft om jou beter te maken. Dan hoef je geen paus te worden. Dan kun je doen en laten wat je wilt.'

Falco's ogen vulden zich met tranen. Het kwam niet door de gedachte dat de stravagante van Bellezza hem zou kunnen genezen; in die mogelijkheid geloofde hij geen moment. Het kwam door Gaetano, die zijn vriend weer was.

*

Deze keer werd Georgia in de stallen van de Ram verwacht. Er was een paard voor haar gezadeld. Cesare lachte naar haar. 'We gaan Merla opzoeken,' zei hij. 'Zal ik je helpen opstijgen?'

Georgia knikte. Dag en nacht paardrijden, dacht ze. Nog even en ik heb net zulke spierballen als Schwarzenegger.

'Waar is Luciano?' vroeg ze, toen Cesare zelf opsteeg.

'Hij wacht daar op ons,' zei hij.

Ze leidden hun paarden over de glooiende keitjesstraat en gingen onder de poort van de Ram door. Ze gingen in draf langs de stadsmuur, langs de poort van de Stier en die van de Tweeling, tot ze bij de brede weg kwamen die naar de Zonnepoort liep. Toen ze langs de twaalfde van de Tweeling kwamen, spoorden ze hun paarden aan tot galop. Achter hen glipte een schaduw te paard de poort van de Tweeling door en ging achter hen aan. Hij bleef op veilige afstand; hij liet allerlei karren en reizigers tussen hen in komen. Enrico was een veel te gehaaide spion om op te vallen.

# 7

## Een harp in Santa Fina

Georgia keek haar ogen uit in Santa Fina. Ze had gedacht dat geen stad ter wereld zo betoverend kon zijn als Remora, met de smalle straatjes vol keitjes die naar plotselinge zonovergoten piazza's leidden. Maar Santa Fina, met al die kerken en torens, was minstens zo fascinerend.

De belangrijkste kerk stond aan een plein waarvan Cesare zei dat het het marktplein was. Het was een gebouw als een burcht, met brede trappen naar de voordeur. Het was altijd druk op de treden, waar priesters, pelgrims en toeristen af en aan liepen. Georgia kon zien dat dit stadje in de heuvels ouder was dan de stad Remora. Middeleeuws, dacht ze, maar zo oud als dat woord suggereerde leek het ook weer niet. Dat komt natuurlijk doordat ik nu in de zestiende eeuw ben, dacht ze. De Middeleeuwen zijn hier veel minder lang geleden.

'Waar denk je aan?' vroeg Cesare, toen ze op het marktplein stonden, met het dagelijks leven van Santa Fina bruisend om hen heen.

'Het lijkt wel een filmset,' zei Georgia. 'Ik kan niet geloven dat het echt is.'

'Ik weet niet wat een filmset is,' zei Cesare met gefronste wenkbrauwen. 'Maar ik kan me voorstellen dat je het te mooi vindt om waar te zijn. Dat gevoel hebben mensen wel vaker in Santa Fina.'

Ze draaiden een glooiende zijstraat in en leidden hun paarden door een doolhof van steegjes, tot ze uiteindelijk aan de westkant buiten de stad kwamen en een stallencomplex zagen, veel groter en indrukwekkender dan in de twaalfde van de Ram. Luciano stond op de voorhof op hen te wachten. Hij keek een beetje opgelaten.

'Ik ben met een rijtuig gekomen,' zei hij. 'Ik kan niet paardrijden.'

Hij keek vol bewondering naar Georgia en ze voelde hoe ze begon te blozen.

'Er is niets aan,' zei ze snel. 'Ik leer het je wel.'

Luciano deinsde geschrokken achteruit. 'Doe maar niet,' zei hij. 'Ik heb het niet zo op paarden. Ik ben bang voor ze.'

Cesare lachte. Dit was tenminste iets waarin hij goed was en de jonge stravagante niet. Hij sprong lenig van zijn paard en nam Georgia mee de stallen in, waar zij zich kennelijk helemaal thuis voelde. Roderigo, de stalmeester van Sante Fina, was een forse vrolijke man die hen hartelijk begroette en hun liet zien waar ze hun paarden konden stallen. Zodra de dieren daar met voer en water geïnstalleerd waren, nam Roderigo zijn gasten mee naar achteren. Het was duidelijk dat hij hen alledrie voor jongens aanzag en hij had plezier om Luciano's gebrek aan ervaring met paarden.

'We hebben er hier eentje waar je niet bang voor zult zijn, hè, Cesare?' zei hij en hij gaf Luciano een klap op zijn schouder.

'Geef haar nog een paar weken en ze draagt je overal heen. En je hoeft je met haar geen zorgen te maken over hindernissen als hekken en muren. Daarna zou je een gewoner rijpaard kunnen proberen. Een jongeman als jij heeft een paard nodig. Hoe kun je anders achter de koets van je geliefde aan rijden? Of schatten voor haar halen uit verre steden?'

'Ik woon in Bellezza,' zei Luciano. 'Daar zijn geen paarden.'

'O, dat verklaart alles,' zei Roderigo. 'Als je uit de stad van maskers naar Remora komt, moet je je wel voelen als een boerenjongen die naar zee gaat. Het duurt even voordat je benen houvast vinden. Wij zorgen ervoor dat je op een paard kunt zitten voordat we je terugsturen.'

Ze kwamen langs de boerderij waar Roderigo woonde en gingen achterom naar een oude schuur. Een van Roderigo's stalknechten zat bij de deur op een hooibaal met een mes in een stuk hout te kerven.

'Alles in orde, Diego?' vroeg Roderigo terwijl ze naar binnen gingen.

'Ja, alles is rustig,' zei de stalknecht. Hij zat kennelijk op wacht en zoals zo veel bewakers verveelde hij zich stierlijk.

Het was duister en stoffig in de schuur. In de schaduwen achterin hinnikte een paard. Georgia liep erheen. Haar ogen raakten aan de duisternis gewend en ze zag de contouren van een mooie, bleekgrijze merrie.

'Hallo, Starlight,' zei Cesare warm, en de merrie sloeg met haar hoofd ter herkenning.

'Ze is prachtig,' zei Georgia, die eigenlijk niet veel aandacht aan de moeder had besteed op de avond waarop ze het gevleugelde veulen had gezien. Zelfs Luciano kon wel zien dat dit een prachtdier was.

'Wacht maar tot je haar veulen ziet,' zei Roderigo trots. 'Rustig maar, dame. Je kunt ons vertrouwen.'

Georgia had het idee dat de merrie haar en Luciano achterdochtig bekeek alsof ze probeerde uit te maken of ze vrienden waren. Maar met Cesare en Roderigo voelde ze zich blijkbaar helemaal op haar gemak. Ze ging een stukje opzij en Georgia hield haar adem in. Zij en Luciano wisten allebei wat ze zouden gaan zien, maar het bleef een onthutsend wonder, al zag Georgia het nu voor de tweede keer. Luciano geloofde zijn ogen niet en stond er als betoverd bij.

Het zwarte veulen was volmaakt, met de zachte lijnen van een jong dier dat in de groei was. Op haar rug lagen de twee glanzende, zwarte vleugels die alleen in legenden konden bestaan. Zelfs Cesare was weer diep onder de indruk.

'Wat is ze al groot!' riep hij uit. 'Vader had gelijk. Hij zei dat de gevleugelden veel harder groeien dan gewone paarden.'

De vleugels waren in perfecte proportie meegegroeid. De veren waren niet meer zo donzig als bij haar geboorte en ze zagen hoe Merla even makkelijk haar vleugels strekte als ze haar nek uitrekte. Het was een schitterend gezicht.

'Duurt het nog lang voor ze kan vliegen?' vroeg Cesare.

'Nee, dat kan ze eigenlijk nu al,' zei Roderigo. 'Maar we kunnen haar alleen 's nachts mee naar buiten nemen. We mogen niet het risico nemen dat iemand haar ziet.'

\*

'Kom, we gaan eropuit,' zei Gaetano. 'Je zit maar steeds in het palazzo opgesloten.'

'Hoe dan?' vroeg Falco. 'Ik kan niet rijden.' Hij strompelde een eindje bij zijn broer vandaan, zodat die zijn gezicht niet kon zien.

'Je kunt voor mij zitten,' zei Gaetano mild. 'Dat vind je toch niet erg? We gaan de stad in en ik trakteer op *granita*.'

Falco had wel zin om eindelijk weer eens iets anders te zien dan het grote paleis. Ondanks zichzelf kreeg hij hoop, een gevoel dat na het ongeluk even verpletterd was geweest als zijn lichaam. Zou hij op een goeie dag weer een bijna normaal leven kunnen leiden? Hij kon in ieder geval een begin maken door met zijn broer op stap te gaan.

'Goed,' zei hij en hij werd beloond met die brede, scheve grijns van Gaetano.

*

Enrico reed stapvoets door de smalle zijstraatjes van Santa Fina. Hij had gezien waar de jonge mannen van de Ram waren afgeslagen en hij twijfelde er niet aan dat hij hen moeiteloos zou terugvinden. Zijn rusteloze hersens hielden zich maar half bezig met de taak van vandaag. Zijn werk voor de paus hield in dat hij bij de aartsrivalen van de Ram moest spioneren, maar hij verwachtte geen snel resultaat.

Enrico ging grondig te werk. Na de Ram, de wijk die de Tweeling vijandig was door de machtsstrijd tussen de steden Remora en Bellezza, wilde hij de twaalfde van de Stier inspecteren, want de Stier was per traditie een tegenstander van de Tweeling. En dan zou hij eens een kijkje gaan nemen in de stalhouderij van de Weegschaal, die het met de Vrouwe aan de stok had. En natuurlijk zou hij ook in de twaalfde van de Vrouwe zijn ogen openhouden. Hij mocht dan wel op de loonlijst van de paus en de hertog staan, maar een spion maakte altijd kans op meer opdrachtgevers en Enrico was eraan gewend in dienst te zijn van verschillende bazen.

Hij was in zijn element in Remora. Net als zijn vorige meester, Rinaldo, had hij een hekel gehad aan de stad zonder paarden. Bovendien had hij slechte herinneringen aan de stad waar hij zijn verloofde was kwijtgeraakt. Daarnaast voelde hij zich thuis in deze stad, waar alles om eeuwenoude vijandschappen en verbonden draaide. Vooral het gesjoemel en achterbakse gekonkel bij de grote jaarlijkse paardenrace vielen bij hem in de smaak. Enrico was daar zelf ook erg bedreven in.

Hij was inmiddels buiten de stad en zag dat hij een grote stalhouderij naderde. Interessant, dacht Enrico. Mijn paard kan wel wat rust gebruiken.

*

Georgia en de twee jongens kwamen een beetje verdwaasd de stal uit. Ze wilden eerst de stad bekijken en daarna hun paarden ophalen. Georgia was stil, nog vol van wat ze net gezien had, en voordat ze het in de gaten had waren ze al terug op het plein bij de enorme kerk.

Ze merkte dat Luciano Santa Fina net zo mooi vond als zij. Met het rijtuig uit Remora was hij om de stad met de smalle straatjes heen gegaan, en hij kende het buitengewone plein nog niet. Hij mocht nu dan Taliaan zijn, hij kon de stad niet anders zien dan met de ogen van een jongen uit de eenentwintigste eeuw. Dit werd nog versterkt doordat Georgia erbij was. Hij zag Talia nu weer met de ogen van een nieuwe stravagante, zoals hij zelf een jaar geleden was geweest.

'Wat vind je ervan?' vroeg Georgia.

'Het doet me aan Montemurato denken,' zei Luciano. 'Daar heb ik dr. Dethridge voor het eerst ontmoet. Daar waren ook zoveel torens, alleen stonden die om de stad heen. Hij werkte daar bij een koetshuis.'

Er was nog zoveel dat Georgia niet wist van Luciens nieuwe leven. Ze wilde hem van alles vragen, maar door de aanwezigheid van Cesare was ze er te verlegen voor.

'Je moet de kerk vanbinnen zien,' zei Cesare nu. 'De muurschilderingen zijn wereldberoemd.'

Ze gingen de steile trappen op naar de sobere voorgevel van de kerk. Vanuit de felle zon kwamen ze in een duisternis die even diep was als in Roderigo's schuur, maar de duisternis hier deed kil aan. In plaats van de warmte en de lucht van paarden hing hier een geur van wierook. Helemaal voorin bij het altaar was een vage verlichting van grote kaarsen.

Toen hun ogen aan het donker waren gewend, zagen ze dat de muren beschilderd waren. Georgia kon taferelen uit het leven van Christus onderscheiden. Opeens zag ze aan de zijkant een kapel met heel andere onderwerpen; Leda en de zwaan, Andromeda en het zeemonster, en verderop het paard Pegasus dat door geschilderde wolken vloog. Ze wees Cesare en Luciano het doek aan.

In de vloer was een ronde, marmeren plaat gemetseld die veel weg had van het patroon op de Campo delle Stelle. Langs de randen waren de tekens van de dierenriem afgebeeld en ook de indeling was hetzelfde als op de grote piazza; alleen de zon en de maan ontbraken. In een Engelse kerk zou dat misstaan hebben, dacht Georgia, maar in Santa Fina leek het iets vanzelfsprekends.

Ze werden stil van de plechtige sfeer in de kerk. Uiteindelijk kwamen ze in een koele zuilengang, die om een gazon met in het midden een fontein liep. En van ergens achter de zuilengang hoorde Georgia het heldere geluid van een harp.

*

De reis was lang niet zo erg als Falco gevreesd had. Hij liet zich door Gaetano's sterke armen voor op het zadel tillen, waar hij zich aan de manen van het paard vastklemde. Zijn rechterbeen bungelde er doelloos bij, maar zijn linkerknie ging omhoog en drukte instinctief tegen de paardenflank. Falco begroef zijn gezicht in het ruige haar van de manen en snoof de lucht op; het was fijn om weer op een paard te zitten. Gaetano kwam achter hem zitten en legde zijn armen langs Falco's zij om de teugels vast te houden. Hij had de krukken van zijn broer achter het zadel gebonden.

En zo reden ze langzaam Santa Fina binnen. De stad bruiste van leven; op het marktplein prezen de marktkramers schreeuwend hun koopwaar aan, klanten dongen luidruchtig af, honden blaften, vogels cirkelden om de vele torens, uit de grote kerk klonk gezang.

Ze baanden zich een weg om de rand van het plein en gingen aan de andere kant onder een boog door. Hun doel was een plek waar ze vroeger altijd graag kwamen, een winkeltje achter de kerk, waar een vrouw die bekendstond als La Mandragola heerlijke granita maakte. Gaetano steeg af en bond zijn paard aan een ijzeren ring in de muur. Daarna hielp hij Falco van de paardennek glijden en ondersteunde hem tot hij zijn krukken weer vasthad.

Toen ze op stoeltjes buiten de ijswinkel de koude kristalletjes van hun abrikozen- en meloenijs oplepelden, hoorden ze de welluidende klanken van een harp door de warme roerloze lucht dartelen. 'Ik geloof dat ik in de hemel ben,' zei Falco tegen zijn broer. 'Ik hoor de engelen.'

*

Enrico was meteen op zijn gemak in de stallen van Roderigo. Zijn ogen flitsten alle kanten op. Het kostte hem geen moeite de paarden van zijn prooi te herkennen en hij zag de twee koetspaarden die uit Bellezza waren gekomen, want hun met Bellezziaanse rozetten versierde tuig hing aan de muur. Zijn ontspannen houding en makkelijke omgang met de paarden maakten dat de stalknechten vriendelijk tegen hem waren. Maar toen een van hen wegging en een ander vanachter de boerderij te voorschijn kwam, begon Enrico's zesde zintuig te spreken.

Dat ziet eruit als een wisseling van de wacht, dacht hij, terwijl hij ondertussen met twee andere stalknechten stond te kletsen, en hij sloofde zich uit om aardig te zijn tegen de nieuwkomer, die Diego heette.

'Je ziet eruit alsof je een zware ochtend achter de rug hebt,' zei hij op het laatst. 'Laten we wat gaan drinken. Ik betaal.'

\*

Op een pleintje achter de zuilengang van de kerk zat een jongeman op een harp te spelen. Hij had steil, zwart haar dat over zijn schouders viel en hij was een en al concentratie. Hij speelde zonder bladmuziek en om hem heen had zich een kleine menigte verzameld, aangetrokken door de zuivere melodie. Naast hem stond een meisje. Zodra de laatste waterval van klanken had weerklonken, liep ze langs de toehoorders en hield een oude groenfluwelen pet op, die al snel gevuld raakte met zilver.

Achteraan in de kring luisteraars stonden drie jongens, getooid met de rode en gele kleuren van de Ram van Remora, die in hun jaszak graaiden. Aan de andere kant van het plein vroegen twee andere, chic geklede jongens die net aangekomen waren, aan het meisje of de harpist nog iets zou willen spelen. De jongste had een kreupel been en hij steunde zwaar op twee krukken.

Ze liep naar de jonge harpist, die met zijn ogen gesloten zat en niet op het publiek om hem heen lette.

'Aurelio,' fluisterde ze. 'Wil je nog wat spelen? Er is een invalide jongen die erom vraagt.'

De jongeman knikte, deed zijn ogen open en legde zijn handen weer op de snaren. Iedereen op het plein werd stil, zelfs de twee mannen die achter in een hoek buiten een bar zaten te drinken.

Aurelio bleef eventjes roerloos zitten en begon toen een nog mooier muziekstuk te spelen. Zijn publiek was volledig in de ban. Cesare droomde op de melodie weg en zag beelden van Arcangelo en zichzelf die de overwinning tegemoet draafden; hij zag zich onder luid gejuich van zijn twaalfde het vaandel van de Stellata dragen. Voor Luciano bracht de muziek herinneringen aan zijn moeder en de lange avonden uit zijn jeugd. Voor Georgia was het een indringend verhaal over onbeantwoorde liefde en verloren illusies.

Voor Gaetano toverde het een beeld van vrouwelijke schoonheid te voorschijn – een mengsel van het nichtje Francesca dat hij zich herinnerde en de Bellezziaanse duchessa die hij zich voorstelde.

Voor Falco was het alsof hij meegevoerd werd naar een volwaardiger leven. Het was een dag die hij zich zijn hele leven zou blijven herinneren. Hij had zijn broer terug, hij had weer paardgereden, had La Mandragola's granita weer geproefd en nu luisterde hij naar klanken die regelrecht uit de hemel kwamen. Na twee jaar was zijn leven weer op gang gekomen.

Zelfs Enrico bleef niet ongeroerd. 'Het doet me aan mijn Giuliana denken,' fluisterde hij tegen Diego en hij wreef met zijn mouw langs zijn ogen. 'Ik ben haar voorgoed kwijt.' Nu werd ook Diego sentimenteel. Hij had geen vriendin, maar als hij er een gehad had, zou hij vast ook aan haar hebben gedacht.

De betovering duurde nog een volle minuut nadat Aurelio met spelen ophield. Deze keer zat er nog meer zilver in de pet. Gaetano praatte met het meisje en liep met haar naar de harpist, die stil op zijn plek zat. Zijn armen hingen slap langs zijn lichaam. De meeste toehoorders kregen door dat het concert voorbij was en drentelden weg.

Maar het drietal van de Ram bleef als gehypnotiseerd staan.

'Dat was subliem,' zei Gaetano. 'Ik hoop dat je voor mijn oom wilt komen spelen.' Hij schoof een zegelring van zijn vinger en gaf hem aan de zwijgende muzikant. 'Als je naar het pauselijk paleis in Remora gaat en op elk willekeurig moment deze ring laat zien, garandeer ik je dat jij en je metgezellin behandeld worden als vorsten.'

Cesare greep Luciano's arm. 'Chimici's,' siste hij. De betovering was verbroken.

'Of kom van de zomer naar het paleis van de hertog van Giglia, als je dat liever doet,' ging Gaetano verder. 'Hij is mijn vader en hij kan je beroemd maken.'

'Misschien ga je liever mee naar Bellezza,' zei Luciano, die naar voren kwam. Georgia stond van hem te kijken. Hij was niet langer de jongen met de dromerige ogen die ze kende, maar een rijke hoveling, bereid om de confrontatie met een sinistere Chimici aan te gaan.

'Ik weet zeker dat de duchessa dolgraag je muziek zou horen,' ging Luciano verder. 'Ik ben de leerling van senator Rossi, haar vader, die de regent is, en hij zal het helemaal eens zijn met mijn uitnodiging.'

De harpist kwam overeind en het meisje nam de ring van hem over. Hij was heel lang.

'Mijn dank aan u beiden,' zei hij tegen Gaetano en Luciano. 'Maar ik speel alleen voor mijn plezier. Roem en geld zeggen me niets.'

Cesare keek nadrukkelijk naar de fluwelen pet, maar Aurelio zag het niet. Toen hij zijn gezicht naar hen toekeerde, zagen ze dat de donkerblauwe ogen ongericht waren. Hij was blind. Hij stak zijn hand uit naar het meisje, dat aanstalten maakte om hem van het plein te leiden. Zij had Cesares blik wel gezien en ze legde een vinger op haar lippen.

Georgia begreep meteen dat Aurelio niets van de collecte wist en dat het meisje – zijn zus, zijn vriendin? – ook niet wilde dat hij het wist.

'Blijf nog even,' zei Gaetano. 'Ik wilde je niet beledigen. Zou je dan niet minstens met ons naar het pallazzo willen om iets te drinken?'

Aurelio zei niets, maar hij keerde zijn hoofd naar het meisje alsof hij afwachtte wat zij ervan vond.

'We kunnen veel dichterbij wel iets drinken,' zei Luciano resoluut. 'Ik zou het een eer vinden als jullie mijn gasten willen zijn.' Hij kon niet verklaren waarom hij zich zo aangetrokken voelde tot die muzikant, maar hij verrekte het om werkeloos toe te zien hoe die jongen door Chimici's werd meegetroond.

Achter de blinde muzikant en zijn assistente stonden Luciano en Gaetano elkaar vuil aan te kijken. Falco was naar hen toe gehobbeld. Met Georgia en Cesare erbij werd het nog een heel opstootje van jonge mensen midden op het plein.

'Ik lust wel een hapje en een drankje, Raffaella,' zei Aurelio.

Raffaella had het zilver en de zegelring van de Chimici's in een buidel om haar middel opgeborgen en duwde Aurelio de pet in handen.

'Dan mag een van deze vriendelijke heren je trakteren,' zei ze.

'Ik heb liever dat ze me allebei trakteren,' zei Aurelio. 'Twee tegenstanders kunnen vrienden worden als ze niet om dezelfde prijs vechten.' Hij trok de fluwelen pet over zijn zwarte haar, zich niet bewust van het effect van zijn woorden.

'Zoiets zie je alleen als er een paus doodgaat,' zei Enrico tegen zijn nieuwe vriend. 'Het is een zeldzaamheid.'

'Wat?' vroeg Diego.

'Drie van de Ram en twee van de Vrouwe die samen op stap gaan,' zei Enrico. 'Maar ze kijken er ook weer niet bij alsof ze het voor hun lol doen.'

'Het komt door de muziek,' zei Diego. 'Trouwens, de Ram en de Vrouwe zijn toch geen vijanden?'

Enrico snoof. 'Ik kan wel merken dat je niet in Remora woont! Vissen en Weegschaal mogen dan hun officiële vijanden zijn, maar Bellezza en de Vrouwe kunnen niet met elkaar overweg en dat groepje komt uit Bellezza. Die jongen met die krullen heb ik zelf in die stad gezien. Hij is een boezemvriendje van de nieuwe duchessa.'

'Zo,' zei Diego, die niet het onderspit wilde delven, 'en de mannen van de Vrouwe zijn Chimici's – zoons van de grote hertog nog wel!'

De verbaasde blik van Enrico was zijn beloning.

'O ja?' zei de spion, die zich onmiddellijk herstelde. 'Wat een toeval! Ik werk zelf voor de hertog. Hoe heten de jonge prinsen?'

'Die twee zijn geen prinsen en ze zullen het niet worden

ook,' zei Diego. 'Het zijn geen vorstenzoons die een rijk erven. Ze zijn alleen van adellijke afkomst. Gaetano is wetenschapper aan de universiteit van Giglia en die arme kleine Falco – tja, wie weet wat er van hem moet worden? Twee jaar geleden had hij de wereld nog aan zijn voeten.'

'Is dat het joch met de krukken?' vroeg Enrico. 'Wat is er met hem gebeurd? Zeg, wil je nog een glas?'

Een van Enrico's kwaliteiten als spion was dat hij precies aanvoelde wanneer hij zijn prooi met rust moest laten om in plaats daarvan er eens goed voor te gaan zitten en inlichtingen te vergaren.

Als hij het gezelschap in de herberg bij het stadsmuseum had kunnen zien, had hij geweten dat hij de goede beslissing had genomen. Niemand zei een woord. Luciano en Gaetano hadden met elkaar gewedijverd wie eten en drinken voor het groepje mocht bestellen en nu zat iedereen zwijgend te wachten tot het eten gebracht werd. Aurelio zat rustig in hun midden, met zijn harp opgeborgen in een hoes tegen de wand. Het leek alsof de gespannen sfeer aan hem voorbijging.

'Ik wil graag weten wie mijn gastheren zijn,' zei hij. 'Niet hun plaats op de maatschappelijke ladder,' verduidelijkte hij. 'Alleen jullie namen.'

Gaetano voelde zich voor gek staan. 'Natuurlijk,' zei hij. 'Ik ben Gaetano di Chimici en mijn jongere broer Falco is hier ook.'

Aurelio keerde zich naar de plaats waar de jongen zat.

'Jij bent degene die kreupel is,' zei hij rustig.

'En ik ben Luciano Crinamorte,' kwam Luciano ertussen. 'Mijn vrienden Cesare en Giorgio zijn bij me.' Hij struikelde even over Giorgio's naam maar hij vergiste zich niet in de jongensnaam.

'Ik ben Aurelio Vivoide,' zei de musicus. 'En dit is Raffaella. Wij zijn Manoush.'

Dat zei de anderen niets, maar Aurelio legde het niet uit. Hij zat rustig en tevreden op zijn maaltijd te wachten. Toen nam Gaetano een besluit. Hij keek naar Luciano en zei: 'Zei je dat je voor senator Rossi werkt? Is het waar dat hij stravagante is?'

Georgia kon zich niet inhouden; ze had er genoeg van dat ze genegeerd werd.

'Je hoeft echt niet helemaal naar Bellezza om een stravagante te vinden,' zei ze. 'Ik ben er zelf een.'

# 8

# DE MANOVSH

'Georgia!' riep Luciano uit en hij vergat dat ze voor jongen door moest gaan, zo schrok hij van haar roekeloze onthulling.

'Dat woord mag niet lichtvaardig uitgesproken worden,' zei Aurelio. 'Het kan beter helemaal niet genoemd worden, behalve onder heel goede vrienden, als niemand meeluistert. Jij kent me niet. Als het waar is wat je zegt, kan ik heel gevaarlijk voor je zijn. En deze jongemannen ook.'

Het was waar. Georgia wist dat ze verschrikkelijk onvoorzichtig was geweest. Had ze Luciano en zijn vrienden nu in gevaar gebracht? Ze voelde zich ellendig. Maar ze kreeg hulp uit onverwachte hoek.

'Wees niet zo streng voor hem,' zei Gaetano, die Luciano's vergissing kennelijk niet had gehoord. 'Ik weet dat mijn familie een vete heeft met... met de groep die je net noemde. Maar daar heb ik niets mee te maken. Mijn vader heeft me er ook niet over verteld – ik ben niet belangrijk genoeg voor de politiek. De enige reden waarom ik een... een dinges wil spreken, is om te zien of ze iets voor mijn broer kunnen doen.'

De gedachte kwam bij Luciano op dat er niet zoveel mis was met Gaetano, al was hij dan een Chimici. Hij geloofde de jonge edelman; je zag zo dat hij dol was op zijn jongere broer. En Falco zag er leuk en intelligent uit, maar hij was duidelijk erg ongelukkig. Luciano begreep de zwarte kant van het leven in de zestiende eeuw. Zelfs een stinkend rijke familie als de Chimici's kon niets voor een dierbare zoon doen die zo gehandicapt was als Falco. En Luciano wist hoe het was om iets ongeneeslijks te hebben.

Op dat moment werden volgeladen bladen naar hun tafel gebracht. Iedereen had trek en er werd niet meer gepraat, behalve bij het aanreiken van gerechten. En gek genoeg leek de vijandigheid verdwenen tegen de tijd dat ze allemaal voldaan waren. Maar Georgia was nog steeds opgelaten om haar blunder.

'Vertel eens wat over de Manoush,' zei ze tegen Aurelio. 'Je hebt helemaal gelijk, ik weet niets van jullie. Er is nog zoveel dat ik niet van Talia weet.'

'Om te beginnen zijn wij niet Taliaans,' zei Aurelio.

Raffaella knikte. Ze leek veel op de harpspeler. Ze was lang, met hetzelfde lange zwarte haar, al was het hare kunstig gevlochten en met kleurige linten versierd. Ze droegen allebei lange, soepel vallende kleren, die vaak versteld waren en geborduurd met zijde die verschoten was. Op de zomen en mouwen van Raffaela's kleren waren spiegeltjes genaaid. Hun huid was een tikje donkerder dan die van Cesare en de Chimici's, hun zwierige sjaals en geborduurde hessen gaven hen iets exotisch. Het was Georgia niet meteen opgevallen omdat ze alle Talianen exotisch vond, maar toch waren Aurelio en Raffaella anders.

'We komen uit het Oosten,' zei de vrouw. 'We hebben geen thuisland. We reizen van plaats naar plaats. In dat opzicht lijken we op de groep die we niet meer zouden noemen.'

'Zijn jullie met veel?' vroeg Falco.

'Heel veel,' antwoordde Aurelio. 'Er zijn er net zoveel van ons als er korreltjes zand zijn op het strand.'

'Maar niet hier in Talia,' voegde Raffaella eraan toe. 'We zijn op weg naar de stad van sterren. In de komende weken zullen steeds meer mensen van de Manoush daarheen gaan.'

'Voor ons is het namelijk een pelgrimsstad,' zei Aurelio. 'De stad weet het zelf wel niet, maar voor ons is de stad een eerbetoon aan het leven van onze godin.'

'Nu weet ik wie jullie zijn!' riep Cesare uit. 'De Zinti noemen wij jullie, de reizigers. Jullie komen voor de Stellata – ik heb jullie daar vaker gezien.'

'Nee, we komen helemaal niet voor jullie paardenrace,' zei Aurelio, maar het klonk niet afwijzend. 'Die valt toevallig samen met ons eigen feest, dat veel ouder is. Er zijn meer steden waar de dag van de godin wordt gevierd, maar veel van ons geven de voorkeur aan Santa Fina. Het voelt hier goed.'

Hij draaide zijn gezicht in Georgia's richting. 'Maak je geen zorgen. We bemoeien ons niet met de politiek van Talia, of van welk land ook. We hebben geen eigen land en de machtsstrijd in andere landen over kleine stukjes grond laat ons koud, ook van gebieden waar belangrijke steden zijn gebouwd. Als reizend volk zijn we meer geïnteresseerd in andere reizigers, waar en uit welke tijd ze ook komen. We ontmoeten veel mensen op onze reizen en we proberen van hen te leren. In de stad waar we nu vandaan komen, zijn Raffaella en ik bevriend geraakt met iemand van dezelfde groep die signor Gaetano noemde. Dat was in Bellona en het was een wijze geleerde.'

'Precies,' zei Gaetano. 'Ik heb ook gehoord dat het geleerden zijn. Maar ik ben opgevoed met het idee dat ze machtig en gevaarlijk zijn en de sleutel hebben tot een belangrijk geheim dat Talia kan helpen, maar dat ze alleen voor zichzelf willen houden.'

Luciano wilde ertussen komen, maar Gaetano gebaarde dat hij even moest wachten.

'Ik weet het, ik weet het. Ik geloof dat zelf ook niet meer.' Hij draaide zich naar Falco. 'Het doet me verdriet om het te zeggen, maar ik denk dat vader dat idee in het leven heeft geroepen zodat hij dat geheim, wat het ook is, te pakken kan krijgen. En ik denk niet dat hij van plan is om er de mensen in Talia mee te helpen.'

Er viel een stilte aan tafel. De jonge Chimici steeg in Luciano's achting. Hij kon zich indenken dat het Gaetano veel moeite kostte om zulke vermoedens uit te spreken. Falco worstelde met zijn eigen gevoelens; hij hield van zijn vader, maar hij wist hoe overheersend Niccolo kon zijn. Hij had nog maar net te horen gekregen dat zijn eigen lot door de hertog was bezegeld.

Cesare had het er ook niet makkelijk mee. Omdat hij bij de Ram hoorde, had hij last van loyaliteitsgevoelens. De Ram was traditioneel aan Bellezza verbonden en Chimici's waren niet te vertrouwen. Maar nu ontmoette hij voor het eerst in het echt leden van die familie. Een staljongen, ook al was hij de zoon van een gerespecteerde stalmeester, ging gewoonlijk niet met de kinderen van hertogen om.

Georgia wist niet wat ze ervan denken moest. Ze wist amper van het bestaan van de Chimici's, laat staan waarom ze tegen de stravaganti waren. En over het mysterieuze Manoushvolk had ze eigenlijk ook geen mening. Aurelio zei wel dat ze geen partij kozen, maar kon dat echt waar zijn? Iedereen in Remora leek zo zeker van waar hij stond en waar zijn loyaliteit lag.

'Geloof me,' ging Gaetano door, 'ik probeer echt niet iets uit te vissen dat mijn familie zou kunnen gebruiken bij hun duistere zaakjes. Ik wil alleen maar weten of dat geheim van senator Rossi mijn broer zou kunnen helpen.'

Luciano's gedachten gingen terug naar zijn eerste ontmoeting met Rodolfo op de daktuin in Bellezza. 'De Chimici's zorgen alleen voor de Chimici's,' had de stravagante gezegd. Ze hadden het toen over de heersers van Noord-Talia, die de kunst van het stravageren zouden aanwenden om de geheimen van de moderne geneeskunde en moderne oorlogvoering te leren kennen. Op dat moment had het veel onheilspellender geleken dan nu, terwijl hij naar een jongen luisterde die oprecht genezing voor zijn broer zocht.

'Ik praat niet over Rodolfo's geheimen,' zei Luciano. 'Dat mag je niet van me vragen. Maar hij is wel een van de knapste en machtigste mensen die ik ken, en over een paar weken is hij zelf in de stad. Je weet vast wel dat de duchessa is uitgenodigd voor de Stellata; zij en de regent komen hier binnenkort heen. Mijn pleegvader en ik zijn vanuit Bellezza naar de twaalfde van de Ram gekomen om uit te zoeken of het wel veilig voor hen is in Remora. We mogen niet vergeten dat de moeder van de duchessa in haar eigen stad is vermoord, en we moeten dan ook heel voorzichtig zijn als de duchessa naar een stad gaat die bestuurd wordt door... door haar tegenstanders.'

Gaetano hield zich in bedwang, want hij had de hulp van die verwaande jonge Bellezziaan nodig. 'Hare hoogheid zal hier echt even veilig zijn als waar dan ook in Talia,' zei hij stijfjes. 'En wij zijn haar tegenstanders niet. We hebben niets met de moord op haar moeder te maken en waren er net zo door geschokt als ieder ander. Trouwens, mijn vader wil dat ik haar naar de stad escorteer en ik kan je verzekeren dat ik voor haar veiligheid en comfort zal zorgen.'

Dit was nieuw voor Luciano en hij was er niet zo blij mee. Hij geloofde wel dat Gaetano niets van de moord wist, maar hij vroeg zich af hoe die lelijke maar sympathieke jongeman zou reageren als hij wist dat de duchessa helemaal niet vermoord was en in feite een prettig leven in Padavia leidde, vanwaar ze over haar dochter en haar stad kon waken.

'Dan zul je mijn meester ontmoeten,' zei hij alleen. 'Je kunt zelf met hem over je broer praten.'

Gaetano liet zich niet zomaar afschepen. Hij keek Georgia aan. 'En jij dan?' vroeg hij. 'Als je echt bent wat je beweert te zijn en niet alleen maar zit op te scheppen, kun jij ons misschien iets wijzer maken?'

\*

In de tuin van een gerieflijk huis aan de rand van Padavia zat een mooi geklede, opvallende vrouw van middelbare leeftijd. Haar groene, satijnen jurk was wijd en weelderig naar de Bellezziaanse mode en ze had een fraai opgemaakt kapsel. Ze speelde met een ketting van robijnen om haar hals terwijl ze op haar gast wachtte.

Een lange bediende met rood haar liet een andere dame de tuin binnen. Ze was iets ouder dan haar gastvrouw en veel dikker, maar ook zij zag er welgesteld uit. De twee vrouwen omhelsden elkaar als goede vriendinnen, al kenden ze elkaar nu net een jaar.

'Silvia!' zei de bezoekster. 'Je ziet er even mooi en jong uit als altijd.'

De andere vrouw lachte. 'Daar was ik altijd al goed in, weet je nog wel? Maar hier moet ik het in mijn eentje klaarspelen. Guido, wil je Susanna vragen ons drinken te brengen?'

Ze zaten aan een stenen tafel onder de wijnranken. Het was stil in de tuin vol bloemen, die een veilig toevluchtsoord leek. Beide vrouwen waren zich bewust van de weldadige sfeer. Ze hadden gevaarlijke, spannende tijden in Bellezza meegemaakt en nu was Silvia veilig. Maar was ze een overlevende of een banneling? De bezoekster sprak de gedachte uit.

'Vind je het hier nooit saai?'

'Hoe kom je erbij, Leonora?' vroeg Silvia een beetje spottend. 'Ik heb mijn borduurwerk, mijn liefdadigheidswerk en een groentetuin die ik moet verzorgen. Ik denk er zelfs over een olijvenboerderij te kopen – heb je dat niet van Rodolfo gehoord? Ik ben altijd bezig.'

Haar vriendin werd een antwoord bespaard door de komst van het dienstmeisje Susanna, die een blad met ijslimonade en taartjes bracht. De bediende, Guido, kwam achter haar aan en bleef bij de poort op wacht staan. Het was duidelijk dat hij nooit lang van de zijde van zijn meesteres week.

De twee vrouwen hoefden geen blad voor de mond te nemen in bijzijn van de bedienden. Susanna werkte al jaren voor haar meesteres en Guido, die haar voor het eerst had gezien toen hij de bedoeling had haar te vermoorden, ging nu voor haar door het vuur. Silvia had van haar eigen geld de verzorging van zijn zieke vader betaald. De oude man was een maand geleden vredig in zijn slaap overleden, maar het had hem niet aan artsen en gemak ontbroken in het laatste jaar van zijn leven.

'Is er nog nieuws uit de stad?' vroeg Silvia. 'Hoe gaat het met de nieuwe duchessa?'

'Jullie kunnen allebei trots op haar zijn,' zei Leonora. 'En ik ook, al ben ik dan een soort namaaktante van haar.'

Silvia knikte tevreden. 'En hoe is het met je lieve man?'

'Heel goed, voorzover ik weet. Hij is op het moment met Luciano op reis. Wat een fijne jongen is dat toch!'

'En wat heerlijk voor je om nog zo laat in je leven een kind te hebben om van te houden,' zei Silvia. Ze sprak uit ervaring, want haar eigen kind had ze meer dan vijftien jaar niet gekend en Arianna was nog niet zo lang terug in haar leven.

'Ik weet dat we de plaats van zijn eigen ouders niet kunnen innemen,' zei Leonora zacht. 'En hij heeft veel verdriet om hen. Maar we houden van hem. Ik hoop maar dat hem niets overkomt in Remora,' voegde ze er bezorgd aan toe.

'Vast niet,' zei Silvia. 'En hij zorgt er wel voor dat Arianna ook niets overkomt. Ben je van plan om ook naar de paardenrennen te gaan?'

'Nee, ik...' Leonora zweeg toen ze de schittering in de ogen van haar vriendin zag. 'Silvia! Je piekert er toch niet over om... Dat is veel te gevaarlijk!'

'Waarom?' vroeg Silvia. 'Er zullen vier stravaganti aanwezig zijn om me te beschermen – om van Guido maar te zwijgen.'

'Maar het zwermt van de Chimici's in die stad,' protesteerde Leonora. 'Je zult herkend worden!'

'Ik zou niet weten waarom,' zei Silvia. Ze kwam overeind en begon rusteloos over het terras heen en weer te lopen. 'Niemand herkent me zonder mijn maskers. Je weet toch hoe vaak ik de afgelopen maanden in Bellezza ben geweest. En als ze me daar niet herkennen, gebeurt dat in Remora toch zeker helemaal niet?'

'De ambassadeur is er ook nog,' zei Leonora. 'En de hertog.'

'Dan hoef ik alleen maar uit de buurt van de hertog en de ambassadeur te blijven, nietwaar?' zei Silvia luchtig.

In een kamer boven in een hoog palazzo met uitzicht op het kanaal keek een in het zwart geklede man in een spiegel. Het was geen ijdelheid. Het was niet zijn eigen, gelijnde gezicht en zilverig zwarte haar dat terugstaarde. Het was het veel oudere gezicht met het nog wittere haar van zijn oude vriend en leermeester, William Dethridge.

'Gegroet, meester Rudolphe!' zei Dethridge. 'Het doet mij deugd dat uw spiegel hier in Remora werkt.'

'Ik ben een paar dagen weg geweest,' zei Rodolfo. 'Wat een opluchting te zien dat het goed met u gaat. En met de jongen?'

'Al evenzeer,' zei de zestiende-eeuwse geleerde. 'Doch ik heb meer nieuws.'

Rodolfo ging in zijn stoel zitten om te luisteren.

'Een nieuwe stravagante is gearriveerd,' zei Dethridge. 'En zij is een wichtje.'

'Een meisje?' vroeg Rodolfo. 'Komt ze bij signor Paolo thuis?'

'Zeker. Zij is al driemaal geweest. Heden verpoost ze met zijn zoon Caesar in den stad. Luciaan vergezelt hen.'

'Hoe gaat het met haar? Begrijpt ze de gevaren? Hoe heet ze?'

'Zij is zo veilig als men maar kan wezen in dit wespennest,' zei Dethridge met gedempte stem. 'De jongeheren Caesar en Luciaan onderrichten haar in den gevaren. Haar naam is George, of iets van dien strekking. Onze jongeling kent haar van weleer.'

'En wat zegt Paolo over de stad?' vroeg Rodolfo. 'Vindt hij dat Arianna de uitnodiging voor de paardenrennen kan aannemen?'

'Hij zeide het een blamage te achten indien zij verstek liet gaan... Den Chimici's zouden het als een excuus aanwenden om zich tegen haar te keren.'

'Wat vindt u zelf?' vroeg Rodolfo.

'Mij ontbrak den tijd voor onderzoekingen,' zei Dethridge. 'Gun ons een wijle langer eer ik u kan raden.'

'Goed,' zei Rodolfo. 'Maar ik moet de hertog wel binnenkort antwoord sturen. Ik wou dat ik bij jullie in Remora was. Ik wil dat meisje graag ontmoeten.'

'Ge moogt zich er wel op voorbereiden dat zij ene knaap lijkt,' zei Dethridge nog. 'Een knaap die verzot is op peerden.'

*

Het groepje in Santa Fina ging met moeite uit elkaar. Gaetano vroeg de Manoush mee naar het paleis van zijn oom, Luciano wilde hen meenemen naar Paolo, en Falco wilde het lege zomerpaleis laten voor wat het was en met zijn broer en de nieuwe kennissen de stad in.

'Wij slapen niet in huizen, maar toch bedankt,' zei Aurelio. 'De Manoush slapen onder de blote hemel. Maar jullie mogen gerust mee om onze slaapzakken op te halen. Dan reizen we gezamenlijk naar de stad, want dat is ook onze bestemming. En we vinden het allang mooi als we bij een van jullie in de hof kunnen slapen, of het nu bij de Ram of de paus is.'

Georgia betwijfelde of Raffaella net zo warmliep voor die 'Manoush-doen-zus-en-zo-niet'-regels als haar reisgenoot. Ze herinnerde zich hoe het lange meisje stilletjes het geld van Aurelio's concert in haar zak had gestoken en Georgia zag haar voor de meest praktische van de twee aan. Intussen voerden Luciano en Gaetano een heftige discussie over wie waarheen zou gaan en waarom en hoe.

Georgia gaapte. Het viel bijna niet te geloven dat haar andere ik nu in bed lag te slapen in de wereld waar ze vandaan kwam. Gelukkig had ze altijd haar deur op slot. Maura vond het een vreselijke gewoonte, maar Ralph had gezegd: 'Zo zijn pubers. Weet je niet meer hoe het was om puber te zijn?' en hij had het slot voor haar laten maken.

Uiteindelijk werden ze het eens dat ze elkaar over een uur bij Roderigo's stalhouderij zouden ontmoeten. Gaetano ging eerst met Falco naar het paleis terug om kleren te halen en de bedienden te vertellen dat ze bij hun oom in het pauselijk paleis zouden logeren. Daarna bracht hij Falco naar de stallen en zette hem bij Luciano in de koets, waardoor de reis naar de stad veel makkelijker voor hem werd. Gaetano zou vooruitrijden naar Remora om hun verblijf bij zijn oom te regelen.

Tot Georgia's stomme verbazing gingen de Manoush ook met Luciano mee. Ze dacht dat alles wat het leven makkelijker maakte onder 'dat-doen-de-Manoush-niet' vielen, maar Aurelio had het aanbod meteen aangenomen. Kennelijk was hulp bij het reizen toch toegestaan, al gingen ze meestal te voet.

*

Hoe langer Arianna duchessa was, hoe meer respect ze voor haar moeder kreeg. Het was hard werken. Om te beginnen was er verschillende keren per dag het stomvervelende kledingsritueel met de kameniers. Toen ze nog een gewoon meisje op het lagune-eiland Torrone was, had ze zich in een hele maand niet zo vaak hoeven om te kleden als nu op één dag.

Nu moest ze berusten in ingewikkeld ondergoed, met meer haakjes en oogjes dan ze ooit van haar leven had gezien, en een nog ingewikkelder kapsel waar haarspelden en vaak bloemen en juwelen aan te pas kwamen. In de loop van de dag werden de kapsels en maskers steeds fraaier en weelderiger. Arianna had vooral een hekel aan de maskers, maar ook als ze geen duchessa van de stadstaat was geweest, zou ze die hebben moeten dragen nu ze zestien was.

De vrijheid die ze als eilandenmeisje had gekend was voorgoed voorbij. Het gevolg was dat ze wel in haar nieuwe rol móest groeien. Door de stijve onderjurken en zware japonnen kon ze alleen met kleine pasjes lopen; de strak ingeregen korsetten beletten haar rond te huppelen. Zo kreeg de jonge duchessa een reputatie van elegantie, waardigheid en schoonheid, die degenen die haar in haar wildebrastijd hadden gekend bijna onvoorstelbaar vonden.

Terwijl ze aan het gebrek aan bewegingsvrijheid begon te wennen, moest Arianna meer over diplomatie en binnen- en buitenlandse politiek leren dan haar lief was. Rodolfo mocht dan een toegewijde vader zijn, gelukkig met de dochter die zijn leven voorgoed had veranderd, maar hij was ook een veeleisende leraar. Als regent van Bellezza had hij de zware verantwoordelijkheid erop toe te zien dat Arianna een succes maakte van de taak die ze op zich had genomen.

Dat hoorde bij de afspraak. Na lang nadenken en lange gesprekken met het gezin waar ze was opgegroeid, had Arianna erin toegestemd aan de duchessaverkiezing mee te doen. Ze had gedacht dat ze toen wel voorbereid was op wat haar te wachten stond. Maar de laatste maanden vroeg ze zich regelmatig af of het destijds wel echt tot haar was doorgedrongen wat het inhield om duchessa te zijn.

Ze begreep haar moeder nu veel beter. Ze kon zich voorstellen hoe slopend haar moeder het eindeloze voorzitten van de raads- en senaatsvergadering was gaan vinden, en het aanhoren van de vele verzoeken bij de maandelijkse volksaudiëntie. Zo slopend, dat ze haar toevlucht had genomen tot het gebruik van plaatsvervangsters. Maar Arianna had zich voorgenomen dat zij dat laatste nooit zou doen.

Twee maanden geleden had ze haar eerste Huwelijk met de Zee doorstaan, toen ze zich tot aan haar dijen in het gore kanaalwater liet zakken en het volk juichte: '*Sposati!*' – 'Ze zijn getrouwd!' De feesten waren de hele nacht doorgegaan. Bellezza had de rouw om de vorige duchessa achter zich gelaten en liet zich met overgave betoveren door de nieuwe bewindsvrouwe, die zojuist voor een heel jaar de welvaart van de stad had veiliggesteld. En ondertussen dacht Arianna aan het huwelijk van vorig jaar, dat ze vanuit de vissersboot van haar broers had gadegeslagen. Toen koesterde ze nog het plan om op slinkse manier mandolier te worden en daarom had ze zich 's nachts verstopt op de koude loggia van de grote zilveren Maddalena-basiliek, ineengedoken bij de bronzen standbeelden. Dit jaar was ze ook op de loggia verschenen, had ze tussen de twee paar bronzen rammen gestaan en naar haar volk beneden op de piazza gewuifd; daarna was ze naar haar aangrenzende palcis teruggegaan voor een uitgebreid huwelijksdiner.

Vorig jaar had Arianna Luciano weggesleurd van de piazza, waar ze hem verdwaasd en verloren had zien staan. Dit jaar had hij naast haar gezeten, gekleed in fluweel en zilver. Vorig jaar had ze gedacht dat haar ouders een eenvoudige museumcurator en een gemoedelijke huisvrouw waren. Dit jaar wist ze dat het de vroegere duchessa en de huidige regent waren. De regent had aan haar andere kant gezeten en haar door de formaliteiten van de gelegenheid heen geholpen.

Vandaag had ze een school voor weesmeisjes bezocht, verzoekschriften in ontvangst genomen van burgers met allerlei problemen, zoals een geschil over een zending meel tot een huwelijkscontract tussen een neef en nicht. Ze had met een bezoekend staatshoofd uit Oost-Europa gedineerd en een gezant uit Anglia ontvangen om een handelsovereenkomst te bespreken. Ook had ze vergaderd met de admiraal van de Bellezziaanse vloot, die vermoedde dat de agressie steeg in de landen grenzend aan hun oostkust.

Nu werd het tijd dat haar kameniers haar in haar nachtgoed hielpen en ze eindelijk in haar heerlijke bed weg kon zinken. Haar persoonlijke kamenier, Barbara, was haar haar aan het borstelen toen er op de deur werd geklopt. Het was Rodolfo.

'Het spijt me dat ik je lastig moet vallen, kindlief, maar we hebben de hele dag geen tijd gehad voor een onderonsje. Ben je te moe om nog even op te blijven?'

'Natuurlijk niet,' zei Arianna, die haar kamermeisje wegstuurde. Het was altijd een opluchting om even met haar vader alleen te kunnen zijn, zonder staatszaken aan haar hoofd.

Hij ging op een van de met tapijtstof beklede stoeltjes zitten die van Arianna's moeder Silvia, de vorige duchessa, waren geweest. Rodolfo was door de geheime gang, die zijn eigen palazzo met dat van de duchessa verbond, naar haar vertrekken gekomen. De gang was nu nog geheimer dan vroeger, maar hij bleef open. In noodgevallen zou hij weer van pas kunnen komen. Hij en Arianna bleven zich er altijd van bewust dat Silvia zogenaamd vermoord was, en het feit dat ze zo gezond als een vis in Padavia woonde deed daar niets aan af. Bij de explosie was een vrouw om het leven gekomen, en rond iedere duchessa hing gevaar.

'Ik heb twee nieuwtjes,' zei Rodolfo, terwijl Arianna doorging met zelf haar haar borstelen.

'Mooi,' zei ze. 'Gaat er eentje over Luciano?'

'Ja zeker,' glimlachte haar vader. 'Dr. Dethridge heeft vandaag door mijn spiegels contact met me gezocht. Ze zijn veilig in Remora aangekomen en maken daar van alles mee.'

'Maken ze van alles mee?' vroeg Arianna verlangend. Toen betrok haar gezicht. 'Ze lopen toch geen gevaar, hè?'

'Niet meer dan wie van ons dan ook in een vesting van de Chimici's,' zei Rodolfo. 'En dat brengt me op het tweede nieuwtje, dat je vast minder leuk vindt om te horen. Ik heb vandaag een gezant van hertog Niccolo ontvangen.'

'O, zeker over de Stellata,' zei Arianna. Ze hadden hun antwoord op een pauselijke uitnodiging voor de paardenrennen uitgesteld in afwachting van bericht van Luciano en Dethridge over de veiligheid van de stad.

'Deze keer niet, kind,' zei Rodolfo. 'Het doel van dit gezantschap was een huwelijksaanzoek van de zoon van de hertog. Blijkbaar wil Gaetano di Chimici met je trouwen.'

# 9

## HET STAAT IN DE STERREN

Ze waren lang in Santa Fina gebleven en ze zouden pas laat in Remora terug zijn. Georgia wist dat ze binnen een uur moest stravageren. Zij en Cesare zouden met Gaetano meerijden, al merkte ze wel dat Luciano daar niet zo gelukkig mee was. Hij wist waartoe de Chimici's in staat waren en al begon hij de broers nog zo aardig te vinden, hij vond het nog te vroeg om hen helemaal te vertrouwen. De jongens wisten nog niet dat hij, Dethridge en de stalmeester ook stravaganti waren, maar Gaetano zou niet snel Georgia's uitbarsting vergeten. Hij zou alles doen om haar uit te horen.

Voor het gezelschap bij de stallen uit elkaar ging, nam Luciano Cesare apart.

'Wees op je hoede,' zei hij. 'En als hij weer over de stravaganti begint, zorg er dan voor dat Georgia niets meer verraadt.'

Cesare knikte. Hij was niet van plan zijn vader in gevaar te brengen.

'Ik ken de Chimici's,' zei hij. 'Je kunt op me rekenen.'

De drie ruiters schoten goed op langs de weg naar Remora. Ze waren alledrie thuis in het zadel en ze genoten van de lichamelijke sensatie van de rit. Ze hadden geen kans om te praten totdat ze bij de Zonnepoort stapvoets moesten gaan en ten slotte stilstonden, om op hun beurt te wachten voordat ze door de drukke poort de stad in konden. Gaetano manoeuvreerde zijn paard naast dat van Georgia.

'Ik wil je morgen graag opzoeken. Logeer je in de twaalfde van de Ram?'

Georgia had haar lesje geleerd en ze keek om raad naar Cesare. Hij haalde zijn schouders op. De jonge edelman zou toch al komen om de Manoush te zien; dat was al afgesproken. En Georgia kon alsnog beslissen om er dan niet te zijn. Maar ze kon Gaetano niet eeuwig uit de weg gaan als ze van plan was nog vaak naar de stad te komen. En het lag er duimendik bovenop dat ze dat zeker van plan was.

'Ja,' zei ze na een korte stilte. 'Je kunt mij en Luciano bij de stalmeester thuis vinden. Maar ik denk niet dat ik veel voor je kan doen.'

'Geloof me nou,' zei Gaetano, die zich naar haar toe boog zodat Cesare hem niet kon horen. 'De geheimen van jullie genootschap interesseren me niet. Ik wil alleen mijn broer helpen. Meer niet.'

*

'Hij is wel erg lelijk, hè?' zei Arianna veel kalmer dan ze zich voelde. Ze keek naar het miniatuurtje van Gaetano di Chimici, dat de gezant uit Remora had meegenomen. 'En in het echt zal hij nog wel lelijker zijn. De hofschilder heeft natuurlijk geprobeerd er nog het beste van te maken,' voegde ze eraan toe.

Rodolfo keek haar aan. 'We nemen dit aanzoek niet serieus,' zei hij.

'Maar wat moeten we ermee?' vroeg Arianna. 'We kunnen het niet domweg negeren en we kunnen hen niet beledigen met een botte afwijzing.'

'Nu denk je als een echte duchessa,' zei Rodolfo glimlachend. 'Het is een lastig parket, maar we komen er wel uit. Ze sturen hem hierheen om jou naar de Stellata te begeleiden.'

Arianna zette grote ogen op.

'Ze willen dat jullie de kans krijgen elkaar te leren kennen,' zei Rodolfo. 'En jij moet doen alsof je die kans grijpt.'

*

Hertog Niccolo was blij zijn jongste zoon te zien en nog blijer dat de twee broers weer vrede hadden gesloten. Zijn twee oudste jongens en zijn dochter waren in Giglia en Niccolo hield van zijn kinderen. Hij was vooral in zijn sas met Gaetano, die geen bezwaar had gemaakt tegen het beraamde huwelijk met Bellezza en nu ook nog zijn vaders oogappel had meegebracht. Niccolo had gehoopt dat Falco met hem mee zou gaan naar het pauselijk paleis toen ze Giglia verlieten, maar de jongen wilde per se in Santa Fina blijven, misschien vanwege de verwijdering met Gaetano of misschien omdat hij zoveel van de grote eenzame uitgestrektheid daar hield.

Natuurlijk had Niccolo de mening van Falco in de wind kunnen slaan; hij was nog maar een kind. Maar na het ongeluk had de hertog zo veel verdriet om hem gehad dat hij de jongen zoiets simpels niet tegen zijn zin had willen opdringen. En nu was Falco er toch, vrolijk, uit vrije wil, en verzoend met zijn broer. Niccolo had het gevoel dat een lange barre winter eindelijk voorbij was, al bracht de lente geen echte hoop op herstel voor Falco.

'U moet Aurelio horen spelen, vader,' zei Gaetano. 'Ik heb geprobeerd hem over te halen hier te komen, maar hij zegt dat hij niet voor geld speelt. Maar een gratis concert wil hij vast wel geven en u moet hem echt horen. Het is of je in de hemel bent.'

'Ja, vader, u moet hem echt horen spelen,' viel Falco hem bij, blozend van enthousiasme bij de herinnering. 'Hij maakt engelachtige muziek.'

'Wat?' zei Niccolo, die er met zijn hoofd niet bij was. 'Vertel nog eens wie die muzikant is.'

'Hij heet Aurelio,' zei Falco geduldig. 'Hij en zijn zus zijn van het Manoushvolk. Ze willen niet bij ons logeren, omdat ze onder de blote hemel slapen. Maar we kunnen ze bij de Ram opzoeken.'

De Ram! Alles leek Niccolo's gedachten in die richting te leiden. Hij had een knagend gevoel dat hij daar bij zijn laatste bezoek iets belangrijks over het hoofd had gezien. Hij wilde dat die spion van Ferdinando de onderste steen boven zou halen. Een verband tussen de Ram en de Zinti stond hem ook niet aan. Niccolo hield niet van dat reizende volk. Ze pasten niet bij het gedachtegoed van de Chimici's waar alles om macht en rijkdom draaide. Er moest iets mis zijn met mensen die bezit aan hun laars lapten en geen land wilden hebben.

Hardop zei hij: 'Dat komt doordat de Zinti onder de sterren verwekt moeten worden. Zelfs hun ongetrouwde vrouwen slapen niet binnen, voor het geval een toevallige ontmoeting tot een baby zou kunnen leiden. En het is waanzin, want een vrouw die veilig binnenblijft wordt minder snel verkracht dan wanneer ze buiten slaapt.'

Falco keek geschokt en Niccolo vroeg zich af of dit het moment was om over zijn plannen met zijn jongste zoon te beginnen. Hij kon maar beter aan een leven zonder vrouwen wennen, voordat hij het vuur van de hartstocht had ontdekt.

Georgia bleef bijna de hele zondag in bed.

'Ik zei toch al dat ze ziek werd,' zei Russell, die er voor de anderen onhoorbaar aan toevoegde: 'Alsof ik niet ziek van jóu word.'

'Maak toch niet zo'n drukte,' zei Georgia tegen haar moeder. 'Er is niks met me aan de hand. Ik heb alleen maar slecht geslapen. Ik neem mijn boeken mee naar bed en doe heus mijn huiswerk wel.'

Maar al lag ze met kussens in haar rug omringd door boeken en schriften, ze bracht de ochtend grotendeels door met het tekenen van een plattegrond van Remora. Ze trok een ruwe cirkel op haar multoblad en zette van boven naar beneden een scheidingslijn. Strada delle Stelle, schreef ze, de weg van sterren. Ze tekende in het noorden de Zonnepoort, in het zuiden de Maanpoort en maakte halverwege deze brede doorgangsroute een cirkel voor de Campo, die ze met Cesare was overgestoken.

Ze trok strepen door de cirkel om hem in twaalven te verdelen. Ze wist waar de twaalfden van de Ram en de Tweeling waren en ook ongeveer waar ze van de Vissen naar de twaalfde van de Boogschutter waren gevlucht. Het invullen van de andere delen was veel lastiger.

Ze mompelde een oud opzegversje dat ze zich uit haar kleutertijd herinnerde:

Ram, stier en tweeling eerst,
naast de kreeft de leeuw die heerst.
De maagd gevolgd door weegschaal,
dan de anderen, allemaal:
schorpioen, boogschutter, steenbok,
de waterman met de frisse slok,
de vissen er nog bij – gesloten is de rij.

Het enige verschil tussen de Taliaanse versie van de dierenriem en de tekens die Georgia kende, was dat de Remaanse leeuw een leeuwin was en dat de Remanen de maagd 'de Vrouwe' noemden. Toen ze alles had ingevuld, kon ze goed zien hoe Remora was opgezet als een astrologische jaaragenda, met de twaalfde van de Ram links van het midden, in het westen van de stad.

Mooi, zo kan ik het wel onthouden, dacht Georgia. Paolo had haar gezegd dat ze niets anders naar Talia mocht meenemen dan de talisman en de kleren die ze op het moment van stravagatie droeg. Bij aankomst merkte ze dat ze steevast haar Taliaanse jongenskleren aanhad, over haar eigen nachtgoed heen, precies zoals ze ze de eerste keer had aangetrokken.

Ze kon haar kaart niet meenemen, maar het gaf haar een goed gevoel dat het gelukt was hem te tekenen. Op een leeg vel papier schreef ze wat ze van de twaalfden wist, en dat bleek nog bar weinig te zijn. Ze wist meer van de Ram dan van de andere stadsdelen: 'Vissen als tegenstander,' schreef ze. 'Bondgenoten: Boogschutter en Leeuwin.'

Opeens zag ze hoe het in elkaar stak. Georgia geloofde niet

in astrologie, maar ze las elke dag haar horoscoop in de krant, net als de rest van het gezin, en ze herinnerde zich dat Maura haar eens had verteld dat elk teken van de dierenriem verwant was met aarde, vuur, water of lucht – drie tekens voor elk element.

'Wij zijn allebei luchttekens,' had ze tegen Georgia gezegd. 'Gemini voor jou en Libra voor mij.'

Jemig, dacht Georgia. Ik val onder Gemini... de Tweeling! Dan hoor ik bij de Chimici's!

Gelukkig besefte ze al snel dat dit flauwekul was. Hoe hartstochtelijk de Remanen ook aan hun twaalfde hingen, ze konden het echt niet zo uitkienen dat hun kinderen onder het bijbehorend sterrenbeeld werden geboren.

Met het patroon kon ze wel de onderlinge banden berekenen. Nu ze zich herinnerde dat Aries, Leo en Sagittarius vuurtekens waren, was het logisch dat de Leeuwin en Boogschutter een verbond hadden met de Ram. In een kwartiertje bracht ze nu de bondgenoten van de twaalfden in kaart. De tegenstanders waren moeilijker uit te dokteren, maar ze herinnerde zich wat Cesare had gezegd over de Tweeling en de Vrouwe.

'Jij en je tegenstander zijn als water en vuur,' mompelde ze. 'Aarde en lucht zijn ook tegengesteld. En je tegenstander lijkt het dichtstbijzijnde deel in de stad te zijn – Ram en Vissen, Stier en Tweeling, Kreeft en Leeuwin.'

'Kun je je mond niet houden als je leert?' schreeuwde Russell en hij bonkte onder het voorbijgaan op haar deur.

'Tegenstanders,' siste Georgia. Dat waren zij en Russell ook, gezworen vijanden. De twaalfden van Remora hadden een geschiedenis die eeuwenoud was, maar Georgia en Russell hadden in hun korte geschiedenis van vier jaar minstens zo veel haat en nijd gelegd.

Wie zijn mijn bondgenoten dan? vroeg ze zich af en ze zag Mortimer Goldsmith met zijn halve leesbrilletje voor zich. Ze schoot in de lach. Aan hem zou ze niet veel hebben in de strijd met haar stiefbroer.

De vijandschappen en vriendschapsbanden in Remora waren ingewikkeld door de gekke gehechtheid van elke twaalfde aan een andere stad, waar Georgia niet veel van begreep. Hoe kon je in de ene stad wonen maar een andere trouw zijn? Het was alsof je in Londen woonde maar vond dat je bij Liverpool hoorde. Nou ja, je kon wel degelijk in Londen wonen en supporter zijn van FC Liverpool of Manchester United. Ze herinnerde zich dat ze in het begin de twaalfden met rivaliserende voetbalclubs had vergeleken.

Toch ging dit veel dieper. Cesare was allesbehalve een lafaard, maar ze had zijn angst gezien toen de Vissen de achtervolging inzetten. Gaetano had een dolk aan zijn riem. Luciano was tegen geweld, maar ook hij droeg een dolk. Talia was een land vol gevaren in een gevaarlijke tijd, en Remora spande de kroon. Daar zou de spanning tijdens de Stellata hoog oplaaien. Toch had ze liever de gevaren van de Taliaanse stad dan thuis het gevaar Russell om zich heen.

De Manoush rolden hun beddengoed uit op het erf bij de stalhouderij in de Ram en gingen net zo lekker liggen alsof ze op veren matrassen lagen in plaats van op keitjes. De gastvrije Teresa was met stomheid geslagen en kwam onmiddellijk extra kussens en dekens brengen. Ze werden beleefd in ontvangst genomen, maar niet gebruikt.

Georgia was vlak voor zonsondergang naar haar hooizolder vertrokken, waardoor ze niet meemaakte dat de lange blinde jongen en zijn zus hun armen in een afscheidsgebaar naar het westen uitstrekten, waar de rode zon wegzonk achter de stadsmuren. Zachtjes zongen ze een lied in hun eigen taal. Niet veel later viel het hele huishouden in slaap bij de klanken van zacht getokkel op de harp.

Cesare was vroeg op en zag de gasten wakker worden. Nu richtten ze zich naar de zon die achter het gebied van de Vrouwe en de Weegschaal opkwam, knielden en zongen een melodie die een welkomstgroet aan een terugkerende reiziger leek. Hij kon hun woorden niet goed volgen, maar de blijdschap die ze uitstraalden sprak boekdelen. Ze gebruikten het woord 'zon' niet, maar verwezen ernaar als de metgezel van de godin. Het was raar volk, die Zinti, dat was hem vaak genoeg verteld, maar hij was er trots op dat ze in zijn twaalfde waren, bij hem in huis, of liever gezegd bij hem buitenshuis.

Aurelio vond het blijkbaar niet ongepast om binnen te ontbijten en Teresa wilde maar al te graag haar gastvrijheid tonen. Ze genoot ervan dat ze de Manoush samen met de Bellezziaanse gasten aan tafel had. Raffaella bood aan te helpen en zat al snel de baby's hun pap te voeren. Cesare had drie zusjes die veel jonger waren dan hij en dan was er nog de tweeling, zijn peuterbroertjes die overal heen kropen, ook over de voeten van de blinde harpspeler, die daar even weinig aandacht aan besteedde als wanneer ze hondjes waren geweest.

Cesare viste een van de jochies onder tafel vandaan en zette hem op zijn knie. Dit was Antonio, de ondernemendste van het tweetal, en hij maaide kraaiend van plezier met zijn mollige armpjes naar Cesares gezicht. Cesare lachte terug. Antonio en de anderen waren niet zijn volle broertjes en zusjes. Cesare was enig kind uit Paolo's eerste huwelijk. Cesares moeder was gestorven toen hij nog heel klein was en Paolo was tien jaar geleden met Teresa getrouwd. Het andere tweelingbroertje had zichzelf klem gewerkt in een hoek en zette een keel op. Teresa bukte om hem op te pakken, maar toen begon een van de kleine meisjes te huilen omdat ze bij haar moeder op schoot wilde. Binnen een mum van tijd waren alle kleintjes lustig aan het brullen. Dit was zo'n moment waarop Cesare meestal zijn toevlucht in de stallen zocht.

Aurelio draaide zijn hoofd in de richting van de oorzaak van het lawaai.

'Zal ik iets spelen? Worden de kinderen dan rustig?' vroeg hij. Zonder het antwoord af te wachten bracht Raffaella hem zijn harp en de heerlijke muziek vulde de keuken, waarin geen ruimte overbleef voor verdriet. Met ronde ogen zat de tweeling duimend bij Paolo op schoot, en de kleine meisjes draaiden krulletjes in hun haar en kropen dicht tegen Cesare, Luciano en Dethridge aan terwijl hun gesnik verstomde. Teresa en Raffaella konden de rest van het eten op tafel zetten. Rust en vrede keerden terug in de paardenboerderij van de Ram.

Georgia hoorde de harp toen ze op de hooizolder aankwam. In Londen was ze in slaap gevallen bij de bonkende beat uit Russells geliefde versterkers. Eigenlijk had ze geen hekel aan die muziek, maar wel aan Russell die niet alleen voor zijn plezier luisterde maar het minstens zo lollig vond dat hij haar op die manier wakker hield. Wat een verschil met Aurelio, aan wie te horen was dat hij harp speelde omdat hij intens van muziek maken genoot.

Toen Georgia stilletjes de keuken in glipte, zag ze dat de kleintjes allemaal met open oogjes droomden. Boven de verwarde krullenbos van de kleine Emilia lachte Cesare naar haar en ze lachte terug. Dit was pas een echt gezin. Dit was iets om naar te verlangen, en ze zag die gedachte niet alleen weerspiegeld in Luciano's ogen, terwijl hij de krullen van de dreumes Marta streelde, maar ook op het weemoedige gezicht van dr. Dethridge, die Stella op schoot had. Weer vroeg ze zich af of ze ooit het hele verhaal zou kennen van alles wat die twee overkomen was en wat ze hadden moeten opgeven om permanent in Talia te wonen.

De muziek was afgelopen en de betovering werd verbroken, maar er werd niet meer gehuild. Paolo zag Georgia, stond op en ging met in iedere arm een tweelingbroertje een bord en beker voor haar halen.

'Goedemorgen,' zei Aurelio tegen het luchtledige naast haar hoofd. Het was moeilijk te bevatten dat de ogen die zo helder en donkerblauw waren geen prikkels naar zijn hersens stuurden.

'Heb je goed geslapen?' vroeg Georgia.

'Ja, prima,' zei Aurelio. 'Ik slaap altijd goed, met niets tussen mij en de maan en sterren. En jij?'

Georgia vroeg zich af of hij wist dat ze naar de hooizolder ging om naar een andere wereld terug te stravageren. Hij wekte de indruk dat hij wel iets van het genootschap wist, maar zou hij haar hebben doorgehad als ze gisteren niet zelf had verraden dat ze stravagante was? En wist hij dat er nog drie anderen in de kamer waren?

'Niet zo heel goed,' zei ze naar waarheid.

De tweeling viel al snel in slaap op Paolo's knieën en de kleine meisjes waren rustig geworden van het eten en de muziek. De anderen zaten saamhorig in stilte te ontbijten. Georgia vroeg zich af of ze dikker zou worden nu ze zo kort na het avondeten in haar eigen wereld hier alweer aan de broodjes met jam zat. Teresa kookte veel beter dan Maura; ook de eenvoudigste maaltijd was vers en zelfgemaakt. Georgia had lang en breed met zichzelf overlegd of ze die avond wel of niet moest stravageren; ze kon zich op maandag geen uitslaperij veroorloven. Maar Remora was een te sterke magneet. Ze kon geen weerstand bieden aan het vrolijke, ongecompliceerde gezinsleven van de stalmeester, aan de stallen en het kunnen paardrijden wanneer ze maar wilde, aan haar groeiende vriendschap met Cesare en de kans om Lucien terug te zien. Op school moest ze zich dan maar zien te redden.

Een gebiedende klop op de deur maakte een einde aan de knusse bijeenkomst. Paolo legde de tweeling in hun wiegje en ging opendoen. Daar stond de hertog van Giglia, samen met Gaetano en Falco. Een grote koets met het wapen van de Chimici's stond achter hen te wachten in de hof.

'Gegroet, capitano,' zei Niccolo, waarbij hij Paolo de aanspreektitel gaf die strikt genomen alleen in de week van de Stellata gangbaar was. Kennelijk wilde hij bij Paolo in een goed blaadje komen; de hertog gedroeg zich zo hoffelijk als maar kon.

'En gegroet, lieftallige meesteres van het huis,' voegde hij eraan toe, met een handkus in de lucht richting Teresa.

'Mijn welgemeende verontschuldiging dat ik u zo snel weer met mijn gezelschap opzadel, maar mijn zoons hebben me over uw gasten verteld en ik brand van ongeduld om hen zelf te ontmoeten.'

Zijn ogen gingen de tafel rond. De Zinti waren onmiddellijk herkenbaar aan hun felgekleurde, exotische kleren. Hij negeerde Georgia, die hij voor een lid van het kinderrijke gezin aanzag. Maar Dethridge en Luciano kon hij niet plaatsen. Aan hun kleding zag hij dat ze geen stalknechten konden zijn.

'Mag ik u mijn gasten voorstellen?' zei Paolo. 'U komt ongetwijfeld voor de muziek van de Zinti, of de Manoush zoals ze liever worden genoemd – Raffaella en Aurelio Vivoide.'

De twee reizigers maakten een kniebuiging voor de hertog, die joviaal gebaarde dat ze weer konden gaan zitten.

'En dan hebben we nog twee geachte gasten uit Bellezza,' ging Paolo minzaam verder. 'Doctor Guglielmo Crinamorte en zijn zoon Luciano.'

Na veel buigingen over en weer stelde de hertog zijn zoons aan het tafelgezelschap voor. Zijn hersens draaiden op volle toeren terwijl hij probeerde uit te dokteren wat die Bellezzianen in de stallen van de Ram deden. Hij kende hun naam niet, maar er knaagde iets aan zijn geheugen en zoals zo vaak kreeg hij het gevoel dat er achter de schermen van de Ram dingen gaande waren die hij maar beter kon weten.

Tijdens de kennismaking leunde Falco op zijn krukken en keek verlangend naar het gezin, ongeveer net zoals Georgia eerder had gedaan. Het ging haar aan het hart hoe ongelukkig die jongen was. Zijn familie had in Talia de touwtjes in handen, maar aan zijn toestand konden ze niets doen en bovendien betwijfelde ze of het bij de maaltijden in de paleizen van de Chimici's zo gezellig en warm toeging als hier.

Falco wurmde zich op de bank naast Aurelio. 'Wil je nog eens spelen?' fluisterde hij. 'We hebben vader zoveel over je verteld.'

Aurelio fronste zijn wenkbrauwen en Georgia kon zien dat hij wilde weigeren, maar Raffaella fluisterde hem iets toe en hij veranderde van gedachte.

'Ik wil niet onbeleefd zijn, maar ik kom niet in uw paleis spelen,' zei hij tegen Niccolo. 'Ons volk bestaat niet uit minstrelen. Wij maken muziek voor ons eigen genoegen. Toch kunnen we muziekliefhebbers zoals u geen gunst weigeren. Als signor Paolo het goedvindt, zal ik buiten op mijn harp spelen en het staat u natuurlijk vrij om te komen luisteren.'

Niccolo was daar niet blij mee, maar hij wist dat het zinloos was om ertegen in te gaan. De Chimici's gingen de hof op, waar Cesare en Teresa stoelen en banken voor hen neerzetten, en er begon een concert dat zijn weerga niet kende in de twaalfde van de Ram. Luciano gaf Georgia en Cesare een stille wenk en ze trokken zich terug in de stal.

'Hoe denken jullie over de Chimici's?' vroeg hij.

'Ik vind die jongens heel anders dan hun vader,' zei Cesare.

'Toch vraag ik me af of we hen kunnen vertrouwen,' zei Luciano. 'Ze lijken me wel oké, maar ik weet wel zeker dat die vader van hen, die hertog Niccolo, bevel heeft gegeven voor de moord op Arianna's moeder. Er kleeft bloed aan zijn handen.'

'Dat verbaast me niet,' zei Cesare. 'Dat is schering en inslag in Remora.'

'Maar het kan toch geen kwaad als we de jongens aan jouw Rodolfo voorstellen?' vroeg Georgia. 'Ik bedoel, waarschijnlijk kan hij niet eens wat voor Falco doen.'

'Eén ding is zeker,' zei Luciano. 'Als Rodolfo hem kan helpen, zal hij het niet laten omdat Falco een Chimici is.'

*

Onder de vele voorbijgangers die bleven staan om naar het harpspel in de twaalfde van de Ram te luisteren, was een kleine gedrongen figuur in een vuilblauwe mantel aan wie niemand enige aandacht besteedde. Enrico was natuurlijk achter Niccolo en zijn zoons aan gegaan toen ze het pauselijk paleis uit kwamen en nu zag hij zijn kans schoon om een kijkje te nemen in de stallen van de Ram. Hij glipte tussen het publiek op de hof door en ging achterom naar het stallenblok, met de bedoeling de paarden te inspecteren terwijl iedereen buiten werd afgeleid.

Hij legde zijn oog tegen een gat in het hout. En daar stonden de jonge Rambewoners in gesprek verdiept – de twee die hij naar Santa Fina was gevolgd en een derde jongen, die er ook bij geweest was op het plein toen ze de harpspeler ontmoetten. De spion kende hem maar al te goed als de leerling van senator Rodolfo uit Bellezza; nu hij hem van zo dichtbij zag, kwamen veel onaangename herinneringen terug.

Enrico maakte snel het gebaar van de 'gelukshand', het teken dat met de drie middelvingers van de rechterhand op voorhoofd en borst werd gemaakt. Zo probeerden Talianen het onheil af te wenden. 'Dia!' fluisterde hij en hij begon te zweten. Er was iets griezeligs aan die jongen. Enrico had hem in zijn klauwen gehad en wist dat hij van vlees en bloed was, maar het bleef raadselachtig. In het begin had hij geen schaduw gehad, maar op het moment dat Enrico en zijn meester hem als bovennatuurlijk verschijnsel wilden ontmaskeren, had hij als bij toverslag wél een schaduw. Enrico herinnerde zich dat zijn vorige werkgever, Rinaldo di Chimici, hevig geïnteresseerd was geweest in dit mysterie.

Enrico kon het niet hebben wanneer hij voor raadselen stond. Als spion had hij de taak nog meer van zijn slachtoffers te weten dan ze zelf wisten, en liefst ook van zijn opdrachtgevers. Die Luciano had hem voor gek gezet. Enrico hield er niet van dat hij afging en hij wilde er ook niet aan herinnerd worden. Daardoor hing het mysterie van die knul in zijn gedachten samen met dat andere verontrustende probleem – de verdwijning van zijn verloofde Giuliana.

Nu draaide hij zijn gezicht om en legde zijn oor te luisteren. Ze hadden het over senator Rodolfo en dat was op zich al interessant genoeg. Waarom zou de lievelingsleerling van de senator met een paar stalknechten over hem praten? Zo te zien waren ze vrienden.

'De hertog komt wel erg vaak bij ons op bezoek,' zei een van hen.

'Gelukkig is Merla veilig in Santa Fina,' zei een andere, jongere stem.

'Wat zou hij graag van haar bestaan weten, hè?' zei de stem die Enrico herkende als die van Luciano.

'Hij liet ons geen moment met rust als hij wist wat er in de Ram was gebeurd,' zei de oudere jongen.

Enrico luisterde niet meer; hij wist genoeg. Zijn instinct had hem gezegd dat er in Santa Fina een geheim was en het had er alle schijn van dat hij gelijk kreeg. Het werd tijd om bij zijn nieuwe vriend Diego langs te gaan.

# 10

## LUCIANO'S VERHAAL

De hele Ram was opgelucht toen hertog Niccolo de stallen verliet. Hij wilde dat zijn zoons zouden blijven. 'Als u dat goedvindt, signor Paolo,' voegde hij eraan toe. Zijn gastheer was natuurlijk niet in de positie om dat te weigeren.

'Het zint mij geenszins hoe de zonen onzer vijand omgang zoeken met onze jongelingen,' mopperde Dethridge tegen Paolo toen de hertog was vertrokken. Hij liet zijn koets voor Falco achter en beende de stad in, waar hij zaken had te regelen.

Paolo schudde zijn hoofd. 'Misschien is dat de toekomst,' zei hij. 'Misschien komt er nog eens een einde aan de oude vijandschap. Ik heb nooit een kwaad woord over die jongens gehoord.'

'Doch het is gissen of zij zich niet alsnog naar den wensen der vader schikken,' zei Dethridge. 'En wat zoude geschieden indien zij meer van ons jongvolkje te weten komen dan goed voor hen is?'

De Manoush pakten hun beddengoed in en maakten aan-stalten om te vertrekken.

'Dank u voor de gastvrijheid,' zei Aurelio hoffelijk tegen Paolo en Teresa. 'Wij moeten nu weer verder. We gaan oude vrienden in de stad opzoeken.'

Ze legden hun handen gevouwen tegen hun voorhoofd en maakten een buiging. Toen zeiden ze in hun eigen taal: 'Vrede voor uw huis en voor uw mensen; wij wensen u alle voorspoed en uw vijanden tegenspoed.'

En weg waren ze, als kleurrijke vogels die naar het zuiden vlogen.

'Rare lui,' zei Teresa, 'maar wel aardig.'

'De Manoush zijn hier altijd welkom,' zei Paolo. 'Ze herin-neren ons aan vroegere tijden en fatsoenlijker gebruiken.'

De hertog had Aurelio voor zijn muziek willen belonen, maar Gaetano had hem iets toegefluisterd en het zilver was in stilte naar Raffaella gegaan. Het verbaasde Georgia dat ook de jonge edelman had gemerkt wie van het stel de beurs beheer-de. En toen herinnerde ze zich dat ze nog steeds niet wist of het wel een stel was. De Manoush leken open en vriendelijk in de omgang, maar nu ze weg waren bleek dat ze weinig over hen zelf te weten was gekomen.

Luciano stond er niet van te kijken dat de jonge Chimici's bleven; hij wist dat Gaetano vastbesloten was meer over de stravaganti te ontdekken. Het zat hem niet echt lekker dat er een vriendschappelijke band aan het ontstaan was tussen de zoons van die machtige familie en de mensen van de Ram.

'Laten we een stukje gaan rijden, als je vader je kan missen, Cesare,' zei Gaetano. 'We kunnen met de koets gaan, zodat mijn broer makkelijk kan zitten.'

Paolo vond het goed en de vijf jonge mensen stapten in de

Chimici-koets met de gepluimde paarden en fluwelen bekleding. Luciano voelde zich nog onbehaaglijker nu hij uit rijden ging met mensen die hij geleerd had als vijanden te beschouwen. En Cesare, die niet beter wist dan dat hij de Chimici's moest vrezen en wantrouwen, was ook slecht op zijn gemak.

Georgia was de enige die zich er zorgeloos bij voelde. Iedereen in Talia had haar verteld dat de Chimici's slecht en gevaarlijk waren en ze wilde best geloven dat je die hertog beter niet in een duister steegje kon tegenkomen. Maar als je door hun chique kleren en deftige manieren heen keek, waren Gaetano en Falco gewone jongens – en heel wat aardiger dan Russell en zijn maten.

'Neem de weg naar het zuiden,' droeg Gaetano de koetsier op en het rijtuig rolde over de hobbelige keitjesbestrating van de Ram, langs de rand van de Campo en over de brede Strada delle Stelle naar de Maanpoort.

Gaetano boog zich voorover om met Georgia te praten. 'We hebben je hulp nodig,' viel hij met de deur in huis. 'Als mijn broer niet geneest, moet hij priester worden.' Hij hoefde er niet aan toe te voegen van wie dat moest, want dat was wel duidelijk.

'En wil je dat niet?' vroeg Georgia aan Falco om tijd te rekken.

De jongen keek bedenkelijk. 'Liever niet,' zei hij langzaam. 'Niet als ik kan kiezen. Ik wil liever net als mijn broer filosofie, schilderkunst en muziek studeren.'

Georgia probeerde zich voor te stellen hoe het eraan toeging op een universiteit in het zestiende-eeuwse Talia. Falco had geen rolstoel en ze nam aan dat Talianen al die moderne hulpmiddelen niet kenden. Als hij niet kon lopen, moest hij naar de colleges gedragen worden.

'Kunnen de stravaganti iets voor mijn broer doen?' vroeg Gaetano aan Georgia. 'Hij is bij de beste artsen in Talia geweest, maar die weten het ook niet meer. Alleen de hogere wetenschap van natuurfilosofen zoals jij kan nog uitkomst brengen.'

Georgia wist zich hier geen raad mee. Ze was verre van een filosoof, maar die jonge edelman deed alsof ze een bolleboos was. Ze wilde wel geloven dat de mysterieuze Rodolfo een knappe geleerde was, of de zestiende-eeuwse doctor, en misschien ook Paolo, die een natuurlijk gezag uitstraalde. Wie weet bleek zelfs Lucien, die op onverklaarbare wijze in deze wereld terecht was gekomen, over uitzonderlijke gaven te beschikken waarvan zij niets had geweten. Maar zelf was ze een doodgewone, magere scholier die toevallig van de ene wereld naar de andere kon komen. Wat kon die jongen met de grote donkere ogen en zijn verbrijzelde been aan haar hebben?

Falco keek haar onderzoekend aan, draaide zich opeens naar zijn broer en zei: 'Ik denk niet dat zij iets voor me kan doen.'

De spanning in de koets was om te snijden en Georgia voelde zich knalrood worden.

'Zij?' zei Gaetano. 'Is de stravagante een vrouw?'

Luciano schoot te hulp. 'Ze moet zich hier in Talia vermommen. Wij stravaganti willen niet opvallen.'

Nu was alle aandacht op hem gevestigd en de twee Chimici's bestookten hem met vragen.

'Ben jij dan ook een stravagante?' zei Gaetano. 'Dus daarom ben je leerling van de regent!'

'Vertel ons alsjeblieft wat je weet,' zei Falco. 'Hebben stravaganti de kennis om lichamen beter te maken?'

*

Toen de hertog de Ram uit liep, werd hij gevolgd door een man in een blauwe mantel. Bij de Campo delle Stelle draaide hij zich met een ruk om en keek zijn achtervolger strak aan, maar hij ontspande zich toen hij zag wie het was.

'Ik hoop dat je meestal discreter te werk gaat,' zei Niccolo tegen Enrico. 'Anders heb je niet veel waarde als spion.'

'Zeker, hoogheid,' zei Enrico gladjes. 'Ik schaduw u natuurlijk niet. Dat laat ik wel uit mijn hoofd. Ik volg u alleen omdat ik nieuws voor u heb.'

Hertog Niccolo trok een wenkbrauw op. Hij maakte zich geen illusies over Enrico; zijn neef had hem alles over die man verteld wat hij weten moest.

'De Ram houdt iets voor u geheim, heer,' ging Enrico verder. De hertog gaf de spion nu zijn onverdeelde aandacht; hij had steeds al gevoeld dat er iets gaande was in de Ram, hoe eerbiedig ze ook tegen hem deden.

'Iets waardoor ze de race kunnen winnen?' vroeg hij.

'Dat lijkt me wel,' zei Enrico. 'Het geheim wordt in Santa Fina bewaard. Ik ga er nu heen om erachter te komen wat het is.'

'Hou me op de hoogte,' zei de hertog. 'En als je in Santa Fina hulp of een schuilplaats nodig hebt, kun je bij mijn zomerverblijf aankloppen.' Hij krabbelde iets op een stukje papier. 'Geef dit aan mijn huisknechten. Ze zullen ervoor zorgen dat het je aan niets ontbreekt.'

*

Luciano had een besluit genomen.

'Ik wil jullie wel vertellen wat mij overkomen is, maar dan moeten jullie eerst zweren dat je er met niemand over praat, en zeker niet met je vader,' zei hij.

Er viel een korte stilte, waarin Gaetano worstelde met zijn gevoelens voor zijn familie. De twee broers keken elkaar aan, de een zo lelijk maar sterk en krachtig, de ander zo mooi en zo beschadigd. Ze knikten tegelijkertijd.

'We zweren het,' zeiden ze. En tot verbazing van de anderen liet Gaetano de koets stilhouden, zodat ze konden knielen om Luciano hun dolk aan te bieden. Falco kon niet op zijn kniëen zitten, maar hij zakte met een pijnlijk vertrokken gezicht van de bank en boog zijn goede been.

Samen dreunden ze plechtig:

Op mijn Huis in de Stad van Sterren –
met een vuur dat nooit dooft of zal falen –
zweer ik alle verraad te versperren,
op straffe des doods, mocht ik dwalen.

Ze dwongen Luciano de dolken bij het heft te pakken en een kerfje in hun pols te zetten.

Nu snijdt hij zichzelf en dan zijn ze bloedbroeders, dacht Georgia. Maar het ging anders. De twee jonge edelen hielden Luciano hun bloedende pols voor en gebaarden dat hij zijn mond ertegenaan moest zetten. Georgia rilde, maar Luciano aarzelde geen seconde. Hij proefde het bloed dat de Chimici's vrijwillig lieten vloeien en op hetzelfde moment voelde Georgia dat Cesare naast haar zich ontspande; ze besefte dat hij zo strak had gestaan als een vioolsnaar.

De sfeer in het rijtuig klaarde nu op.

'Rij maar door!' riep Gaetano en hij borg de dolk op die Luciano hem had teruggegeven. De koetsier zette de paarden in beweging. Ze waren de Maanpoort door en gingen naar het zuiden, maar geen van de passagiers lette op het landschap.

Niemand twijfelde er nog aan dat de Chimici's hun mond zouden houden over wat ze gingen horen. Georgia besefte dat zij nu ook eindelijk zou weten wat er met Luciano was gebeurd.

Het was haar wel duidelijk dat hij een verkorte versie van zijn verhaal vertelde, maar die was onthutsend genoeg.

'Ik was net als Georgia een stravagante uit een andere wereld,' begon hij. 'In die wereld was ik erg ziek... anders dan Falco, want ik had een langzame, sluipende ziekte die mijn lichaam kapotmaakte.'

Gaetano knikte. 'Zo'n ziekte kennen wij ook. We noemen hem de kwaal van de krab, omdat hij zich in je organen vastbijt en ze wegvreet.'

'Toen ik voor het eerst hier kwam,' vervolgde Luciano, 'of liever gezegd in Bellezza, mijn stad hier, voelde ik me meteen weer kiplekker.'

Falco's ogen straalden en Gaetano hield zijn adem in. 'Zou Falco dan op slag beter zijn als hij in jouw wereld kwam?'

'Dat denk ik niet,' zei Luciano. 'Hij zal zich misschien wel beter voelen, maar zijn gebroken botten kunnen niet zomaar genezen. Op z'n best voelt hij zich daar sterker. Dat gevoel is weer weg als hij hier terug is.' Hij zweeg even. 'In Talia was ik altijd gezond, terwijl ik in mijn eigen wereld steeds zieker werd. En op een gegeven moment werd ik in Bellezza gevangengenomen. Met stravagatie zit het zo dat het nacht is in de andere wereld als het dag is in Talia. Als een van ons 's nachts in Talia blijft, is hij in zijn eigen wereld een slapend lichaam dat door niets of niemand wakker gemaakt kan worden. Toen ik gevangenzat, kon ik niet naar mijn wereld terug en daar leek het dan ook alsof ik in coma lag... Weet je wat dat is? Dan haal je nog wel adem, maar verder lijkt het of je dood bent.'

'Ja,' zei Gaetano. 'Wij noemen het *morte vivenda*, de levende dood. Het kan voorkomen na een val van een paard. Meestal gaan zulke slachtoffers niet veel later ook echt dood.'

Luciano knikte. 'Zo was het bij mij ook. Niet lang daarna kon mijn lichaam in de andere wereld niet meer zelf ademhalen.'

'En ging je toen dood?' vroeg Falco, met ogen die groter leken dan zijn gezicht.

Luciano aarzelde even. 'Ik kom uit een tijd ver in de toekomst,' zei hij en hij koos zijn woorden zorgvuldig. 'De doktoren kunnen mensen nog een tijdje in leven houden met apparaten. Ik weet niet precies wat er gebeurd is, maar ik denk dat ik op die manier nog een tijd ben blijven ademen. Toen de doktoren dachten dat mijn hersenen dood waren hebben ze de machines uitgezet.'

Het bleef heel lang stil in het rijtuig en Georgia merkte dat ze haar adem inhield. Luciano zag er beroerd uit.

'Maar goed,' ging hij toen snel verder. 'Op een zeker moment gebeurde er iets waardoor ik wist dat ik hier leefde, maar in mijn andere wereld dood was. Vanaf die dag, nu bijna een jaar geleden, ben ik voorgoed een inwoner van Talia, onder bescherming van mijn leermeester de regent. Ik woon bij mijn pleegouders, dr. Crinamorte en zijn vrouw.'

'En kun je niet meer terug?' vroeg Falco.

'Niet voorgoed, nee,' zei Luciano. 'Dit is het enige leven dat ik nog heb.'

'En die artsen van de toekomst,' zei Gaetano, die zich concentreerde op wat voor hem het belangrijkste deel van het verhaal was. 'Zouden die mijn broer kunnen helpen?'

'Tja, dat weet ik niet precies,' zei Luciano. 'Wat denk jij, Georgia?'

'Ik weet niets van geneeskunde,' zei ze eerlijk. 'Misschien is er een operatie waardoor hij makkelijker kan lopen. Maar als dat niet zo is, zou hij een elektrische rolstoel kunnen krijgen waarmee hij beter uit de voeten kan.' Ze dacht even na. 'Maar ja, daar schieten jullie niks mee op,' zei ze toen.

'Kun je die doktoren hierheen halen?' vroeg Gaetano.

Luciano en Georgia schudden van nee.

'Als het al mogelijk was, kunnen ze hier nog niets beginnen,' zei Luciano.

'Ze hebben van alles nodig wat hier niet is,' legde Georgia uit. 'Operatiezalen, elektriciteit, anesthesie, instrumenten en medicijnen.'

'Dan zit er maar één ding op,' zei Falco. 'Ik moet naar hen toe. Jullie moeten me helpen te stravageren.'

\*

De stalmeesters van Remora waren in vergadering bijeen om afspraken te maken waaraan de twaalfden zich tijdens de Stellata moesten houden. Dit was een vergadering van bondgenoten, van twaalfden die elkaar steunden op kracht van hun natuurlijk verbond, vuur met vuur en lucht met lucht. Paolo zat dan ook in een herberg de vergadering van de drie vuur-twaalfden van de Ram voor in aanwezigheid van de aanvullende leden, de Boogschutter en de Leeuwin.

In andere herbergen in Remora waren dezelfde vergaderingen gaande. Riccardo als stalmeester van de Tweeling was voorzitter van de lucht-twaalfden – Weegschaal en Waterman. Emilio, stalmeester van de Vrouwe, ontving de aarde-twaalfden – Stier en Steenbok. Giovanni, stalmeester van de Schorpioen, bestelde een rondje voor de andere water-twaalfden – Vissen en Kreeft.

Oeroude tradities van vijandschap schreven deze jaarvergaderingen voor. Hoofdpunt op de agenda was de vraag hoe de twaalfden van tegengestelde natuurelementen elkaars jockeys in de Stellata dwars konden zitten. Alle water-ruiters moesten alle vuur-paarden de pas afsnijden en alle aarde-ruiters hinderden de lucht-paarden. Maar binnen deze algemene tegenwerking reserveerde iedere ruiter een nog gerichtere vijandschap voor één vijand in het bijzonder, zoals Ram en Vissen, of Tweeling en Stier.

Dan waren er nog de stadsverbonden die de Tweeling en Vrouwe tegenover de Ram stelden; alles bij elkaar waren er bijna geen paarden die ongemoeid bleven als de ruiters in de race van start gingen. De ruiters droegen de kleuren van hun twaalfde als herkenningsteken, maar dan nog was er tegenwoordigheid van geest nodig om de geplande tactiek uit te voeren als de duizelingwekkende wirwar van kleuren in een razend tempo rond de Campo daverde.

Bovendien konden ze niet alle details voorzien. De volgorde waarin de paarden van start gingen, werd vlak voor aanvang door loting bepaald. Tot dat moment hielden de met elkaar verwante twaalfden zich bezig met alle informatie die ze over de paarden en jockeys van hun rivalen bijeen konden sprokkelen om hun eigen strategie te versterken.

Vandaag draaiden de discussies in drie van de vier vergaderingen vooral om het geheime wapen van de Ram. Paolo had onvoorwaardelijk vertrouwen in zijn bondgenoten de Leeuwin en de Boogschutter; zij zouden blij zijn met elk voordeel voor een van de drie vuur-twaalfden. En daarom vertelde hij hun over Merla.

'De godin is met ons!' was de reactie van de andere twee stalmeesters.

Net als iedereen in Remora kenden ze natuurlijk de legende van het vliegende paard; die wezens waren heel zeldzaam, maar ze bestonden echt. Zelf hadden ze nog nooit zo'n wonder aanschouwd, maar iedereen kende wel iemand die het met eigen ogen had gezien, al was het maar de overgrootvader van een vage kennis. En iedereen geloofde in de kracht van zo'n gunstig voorteken.

Misschien zouden ze minder zeker van hun zaak zijn geweest als ze geweten hadden dat Riccardo en Emilio intussen de lucht- en aarde-twaalfden op de hoogte brachten van een geheim bij de Ram. Zijzelf hadden het vlak daarvoor gehoord van Enrico, de spion die in de stallen van de Tweeling werkte en zijn informatie eerlijk verdeelde onder de mannen van de paus en de hertog. Hij kon niet precies zeggen wat het geheim was, maar dat zou niet lang meer duren nu hij wist dat de oplossing in Santa Fina te vinden was.

De water-twaalfden wisten nog van niets, maar dat was een kwestie van tijd. Iemand van de Tweeling of de Vrouwe zou vanwege de vijandschap met Bellezza de informatie laten lekken naar een van de drie water-twaalfden, bij voorkeur Vissen. De Ram zou het dit jaar dan ook zwaarder dan ooit te verduren krijgen, want driekwart van de stad had een goede reden om tegen hen samen te spannen.

*

Cesare was zich nog heerlijk onbewust van wat hem in de Stellata boven het hoofd hing; hij wachtte nog op de officiële bevestiging dat hij dit jaar voor de Ram mocht rijden. Bovendien was hij veel te overdonderd door Falco's woorden om ook maar een moment aan zijn eigen toekomst te denken.

Luciano had het met zichzelf te kwaad. Hij wist dat Falco niet besefte wat hij had gezegd, omdat hij geen idee had van de gevaren van het stravageren. Zelfs als de artsen in Luciano's vroegere wereld Falco konden genezen, kon dat niet binnen één bezoek gebeuren. Falco's plan kon alleen slagen als hij vrijwillig zijn leven in Talia opgaf. En van alle aanwezigen in de koets wist alleen Luciano wat daar de gevolgen van waren.

Iedereen keek naar hem, benieuwd naar zijn reactie. Hij wierp snel een blik op Georgia; misschien begreep zij het beter dan de anderen, al was ze een groentje in de stravagatie.

Maar het was Falco die iets zei. Hij keerde zich naar zijn broer en zei: 'Gaetano, er is maar één manier waarop dit kan slagen. Het zal heel moeilijk zijn, moeilijker dan doodgaan, maar toch kies ik ervoor. Ik ga naar de wereld van de toekomst en bouw daar mijn leven op.'

Zijn oudere broer trok hem in zijn armen en de anderen zagen dat er tranen in zijn ogen stonden. 'Nee,' zei Gaetano. 'Dat sta ik niet toe. Je mag niet bij ons weg. Wat moet je beginnen zonder de familie? Zonder mij?'

Falco's stem werd gesmoord in de omhelzing van zijn broer. 'Ik leef liever ergens anders, ook al is het dan zonder jou, broer, dan dat ik hier moet leven als een schim van degene die ik had kunnen worden,' zei hij.

Toen keek hij weer naar Luciano en Georgia.

'Ik heb mijn keus gemaakt,' zei hij. 'En wat moet ik nu verder doen?'

# II

# Tromgeroffel

Voor Georgia ging de maandag als in een roes voorbij. Ze had een punt bereikt waarop haar gewone dagelijkse leven onwerkelijk begon te lijken en ze in gedachten altijd in Remora was, in de verdeelde stad met al die intriges. Haar tekort aan slaap hielp ook niet mee, al was ze niet de hele zondagnacht in de stad gebleven.

Na Falco's aankondiging in de koets en Gaetano's onvermurwbare verzet tegen het plan, had Luciano tijdgerekt door te zeggen dat ze er nog eens goed over moesten nadenken. Georgia was opgelucht, omdat ze niet wist wat ze met de gespannen sfeer aan moest. De koets was stil blijven staan bij een plek die Belle Vigne heette. Daar stapten ze uit. Het was een groene heuvel met aan de voet een dorpje. Op de top waren volgens Gaetano de overblijfselen van een Raseniaans fort. Georgia besloot na enig nadenken dat dit in haar wereld Etruskisch zou zijn en ze wilde dolgraag gaan kijken, maar de glooiende helling was een veel te steile klim voor Falco.

Ze strekten zich op het gras uit en lagen over andere onderwerpen te praten.

'Wat is Bellezza voor een stad?' vroeg Gaetano aan Luciano. 'Ik moet er binnenkort heen om de jonge duchessa te halen.'

'Het is de mooiste stad van de wereld,' zei Luciano.

'Ja, maar dan kent hij Giglia nog niet, hè, broer?' zei Gaetano.

Falco knikte, maar Cesare zei: 'En Remora dan? Er gaat toch niets boven mijn stad?'

'Het is logisch dat we allemaal het meest van onze eigen stad houden,' zei Luciano diplomatiek. Georgia kon zich niet goed voorstellen dat zij zo over Londen zou praten.

'In Bellezza is alles van zilver en de stad drijft op het water,' ging Luciano verder. 'Door de hele stad lopen kriskras waterweggetjes. Het is eigenlijk een verzameling van meer dan honderd eilandjes. En de bewoners zijn echte levensgenieters. Om het minste geringste zetten ze een feest op touw. Ze zijn verknocht aan hun duchessa. Ze waren er kapot van toen de vorige doodging.'

Hij zweeg. Dit was een gevoelig onderwerp in het bijzijn van twee Chimici's.

'Hoe is de nieuwe duchessa?' vroeg Falco en Georgia zag nog net dat Gaetano een vinger tegen zijn mond legde.

'Ze is jong,' zei Luciano, die het gebaar niet had gezien. 'Nog een meisje – even oud als ik. Maar ze gaat iedere dag meer op haar moeder lijken. En ze is erg trots op haar stad.'

'Is ze even mooi als haar moeder volgens de verhalen was?' vroeg Gaetano bijna achteloos. Georgia spitste haar oren.

Maar Luciano zei alleen maar: 'Ja', en ging er niet op door.

Niet veel later had Gaetano gemerkt dat zijn broertje er moe uitzag en ze waren naar Remora teruggegaan. Onderweg waren ze allemaal stil, maar toen het drietal bij de stallen van de Ram werd afgezet, zei Falco: 'Niet vergeten wat ik gezegd heb, hè? Komen jullie me morgen opzoeken?'

En ze hadden het niet kunnen weigeren.

Paolo was naar de jaarvergadering van stalmeesters en Cesare had zijn dagelijkse klussen te doen. Voor Georgia was het een prachtkans om alleen met Lucien te zijn. Ze wilde met hem over zijn verhaal praten, om erachter te komen welke rol zijn talisman in de gebeurtenissen had gespeeld, maar hij keek haar eens goed aan en had gezegd dat ze vroeg moest stravageren en niet de rest van de middag in Remora blijven.

'Ik weet nog hoe het was,' zei hij, met een glimlach die haar door merg en been ging. 'Je zegt wel dat je je goed voelt, maar zelfs een kerngezond iemand heeft slaap nodig.'

En daarom was ze teruggegaan, lag nog even wakker in het holst van de nacht en luisterde naar de zachte geluidjes van het slapende huis voordat ze in een diepe, droomloze slaap viel.

Veel te snel werd ze wakker gemaakt door haar moeder, die riep dat ze moest opschieten om niet te laat op school te komen. De rest van de dag ging als in een roes aan Georgia voorbij. Ze had haar hoofd niet bij de lessen. Zelfs bij Engels, haar beste vak, wist ze geen antwoord op een simpele vraag.

Gelukkig werd ze voorgezegd door Alice, haar nieuwe klasgenoot. Daarna aten ze tussen de middag samen hun brood op en Georgia ontdekte dat Alice ook gek was op paarden; ze had een eigen paard bij haar vader thuis in Devon. Aan het einde van die dag waren ze vriendinnen. Georgia wilde dat ze Alice over Remora kon vertellen, maar het was allang mooi dat ze met haar over paarden kon praten.

Na school ging ze niet meteen naar huis, al had Russell dan

voetbaltraining. Ze wilde eerst bij meneer Goldsmith langs. Hij was blij haar te zien en zette een veel lekkerder kop thee dan de vorige keer. Voordat ze er erg in had, had Georgia al vier chocoladekoekjes op.

'Sorry dat ik zo zit te schransen,' zei ze. 'Ik heb vannacht slecht geslapen en als ik moe ben, rammel ik altijd van de honger.'

'Ik vond al dat je een beetje pips zag,' zei meneer Goldsmith. 'Ik wil me niet bemoeien met zaken die me niet aangaan, maar voel je je wel goed?'

Georgia herinnerde zich dat ze meneer Goldsmith tot haar bondgenoot had verklaard en ze besloot dat ze met hem over Russell wilde praten. Maar ze draaide eromheen.

'Hebt u vijanden?' vroeg ze.

'Wat een vreemde vraag,' zei hij. 'Nee, uitgesproken vijanden heb ik niet. Maar ik kan wel zeggen dat ik concurrenten heb. Je weet wel, andere antiekhandelaren die bij veilingen over me heen bieden. Het blijft allemaal heel vriendelijk, hoor. We gaan goed met elkaar om als we elkaar tegenkomen.'

Dat was het verschil tussen Talia en hier, dacht Georgia. Eigenlijk waren de twaalfden van Remora ook concurrenten, al noemden ze hun rivaliteit een vijandschap. Daarentegen leek Niccolo di Chimici wel een echte vijand van de mensen die ze als haar vrienden beschouwde, zeker van de stravaganti. Maar hoe zat het dan met Gaetano en zijn broer? Dat waren toch eigenlijk meer vrienden. In ieder geval meer dan die zogenaamde stiefbroer van haar. Ze slaakte een diepe zucht.

'Lieve help! Neem nog maar gauw een koekje,' zei meneer Goldsmith.

Daar moest Georgia om lachen. 'Ik heb niet veel vrienden,' vertrouwde ze hem toe. 'Tenminste, niet hier.'

'Ik ook niet,' zei meneer Goldsmith. 'Maar je hebt ook niet veel vrienden nodig, weet je. Een paar echt goede vrienden is genoeg.'

Georgia besloot dat ze nog vertrouwelijker kon worden. 'Kent u een Italiaanse stad waar ze elk jaar paardenrennen houden?' vroeg ze.

Tot haar verbazing kende hij er nog een ook.

'Siena, bedoel je?' vroeg hij. 'Daar houden ze elke zomer een wedstrijd die de Palio heet – twee keer zelfs, geloof ik. Dat is nou wat je noemt een stad waar de rivaliteit hoogtij viert.'

'Vertel eens wat meer over de Palio,' zei Georgia gretig.

'Nou kijk, Siena ligt in Toscane, niet ver van waar het origineel van jouw paardje vandaan moet zijn gekomen. De stad is verdeeld in een groot aantal wijken – zeventien, geloof ik – en ze laten hun paarden rond een plein midden in de stad racen. De traditie is honderden jaren oud en de stad zelf ziet er ook nog middeleeuws uit. Er zijn bijna geen auto's, heel nauwe straatjes en bijna geen moderne gebouwen, zeker niet in het centrum.'

Dat kan niet missen, dacht Georgia. Als Luciens Bellezza ons Venetië is, moet Remora wel Siena zijn.

'Bent u er wel eens geweest?' vroeg ze.

'Niet bij de Palio zelf, nee,' zei meneer Goldsmith. 'Maar ik ben vaak in Siena geweest. Het is een prachtige stad. Jij zou je er ook thuis voelen, als je zoveel van paarden houdt.'

Daarna praatten ze honderduit over paardrijden en Georgia vertelde hem over Jeans manege. Ze was in een veel vrolijker bui toen ze de winkel uit ging, zodat ze even niet meer wist hoe hun gesprek was begonnen toen hij bij het afscheid zei: 'Dag, en veel succes met je vijanden.' En toen ze bijna thuis was besefte ze pas dat ze niet met zo veel woorden had gezegd dat ze zelf een vijand had. Ze glimlachte. Meneer Goldsmith was in ieder geval een echte vriend.

Diego was blij zijn nieuwe kameraad Enrico te zien. Hij verveelde zich dood bij het werk dat hij nu moest doen. Gewoonlijk was Diego de hele dag in touw, het liefst buiten, met het poetsen en afstappen van de paarden, ze naar de stad brengen of naar een andere wei. Nu deed hij bijna elke dag niets anders dan op wacht zitten bij het nieuwe wonder. Niet dat zij er iets aan kon doen. Hij was net zo blij met het zwarte veulentje als ieder ander. En fabelachtig was ze; dat stond buiten kijf. Maar hij zag niet in waarom ze zo geheim moest blijven.

Diego kwam niet uit Remora; hij was geboren en getogen in Santa Fina. Als jongen had hij de Stellata een paar keer meegemaakt, maar de politieke situatie in de stad liet hem koud. Hij hield van langdurige paardenrennen in rechte lijn, waarbij de uitkomst een gok was waar je winst op kon maken. Hij vond de gang van zaken in Remora waardeloos. Dat was één en al doorgestoken kaart, waaraan geen lol te beleven viel voor een eerlijke gokker.

Enrico was het met hem eens. 'Die hele stad is stapelgek,' zei hij, terwijl hij gezellig naast Diego op de hooibaal ging zitten. 'Geheimzinnig gedoe om niks,' voegde hij eraan toe, met een zijdelingse blik naar de stalknecht.

'Ja, typisch Remaans,' knikte Diego. 'Die lui zouden nog het liefst hun eigen moeder geheimhouden, want stel je voor dat hun rivalen er iets aan hadden dat ze haar kenden.'

'De een zal toch wel een graadje erger zijn dan de ander, hè?' zei Enrico. 'Hoe zit dat in de Ram, bijvoorbeeld?'

'O, de Ram! Breek me de bek niet open,' zei Diego raadselachtig en hij tikte tegen de zijkant van zijn neus.

'Lucht gerust je hart,' zei Enrico. 'Dan zit mijn baas me ten-minste niet meer op mijn kop. Hij is ervan overtuigd dat de Ram een troef achter de hand heeft voor de Stellata.'

Diego aarzelde. Toen haalde hij zijn schouders op. Het geheime veulen kon onmogelijk een troef voor de Stellata zijn. Ze groeide wel veel harder dan gewone veulens en zou tegen die tijd groot genoeg zijn om de race te lopen, maar de ruiter van de Ram zou toch nooit op een gevleugeld paard mogen uitkomen. Wat gaf het dan als hij het zijn nieuwe vriend vertelde?

'Ze houden wel iets achter,' gaf hij toe.

*

Toen Georgia weer bij de Ram terugkwam, waren Cesare en Luciano nergens te bekennen, maar Paolo stond haar op te wachten.

'We moeten eens praten over waarom je hier bent,' zei hij en hij nam haar mee het huis in. 'En over ons genootschap. Ben je al een beetje wegwijs in Remora?'

'Zo'n beetje,' zei Georgia. 'Ik bedoel, er is nog veel dat ik niet begrijp. Maar Cesare legt het me allemaal goed uit en ik heb thuis een plattegrond gemaakt om de twaalfden uit mijn hoofd te leren. Het is wel een ingewikkelde stad, hè?'

'Erg ingewikkeld, en niet alleen door de indeling,' zei Paolo. 'Cesare heeft je zeker wel over de rivaliteit tussen de twaalfden verteld?'

'Ja,' zei Georgia. 'Dat hou ik ook nog in mijn achterhoofd.'

'De Chimici's maken misbruik van die rivaliteit, weet je,' zei Paolo.

Ze waren alleen in de gezellige keuken. Georgia vroeg zich af waar de rest van het grote gezin uithing, maar Paolo zei dat Teresa met de kinderen naar haar moeder in de Leeuwin was. Zonder de kleintjes leek het onnatuurlijk rustig en Georgia durfde niet goed naar de gasten uit Bellezza te vragen.

'U zei gisteren dat het misschien wel tijd werd om de oude vijandschap te laten varen,' zei ze nu. 'Vindt u het niet erg dat we vrienden zijn met de jonge Chimici's?'

'Nee, hoor,' zei Paolo. 'Ik geloof niet dat ze misbruik van jullie willen maken.'

Hij keek haar oplettend aan en ze had zo'n idee dat deze brede, sterke man met zijn vaardige handen en de geur van paarden om zich heen vast niet voor hertog Niccolo onderdeed in scherpzinnigheid.

'Ik moet u iets vertellen,' zei Georgia. 'Die twee, Gaetano en Falco, weten wat ik ben. En van Luciano weten ze het ook. Hij heeft het hun verteld, maar alleen omdat ik zo stom was om het al eerder te verraden,' voegde ze er trouwhartig aan toe.

Paolo keek peinzend. 'En wat denk je dat ze met die wetenschap zullen doen?' vroeg hij.

'Ze houden het stil voor hun vader,' zei ze meteen. 'Ze hebben een dure eed gezworen dat ze niets zullen zeggen. Ze hebben het bezegeld met hun dolken en Luciano moest hun bloed proeven.' Ze huiverde bij de herinnering.

'Dan zul je daar wel gelijk in hebben,' zei Paolo. 'Maar dat wil nog niet zeggen dat ze zelf niets met die informatie doen.'

Georgia kon er niet toe komen hem te vertellen dat Falco nu naar haar wereld wilde. En in de dagen die volgden zou ze zich vaak afvragen of het niet beter was geweest als ze het wel had gezegd. Op het moment zelf vond ze het nog te voorbarig. Er was niets definitiefs besloten.

Paolo wilde het over iets anders hebben.

'Het gaat erom spannen met de Chimici's,' zei hij. 'Op een

paar steden in het noorden na hebben ze nu overal de macht in handen. Bellezza verzet zich, zoals je weet, en dat is een van de redenen waarom de hertog de jonge duchessa voor de Stellata heeft uitgenodigd. We weten niet precies wat zijn bedoeling is en ze zal goed beschermd worden door haar vrienden, maar we moeten allemaal waakzaam blijven. Het kan niet anders of hij wil een jonge vrouw, die volgens hem natuurlijk makkelijk te beïnvloeden is, ervan overtuigen dat ze er goed aan doet om haar krachten te bundelen met die van zijn familie.'

'En is ze niet zo makkelijk te beïnvloeden?' vroeg Georgia. Nu Luciano uit de buurt was, had ze mooi de kans om meer aan de weet te komen over het meisje dat haar concurrente was.

'Niet echt, nee,' lachte de stalmeester. 'Een dochter van Silvia, die meer dan een kwarteeuw duchessa van Bellezza was, en van Rodolfo, een grootmeester in ons genootschap, kan niet anders zijn dan de koppigheid en sluwheid in eigen persoon.'

'Hebt u haar ontmoet?' vroeg Georgia.

'Nee, maar ik ken allebei haar ouders,' zei Paolo. 'En de appel valt niet ver van de boom, zoals we in Talia zeggen.'

'Dat zeggen wij ook,' zei Georgia en voor het eerst dacht ze over de uitdrukking na. Ze kon er donder op zeggen dat er van appelbomen geen abrikozen vielen; kinderen hadden veel van hun ouders. Toch was zij heel anders dan Maura. Zo gaf Maura bijvoorbeeld niets om paarden. Misschien had Georgia dat van haar vader, die ze amper gekend had. En hoe zat het dan met Russell? Zijn vader was best aardig; misschien was zijn moeder een kreng geweest. Maar het kon ook te maken hebben met iets in hemzelf of hoe hij behandeld was.

Georgia raakte ervan in de war. Remora, met al die strikte grenzen en eigenaardigheden, was in zekere zin nog beter te begrijpen.

'Waarom ben ik hier, denkt u?' vroeg ze.

'Ik weet het niet,' zei Paolo. 'We weten nooit van tevoren wie er gevonden wordt als we een talisman naar de andere wereld brengen, en we weten ook niet welke opdracht de gevonden persoon krijgt. Rodolfo meende dat Luciano hierheen werd gebracht om de duchessa te redden, maar ik geloof dat je wel weet dat hij daar een hoge prijs voor heeft betaald.'

Georgia knikte. 'En uiteindelijk heeft hij haar nog niet eens gered ook. De Chimici's hebben haar later toch nog laten vermoorden, hè?'

In de stilte die volgde, hoorde Georgia een gedempt bonkend geluid van buiten.

'Wat is dat?' vroeg ze.

'Kon ik maar al je vragen zo makkelijk beantwoorden als deze,' zei Paolo. 'Dat zijn de trommelslagers van de Ram die voor de Stellata oefenen. Tot het begin van de race zul je ze nog heel vaak horen. Kom, we gaan een blokje om... dan kun je ze zien.'

Zodra ze buiten stonden klonk het geluid van de trommels veel harder. Ze gingen door een smalle straat, belegd met keitjes, die Georgia inmiddels herkende als de weg naar het plein met de zilveren fontein. Ze hield haar adem in toen ze er aankwamen. De Piazza del Fuoco was een zee van gele en rode wapperende vaandels, met de afbeelding van een ram gekroond met zilver. Twee sterke jonge kerels zwaaiden ingewikkelde patronen met hun vaandels op de indringende maat van een tamboer.

In de weken die volgden zouden de tamboers en vaandeldragers van alle twaalfden dag en nacht blijven oefenen, zodat het getrommel zich in Georgia's hersens boorde en ze het onophoudelijk bleef horen, waar ze ook was, in Remora of in Londen, in bed of op school, slapend of wakker. Het was de toonzetting van de Stellata. Iedere twaalfde had een fanfare van jonge mensen die een spetterende voorstelling moesten geven bij de optocht op de Campo, die aan de paardenren voorafging. De trommelaars en vaandeldragers van elke twaalfde liepen voorop in hun deel van de stoet, legde Paolo haar uit, en het was een grote eer om bij die afvaardiging gekozen te worden.

'Hoort Cesare er ook bij?' vroeg ze en ze dacht dat hij daarom natuurlijk niet thuis was.

'Nee,' zei Paolo. 'Cesare is dit jaar onze ruiter, voor het eerst. Maar vorig jaar liep hij wel in de optocht mee.'

De vaandels en trommels verdwenen van het plein en kronkelden onder aanzwellend en afnemend tromgeroffel als een kleurrijke slang door de slingerende steegjes van de twaalfde. Kleine kinderen holden achter de stoet aan, opgetogen door het lawaai en de kleuren, maar Paolo en Georgia bleven op de stenen rand van de fontein zitten.

Het was een idyllisch plekje. De felle zon, de blauwe hemel, het bruisende geluid van water en de schilderachtige straatjes om haar heen deden Georgia aan een reisprogramma op de tv denken. Maar ze wist dat die indruk bedrieglijk was en dat er van alles broeide onder de schone schijn van Remora. Het bleef een onwezenlijk idee dat zij zelf een hoofdrolspeler in de ingewikkelde strijd tussen de Taliaanse politieke krachten kon zijn. Het was alsof ze een computerspel had gekregen waarvan ze de regels niet kende. Cesare was een goede plaatsvervanger voor de handleiding, maar hij wist net zomin als zijzelf welke wapens ze in handen had.

'Als u het over het genootschap van stravaganti hebt, noemt u steeds mannen,' zei ze nu. 'Uzelf, senator Rodolfo, dr. Dethridge en zelfs Luciano. Ben ik het enige vrouwelijke lid?'

'Nee,' zei Paolo. 'In Giglia woont een fantastische stravagante die Giuditta Miele heet. Ze is beeldhouwster. In Bellona is zeker nog één andere vrouw, maar ik ken haar niet. Jij bent de eerste vrouwelijke stravagante vanuit jullie wereld naar de onze. Daar stond ik in het begin wel van te kijken, weet je, vooral omdat je eerlijk gezegd een jongen lijkt. Maar een talisman kiest niet zomaar iemand. Een talisman brengt ons altijd degene die we het hardst nodig hebben.'

Als ik nou maar wist waaróm, dacht Georgia.

*

De Manoush waren in de twaalfde van de Leeuwin. Niet bij de stallen, maar bij een huis dicht in de buurt, waar ze een oude vriendin hadden die Grazia heette. Tegen de gewoonten van hun volk in was Grazia met een bewoner van Remora getrouwd en had haar oude leven afgezworen. Wel draaide ze bij het opstaan 's ochtends nog altijd haar gezicht naar de zon en nam tegen de schemering weer afscheid. Maar ze sliep met een dak boven haar hoofd en ze had haar zwervend leven voorgoed vaarwel gezegd.

Ze was inmiddels een witharige weduwe, maar nog altijd rijzig en mooi. In de begintijd van haar huwelijk had Grazia met haar man in een veren bed op de loggia van hun huis geslapen om er zeker van te zijn dat hun kinderen onder de sterrenhemel verwekt zouden worden. Die kinderen – vier zoons en drie dochters – waren inmiddels volwassen en hadden zelf kinderen, en op één na hadden ze zich allemaal tot de levensstijl van de Manoush bekeerd. Zo krachtig was het gesternte waaronder ze waren geboren.

Aurelio en Raffaella brachten uit alle windstreken in Talia

nieuws over Grazia's kinderen mee, waardoor ze op een hartelijk welkom konden rekenen als ze Remora weer aandeden. De
twaalfde van de Leeuwin was verbonden aan Romula, de stad
ver in het zuiden van Talia, waar de lange armen van de familie Di Chimici tot nu toe nog niet reikten. In Romula had Grazia langgeleden haar man leren kennen, toen ze er allebei op
bezoek waren. De liefde tussen het mooie, jonge Manoush-
meisje en de bezoeker uit het nest van de Leeuwin was in de
stad van de draak opgevlamd. Die liefde was sterk genoeg gebleven om haar ook na zijn dood nog binnen de muren van het
huis van haar man te houden. Grazia was al jaren geleden aan
slapen onder een dak gewend geraakt.

Toch hield ze feestdagen uit haar vroegere leven in ere en het
komende feest van de godin spande daarbij de kroon. De Stellata zei haar niet veel, al juichte ze op de dag zelf wel de groep
van de Leeuwin toe en hoopte dat hun paard zou winnen. Maar
dan was voor haar en de bezoekende Manoush het hoogtepunt
van hun eigen feest al voorbij. Ze bleven de hele nacht buiten
voor de verering van de godin die over de met sterren verlichte
hemel heerste. En ze wachtten tot de zon opkwam boven de
Campo, waar ze de metgezel van de godin groetten als zijn
vroege stralen langs de hemel gleden en de wereld in een lichte ochtendgloed zetten.

*

'Fantastisch!' zei Enrico en hij meende het. Hij hield van bijna
niets ter wereld zoveel als van paarden, en toen Diego hem het
wonderlijke zwarte merrieveulen liet zien, raakte hij in de ban
van haar tere schoonheid en ongelooflijke vleugels. Maar zijn
lagere instincten hielden zich niet lang stil en Enrico verkneu-

kelde zich bij de gedachte aan de beloning die hertog Niccolo voor het nieuws over dit wonder over zou hebben.

En de beloning zou nog groter worden als hij haar eenmaal had veroverd voor de Vrouwe. Of voor de Tweeling. Dat hing ervan af wie het meeste zilver bood.

# 12

## Een kring van kaarten

Georgia kwam er al snel achter waar Cesare de hele ochtend was geweest. Opgetogen keerde hij met Arcangelo in de stallen terug; ze hadden op het oefentraject buiten Remora gereden.

'Hij is in topvorm,' riep hij geestdriftig, terwijl hij het paard droogwreef met stro. 'We maken echt een goede kans.'

'Als de godin het wil,' zei Paolo snel en hij maakte het handgebaar dat Georgia eerder had gezien, een soort kruisteken, maar dan anders.

'Waarom roept u de godin aan?' vroeg ze. 'In elke twaalfde staat een kerk en jullie vieren de feestdagen van de heiligen, maar het lijkt wel of iedereen in Remora veel meer in een oudere religie gelooft – niet alleen de Manoush.'

'Wij Talianen zijn van nature bijgelovig,' zei Paolo. 'We klampen ons vast aan het verleden, toen alle volkeren rond de Middenzee een godin aanbaden. Met de komst van het nieuwe ge-

loof in Onze Vrouwe en haar Zoon was het voor ons vanzelfsprekend om ze te combineren. De Vrouwe omringd door de
sterren, dat is ze. Ze zorgt voor onze stad en het maakt haar
niet uit hoe we haar noemen.'

Georgia werd hier niet veel wijzer van. Ze begon over een onderwerp dat haar beter lag.

'Vertel eens over de race,' zei ze. 'Hoe gaat het in zijn werk?
Het gaat er niet alleen om dat het beste paard wint, hè?'

'Nee, en ook niet de beste jockey,' zei Cesare, 'al hoopt elke
twaalfde natuurlijk dat zij de winnaars hebben.'

'Je moet wel bedenken dat we de Stellata al driehonderd jaar
in een of andere vorm kennen,' zei Paolo. 'Alles wijst erop dat
we dat nog honderden jaren zullen volhouden.'

Georgia dacht aan wat meneer Goldsmith haar over de Palio
had verteld; als Remora echt zoveel op Siena leek, bestond de
waanzinnige paardenren over vierhonderd jaar inderdaad nog.

'Je weet dat alle twaalfden een eigen stalhouderij hebben en
een paard voor de jaarlijkse Stellata kiezen,' ging Paolo door.
'Ze kopen het paard, als ze het niet zelf fokken, en het is sowieso het beste paard dat ze zich kunnen veroorloven. Daarna
kiest de twaalfde ook de jockey.'

'Die hoeft niet per se uit de twaalfde te komen, zoals ik,' zei
Cesare, die wel even duidelijk wilde maken dat hij echt niet gekozen was omdat hij de zoon van de stalmeester was. 'Het is de
beste ruiter die ze kunnen vinden.'

'Over een paar weken wordt er zand over de Campo gestort
om van het plein een renbaan te maken,' zei Paolo. 'Dan rijden
er talloze paarden en ruiters in het maanlicht en iedere twaalfde neemt de uiteindelijke beslissing wie er voor hen uitkomt.
Weinig twaalfden zijn in dit stadium zo zeker van hun zaak als
wij.' Trots keek hij naar zijn zoon en Arcangelo.

'Dat wil ik meemaken,' begon Georgia en toen zweeg ze verward. Vader en zoon keken haar meelevend aan. 'Het kan niet, hè? Ik kan niet in Remora zijn als het hier nacht is.'

'Maar je kunt veel voorrondes zien,' zei Cesare snel. 'En je kunt toch bij de Stellata zelf zijn?'

'Hangt ervan af hoe laat die wordt gehouden,' zei Georgia. Ze keek naar Arcangelo en moest opeens aan iets anders denken. 'Rijden jullie zonder zadel?' vroeg ze.

'Ja,' zei Cesare. 'We gebruiken wel een bit en teugels, maar geen zadel.'

'Dat stamt nog uit de tijd van onze voorvaders, de Rasenianen,' zei Paolo. 'Het waren geweldige ruiters en wedstrijdrijders en ze reden altijd zonder zadel.'

Dan waren ze echt de Taliaanse versie van de Etrusken, dacht Georgia. Hardop zei ze: 'Ik heb nog nooit zonder zadel gereden, maar ik zou het dolgraag willen proberen.'

'Ga vanmiddag mee,' zei Cesare. 'Ik rij vandaag niet meer op Arcangelo, maar we hebben genoeg andere paarden.'

'Meen je dat?' vroeg Georgia stralend. Maar toen herinnerde ze zich haar belofte aan Falco. 'O jee, Luciano en ik moeten naar de Chimici's voordat ik naar huis ga.'

'Tijd genoeg voor allebei,' zei Cesare. 'Regel het even met Luciano. Hij komt zometeen; het rijtuig doet er langer over dan een paard.'

'Was hij dan ook op de oefenbaan?' vroeg Georgia. 'Ik dacht dat hij niets van paarden moest hebben.'

'Hij was er met dottore Crinamorte,' zei Cesare.

De wielen van het rijtuig kletterden over de keitjes van de hof.

'Ah, als je het over de duivel hebt, dan trap je hem op zijn staart,' zei Paolo.

Luciano sprong uit het rijtuig en hielp zijn pleegvader uitstappen. Georgia vond dat hij er beter uitzag dan de laatste keer dat ze hem had gezien. Zijn ogen schitterden en hij was levendig en alert, alsof hij klaar was voor een avontuur.

William Dethridge was vol van de paardenrennen. 'Welk een schouwspel was dat!' zei hij en hij sloeg Paolo op de schouder. 'Ge hebt een wonderbaarlijke zoon – een waarlijk paardmens!'

\*

'Zouden ze nog komen?' vroeg Falco voor de zoveelste keer aan zijn broer.

'Ze hebben het toch beloofd,' antwoordde Gaetano, net als al de vorige keren. Maar in zijn hart hoopte hij dat de jonge stravaganti om de een of andere reden hun belofte niet konden nakomen. Hij wist dat ze niet stonden te popelen om Falco met zijn plan te helpen. Hem lukte het niet om zijn jongere broer om te praten, want Falco was nog nooit zo vastbesloten geweest. En er was niet veel tijd meer. Gaetano moest binnenkort naar Bellezza en hij was als de dood dat Falco tijdens zijn afwezigheid de jonge stravaganti zou overhalen om hem te helpen.

'Of ze nu wel of niet komen, je moet dat idee van je uit je hoofd zetten,' zei hij zo vriendelijk als hij kon. 'Waarom zou je dit leven en al je dierbaren opgeven voor een reis naar een andere wereld, waar je een vreemdeling bent? Je hebt geen garantie dat de artsen van de toekomst je kunnen helpen. Luciano en Georgia waren er ook helemaal niet zeker van.'

'Wat wil je dan?' vroeg Falco bitter. 'Dat ik hier blijf en net zo word als oom? Met het verschil dat ik door bedienden door het paleis moet worden gedragen als ik volwassen ben; mijn krukken houden me dan niet meer.'

'We kunnen toch iets anders bedenken om onder vaders plan uit te komen?' drong Gaetano aan. 'Je kunt bij mij en mijn hertogin in Bellezza komen wonen.'

'Ze zeggen dat paarden in Bellezza verboden zijn,' zei Falco met trillende lippen.

'Maar ik ben er dan toch,' zei Gaetano en hij sloeg zijn armen om zijn broer heen. 'Ik zal altijd voor je zorgen. In de wereld van de stravaganti heb je helemaal niemand!'

'Georgia zorgt heus wel voor me,' zei Falco koppig. 'Ik ga het echt doen, Gaetano. Dwing me niet om het zonder jouw zegen te doen.'

Gaetano hield Falco heel lang vast, keek hem toen in de ogen en zuchtte.

'Goed dan,' zei hij. 'Als je besluit vaststaat en ik niets kan zeggen of doen om daar verandering in te brengen, moet ik het wel accepteren. Maar ik zal je zo missen, Falconcino! Nog veel erger dan de afgelopen twee jaar. We zullen niet samen ouder worden, maar ik zal me altijd inbeelden dat je naast me leeft, net als toen we jongens in dit paleis waren en onze zwaardgevechten hielden.'

Toen hertog Niccolo de kamer in kwam, viel de neerslachtige bui van zijn zoons hem niet op. Hijzelf was de koning te rijk.

'Gaetano, ik heb antwoord van de regent,' zei hij, met donkere ogen die glinsterden. 'Ze zijn bereid je aanzoek in overweging te nemen. Je moet onmiddellijk naar Bellezza vertrekken!'

*

Boven in zijn kamer haalde William Dethridge een klein, in zwarte zijde gewikkeld pakje uit zijn jaszak. Hij maakte het pakje open en spreidde de zwarte zijde over een lage ladekast in de hoek van de kamer uit. Toen schudde hij de kaarten en legde ze in een cirkel tegen de klok in. De eerste kaart die bovenkwam was de vogelprinses, onmiddellijk gevolgd door de slangenprins. Dethridge keek even voordat hij verder ging.

'Denkelijk is zij het tijdreizend wichtje en hij een jonge edele der Vrouwe,' mompelde hij.

De cirkel ging verder. Vissentwee, de Magiër, salamanderstwee, vogelstwee, de ridder ('aha, de jonge Caesar, dunkt me') en daarna de toren, slangentwee, de bewegende sterren en de prins en prinses van de vissen.

Dethridge legde de dertiende kaart in het midden van de kring. Het was de godin.

Hij leunde achterover en bestudeerde het patroon. Het was uitzonderlijk om zoveel troeven en hofkaarten te leggen. En van de nummers kwamen alleen de tweeën op; hij had geen idee wat dat moest betekenen.

De vissenprinses was de jonge duchessa van Bellezza en hij was blij dat ze naast haar eigen prins lag. Het was vooral om haar toekomst te lezen dat hij de kaarten raadpleegde. De bewegende sterren wezen natuurlijk op de wedstrijd, maar waarom lag Cesare naast de toren? En was het een troost te weten dat de godin in het midden lag en controle over alles hield?

Dethridge vond dat hij met Paolo over deze voorspelling moest praten, en met Rodolfo door de spiegel. Hij had geen idee voor wie van hen de Magiër stond, maar hoe eerder de stravaganti hun krachten bundelden, hoe beter het was.

\*

'Hoezo, weg?' vroeg Luciano.

Hij en Georgia hadden geaarzeld om over de drempel van

het pauselijk paleis in Remora te stappen. Het was een koel, fraai gebouw van marmer en spiegels, maar het voelde alsof ze het vijandige kamp betraden. Door zijn tijd in Bellezza was Luciano wel gewend aan zoveel chic, maar Georgia voelde zich niet op haar gemak en wist zich geen raad met haar houding en haar sjofele kleren. Ze merkte wel dat de huisknecht van de paus haar voor een bediende van Luciano aanzag en daar werd ze niet vrolijker van.

Falco's ogen leefden op toen ze in de kleine zitkamer werden gelaten waar hij bij het raam zat en hij begroette hen warm, met de jongensversie van Georgia's naam zolang de huisknecht er nog bij was. Maar zodra de man was vertrokken en nog voor ze konden vragen waar Gaetano was, brandde Falco los met het nieuws dat zijn broer al weg was.

'Hij is een uur geleden naar Bellezza vertrokken,' zei hij opgewonden. 'Hij gaat met de duchessa kennismaken.'

'Waarom al zo snel?' vroeg Luciano achterdochtig.

Falco zuchtte. 'Ik kan het jullie net zo goed vertellen. Iedereen hoort het toch meteen als ze gaan trouwen.'

Georgia zag dat Luciano zo lijkbleek werd dat hij op het standbeeld van Apollo in de nis achter hem leek. Maar even daarna steeg het bloed hem weer naar de wangen en hij werd rood van razernij.

'Hoezo? Wie gaan er trouwen?' vroeg hij op hoge toon.

Falco schrok. 'Nou, Gaetano en de duchessa,' zei hij zenuwachtig. 'De regent heeft ons aanzoek in overweging genomen en mijn broer moet er met de duchessa over praten voordat hij haar hierheen brengt voor de Stellata.'

'Nooit!' riep Luciano. 'Arianna zou nooit met een Chimici trouwen. Dit kan niet waar zijn!'

Nu was het Falco's beurt om rood te worden.

'En waarom niet? We zijn een van de oudste families in Talia en we hebben banden met hertogen en prinsen in het hele noorden. Mijn familie voert het rechtmatig bewind over zes belangrijke steden.'

'Des te meer reden om te zorgen dat Bellezza niet de zevende wordt,' snauwde Luciano. 'Ga mee, Georgia. We zijn gek dat we hier zijn gekomen. Tussen de Chimici's en ons kan het nooit goed gaan. Nu zie je zelf dat ze in niets anders dan hun eigen glorie geïnteresseerd zijn.'

'Wacht!' riep Falco toen hij zag dat Luciano haar mee wilde trekken.

Georgia was al even overstuur als de andere twee. Luciano's uitbarsting liet geen twijfel bestaan aan zijn eigen gevoelens voor Arianna en dat was al pijnlijk genoeg, maar toen ze Falco's verslagen gezicht zag kon ze onmogelijk zomaar weglopen.

'Wacht even,' zei ze en ze legde haar hand op Luciano's arm. Het was de eerste keer dat ze hem aanraakte.

'Luciano wilde je familie natuurlijk niet beledigen,' zei ze tegen Falco. Ze voelde dat Luciano zijn spieren spande. 'Het is vast een misverstand, dat weer kan worden rechtgezet.' Ze keek Luciano aan. 'Een duchessa kan zo'n aanzoek toch niet domweg negeren?' zei ze tegen hem. 'Dit is mijn wereld wel niet, letterlijk, maar wat ik van Talia weet kun je niet zomaar "val dood" zeggen als iemand van de ene adellijke familie een huwelijksaanzoek doet aan iemand van een ander adellijk geslacht.'

Luciano ontspande zich langzaam. 'Nee-ee, dat is wel zo,' zei hij onwillig.

'En troost je, volgens mij wil hij niet eens met haar trouwen,' zei Falco heftig. 'Ik denk dat hij liever ons nichtje Francesca heeft. Toen ze klein waren zeiden ze altijd dat ze later als ze groot waren met elkaar gingen trouwen.'

Luciano lachte bitter. 'Francesca di Chimici? Dan weet je zeker niet dat ze al uitgehuwelijkt is om aan de plannen van je familie te voldoen. Tenminste, als zij dezelfde Francesca is die door Rinaldo di Chimici werd ingezet als tegenstandster van Arianna in de hertoginverkiezing.'

'Rinaldo is ook een neef van me,' zei Falco stroef. 'Ik ben niet dol op hem, maar hij hoort wel bij de familie en mijn familieleden kan ik nu eenmaal niet zelf uitkiezen.'

'Dat klopt,' zei Georgia. 'Dat kan niemand. Wees redelijk, Luciano... Falco kan er niets aan doen wie zijn familieleden zijn en wat ze uitspoken.'

'Maar Gaetano zal doen wat je vader hem opdraagt, waar of niet?' vroeg Luciano.

'Dat weet ik niet,' zei Falco. 'Ik doe het toch ook niet?'

Er heerste een stroeve stilte, waarin Luciano langzaam zijn zelfbeheersing terugvond.

'We hebben wel gezegd dat we je misschien zullen helpen, maar het zit me niet lekker,' zei hij na een poosje. 'Ik weet niet eens of het wel mogelijk is wat jij wilt en gevaarlijk is het sowieso. En je moet erin berusten dat je je familie nooit terugziet. Ik weet niet of het wel helemaal tot je doordringt wat dat betekent.'

'Sinds onze tocht naar Belle Vigne denk ik nergens anders meer aan,' zei Falco.

'Eraan denken is iets anders dan het meemaken,' zei Luciano.

'Voor mij zou het toch wel anders zijn dan voor jou,' zei Falco. 'Jij bent hier per ongeluk gestrand. Ik kies er zelf voor om naar de andere wereld te gaan.'

'Dat is zo,' zei Georgia. 'Dat maakt toch zeker verschil, Lucien?'

'Misschien wel,' zei hij langzaam. 'Maar ik wil echt dat je er heel goed over nadenkt. Het is niet een soort toverkunst die je ongedaan kunt maken. Als je naar mijn oude wereld reist – en we weten nog niet of dat wel kan – heb je het moeilijker dan een banneling in het buitenland. Vergeet niet dat ik Bellezza al goed kende toen ik hier vast kwam te zitten. Jij komt in een wereld die zo volslagen anders is dat je je er geen voorstelling van kunt maken. Daar lijkt de snelheid van een galopperend paard een slakkengang. Je kunt in een paar uur door heel Talia reizen en door een apparaat met iemand aan de andere kant van de wereld praten.'

'Maar ik wil er juist heen omdát die wereld zo veel wonderen kent, zo magisch is zou ik zeggen,' riep Falco uit. 'Als alles daar zo snel gaat, kan ik er toch zeker ook beter gemaakt worden?'

'Misschien... Maar wat dan?' zei Luciano. 'Dan kun je niet meer naar je familie terug. Je hebt er geen vrienden en familie. Ik kende al mensen in Bellezza. Maar jij moet bij volslagen vreemden een heel nieuw leven opbouwen. En bedenk eens wat je je familie aandoet. Ik weet wat het voor mijn ouders is.' Hij zweeg abrupt toen zijn keel dichtkneep.

'Mijn familie is beter af zonder mij,' zei Falco. 'Ik weet dat ze van me houden. Mijn vader ook, maar iedere keer dat hij naar me kijkt, zie ik medelijden in zijn ogen en de herinnering aan hoe ik vroeger was. Van Gaetano heb ik al afscheid genomen. Hij is de enige die weet wat ik van plan ben en het was een bitter afscheid. Maar echt, ik ben vastbesloten. Jullie moeten me helpen naar Georgia's wereld te stravageren.'

*

'Een paard met vleugels?' zei hertog Niccolo. 'Dat is belachelijk. Een kindersprookje.'

'Zou ik tegen u liegen, meester?' zei Enrico. 'Ik heb haar met mijn eigen ogen gezien en een mooier veulentje komt u in geen honderd jaar meer tegen.'

'En in de Ram, zeg je?' De hertog besefte onmiddellijk wat dat betekende. Als bekend werd dat de Ram met zo'n prachtig voorteken was gezegend, zou de openbare mening in het voordeel van de Ram omslaan, waardoor het veel moeilijker werd om overeenkomsten te sluiten met de ruiters van de andere twaalfden. Remanen waren een bijgelovig volkje. De Ram zou die fortuinlijke aanwinst ongetwijfeld tot vlak voor de race geheimhouden.

'In de Ram geboren, ja, maar ze is met de moeder naar Santa Fina gebracht. Daar zijn ze nu,' zei Enrico.

Hertog Niccolo herinnerde zich het zwarte veulen onder de deken en hij vloekte binnensmonds. Hij had zelf bij het geheim gestaan en toch was er een ranzige kleine spion voor nodig om hem te vertellen wat hij pal voor zijn neus had kunnen zien.

'U hoeft het maar te zeggen, heer, en ik zorg dat u haar krijgt. Met al het geluk dat ze u kan brengen.'

'En je weet zeker dat het geen bedrog is?' drong de hertog aan. 'Niet de vleugels van een of andere vogel die aan een jong paard zijn vastgemaakt?'

'Ik heb haar gisteravond zien vliegen,' zei Enrico. 'Ze vloog boven de hof rond toen Roderigo dacht dat alleen zijn trouwe stalknecht Diego in de buurt was. Maar Diego is mijn vriend en ik zat achter de hooibalen verstopt. Ze hadden haar natuurlijk aan de longe, maar stel nou eens dat de lijn in boomtakken verward raakte en brak? Dan kunnen ze toch nooit weten waar ze gebleven is? Of vermoeden dat ze is gestolen?'

Natuurlijk was het paard echt. Niccolo had dat ook eigenlijk wel geweten, zelfs toen hij aan het verhaal van de spion twijfelde. Iedereen die een band met Remora had kende verhalen over vliegende paarden. Het gaf de hertog een onbehaaglijk gevoel dat er tijdens zijn bewind eentje was geboren, in de twaalfde die de sterkste band met zijn felste tegenstander had. Hij hield er niet van dat er dingen gebeurden waar hij geen greep op had. Maar goed, hij kon iets doen waardoor hij weer vat op de situatie kreeg voordat het nieuws zou uitlekken.

'Hoeveel?' vroeg hij.

*

'Je hebt een talisman nodig,' zei Luciano.

Het was de eerste keer dat hij dat woord tegenover een Chimici gebruikte en Georgia besefte meteen wat het gevolg was; ze zouden Falco echt helpen naar hun wereld te gaan. Nee, verbeterde ze zichzelf, naar mijn wereld. Falco had gelijk als hij er zo naar verwees – Luciano was nu Taliaan. Ze besloot dat ze hem niet langer in gedachten Lucien zou noemen. Van nu af aan was hij Luciano voor haar, ook als ze alleen was. Dat was wel zo makkelijk.

'Hoe kom ik daaraan?' vroeg Falco eenvoudig, zonder zelfs maar te vragen wat het woord betekende.

'Georgia moet er een voor je meenemen,' zei Luciano. 'Het werkt alleen als het een ding uit de andere wereld is dat hierheen wordt gebracht. Als je zover bent dat je gaat stravageren, hou je het in je handen als je hier in Talia in slaap valt terwijl je aan de andere kant denkt. Dan word je wakker in Anglia, in Engeland bedoel ik, in de eenentwintigste eeuw. Maar de godin mag weten wat er daarna met je gebeurt. Dat is ook weer Georgia's afdeling, zou ik denken.'

De twee jongens keken haar aan alsof ze alle problemen kon oplossen die ze haar gingen voorleggen.

'Wat voor iets moet het zijn?' vroeg ze. 'Ik heb het paardje en Luciano had een boek. Maar die twee dingen kwamen allebei uit Talia. Ik weet niet waar ik in Engeland naar moet zoeken.'

'Mag ik het paardje zien?' vroeg Falco.

Een beetje onwillig haalde Georgia het beeldje uit haar zak en liet het hem zien.

'Een *cavallo alato*!' riep hij opgewonden. 'De Rasenianen hadden ze vroeger. Wat zou ik er graag een in het echt zien!'

Georgia en Luciano keken elkaar even aan.

Om hem af te leiden, zei Luciano snel: 'Rodolfo's talisman komt uit de andere wereld. Het is een zilveren ring die dr. Dethridge voor hem heeft meegenomen.'

Georgia kreeg een ingeving. 'Ik dacht dat ik niets anders dan mijn eigen talisman uit mijn wereld mocht meenemen,' zei ze.

Luciano haalde zijn schouders op. 'Dat zijn de regels. Maar dr. Dethridge heeft Rodolfo's talisman meegebracht. En die van Paolo. En van Giuditta Miele. Andersom nam hij voor talloze andere stravaganti de talismannen vanuit deze wereld mee. Dat doen stravaganti nu eenmaal. Ik word ook getraind om op een dag vaardig genoeg te zijn om talismannen te brengen waarmee stravaganti van de andere kant naar deze wereld kunnen komen. Het is een zware verantwoordelijkheid.'

'Ho even!' zei Georgia. 'Je zegt dat dr. Dethridge, die de hele kunst van de stravagatie heeft uitgevonden, de enige is die ooit talismannen van mijn wereld naar deze heeft gebracht en dat jij erin getraind wordt, en toch verwacht je dat ik daar zomaar even een kleinigheidje voor Falco opduik? Gooi ik dan niet het hele ruimte-tijd-continuümgedoe overhoop?'

Luciano lachte naar haar en ze wist meteen dat ze alles zou doen wat hij van haar vroeg. 'Ik vond het in het begin ook net *Star Trek*,' zei hij. Hij zuchtte. Soms had hij het idee dat er honderden jaren voorbij waren gegaan sinds hij voor het eerst in Rodolfo's daktuin stond en ontdekte dat hij geen schaduw had. Hij miste Rodolfo enorm. En Arianna ook.

Snel zei hij: 'Hij wordt maar één keer gebruikt als Falco echt "getransformeerd" wil worden, zoals dr. Dethridge dat noemt. Voor maar één enkele reis.'

'Maar hoor nou eens,' zei Georgia. 'De talisman moet toch de juiste persoon vinden? Ik bedoel, onze talismannen kwamen op ons pad en brachten ons naar een bestemming die voor ons bepaald was. Kunnen we dan lukraak iets aan Falco geven in de hoop dat hij daarmee kan stravageren?'

Luciano keek ernstig. 'We weten het niet zeker,' zei hij. Hij draaide zich om naar Falco. 'Kun je het volgen? Je hebt besloten dat je naar onze wereld wilt. Maar dat betekent nog niet dat het ook zal lukken. Het kan best zijn dat Georgia iets meeneemt waarmee je niet uit Talia wegkomt.'

Falco knikte. 'Dat risico neem ik op de koop toe,' zei hij.

'Moeten we het niet aan iemand vragen?' zei Georgia. Ze wist dat ze haar kans had laten lopen om Paolo in te lichten. 'Aan dr. Dethridge bijvoorbeeld? Of zou je contact met Rodolfo kunnen opnemen?'

Luciano's gezicht stond hard. Het wilde er niet echt bij hem in dat Arianna een huwelijk met een Chimici overwoog, maar hij was gekwetst omdat zij en Rodolfo hem niet hadden laten weten dat het aanzoek was gedaan. Hij zag voor zich hoe die twee zich druk maakten met het besturen van Bellezza en het nemen van belangrijke beslissingen zonder aan hem te denken. Hij was kwaad omdat hij zich buitengesloten voelde. En op datzelfde moment besloot hij niemand iets over Falco te vertellen.

'Nee,' zei hij. 'We kunnen het zelf wel afhandelen. Tenslotte zijn we allebei stravaganti.'

'En ik word er ook een,' zei Falco en hij glimlachte zijn engelachtige glimlach. 'Voor een tijdje tenminste. Ik zal één prachtige vlucht maken en daarna mijn vleugels in de wilgen hangen. En Georgia zal voor me zorgen.'

Georgia was dinsdag op school zo moe en duf dat ze eerder naar huis ging. Maura reageerde daar erg ongerust op en het leek Georgia beter om een paar nachten over te slaan. Ze was die voortdurende moeheid beu. Bovendien was het over een paar dagen vakantie en dan werd alles veel makkelijker. En Luciano had haar verzekerd dat ze door de werking van de doorgang misschien nauwelijks tijd in Talia zou hebben gemist.

Maar ze had buiten Russell gerekend. Toen ze iedere nacht stravageerde, was ze supervoorzichtig met het gevleugelde paardje geweest. Ze vergat het nooit van haar nachtkleren naar haar dagkleren en weer terug te hevelen; ze had het altijd bij zich. Maar die dinsdagavond was ze uitgeput, wist dat ze het 's nachts niet nodig zou hebben en dacht er niet aan dat ze het uit de broekzak moest halen toen ze haar spijkerboek in de badkamer in de wasmand gooide. En op woensdagochtend was het paardje weg.

# 13

## Hofmakerij

Georgia was verlamd van schrik en angst. Eerst probeerde ze zich nog wijs te maken dat Maura het paardje uit haar zak had gehaald, maar de broek lag nog in de wasmand en niet in de machine. En Maura was naar haar werk gegaan, nadat ze Georgia strikte instructies had gegeven de dokter te bellen voor een spoedafspraak. In huis hing de roerloze stilte die bijna oorverdovend klinkt als er chaos aan vooraf is gegaan. Ralph was ook naar zijn werk en Russell was naar school. Het gerammel van borden en het verre gemompel van hun ontbijt was door het waas van Georgia's uitgeputte slaap heen gedrongen.

Nu zat ze op de rand van het bad met de spijkerbroek op haar schoot en ze voelde zich echt ziek worden. Niemand anders dan Russell kon het paardje hebben gejat. En al wist ze dat het zinloos was, ze liep toch naar zijn kamer en morrelde aan de deurknop. De deur zat op slot. Russell had een slot geëist toen Georgia het hare kreeg. Nu wist ze zeker dat het gevleugelde paardje ergens achter die dichte deur moest zijn.

Als verdoofd ging ze naar beneden en maakte een kom muesli voor zichzelf, bang dat ze van haar stokje zou gaan als ze niet at. Maar ze kon geen hap door haar keel krijgen. Ze belde de dokter en kreeg te horen dat ze er pas tegen twaalf uur terechtkon.

Ze ging snel onder de douche. Haar hersens werkten op volle toeren. Wat moest ze beginnen als Russell weigerde het paardje terug te geven? Of erger nog, als hij het had weggegooid of kapotgemaakt? Bij de gedachte aan Russell die het kleine gevleugelde paardje vermorzelde onder zijn kisten maat 43, draaide Georgia de heetwaterkraan zo ver open dat haar hoofdhuid in brand leek te vliegen toen ze hardhandig de shampoo over haar schedel wreef.

Het was al moeilijk genoeg om een paar dagen uit Talia weg te blijven, maar het was een regelrecht schrikbeeld dat ze misschien helemaal niet meer naar Remora kon, Cesare en Paolo en het hele wanordelijke gezin nooit meer terug zou zien – en Luciano evenmin. En hoe moest het dan met Falco?

Georgia dacht vaak over Falco na. Het was levensgevaarlijk wat hij van haar en Luciano wilde en misschien nog verkeerd ook, maar ze geloofde dat hij misschien de reden was waarom ze naar Talia had moeten komen. Misschien had de talisman haar daarom uitgekozen.

Het leek haar niet de bedoeling dat ze, zoals Luciano, een echte stravagante zou worden. En ze had al evenmin het gevoel dat ze er echt aanleg voor had, want de geheimzinnige kunsten en vaardigheden van de stravaganti trokken haar niet aan.

Nee, volgens haar had ze één specifieke taak in Talia te vervullen en dat was de redding van Falco. Ze begreep niet goed waarom, maar het leek haar de rol die voor haar was weggelegd. Zonder talisman zou alles in het honderd lopen. Het was één grote ellende. Hoe lang zou het duren voordat Paolo besefte dat ze niet naar Talia kwam omdat ze niet meer kon stravageren? Zou hij haar dan een andere talisman brengen? Georgia had geen idee of zoiets wel mocht, laat staan of het mogelijk was.

Ze besloot dat ze stapelgek werd als ze nog langer in huis bleef.

'Zijne hoogheid prins Gaetano van Giglia!' kondigde de huisknecht van de duchessa aan.

Gaetano werd een grote ontvangstzaal binnen gebracht, met ramen die op het kanaal uitkeken. Aan het einde was een houten verhoging waarop een weelderige troon van mahoniehout stond. Daarnaast, op een veel minder sierlijke stoel, zat een man gekleed in zwart fluweel met veel zilverdraden in zijn zwarte haar. Dit moest de regent zijn, Rodolfo, vader en adviseur van de jonge duchessa en een machtig stravagante.

Gaetano merkte dat zijn hart zo hard bonkte bij het zien van een van de grootste vijanden van zijn vader dat hij bijna geen oog had voor de tengere figuur op de troon.

'*Principe*,' zei een lieve muzikale stem, 'Bellezza heet u welkom. Ik hoop dat u het naar uw zin heeft in het pallazzo van de ambassadeur. Mag ik u voorstellen aan mijn vader, senator Rodolfo Rossi, regent van de stad?'

Rodolfo betuigde de jonge Di Chimici de eer van zijn stoel op te staan en een paar stappen in zijn richting te komen voordat hij een buiging maakte.

Gaetano boog al even hoffelijk en ging toen naar de duchessa, om voor haar te knielen en de hand te kussen die ze hem toestak. Ze trok hem overeind en hij keek in twee geamuseerde paarsblauwe ogen achter een zilveren masker. Gaetano was grootgebracht in paleizen en kastelen en tot hij de baard in de keel kreeg had hij nooit iemand zonder een titel ontmoet, behalve dan de bedienden. Plichtplegingen en hofmanieren waren er met de paplepel ingegoten en hij was dan ook niet snel geïntimideerd. Maar toen hij eindelijk zijn volle aandacht op het doel van zijn reis vestigde, merkte hij dat hij begon te blozen en stotteren als een bouwvakker in een damessalon.

Ondanks het masker zag hij meteen dat ze heel mooi was. Slank en lang, met een overdaad aan glanzend kastanjebruin haar dat weelderig een volmaakt gezichtje boven een slanke hals omkranste, als een bloem op een stengel. Dartele krullen waren aan het kapsel ontsnapt en dansten in haar nek en op haar voorhoofd, waardoor ze iets spontaans uitstraalde, ondanks de strenge deftigheid van haar japon. En die ogen! Groot en sprankelend met die ongewone kleur die zo fraai combineerde met de donkere amethisten in haar haar en om haar hals.

Hij dacht vluchtig aan Luciano. Die boft als ze zijn gevoelens beantwoordt, dacht hij. Toen herinnerde Gaetano zich zijn missie. Hij vermande zich en de ontvangst verliep met grapjes, en gebakjes die een bediende kwam brengen en op een lage ronde koperen tafel zette, naast een blonde bruisende wijn, die Gaetano nooit eerder had geproefd. Dezelfde bediende bracht een stoel voor het adellijk bezoek en al snel ontwikkelde zich een luchtig gesprek over Remora en de paardenrace.

'Ik heb in Remora een vriend van u ontmoet, hoogheid,' zei Gaetano tegen de duchessa, 'en ook van u, meen ik,' vervolgde hij tegen Rodolfo. 'Een jongeman die Luciano heet.'

'Ach,' zei de regent. 'Hij is inderdaad mijn leerling en een ver familielid. Gaat het goed met hem? En zijn pleegvader, mijn goede vriend dottore Crinamorte, hebt u hem ook ontmoet?'

'Ja, ze maken het allebei goed,' zei Gaetano. 'Ik heb hen in de twaalfde van de Ram gesproken, bij de stalmeester thuis, samen met Luciano's vriend Giorgio.'

Rodolfo's gezicht verried geen enkele emotie bij het horen van dit nieuws en ze praatten verder over de naderende reis naar de stad om de sterrenrace bij te wonen. Bij deze kennismaking kwam het hoofddoel van het vorstelijke bezoek niet ter sprake.

Na afloop ging Gaetano lichtelijk in de war naar Rinaldo's oude appartement terug. Op zich was het geen straf om met die duchessa te trouwen. Maar zou ze hem willen? Het was hem wel duidelijk dat ze aan een ander de voorkeur gaf. Of had ze net zomin de vrije keus als hij?

Meneer Goldsmith was blij toen hij Georgia zag, maar meteen daarna keek hij bezorgd.

'Wat leuk! Maar moet je niet naar school? Ben je ziek? Je ziet zo bleek,' zei hij.

Die hartelijke belangstelling was net te veel van het goede; Georgia barstte in tranen uit. Meneer Goldsmith schrok ervan. Hij gaf haar een schone witte zakdoek en duwde haar zachtjes naar een stoel in het kantoortje achter in de winkel. Hij hing zelfs het bordje GESLOTEN op de winkeldeur, al gingen de zaken slecht en kon hij zich niet veroorloven klanten buiten te houden.

Hij bracht Georgia een kop thee en vond het jammer dat hij deze keer geen koekjes had. Ze kikkerde een beetje op toen ze de warme drank binnenkreeg. Georgia huilde niet snel, alleen wanneer Russell het nog bonter had gemaakt dan anders.

'Vertel me nu eens wat er aan de hand is,' zei meneer Goldsmith, die het niet gewend was mensen te zien huilen.

'Het komt door Russell,' snikte Georgia. 'Mijn stiefbroer. Hij heeft mijn paardje gejat.' Ze keek er zo tragisch bij dat meneer Goldsmith wist dat hij haar verlies serieus moest nemen, al was het een kopie van een museumstuk en in theorie niet onvervangbaar.

'Ach jeetje,' zei hij. 'Wat vervelend. Waarom denk je dat hij het gestolen heeft?'

Georgia legde hem de situatie uit en de oude man besefte dat ze hem veel meer dan anders over haar leven thuis vertelde. Die stiefbroer was een stuk verdriet. En hier hield het nog niet mee op.

'Ik moet het paardje hebben,' zei Georgia. 'Ik kan u niet uitleggen waarom, want u zou me toch niet geloven... maar ik moet het hebben om een belofte na te komen. En ik bedoel dat ene paardje. Met een ander beeldje lukt het niet.'

Meneer Goldsmith zag dat ze steeds meer over haar toeren raakte. Hij had geen idee waarom het paardje zo belangrijk voor haar was, maar het leed geen twijfel dat ze het niet kon missen.

'Dan moeten we zorgen dat Russell het teruggeeft, hè, kind? Het zal wel geen zin hebben om het hem vriendelijk te vragen, als hij het heeft afgepakt om jou – hoe heet dat tegenwoordig – te stangen. Dat is hem gelukt, want je bent veel te opgewonden. En ik weet wat er met mijn klokken gebeurt als ze te ver zijn opgewonden. Zou het niet het beste zijn om naar je ouders te stappen en hun te vertellen wat er volgens jou gebeurd is? Tegenover hen zal hij toch niet zo makkelijk een leugen volhouden, wel?'

Georgia gaf toe dat daar wat in zat. Door zijn opmerking over de klokken moest ze aan de doktersafspraak denken. De klokken van meneer Goldsmith gaven allemaal een andere tijd aan, maar op haar horloge was het kwart voor twaalf en ze moest rennen.

Dr. Dethridge legde de kaarten volgens het patroon dat bij zijn laatste kaartlegging was ontstaan. Hij had lang over de betekenis nagedacht en vond dat het de hoogste tijd werd Rodolfo erin te kennen. Hij richtte zijn handspiegel op de kaarten en hield de spiegel in de gaten tot hij eindelijk het gezicht van zijn voormalige leerling zag verschijnen.

'Gegroet, meester Rudolphe!' zei de zestiende-eeuwse geleerde. 'Wat denkt ge van dit tableau?'

'Een opmerkelijk patroon, goede vriend,' zei Rodolfo, die de kaarten intens bestudeerde, 'al was het maar omdat ik bij nieuwe maan precies dezelfde uitkomst kreeg.'

'Den godin verschijnt niet zonder gegronde redenen bij nieuwe maan,' peinsde Dethridge.

'Misschien interesseert ze zich persoonlijk voor onze zaken?' suggereerde Rodolfo.

'Dan kunnen wij slechts hopen dat haar bemoeienis ons ten gunste is,' zei Dethridge.

\*

Luciano stond er niet van te kijken dat Georgia de volgende dag uit Remora wegbleef. Hij had haar zelf aangeraden om een pauze in te lassen. Maar Falco was zichtbaar teleurgesteld toen de Bellezziaanse stravagante in zijn eentje naar het pauselijk paleis kwam.

'Ook zonder Georgia kunnen we heel wat bespreken,' zei Luciano sussend.

Falco knikte alleen en Luciano meende dat hij de jongen een traan zag wegvegen. Dat was een verrassende wending. Werd Falco's wens om naar de moderne wereld te gaan beïnvloed door de behoefte dicht bij Georgia te zijn? Het leek Luciano een te gevoelig punt om nu aan te kaarten. Hij besloot om het over praktische details te hebben, want deze nieuwe kwestie was van latere zorg.

'Aan beide kanten moeten maatregelen worden getroffen,' zei hij zakelijk. 'Georgia kan dingen voor je nieuwe leven regelen en een talisman meebrengen. Maar jij moet iets bedenken voor hoe je hier wilt vertrekken. Je begrijpt toch dat het hier lijkt alsof je lichaam overdag slaapt als je 's nachts in mijn vroegere wereld bent?'

'Ja, dat heb je verteld,' zei Falco. 'En als ik daar blijf, ziet het er hier uit alsof ik de *morte vivenda* heb. Tot ik hier op een dag echt doodga. Hoe lang zal dat duren, denk je?'

Luciano schudde zijn hoofd. Hij stond er versteld van hoe kalm deze dertienjarige over zijn lot kon praten.

'Ik weet het echt niet. Bij mij duurde het een paar weken, maar ik werd dan ook kunstmatig in leven gehouden. Misschien duurt het bij jou maar een paar dagen. Het punt is dat er een reden voor moet zijn. Je vader mag niet doorkrijgen wat er echt gebeurd is.'

'Ik zal vragen of ik naar Santa Fina mag,' zei Falco. 'Ik kan zeggen dat ik terug wil omdat Gaetano in Bellezza is en ik tot de race in het zomerpaleis wil zijn. Van daaruit kan ik makkelijker wegkomen. De bedienden zijn niet zo waakzaam als mijn vader.'

'Maar toch moet er een oorzaak zijn,' hield Luciano vol.

'Ja, daar heb ik ook over nagedacht,' zei Falco. 'Ik denk dat het het makkelijkst zou zijn als ik doe of ik zelfmoord heb gepleegd.'

\*

Op zijn terugreis naar de Ram dacht Luciano diep na. Maar alle gedachten over Falco werden verdreven toen hij de koets zag, die bij de stallen stond te wachten. William Dethridge leunde uit het raam en zwaaide naar hem.

'Rep je, jongeheer Luciaan. Er is een bode uit Santa Fina gekomen. Het mirakel is gevlogen!'

\*

Gaetano ging die avond voor een groots diner naar het paleis van de hertogin. Als eregast zat hij aan haar rechterzijde, met Rodolfo links van haar. Tot zijn stomme verbazing zag de jonge Di Chimici dat zijn andere tafeldame zijn nichtje Francesca was.

'Leuk je te zien, neef,' zei ze, lachend om zijn verwondering. 'Wist je niet dat ik tegenwoordig burgeres van Bellezza ben?'

Gaetano was met stomheid geslagen. Hij had de geruchten over Francesca gehoord, maar hij had geen moment gedacht dat hij haar in de stad zou ontmoeten. Ze was nog mooier dan hij zich haar herinnerde, met haar glanzende zwarte haar en fonkelende donkere ogen. Hij pakte haar uitgestoken hand, gaf er een kus op en raapte al zijn hoffelijkheid bij elkaar door naar haar gezondheid te informeren. Ze droeg een jurk van rode taf, die ruiste wanneer ze zich bewoog. Gaetano had het gevoel dat hij te veel rode Bellezziaanse wijn op had, al had hij zijn glas nog niet aangeraakt.

'Ik zie dat u van uw familiereünie geniet,' zei een muzikale, beetje spottende stem achter hem en Gaetano besefte tot zijn afschuw dat hij de duchessa zijn rug had toegekeerd.

'Vergeef me, hoogheid,' zei hij met een hoofd als een boei en hij draaide zich snel om naar zijn gastvrouw. 'Het verbaasde me inderdaad mijn nichtje hier te treffen – zo erg dat ik even mijn manieren vergat. Is alles goed met u?'

'Uitstekend zelfs,' zei de duchessa en ze lachte erbij alsof ze zich echt kostelijk amuseerde.

Op datzelfde moment kwam de idiote gedachte bij Gaetano op dat dit mooie meisje alles van hem en zijn jeugdromance met Francesca wist en hen expres bij elkaar had gebracht. Maar waarom? Om zijn standvastigheid te testen? Om hem eraan te herinneren dat een huwelijk op liefde moest zijn gebaseerd? Hij keek langs haar en zag dat Rodolfo hem met diezelfde uitdrukking op zijn gezicht zat op te nemen. Die twee lieten niet met zich spotten, dacht hij.

Voor de rest van het diner wijdde Gaetano zich helemaal aan de duchessa, al was hij zich voortdurend bewust van het geruis naast hem en de klank van Francesca's lach terwijl ze met haar andere buurman flirtte. Achter zijn hoffelijke woorden draaiden zijn gedachten door. Was Francesca echt getrouwd? Zo ja, waar was haar man dan? Gaetano wist wel zeker dat het niet de man aan haar andere zijde was, want die leek veel te jong. Hij vond het erg moeilijk om zich te concentreren op het doel waarvoor hij hier gekomen was.

Morgen zou hij een ontvangst onder vier ogen bij de duchessa krijgen, waarbij hij zijn plechtige aanzoek moest doen. Ze kenden allebei de reden van zijn bezoek en hij vroeg zich af wat de reactie zou zijn. Werd er van hem verwacht dat hij haar zijn onsterfelijke liefde zou betuigen? Hij kon zich wel voorstellen met welke plagerige blik ze hem dan zou aankijken. De hertog had hem niet ingefluisterd hoe hij haar het hof moest maken.

Toen de duchessa opstond, kwam de rest van het gezelschap ook meteen overeind. Ze ging hun voor naar een ander vertrek, waar groepjes stoelen om kleine tafeltjes waren gerangschikt. Er speelde een orkestje. De duchessa verontschuldigde zich omdat ze even met de admiraal van de Bellezziaanse vloot moest praten en Gaetano bleef alleen achter. Francesca zat aan een tafeltje aan de overkant en hij kreeg de onbedwingbare neiging bij haar te gaan zitten. Er kon toch zeker geen bezwaar zijn tegen een praatje met zijn nichtje? Vooral niet omdat hij hier verder geen mens kende.

'Dus als ik het goed begrijp,' zei Ralph, 'beweer je dat Russell een stukje speelgoed van jou heeft gestolen? Dat klinkt wel een beetje zielig, hè?'

Georgia zette door. 'Het is geen speelgoed,' legde ze opnieuw uit, zo rustig mogelijk. 'Het is een beeldje dat ik in een antiekwinkel heb gekocht en ik had er lang voor gespaard.'

'Het maakt niet uit wat het is,' zei Maura, die er haar laten-we-goudeerlijk-blijven-stem bij opzette. 'Ralph, jij vindt toch zeker ook dat Russell respect moet hebben voor de spullen van een ander?'

Ze zaten die woensdagavond met z'n vieren om de keukentafel. Georgia had om gezinsberaad gevraagd en Maura besefte meteen dat er iets ernstigs aan de hand was. Ze maakten geen gewoonte van gezinsvergaderingen, die alleen werden belegd als er een belangrijke beslissing moest worden aangekondigd of genomen.

'Wie zegt dat ik dat stomme beeldje heb gepakt?' zei Russell uitdagend. 'Waarom zou ik? Ze heeft het vast ergens neergezet en weet niet meer waar.'

Ralph koos onmiddellijk de tegenpartij. 'Georgia zegt dat jij het weggepakt hebt,' zei hij ijzig. 'En ze denkt kennelijk dat je het hebt gedaan om haar dwars te zitten.'

Russell haalde zijn schouders op. Een stomme zet. Beide ouders raakten geïrriteerd.

'Heb je het wel of niet gepakt?' vroeg Ralph.

Het bleef even stil. Georgia hield haar adem in. Als Russell ontkende, moest ze dan voorstellen dat ze zijn kamer zouden uitkammen? Zou Ralph daarmee instemmen? Hij steunde haar nu wel, maar ze wist hoe snel volwassenen tijdens een ruzie van standpunt konden veranderen. Haar hele toekomst in Remora hing af van wat er nu ging gebeuren.

Roderigo was buiten zichzelf van schuldgevoel. Het vliegende paard was hem toevertrouwd en nu was ze weg. Hij haalde Diego erbij om de twee voorname gasten uit Bellezza nogmaals het verhaal van haar verdwijning te vertellen. De zoon van de stalmeester van de Ram was al overal in de omgeving van Santa Fina naar een spoor van het zwarte veulen aan het zoeken.

'De longe bleef in de boomtakken haken,' zei Diego, die er uitgeput uitzag. Hij had het relaas al honderd keer gedaan en geloofde oprecht dat het om een ongelukkig toeval ging. Toch knaagde er iets aan zijn geweten, omdat hij het vliegend veulen niet zo geheim had gehouden als van hem werd verwacht.

'Het gebeurde gisteravond,' ging hij verder. 'Ik was zoals altijd buiten met haar aan het trainen en ik liet haar aan de lange lijn vliegen. Toen bleef de lijn in een hoge boom aan de rand van de wei vastzitten en brak af. Ze was al weg voordat ik het in de gaten had.'

'Mijn mannen zijn overal aan het zoeken,' zei de arme Roderigo. 'We zullen haar wel snel terug hebben. Ze vliegt natuurlijk naar haar moeder terug.'

'Als een ander haar niet eerder vindt,' zei Luciano.

'Laten wij ons naar den moeder spoeden,' zei Dethridge en de twee stravaganti gingen Starlights stal in. Ze stond er roerloos bij.

'Ze eet niet,' zei Roderigo en hij schudde zijn hoofd.

Dethridge ging dicht bij de grijze merrie staan, friemelde aan haar manen en fluisterde haar iets in het oor. Starlight gooide haar hoofd achterover en keek alsof ze hem begreep.

'Het was maar een geintje,' mompelde Russell chagrijnig. 'Ik had het echt wel teruggegeven.'

'Ga het onmiddellijk halen,' zei Ralph streng.

Toen Russell de kamer uit was, bood Ralph zijn excuses aan Georgia aan. Hij was merkbaar opgelucht dat zijn zoon had toegegeven. Maar hij kon nooit zo opgelucht zijn als Georgia zelf. Op dat moment was ze in staat Russell alles te vergeven, zolang ze haar talisman maar terugkreeg.

Van dat gevoel bleef niets over toen hij terug was en ze zag wat hij in zijn hand hield.

'Hè, da's nou ook wat,' zei hij zogenaamd berouwvol. 'Het lijkt wel een beetje beschadigd.' In zijn handpalm lag het Etruskische paardje, met de vleugeltjes er afgebroken naast.

Gaetano's gewichtige ontmoeting met de jonge duchessa vond niet in haar staatsvertrekken in het paleis plaats, maar in de daktuin van haar vader. Alfredo, de bediende van de regent, bracht de jonge Di Chimici naar een op het eerste gezicht betoverende zwevende tuin hoog boven de stad. Gaetano zag in één oogopslag dat de terrassen en paden doorliepen tot in een verte die menselijkerwijs gesproken onmogelijk was. Hij was opgelucht dat de stravagante zelf nergens te bekennen was. Zijn ontvangst bij de duchessa zou in ieder geval een privé-aangelegenheid worden.

Arianna zat op een stenen bankje en strooide zaadjes voor een schitterende pauw. De duchessa had een eenvoudige, groene zijden jurk aan en ze droeg een onversierd zijden masker. Er waren geen juwelen te zien en haar haar hing los op haar schouders. Ze zag eruit als het meisje dat ze was, een jaar jonger dan Gaetano, maar toch al de bewindsvrouwe van een grote stadstaat. Gaetano had opeens met haar te doen.

Bij zijn groet stond ze op en de pauw scharrelde weg; hij hoorde het dier schreeuwen in een onzichtbare verte.

'Goedemorgen, principe,' zei ze. 'Ik hoop dat u gisteravond van het diner hebt genoten?'

'Het was heerlijk,' antwoordde hij, al had hij geen idee meer wat hem voorgezet was. Hij bedacht vluchtig dat die verstrooidheid niets voor hem was als het om eten ging.

'En hopelijk vond u het ook fijn uw nichtje weer te zien,' ging de duchessa verder. 'Ik wist niet zeker of ze mijn uitnodiging zou aannemen. U weet misschien dat ze mijn tegenstandster was bij de hertoginverkiezing?'

'Ik heb zoiets gehoord,' zei Gaetano, die de vorige avond het hele verhaal van Francesca te horen had gekregen. 'Ik mag hopen dat uwe hoogheid weet dat dat niet het idee van mijn nichtje was.'

'Nee, dat was het idee van uw neef,' zei de duchessa. 'Uw familie is nogal wat van plan met Bellezza, hè?'

Dat was eerder bot dan diplomatiek, maar Gaetano had al eerder beseft dat de aanloop tot het huwelijksaanzoek niet volgens het boekje zou gaan. Het was beter dat hij ook direct was en er geen hoffelijke doekjes om wond.

'Hoogheid,' zei hij. 'U weet natuurlijk wel waarom ik hier ben. Mijn vader heeft de uwe geschreven met het voorstel een verbond tussen onze families te sluiten. Het is de bedoeling dat ik u ten huwelijk vraag.'

'En vindt u dit de goede manier?' vroeg de duchessa, die één wenkbrauw optrok. 'Hoort u nu niet voor me te knielen en me uw eeuwigdurende liefde te verklaren?'

'Zou u me geloven?' vroeg Gaetano. 'Ik ken u niet en ik kan toch niet doen alsof ik van iemand hou tot ik haar ken. Maar ik ben opgevoed om mijn vader te gehoorzamen. En ik zal dat huwelijk sluiten als u erin toestemt. En als we zouden trouwen, zou ik ernaar streven een goede man te zijn en uw geluk voorop te stellen.'

De duchessa werd vriendelijker. 'Dat is eerlijk, principe, en dat waardeer ik. Maar als u een koop op de huwelijksmarkt wilt sluiten, moet u toch eerst de waren kunnen inspecteren.' Ze begon haar masker los te maken. 'En tijdens de hofmakerij, als we het zo kunnen noemen, denk ik dat we maar gewoon je en jij moeten zeggen. Mijn naam is Arianna.'

'Ik heet Gaetano,' zei de jonge Di Chimici, die zo ingenomen was met wat hij zag dat hij zijn ogen niet kon afhouden van het gezicht van de ergste tegenstandster van zijn vader.

'Het is stuk,' zei Georgia en ze voelde zich misselijk.

'Ik zei toch dat ik het rot vond,' zei Russell. 'Het was een ongelukje.'

'Er zat folie om,' zei Georgia. 'Je hebt het uitgepakt.'

'Het kan wel gemaakt worden,' zei Maura, de vredestichtster. 'Ik zal het zo voor je lijmen dat je er niets van ziet. Dan is het weer zo goed als nieuw.'

'Je hebt het expres gedaan,' zei Georgia tegen Russell, 'omdat je wist dat het veel voor me betekent.'

'Waarom eigenlijk, Georgia?' vroeg Russell, op een bijna aardige toon. 'Ik zie niet in wat er zo belangrijk aan is. Het is een onnozel ding en je barst van de porseleinen paardjes. Best kinderachtig, eigenlijk. Of is het om die ouwe engerd bij wie je het hebt gekocht... die ouwe man met wie je zo dik bent?'

De antennes van Maura en Ralph trilden. 'Wat voor man, Georgia?' vroeg Maura.

'Die ouwe kerel van de antiekwinkel,' verklaarde Russell. 'Ze drinkt om de haverklap thee bij hem. Dat jullie dat goedvinden! Mijn vrienden zeggen dat-ie een smeerlap is.'

# 14

## VLEUGELS

De ruzie liep hoog op en Russell glipte weg met een geniepig lachje. Georgia kon hem bijna horen denken: Dat heb ik 'r mooi geflikt. Hij had zich eruit gedraaid door de aandacht op Georgia te vestigen en zij werd nu verdacht van een verboden vriendschap met een vieze oude man. Daar was een kapot beeldje niets bij.

Maar voor Georgia was het beeldje alles. Ze wist dat Russell het moedwillig kapotgemaakt had. Ze wist ook dat meneer Goldsmith het niet verdiende om door Russell voor oud vuil te worden uitgemaakt en ze was zo ongerust over haar talisman dat ze verstrooid antwoord gaf op de vragen van Maura en Ralph. Zou de talisman nog werken als Maura hem gelijmd had?

'Luister nou,' zei ze op het laatst radeloos. 'Ga mee en maak zelf kennis met hem. Hij is erg aardig en we praten over de Etrusken en de paardenrace in Siena en zo. Wat is daar mis mee?'

Maura zuchtte. 'Zo begint het meestal, Georgia. Een pedofiel wint het vertrouwen van een toekomstig slachtoffer door haar cadeautjes te geven en heel onschuldig te doen.'

'Meneer Goldsmith is geen pedofiel!' schreeuwde Georgia. 'En hij geeft me geen cadeautjes. Het enige wat ik krijg is een koekje bij de thee. Waarom luister je nooit naar me? Ik heb dat paardje van mijn eigen spaargeld gekócht. En nu heeft Russell het stukgemaakt en daar zeg je verder niks van. Meneer Goldsmith is een vriend van me. Zo'n beetje de enige vriend die ik heb.' In deze wereld tenminste, dacht ze erachteraan.

Niccolo bracht Falco in zijn eigen koets terug naar het zomerpaleis. Het deed hem pijn om zo snel weer afscheid te nemen van zijn jongste zoon. Maar als het de jongen gelukkig maakte, moest hij het wel goedvinden. En Falco leek veel vrolijker, kletste gezellig met zijn vader over Gaetano's reis naar Bellezza en het staatsbezoek van de duchessa op de Stellata.

'Zou ze hem aardig vinden, papa?' vroeg hij. 'Dat moet toch haast wel... hij ís aardig.'

'Het maakt niet uit of ze hem aardig vindt,' zei de hertog. 'Het gaat erom of ze de andere voorwaarden van het aanzoek accepteert.'

Falco kende zijn vader te goed om naar die andere voorwaarden te vragen. 'Denk je dat ze zin heeft in de paardenrace?' vroeg hij dus maar.

'Waarom niet?' zei Niccolo. 'Het is het hoogtepunt van het Remaanse jaar. De stad leeft voor niets anders.'

Falco was van zijn vijfde tot zijn elfde bij elke Stellata geweest. Na het ongeluk had hij het niet meer aangekund om twaalf gezonde jonge mannen op prachtige paarden rond de Campo te zien draven.

'Je wilt toch wel dat ik je voor de race kom ophalen, hè?' zei Niccolo. 'Je zei dat je er dit jaar weer bij wilde zijn. Het zal je goed doen. Je komt bij mij, je broers en je oom en onze geëerde gasten op het podium te zitten.'

'Ja, papa, ik zal erbij zijn,' zei Falco, met een zwaar hart bij de gedachte dat hij op de dag van de race misschien niet eens meer in Talia zou zijn.

*

Toen Cesare, Luciano en dr. Dethridge met het slechte nieuws uit Santa Fina terugkwamen, troffen ze bij Paolo thuis onverwachts Raffaella aan. Het Manoush-meisje wekte de indruk dat ze al van het drama op de hoogte was.

'Aurelio heeft me gestuurd,' zei ze eenvoudig. 'Hij zei dat jullie hulp konden gebruiken.'

'Heeft de harpist het tweede gezicht?' vroeg Paolo.

'Hij ziet wat anderen niet kunnen zien, al kan hij niet zien wat anderen doen,' zei Raffaella.

'Vertel het haar,' zei Luciano. 'We kunnen de Manoush vertrouwen.'

'We zijn iets heel dierbaars kwijt,' zei Paolo. 'Een uitzonderlijk paard. Ze is nog maar een week oud, maar nu al groter dan een gewoon veulen van die leeftijd. Ze beheerst de kunst van het vliegen.'

Raffaella werd er stil van. 'Een *zhou volou*?' zei ze eerbiedig. 'Hebben jullie er echt een?'

'We hádden er een,' zei Cesare bitter.

'Ze was ons goede voorteken,' zei Paolo. 'Geboren in de Ram en voorbestemd om ons geluk te brengen, hoopten we. Nu ligt dat anders. Iemand kan ons dat geluk ontstolen hebben.'

'Dan zal dat voor hem op ongeluk uitdraaien,' zei Raffaella. 'Als u het goedvindt, verspreid ik het bericht onder ons volk. We hebben overal in de omgeving familie zitten. Het kan best zijn dat iemand iets gemerkt heeft.'

'Hoe weet je dat er dit soort paarden bestaan?' vroeg Luciano.

'Wij hebben verstand van alle paarden,' zei Raffaella. 'De zhou volou is ook voor de Manoush een goed voorteken.'

Cesare aarzelde. 'Ik moet het je vragen,' zei hij. 'Als het vliegende veulen voor jouw volk ook van onschatbare waarde is, zouden ze het dan wel teruggeven aan de Ram?'

Raffaella keek hem ernstig aan. 'We zijn geen paardendieven,' zei ze. 'Ook niet van gewone paarden. De gevleugelde is voor ons een heilig schepsel en we zouden haar teruggeven aan haar rechtmatige verzorgers.'

'Sorry,' zei Cesare. 'Ik wil je graag vertrouwen, maar ik zit zo in mijn rats om Merla. Ik was bij de geboorte.'

'Dat begrijp ik best,' zei Raffaella. 'Ik zou me precies zo voelen.'

*

Het was niet gemakkelijk geweest om het gevleugelde veulen te stelen. Enrico had zich weer rond middernacht in de bosjes verscholen toen Diego het veulen hoog boven het erf van de stallen haar vleugels liet uitslaan. De longe was deze keer nog langer en dreigde steeds in de boomtakken te blijven haken. Op zo'n moment was Enrico uit zijn schuilplaats gekropen en had het leer doorgehakt, terwijl hij het stuk van de lijn dat nog aan het paardje vastzat stevig vastklemde.

Door de weerstand van de veel kortere lijn was ze harder gaan trekken, waardoor het moeilijk was haar bij de stallen weg te leiden. Enrico moest haar vanaf de grond bijsturen, tot ze boven een weiland vloog waar hij haar geleidelijk kon inlijnen tot ze weer bodem onder haar hoeven had. En al die tijd was het onmogelijk om haar tegen de donkere lucht te zien. Ze vouwde haar sterke zwarte slagpennen en stond te rillen, terwijl Enrico haar sussend toesprak en een deken over haar verraderlijke vleugels legde.

Enrico was inmiddels helemaal thuis in Santa Fina. De brief van de hertog had hem toegang tot het zomerpaleis van de Chimici's verschaft, waar hij een gerieflijke kamer kreeg en net zoveel eten en drinken als hij wilde. Hij had het zwarte veulen de stallen in gesmokkeld en werd meteen vrienden met Nello, de stalmeester. Nello kende het karakter van zijn meester maar al te goed en hij keek er dan ook niet van op dat een onbekende man midden in de nacht met een paard kwam aanzetten dat duidelijk gestolen was. Hij liet zelfs niets blijken toen hij zag wat voor een paard het was.

Ook de andere bedienden toonden geen nieuwsgierigheid naar de nieuwe gast. Ze kregen er alleen maar last mee als ze zich met de zaken van de hertog bemoeiden.

Enrico onderzocht het paleis, verbaasd door het enorme aantal vertrekken en de breedte van de marmeren trappen.

'Dia!' zei hij hardop tegen zichzelf. 'Die Chimici's zijn nog rijker dan ik dacht.'

Vandaag bruiste het paleis van de activiteiten. Er was een boodschap van de hertog gekomen dat hij zijn jongste zoon voor een verblijf van een paar weken naar het paleis terugbracht. Falco was de lieveling van de hele hofhouding door zijn zachtaardigheid, engelachtige uiterlijk en tragische situatie. De kok sloofde zich uit Falco's favoriete gerechten te maken en de kamermeisjes maakten zijn slaapkamer schoon en stoften de officiële vertrekken, zodat de hertog niets op hen aan te merken kon hebben.

Enrico stond op de loggia boven de hoofdingang en keek naar het rijtuig dat op de weg vanuit Remora naderde. Het leek hem beter uit de buurt te blijven totdat de zoon van de hertog in zijn kamers was geïnstalleerd. Hij ging naar de stallen terug om zijn buit te bekijken. Eigenlijk wilde hij alle contact met Falco vermijden. Nello had hem over het ongeluk verteld en Enrico, die zonder een spier te vertrekken iemand een mes tussen zijn ribben stak, kon niet tegen ziekte en lichamelijke gebreken, vooral niet als het om kinderen ging.

Georgia lag in bed met het gebroken paardje tegen zich aan geklemd, haar wangen nat van de hete tranen die ze had gehuild. In één etmaal leek haar wereld ingestort. Voor de duizendste keer wenste ze dat ze dinsdagavond gestravageerd was in plaats van lamzakkig thuis te blijven. Nu wist ze niet of ze nog ooit naar Talia terug zou kunnen. En Russell had zich er weer mooi uit gewerkt met zijn valse truc en het verspreiden van zijn schunnige roddels. Hoe flikte hij dat toch? Hij zat fout, geen twijfel aan, maar zij was degene over wie Ralph en Maura beneden ruzie zaten te maken. Dat pokkenjong!

Ze dacht aan Gaetano, Cesare en Luciano die altijd aardig voor haar waren en haar leuk vonden. Falco ook. Ze had Falco een paar keer naar haar zien kijken met een uitdrukking in zijn ogen die meer was dan alleen vriendschappelijk. En op school had ze Alice als nieuwe vriendin. Het was fijn om weer een vriendin te hebben. Elke middagpauze zochten ze elkaar op en na school spraken ze ook vaker samen af.

Eigenlijk zou ze zelfs een leuk leventje hebben gehad als Russell niet alles had verpest. Nu voelde ze zich als een gevangene, die altijd onder druk stond omdat ze er niet onderuit kon met zo'n walgelijke kwal onder één dak te moeten wonen. En als het aan Russell en zijn haatcampagne lag, kon ze ook niet meer naar meneer Goldsmith.

Was ze maar een Di Chimici, met het geld en de macht om haar vijanden uit te laten schakelen. Als ze gekund had, zou ze zonder pardon een moordenaar naar zijn kamer sturen.

Georgia schrok zich wild van die gedachte. Dus zo was het om iemand als de hertog te zijn! Het enige verschil tussen hem en haarzelf was dat hij de macht en het geld hád.

Er werd op haar deur geklopt.

'Georgia,' riep Maura zacht. 'Mag ik binnenkomen?'

'Heer,' fluisterde een stem achter de rug van de hertog. Met ijzeren zelfbeheersing speelde hij het klaar om niet geschrokken overeind te springen, maar zich langzaam om te draaien.

'Ah!' zei Niccolo, die fluitend tussen zijn tanden door uitademde toen hij zag wie het was. 'Je wordt beter in je werk.'

'Neem me niet kwalijk als ik u liet schrikken, heer,' zei Enrico. 'Maar ik dacht dat u op het punt stond te vertrekken. En ik moet u iets laten zien wat u zeker niet wilt mislopen.'

Hij ging de hertog voor naar de stallen en liep naar een box helemaal achterin. Donkerder dan de haar omringende schaduwen stond daar het vliegende paardje, met slaphangende vleugels.

'Het is je gelukt!' zei de hertog met stralende ogen. 'Het kleine wonder!'

Hij deed een stap naar voren en streelde de neus van het veulen. Ze blies treurig door haar neusvleugels.

'Nello!' riep de hertog. 'Kom hier!'

Zijn stalmeester dook uit de schaduw op. 'Hoogheid,' boog hij.

'Wat kun je voor dit kleintje doen?' vroeg Niccolo.

'Ze is een beetje lusteloos, hoogheid,' zei Nello.

'Dat is logisch,' zei Enrico. 'Ze mist haar moeder.'

'Maar ze trekt wel bij,' zei Nello. 'Daar hoeft u niet bang voor te zijn, hoogheid. Ik zal voor haar zorgen alsof het mijn eigen baby is.'

'Ik ook, hoogheid,' zei Enrico.

De hertog keek naar zijn twee dienstknechten en rilde even. Maar hij had het volste vertrouwen in hun verstand van paarden.

*

'Was Georgia er maar,' zei Cesare ongelukkig.

'Zoude het wichtje iets kunnen bewerkstelligen wat ons niet gelukt?' vroeg Dethridge.

'Dat zal wel niet,' zei Cesare. 'Ik wou alleen dat ze het wist, van Merla.'

'De doorgang is nu toch stabiel?' vroeg Luciano. 'Ik bedoel, sinds ze met stravageren begonnen is lopen dag en nacht in de twee werelden parallel. Als ze hier vandaag niet is, is er waarschijnlijk maar één nacht in haar wereld voorbijgegaan.'

'Dat hoeft niet per se,' zei Paolo. 'Ik denk wel dat je gelijk hebt, maar ze kan ook morgen terugkomen en jaren ouder blijken te zijn.'

Luciano en Cesare werden geen van beiden blij van het idee dat Georgia ouder dan zijzelf terug kon komen.

De sfeer in de stallen van de Ram was neerslachtig. Ze hadden de hele middag Santa Fina uitgekamd en waren laat in Remora teruggekomen, met het voornemen de volgende ochtend verder te zoeken. Niemand kon geloven dat Merla per ongeluk zoek was geraakt, of dat ze ergens vrij ronddwalend zou worden teruggevonden. Als ze al vrij was, was de kans groot dat een vinder het geluk dat zij bracht voor zichzelf wilde houden.

Maar als ze gestolen was, betekende het dat het geheim van de Ram bekend was geworden.

'Hebben jullie echt niets tegen de Chimici's gezegd?' vroeg Paolo.

'Geen woord,' zei Cesare. 'We hebben eigenlijk nooit over paarden gepraat, hè?'

'Nee,' viel Luciano hem bij. 'En bovendien, al hadden we wel iets gezegd, dan zouden ze vast hun mond hebben gehouden tegen hun vader of wie dan ook.'

'Het bevreemdt me dat je de Chimici's lijkt te achten,' zei Dethridge. 'Ben je zo kort van memorie omtrent het kwaad dat zij jou hebben berokkend? En de duchessa?'

'Hoe zou ik dat kunnen vergeten?' vroeg Luciano. 'Ik leef iedere dag met het gevolg van hun daden. Maar geloof me, die twee jongens zijn heel anders dan hun vader en hun neef. Volgens mij lappen ze al die familiecomplotten aan hun laars.'

'Niettemin zoude de minder fraai bedeelde jongeling omwille van zijn vader bereid zijn met den schone Arianna in den echt te worden verbonden,' zei Dethridge.

'Ach ja,' zei Luciano, veel kalmer dan hij zich voelde. 'Dus daar weet u van?'

Zijn pleegvader voelde zich niet op zijn gemak.

'Tot mijn spijt moet ik erkennen dat meester Rudolphe het mij heeft medegedeeld. Ik wilde er het zwijgen toe doen, doch je schijnt zo stellig overtuigd dat den jonge edelman je vriend is. Laat mij dan dit zeggen, hij is de zoon zijner vader en zal hem gehoorzamen.'

'En Arianna dan?' zei Luciano. 'Dacht u dat ze erin trapte? Dat ze zichzelf uitlevert aan de zoon en haar stad aan zijn vader? Nooit van haar leven. Ze is net als haar moeder.'

'Zo,' zei Maura. 'We leggen het te drogen in de kast bij de boiler en daarna is het weer zo goed als nieuw.'

De vleugeltjes zaten weer aan het beeldje en de voegen waren niet te zien. Maura had het knap gelijmd.

'Nee, het gaat mijn kamer niet meer uit,' zei Georgia.

Haar moeder zuchtte. 'Jij je zin. Maar het duurt wel langer tot de lijm droog is als je het niet op een warm plekje legt.'

'Ik leg het op de vensterbank,' zei Georgia. 'Dan duurt het maar wat langer. Ik moet er niet aan denken dat Russell het weer in zijn klauwen krijgt. Je hebt toch zelf gezien dat het expres gemold is.'

Het was waar dat de vleugeltjes met één knak van de paardenrug leken te zijn afgeknapt. Maar Maura wilde niet geloven dat Russell het opzettelijk had vernield. Haar gezin moest gelukkig zijn en ze kon het idee dat haar dochter en stiefzoon elkaar haatten niet onder ogen zien.

'Ik zie wel dat het je allemaal wat te veel is geworden, Georgia,' zei ze nu. 'Wil je er niet een tijdje tussenuit?'

Georgia keek haar moeder stomverbaasd aan. Dokter Kennedy had gezegd dat ze fit genoeg was om de volgende dag weer naar school te gaan. 'Je bent alleen wat oververmoeid. Dat is niet ongewoon aan het einde van het schooljaar. Te veel huiswerk,' was haar diagnose geweest.

'En school dan?' vroeg ze.

'O, die laatste twee dagen kun je nog wel gaan,' zei haar moeder. 'Huiswerk krijg je toch niet meer. Maar de moeder van Alice heeft gevraagd of je met Alice mee wilt als ze zondag naar haar vader in Devon gaat. Alice zou dat heel leuk vinden en ze heeft daar een paard, weet je.'

'Weet ik,' zei Georgia automatisch. Ze dacht aan honderd dingen tegelijk. Het zou heerlijk zijn om aan de sfeer in huis te ontsnappen en het was fijn om met Alice weg te gaan. En het idee dat Alice haar had meegevraagd vond ze tof. Ze waren tenslotte nog niet lang vriendinnen. Maar kon ze vanuit Devon wel naar Remora stravageren? Tenminste, als ze met een gebroken talisman nog stravageren kón.

'Wanneer heb je Alice' moeder gesproken?' vroeg ze, om tijd te winnen.

'Ze belde me op mijn werk,' zei Maura. 'Alice was ongerust toen je niet op school was. Ze wilde het je eigenlijk zelf vragen, maar ze was bang dat ze je niet meer voor de vakantie zou zien.'

'Ik heb er wel zin in,' zei Georgia.

Maura zuchtte van opluchting. Dat was al één stel tienerhormonen een tijdje het huis uit, en misschien kon ze Ralph overhalen om met Russell te praten terwijl Georgia weg was. En in de tussentijd kon Georgia niet naar die rare oude man over wie Russell het had gehad, zodat Maura zelf de kans had om poolshoogte te gaan nemen.

Falco hinkte de grote trappen van het zomerpaleis af. Hij had de hele ochtend gewacht of Luciano zou komen en hij hoopte dat Georgia erbij zou zijn. Maar er kwam niemand. Het paleis was uitgestorven en in de stilte zakte Falco's moed hem in de schoenen. Het was allemaal leuk en aardig om dapper met de jonge stravaganti over een nieuw leven in Georgia's wereld te praten, maar stel dat zijn plan mislukte. Misschien bracht de talisman hem niet waar hij wezen moest. Stel dat hij in een vreselijk soort niemandsland tussen twee werelden strandde. Hij was gewend aan het onvolwaardige leven dat hij hier leidde en het was altijd nog beter dan helemaal geen leven.

Als het avontuur wél lukte, zou zijn familie hem vreselijk missen, vooral zijn vader en Gaetano. Maar nu hij wist dat de hertog van plan was hem zonder roeping de kerk in te sturen, besefte hij eens te meer dat zijn vader anders over hem dacht dan over zijn andere zoons. 'Als ik hier niet meer ben, kan ik hem ook niet teleurstellen,' prentte Falco zich in.

Falco keek naar beneden en berekende hoeveel treden hij nog moest gaan, keek toen naar boven om te zien hoeveel hij er al had afgelegd. Hij ving nog net een glimp op van een blauwe mantel die bliksemsnel achter een pilaar verdween. De mantel was hem al eerder opgevallen; behalve hij en de bedienden was er nog iemand in huis.

Toen klingelde de bel aan de grote voordeur en een bediende liet Luciano binnen. Falco was blij hem te zien, ook al was hij alleen.

De jonge stravagante holde met twee treden tegelijk de trap op en stond al bij Falco voordat de jongen er erg in had.

'Sorry dat ik niet eerder kon komen,' zei hij. 'Maar ik had vanochtend van alles in de stad te doen. We moeten ergens praten waar niemand ons kan horen.'

Donderdag pakte Georgia het gevleugelde paardje voorzichtig van de vensterbank en bekeek het van alle kanten. Het zag er mooi uit. Ze vouwde er zorgvuldig belletjesfolie omheen en stopte het in haar zak. Vandaag nam ze het mee naar school en vanavond zou ze weten of het haar nog naar Remora kon brengen.

In de klas wachtte Alice haar op en begon te stralen toen ze zag dat Georgia weer beter was. Georgia voelde zich ook echt stukken beter; tegen haar verwachting in had ze ondanks haar zorgen goed geslapen en ze voelde zich uitgeruster dan ze in lange tijd geweest was.

'Ga je mee naar Devon?' fluisterde Alice aan het begin van de les. 'Mijn moeder heeft gisteren met de jouwe gepraat.'

Georgia knikte. 'Ja, lijkt me tof. Mag ik op je paard rijden?'

'Tuurlijk,' zei Alice. 'Om de beurt.'

'Alice,' fluisterde Georgia. 'Rij je wel eens zonder zadel?'

Alice kon nog net knikken toen mevrouw Yates zei dat ze hun mond moesten houden.

Luciano keek vol verbazing de enorme balzaal rond. Helemaal achterin stonden met kleden afgedekte muziekinstrumenten en in de spiegelwanden weerkaatste overal het beeld van Falco en hemzelf midden in de zaal. Dat leek hem geen lollige aanblik voor de jongen die hier woonde.

'Is er geen... kleiner vertrek?' vroeg Luciano.

'Het kan beter hier,' zei Falco. 'Hier komt nooit iemand, behalve als er een feest is.' Hij hinkte de zaal door. 'Daar in de vensterbank is het wel gezellig,' riep hij achterom.

Luciano voelde een golf van medelijden met de eenzame jongen, die van dit kolossale, sombere gebouw zijn wereld had gemaakt. Ze zaten achter de spookachtige vormen van een harp en een klavecimbel zachtjes over Georgia te praten en over hoe Falco hier weg kon komen.

'Ik denk dat je een testvlucht moet maken,' zei Luciano.

'Wat bedoel je?' vroeg Falco.

'Zoiets als een voorronde van de Stellata, een oefening,' legde Luciano uit. 'Als Georgia een talisman voor je meeneemt, kun je aan het einde van een van haar bezoekjes proberen met haar mee terug te gaan. Je komt dan in haar wereld aan als het daar ochtend is, zodat je zelf kunt zien hoe het er is. Het is niet goed dat je zo'n enorme beslissing neemt zonder te weten waar je terechtkomt. Je kunt je niet voorstellen hoe anders het is dan hier.' Hij maakte een handgebaar naar de lege balzaal.

'Ik wil juist dat het anders is dan hier,' zei Falco. 'Maar ik doe het. Wanneer komt ze eindelijk weer eens?'

Het drong tot Luciano door dat hij er geen idee van had. Hij werd opeens ongerust om haar.

# 15

## HET SPOOK VAN HET PALEIS

Gaetano was te erg uit zijn doen om van zijn verblijf in Bellezza te kunnen genieten. De stad zelf vond hij prachtig. Hoeveel hij ook van zijn geboortestad Giglia hield, hij moest toegeven dat Bellezza spectaculair was. De regent had zijn oudere broers gevraagd om Gaetano de stad te laten zien, en Egidio en Fiorentino punterden de jonge Di Chimici hele dagen door de kanalen en vertelden hem sterke verhalen uit de tijd dat ze mandolier waren.

Ze waren verrassend leuk gezelschap, altijd vrolijk en vol anekdotes en ze leken in de verste verte niet op hun intimiderende jongere broer.

Op hun eerste dag als gids, toen Egidio punterde, zei Fiorentino dat hij bij een *traghetto*-steiger moest aanleggen. 'Er staat een jongedame naar ons te wenken,' zei hij. 'Ze denkt zeker dat we een veerbootje zijn.'

Gaetano legde zijn hand boven zijn ogen. Zelfs op deze afstand zag hij tegen de zon in dat het zijn nichtje Francesca was. De twee mandoliers van middelbare leeftijd hadden er niets op tegen om een mooie, jonge vrouw aan boord te nemen, vooral niet toen Gaetano uitlegde dat ze familie van hem was.

'Wat voeren jullie uit?' vroeg Francesca, nadat ze was voorgesteld en zich op de kussens in de mandolo nestelde. 'Je lijkt wel een toerist, Gaetano.'

'Als hij echt een toerist was, werd hij wel door een jongere mandolier rondgevaren,' lachte Fiorentino. 'Mijn broer en ik zijn al lang gepensioneerd in dit vak, maar we zijn nog behendig genoeg om een belangrijke gast onze stad te laten zien.'

'Ach, zo lang kunt u nog niet met pensioen zijn,' zei Francesca. 'Ik heb gehoord dat mandoliers op hun vijfentwintigste moeten stoppen.'

De broers vonden dit compliment een geweldige grap.

'Ik zou zelf ook wel meer van de stad willen zien,' zei Francesca. 'Mijn neef de ambassadeur heeft me vorig jaar hierheen gehaald vanwege mijn huwelijk, maar ik heb nog maar weinig van Bellezza gezien, behalve hoogtepunten als de basiliek en de markt op de houten brug. Meestal zit ik in het palazzo van mijn neef met alleen mijn kamermeisje als gezelschap.'

'Is je man er dan niet?' vroeg Egidio, die wel het een en ander wist over de achtergrond van dit huwelijk.

'Nee,' zei Francesca. 'Raadsman Albani is naar het zuiden om zijn wijngaarden bij Cittanuova te inspecteren.'

Ze voegde er niet aan toe dat ze er bij Rinaldo di Chimici op had aangedrongen dat hij haar huwelijk met de oude Albani moest ontbinden en dat ze geen minuut langer in Bellezza zou blijven als haar man niet uit haar blikveld verdween. Het was waar dat Albani wijngaarden in het zuiden had, waarmee het slecht ging door een ziekte in de ranken. Daarom had hij een Di

Chimici-bruid geaccepteerd, want ze bracht een grote bruidsschat mee. Het bleek moeilijker te zijn dan Francesca had gehoopt om onder dit gedwongen huwelijk uit te komen, want Albani was sluw genoeg om de bruidsschat te willen houden.

Het huwelijk lag gevoelig voor de familie Di Chimici. Francesca had gedacht dat ze meteen na die schijnvertoning van de hertoginverkiezing uit Bellezza weg kon gaan, maar er was een boodschap gekomen van niemand minder dan hertog Niccolo dat ze in de stad moest blijven tot de nietigverklaring van haar huwelijk bekokstoofd was, om het gezicht van de familie te redden en de illusie hoog te houden dat ze haar eigen redenen had gehad om naar Bellezza te komen.

'Het is een genoegen om jou en de principe onze stad te laten zien,' zei Egidio.

Gaetano stond er geen seconde bij stil hoe Francesca had kunnen weten dat hij op dat tijdstip in het kanaal zou zijn en waarom ze nu wel zonder begeleiding haar palazzo uit mocht. Hij was veel te blij dat ze samen konden zijn. En dus bracht hij in de weken die volgden zijn dagen door met de stad vanaf water en land te bekijken in het gezelschap van Francesca en de broers Rossi.

Ze bezochten de eilanden en hij kocht kant en glas voor haar en een mooie nieuwe dolk voor zichzelf. Ze aten verrukkelijke taartjes op Burlesca en bekeken het glasmuseum op Merlino. Gaetano bestudeerde de kopie van het glazen masker en las het verhaal over een prins van Remora die gedanst had met een duchessa, die het originele masker had gedragen toen ze uitgleed en haar gezicht vol glasscherven kreeg. Vanaf die tijd moesten alle ongetrouwde vrouwen boven de zestien in Bellezza een masker dragen.

'Dat is het enige voordeel van mijn ellendige huwelijk,' fluisterde Francesca. 'Ik hoef geen masker op. Ik begrijp niet hoe de duchessa het uithoudt. Wat heb je eraan dat je jong en mooi bent en de prachtigste kleren en juwelen draagt als niemand je gezicht kan zien? Ze zal binnenkort wel trouwen om ervan af te zijn.'

Gaetano voelde zich slecht op zijn gemak bij die woorden. Hij wist niet of hij Francesca moest vertellen waarom hij in Bellezza was en dat hij bijna elke avond met alleen de duchessa dineerde, waarbij ze lachend tegenover hem zat en zich Arianna liet noemen.

'Hij moet een oudoom van ons zijn geweest,' zei Francesca, die het bordje naast het masker las.

Daardoor kwam Gaetano weer met beide benen op de grond te staan. Francesca en hij waren Chimici's; het was een van hun voorvaders die met die duchessa had gedanst. Hij had geen idee of Arianna van haar afstamde, maar hij wist wel dat een duchessa van Bellezza volgens de familieverhalen de jonge prins van Remora had vergiftigd. Hij wilde dat hij meer aandacht aan die geschiedenis had besteed. Geen wonder dat er een vete bestond tussen de Chimici's en de stad Bellezza.

Het was nog maar de vraag of een huwelijk tussen hem en Arianna een einde aan die vete zou maken...

*

'Welaan, knaap, tracht te blijven zitten!' lachte William Dethridge, die zich kostelijk vermaakte.

Cesare en hij deelden een geheim; ze leerden Luciano paardrijden. Of liever gezegd, ze deden daar een moedige poging toe. Hij had er geen aanleg voor en viel om de haverklap van zijn paard. Ze oefenden in een weiland vol zacht hooi en de enige schade waren een paar blauwe plekken en zijn gekwetste trots. Hij wilde niet dat Georgia ervan wist en kreeg alleen 's ochtends en 's avonds laat privé-les.

Luciano had deze beslissing genomen toen hij op een ochtend Cesare op een ongezadeld paard een voorronde van de Stellata zag rijden. Hij was jaloers op het gemak waarmee de jongen reed en op zijn saamhorigheid met Arcangelo, de prachtige kastanjebruine vos. Het zat hem nog steeds dwars dat hij Georgia, Cesare en Gaetano di Chimici te paard uit Santa Fina had zien wegrijden, terwijl hij met Falco in het rijtuig achter hen aan sukkelde. Zelfs Falco, die drie jaar jonger was dan hij, was voor zijn ongeluk blijkbaar een goede ruiter geweest.

'Als ik nu nog in de eenentwintigste eeuw leefde,' zei Luciano tegen zijn pleegvader, 'zou ik me erop verheugd hebben dat ik volgend jaar mijn rijbewijs mocht halen. Weet u nog wel, in zo'n voertuig zonder paard waarover ik verteld heb? Ik mocht van mijn vader wel eens op de parkeerplaats bij het sportcentrum oefenen. Dat kan nu allemaal niet meer... ik heb niet eens meer een fiets. Daarom wil ik nu leren hoe ik met Taliaans vervoer om moet gaan.'

Dethridge zei een tijdje niets. Hij hoorde Luciano zelden over het verleden, dat zo ver in de toekomst lag, vol machines waarvan de zestiende-eeuwse geleerde zich geen voorstelling kon maken. Hij omhelsde de jongen krachtig. 'Waar een wil is, is een weg,' zei hij eenvoudig.

En zo waren de lessen van start gaan, met Cesare als derde samenzweerder. Ze begonnen met een zadel, al kon Luciano niet wachten om ongezadeld Cesares gratie en vaardigheid te evenaren.

'Eerst leren lopen en dan pas rennen,' waarschuwde Cesare hem.

'Gehobbel lukt me nog niet eens!' hijgde Luciano, hotsend en botsend op de rug van de zachtaardige merrie Dondola die voor hem was uitgekozen.

'Weest gerust,' zei Dethridge. 'Wij brengen je den kunst wel bij.'

Georgia wist niet wat ze moest doen toen ze die middag uit school kwam. Russell zou thuis zijn en na zijn valse verdachtmakingen durfde ze niet goed naar de antiekwinkel. Ze vroeg zich voortdurend af hoe hij van haar bezoekjes bij meneer Goldsmith wist. Maar uiteindelijk besloot ze dat Russell niet thuis kon zijn en tegelijkertijd bij de antiekwinkel rondhangen, zodat ze toch naar de oude man ging.

Toen Georgia binnenkwam, was hij bezig een set groene vazen te verkopen aan een dame in een degelijk mantelpak. Terwijl ze wachtte bladerde ze door oude tijdschriften die op een ronde marmeren tafel in de hoek lagen. Meneer Goldsmith was in een beste bui toen hij de bankbiljetten in zijn kassa deed. Het was voor het eerst in dagen dat hij weer wat had verkocht.

'Je ziet er veel beter uit, kind,' zei hij.

'Ik voel me ook prima,' zei Georgia. 'De dokter zei dat het gewoon vermoeidheid was.'

'En heb je je paardje terug?' vroeg hij.

'Russell had het,' zei Georgia grimmig. 'Hij moest het van mijn moeder en stiefvader teruggeven, maar hij heeft de vleugels eraf gebroken. Kijk.' Ze haalde het gelijmde paardje uit haar zak en pakte het uit. Meneer Goldsmith bekeek de vleugeltjes.

'Iemand heeft het voortreffelijk gemaakt,' zei hij.

'Mijn moeder,' zei Georgia. Ze kon hem niet vertellen dat ze pas zou weten of het paardje echt weer voortreffelijk was als ze ermee probeerde te stravageren.

'Dus je had gelijk over je stiefbroer?' vroeg meneer Goldsmith. 'Wat hebben je ouders eraan gedaan?'

'Niets!' zei Georgia bitter. 'Nu zit ik in de nesten en hij niet.'

'Waarom zit je in de nesten?' vroeg hij.

Georgia aarzelde. 'Laat maar,' zei ze. 'Ik kwam eigenlijk zeggen dat het paardje terug is en dat ik een tijdje wegga. Ik denk dat onze ouders Russell en mij uit elkaars buurt willen houden.'

'Ik zal je wel missen,' zei meneer Goldsmith, 'maar het lijkt me een goed plan.'

'Ja,' zei Georgia. 'Ik ga me druk maken om een echt paard... van mijn vriendin in Devon.'

Rodolfo had een van zijn spiegels op het Canal Grande gericht. Hij volgde de gang van een mandola, die door zijn broer werd gepunterd, met de jonge Di Chimici en zijn nichtje als passagiers. Hij glimlachte toen hij de hoofden van de jonge mensen dicht naar elkaar zag toebuigen terwijl Gaetano bezienswaardigheden aanwees.

'Dat gaat goed, hè?' zei een stem achter hem.

Hij draaide zich om naar Arianna en zijn glimlach was nu voor haar bestemd. 'Ik hoorde je niet. Ik geloof dat ik oud word.'

Arianna, die door de geheime gang was gekomen, legde haar

hand op Rodolfo's schouder. 'Welnee,' zei ze. 'Wat zien ze er gelukkig uit, hè?'

'Je speelt een gevaarlijk spelletje,' zei Rodolfo.

'Ikke?' zei Arianna en ze zette grote ogen op. 'Het is toch heel gewoon dat de principe tijd doorbrengt met zijn enige familielid in Bellezza?'

Rodolfo trok een wenkbrauw op. 'Weet je, je gaat elke dag meer op je moeder lijken.'

En Arianna wist niet goed of hij dat wel of niet als compliment bedoelde.

Georgia lag met het gerepareerde paardje tegen zich aan geklemd aan Remora te denken, maar ze durfde niet in slaap te vallen. Ze was als de dood dat ze niet meer kon stravageren. Maar toen ze zich voelde wegzakken, deed ze een dure belofte: 'Als ik naar Remora terug kan, zal ik zo snel mogelijk doen wat Falco wil, voordat Russell de talisman weer te pakken krijgt.'

Georgia deed haar ogen open en zag het zonlicht door kieren in de dakpannen op het gouden stof van de hooizolder in de Ram schijnen. Ze hoorde de paardenhoeven over de stenen vloer onder haar schrapen en het hoorbare gekauw in de ruiven. Ze was terug!

Verwonderd keek ze naar het paardje in haar hand. Het was zo klein en kwetsbaar en toch had Russells vernielzucht de kracht niet verminderd.

Georgia veegde plukjes stro van haar grove Remaanse kleren en stoof van de ladder naar Paolo's huis, razend benieuwd hoeveel tijd na haar laatste bezoek voorbijgegaan was en wat er allemaal gebeurd was.

Maar er leek niemand thuis te zijn. Ze was teleurgesteld en voelde zich in de steek gelaten. Ze was hier nog nooit in een leeg huis gekomen.

Ze zat aan de schoon geschrobde tafel en wist zich geen raad. Waar waren Luciano en Dethridge en de anderen? En toen hoorde ze geluiden uit een hoek komen. De tweeling lag te slapen in een grote houten schommelwieg en een van hen pruttelde in zijn slaap. Dan moest in ieder geval Teresa ergens zijn. Georgia sprong overeind en holde naar de hof achter het huis.

Teresa was vredig de kippen aan het voeren, geholpen door de drie kleine meisjes die gilletjes van zogenaamde schrik slaakten als een hen naar hun tenen pikte.

Teresa keek op toen Georgia er aankwam en glimlachte. Georgia voelde haar maag samentrekken, zoals altijd wanneer ze over Cesares familie nadacht. Zelf zou ze geen vijf jongere broertjes en zusjes willen hebben, maar daar ging het niet om. Waar het om ging was hoe gemoedelijk en vanzelfsprekend iedereen in dit grote gezin met elkaar omging. Daardoor heerste er een sfeer die bij Georgia thuis ondenkbaar was.

Ze vroeg zich af wat Teresa van haar vond. Wist ze dat Georgia een meisje was, en ook nog stravagante? Georgia had zelfs geen idee of Teresa wist dat haar man bij het genootschap hoorde. Ze was altijd even hartelijk en gastvrij, behandelde haar als net zo'n welkome gast als Luciano en Dethridge, al had ze Georgia pas na de komst van de stravaganti uit Bellezza leren kennen.

'Goedemorgen, Giorgio,' zei ze nu, terwijl ze behendig de

haan bij de kinderen weghield en erop lette dat alle kippen hun deel kregen. 'Lekker uitgeslapen?'

'Morgen,' zei Georgia. 'Ik geloof dat ik de tijd kwijt ben. Welke dag is het vandaag?'

Teresa keek haar een beetje vreemd aan. 'Het is donderdag,' zei ze.

Er waren dus twee dagen in Remora voorbijgegaan, precies zoals in haar eigen wereld. De doorgang was stabiel gebleven. Georgia had al vroeg in de gaten gekregen dat de dag die ze in Remora doorbracht dezelfde dag was als die ze thuis achter de rug had. Vier dagen hadden voor haar dus uit acht dagen bestaan. Geen wonder dat ze doodmoe was geworden! Maar nu moest en zou ze weten wat er op dinsdag en woensdag in Remora was gebeurd.

'Waar zijn de anderen?' vroeg ze achteloos.

'Op de renbaan,' lachte Teresa. 'Tot de Stellata voorbij is zul je Cesare niet snel ergens anders vinden.'

En Luciano dan? dacht Georgia, maar voordat ze iets kon vragen hoorde ze de paarden terugkomen.

'Daar zijn ze al,' zei Teresa en haar ogen lichtten op. 'Ze zullen wel trek hebben.'

Snel strooide ze het laatste graan rond en riep de kleine meisjes binnen. Georgia nam Marta op de arm en pakte Emilia's hand. Teresa lachte dankbaar naar haar. Maar toen ze in de keuken waren, zei ze: 'Ga er maar heen, hoor, als je wilt. Ik red me hier wel.'

Georgia rende naar de stallen en botste tegen Luciano op, die net naar buiten kwam. Hij had een rode kleur en liep te lachen. Toen hij haar zag, werd zijn gezicht een en al blijdschap. 'Georgia!' riep hij uit en hij greep haar armen vast. 'Goddank dat je terug bent!'

Georgia schrok alsof zijn handen van vuur waren. Toen ontspande ze zich en lachte terug. 'Ik vond het zo rot dat ik niet eerder kon komen. De eerste avond was ik te moe en toen maakte mijn stiefbroer de talisman kapot. Ik dacht al dat ik hier nooit meer heen zou kunnen.'

Opeens kon ze wel dansen van vreugde op de keitjes van de hof. Ze was weer in Remora, Russell had het belangrijkste van haar leven niet kunnen verzieken, en Luciano was blij dat hij haar zag. Toen zag ze zijn gezicht betrekken. De anderen, die de stal uit kwamen, keken al even somber. Ze glimlachten wel even naar haar, maar meteen daarna werd hun gezicht weer treurig door iets waar zij geen weet van had.

'Wat is er?' vroeg ze geschrokken.

'Merla is weg,' zei Luciano zacht. 'We denken dat ze gestolen is.'

*

Later die dag vroeg Paolo aan Georgia of ze nu uitgerust was.

'Ja, gelukkig wel,' zei ze. 'Maar daarom ben ik niet weggebleven. Het kwam doordat mijn broer de talisman jatte en hem kapot had gemaakt.'

Paolo was geschokt. 'Weet hij waar het paardje voor dient?'

'Nee,' zei Georgia. 'Hij heeft het voor de lol gebroken. Omdat het belangrijk voor me is en hij me wilde pesten.'

'Is hij niet goed bij zijn hoofd?' vroeg Paolo.

'Zo kun je het wel noemen,' zei Georgia. 'Het is in ieder geval een ellendeling om mee te moeten leven.'

Paolo dacht hierover na. Georgia kon wel zien dat hij probeerde te begrijpen hoe een lid van een gezin zich zo kon gedragen. Ze wist dat Cesare nooit van zijn leven zo gemeen tegen zijn halfzusjes en -broertjes zou zijn.

'Hij maakt je verdrietig,' zei Paolo. 'Misschien heeft de talisman je daarom gevonden. Luciano's lichaam was ziek, maar jij hebt veel verdriet. Daardoor ben je gevoeliger voor onze behoeften.'

'Ja, misschien wel,' zei Georgia.

Paolo greep haar hand. 'Bedenk wel dat alles voorbijgaat,' zei hij. 'Niet alleen de goede dingen, ook de slechte.'

*

Falco voelde zich weer even eenzaam als in de tijd voordat Gaetano in zijn leven was teruggekomen. Hij had niets anders te doen dan in zijn eentje door het paleis dwalen en hopen dat Luciano zou komen, liefst in gezelschap van Georgia, de boeiende vreemdelinge uit een andere wereld. Hij zat in de bibliotheek te lezen totdat hij stijf van het zitten werd en begon toen weer aan de moeizame dwaaltochten door het grote paleis. Vaak bekroop hem het gevoel dat hij niet echt alleen was. Het was of iemand naar hem keek en soms, als hij zich snel genoeg omdraaide, ving hij een glimp blauw op. Het leek wel alsof hij gevolgd werd door een spook.

Maar soms had hij wel eens het idee dat hij zelf het spook was. Nu hij besloten had voorgoed uit Talia weg te gaan, voelde hij zich in zijn eigen huis als een geestverschijning die onzichtbaar van kamer naar kamer dwaalde. Als de dagen zo doorgingen, zou hij zich zo doorschijnend gaan voelen dat het misschien te laat was om nog te stravageren; als hij niet uitkeek werd hij te onwerkelijk om überhaupt nog een schaduw te hebben.

Zijn gepieker werd verstoord door het geklingel van de deurbel en hij was dolblij toen hij zag dat deze keer de twee jonge stravaganti allebei waren gekomen.

'Falco!' zei Georgia, zodra ze alleen waren en zij had uitgelegd waarom ze niet eerder kon komen. 'Luciano heeft me van zijn idee verteld. Wil je een testvlucht proberen?'

'Ik wil alles wel doen,' zei Falco. 'Ik word gek als er niet gauw iets gebeurt.'

'Vanavond dan,' zei Georgia. 'Ga met me mee als ik terugga.'

'En de talisman?' vroeg Luciano.

'Daar heb ik wat op bedacht,' zei Georgia. 'Wat dacht je van mijn wenkbrauwringetje?'

De jongens vonden dat een prima idee. Het kwam uit de andere wereld, Georgia kon het zonder problemen meebrengen, het was van zilver en zo klein dat Falco het onopgemerkt in zijn hand kon houden.

'Waarom vanavond al?' vroeg Luciano. 'Er is nog niets klaar aan de andere kant.'

'Nee, maar hij hoeft toch niet de hele dag te blijven... de hele nacht, bedoel ik,' zei Georgia. 'Als ik hem mijn kamer uit kan smokkelen, neem ik hem een paar uur mee naar school. Dan kan hij zelf zien hoe dat is.'

'Mee naar school?' zei Luciano. Zijn verstand stond stil bij het idee van de bleke, kreupele Falco in de vrolijke chaos van de Barnsburyschool. 'Wat moet hij aan? En hij kan geen enkele les in. En zouden zijn krukken wel meekomen? Zonder krukken kan hij geen kant uit.'

Georgia fronste haar wenkbrauwen. Ja, dit moest zorgvuldiger uitgedacht worden.

'We kunnen nog één nacht wachten. Dan komen we op zaterdag aan. Ik zal kleren voor hem klaarleggen. En ik zorg ook voor stokken. Er staan thuis wandelstokken in de paraplubak.

Maar morgen is echt de laatste mogelijkheid voor een testvlucht, want ik ga zondag naar Devon en daar kan hij niet heen. Ik zou niet weten hoe ik dat aan mijn vriendin Alice moest uitleggen.'

'En wanneer doen we het dan écht?' vroeg Falco.

'Pas als ik uit Devon terug ben,' zei Georgia resoluut. 'Vanuit Devon kan ik zelf misschien niet eens stravageren. Of denk jij van wel, Luciano?'

'Geen idee,' zei Luciano. 'Rodolfo dacht dat ik niet vanuit Venetië naar Bellezza zou kunnen stravageren, omdat je vanuit een ander land moet komen, maar ik heb het niet geprobeerd. Rodolfo denkt dat de doorgang alleen tussen Engeland en Talia werkt, omdat dr. Dethridge hem zo heeft geopend. Maar ik weet niet of je per se vanuit Londen moet vertrekken.'

'Ligt Devon niet in Engeland?' vroeg Falco en Georgia besefte hoe hard hij haar hulp nodig zou hebben als hij eenmaal naar haar wereld was 'getransformeerd'.

'Falco is heel bijzonder, maar ik zal wel de rest van mijn leven aan hem vastzitten,' zei ze ernstig toen zij en Luciano in het rijtuig stapten om naar Remora terug te gaan.

'Reken daar maar op,' zei Luciano. 'Wil je er echt mee doorgaan? Hij zal erg afhankelijk van je zijn... misschien jarenlang.'

'Het hangt ervan af wat de hulpverlening met hem doet, hè?' zei Georgia. 'Ze moeten eerst onderdak voor hem vinden. Het zou een mooie meevaller zijn als mijn moeder zijn maatschappelijk werkster werd. Maar wat er ook gebeurt, ze gaan in ieder geval een adoptiegezin voor hem zoeken omdat hij nog maar dertien is. Trouwens, waar Falco ook terechtkomt, hij zal me nog heel lang nodig hebben.'

Ze keken elkaar zwijgend aan toen het tot hen doordrong

hoe groot de gevolgen van Falco's nieuwe leven zouden zijn. Op de heenreis hadden ze uitgebreid over Merla's verdwijning gepraat en Luciano had het hele verhaal van de heilloze speurtocht uit de doeken gedaan.

Nu werden ze volledig in beslag genomen door de problemen rond Falco. Voor het eerst sinds ze in Remora kwam, wilde Georgia zo snel mogelijk naar huis om een begin te maken met alles wat ze voor hem moest regelen.

# 16
## DE TESTVLUCHT

Het was boffen dat de Barnsburyschool op de laatste schooldag al na de ochtend dichtging. Veel werd er niet meer uitgevoerd, want de leerlingen wentelden zich in het vooruitzicht van zeven weken vrijheid. Ongeveer de helft keek uit naar een vakantie in de zon; de anderen waren blij met hun luie dagen in een Engelse zomer, ook degenen die een lange boekenlijst moesten afwerken voor hun schoolonderzoek.

Al dat gepraat over zomerplannen maakte dat Georgia aan haar eigen vakantie begon te denken. De komende twee weken was ze met Alice in Devon en meteen daarna zou ze Falco helpen 'transformeren'. Het was de bedoeling dat ze eind augustus met Maura en Ralph naar Frankrijk zou gaan, zonder Russell gelukkig. Eigenlijk was zijn afwezigheid het grootste pluspunt van de zomer voor haar; de eerste vijf weken werkte hij bij de supermarkt en daarna ging hij twee weken met zijn vrienden naar Griekenland.

Ze telde de dagen af op haar vingers. De Stellata werd vijftien augustus gehouden. Dat wist ze zeker, want Paolo had gezegd: 'Het is altijd op de vijftiende. Dat is voor ons de feestdag van de Vrouwe en voor onze vrienden van de Manoush de feestdag van de godin.' Het viel op een vrijdag en ze wilde er echt bij zijn, al begon de race om zeven uur 's avonds wanneer de schaduwen al langer werden, wat voor haar problemen kon geven.

De vakantie in Frankrijk begon in het weekend na de Stellata. Georgia was blij dat Ralphs baas het niet goedvond dat hij eerder vrijnam. Ralph was bezig met de nieuwe bedrading van een oud huis en er was geen schijn van kans dat hij weg kon voordat de klus geklaard was. Maura had net zolang aan Ralphs hoofd gezeurd tot hij een datum met haar had afgesproken, waarna zij op het laatste nippertje een huisje in de Languedoc kon boeken. Ze gingen er een week heen, omdat Ralph echt niet langer wegkon. Maar als het een week eerder was geweest, had Georgia niet bij de race kunnen zijn.

Georgia was de hele middag in haar kamer bezig met het voorbereiden van Falco's testvlucht, die ze voor 's avonds hadden gepland. Ze gokte naar Falco's kledingmaat. Hij was tenger voor een dertienjarige, maar ze dacht dat een oud T-shirt en een trainingbroek van haar wel zouden passen. En hij had kleine voeten; hij kon een paar sportschoenen van haar aan. Vet cool zou hij er niet uitzien, maar ook niet opvallend anders, behalve dan door zijn manier van lopen.

Georgia had twee wandelstokken uit de paraplubak gegraaid en de overgebleven paraplu's, fietspompen en nog een oud plastic zwaard van Russell zo neergezet dat er niets weg leek. De wandelstokken zagen er niet echt uit als de krukken die je een jongen zou geven, maar het was tenminste iets. Georgia had geen idee waar ze echte krukken vandaan moest halen.

Ze verborg de stokken achter in haar kast.

Nu was er nog de lastige kwestie van het ondergoed. Het was haar een raadsel hoe Taliaans ondergoed eruitzag en het was te bizar om ernaar te vragen. Zelf droeg ze in Remora onder haar jongenskleren altijd de spullen die ze 's avonds thuis voor het slapengaan had aangetrokken. Tegenwoordig trok ze dan ook dunne topjes en slipjes aan om in de Remaanse zon niet te stikken van de hitte.

Ze kon het natuurlijk niet maken om Falco met een slipje op te zadelen. Er zat niets anders op dan een boxershort van Russell te stelen. Dat werd een hels waagstuk nu Russell thuis was. Ze ging twee keer naar het washok en steeds hing hij in de deuropening van zijn kamer rond, zodat ze maar weer met onnodige handdoeken terugkwam.

Hij keek met onverhulde afkeer naar alles wat ze deed. 'Wat klooi je toch allemaal?' vroeg hij toen ze de tweede keer langskwam.

'Ik pak in voor Devon,' zei Georgia ijzig. 'Wat kan jou het schelen?'

'O ja,' zei Russell. 'Die nieuwe vriendin. Ook zo'n knollengek. Lekker allebei met een hengst tussen je benen.'

Georgia keek hem vernietigend aan. Niet veel later hoorde ze hem het huis uit gaan en ze sjeesde naar het washok. Het moest een nieuwe boxershort zijn, goed strak, want Russell was veel steviger dan de tengere Falco. Haar hart ging tekeer toen ze er een tussen het wasgoed vandaan trok en hem bij de wandelstokken verstopte. Wat zou Russell er wel niet van zeggen als hij haar met een boxershort van hem betrapte?

Gelukkig had ze geen tijd om erbij stil te staan, want een blik op de klok vertelde haar dat ze te laat was voor muziekles. Ze rende over straat met haar vioolkist en bladmuziek.

In de buurt van het huis van de Mulhollands ging ze langzamer lopen. Er was zoveel gebeurd na haar laatste les van vorige week. Tot op dat moment had ze er niet over nagedacht hoe moeilijk het nu was om Luciano's moeder onder ogen te komen.

Vicky Mulholland deed open en begroette haar vriendelijk als altijd, maar deze keer speurde Georgia haar gezicht af naar een spoor van verdriet achter de glimlach.

Na de les bood Vicky haar tot haar verbazing een kop thee aan. 'Je bent mijn laatste leerling vandaag,' zei ze. 'Mijn andere vrijdagleerlingen zijn zodra iedereen vrij was met het hele gezin op vakantie gegaan.'

Georgia wilde graag even blijven in de hoop dat ze over Luciano konden praten. Ze keek naar zijn foto toen Vicky met een blad met bekers thee en een schaal sprits terugkwam.

'Je hebt mijn zoon wel gekend, hè?' vroeg ze.

'Ja,' zei Georgia. 'Van het orkest.' Terwijl ze haar thee dronk bedacht ze dat Luciano er al veel ouder uitzag dan de Lucien op de foto. 'Ik vind het zo erg wat er gebeurd is.'

Het bleef stil. Georgia moest denken aan wat Luciano haar had verteld – dat hij het wel eens klaarspeelde om voor een paar momenten in zijn oude wereld terug te komen. Hij zei dat zijn ouders hem ook hadden gezien en Georgia vroeg zich af wat Vicky in hemelsnaam moest denken van die onverklaarbare verschijningen van haar zoon. Ze moest de eerste keer dat ze hem zag wel gemeend hebben dat ze haar verstand had verloren. En kreeg een rouwende moeder het iets makkelijker of juist veel moeilijker als ze haar dode kind terugzag?

Georgia wist dat de kans klein was dat ze daar ooit achter zou komen. Het was geen onderwerp dat haar vioollerares zomaar zou aankaarten.

'Vind je het raar van me dat ik zijn foto laat staan?' vroeg Vicky opeens.

'Nee, natuurlijk niet,' zei Georgia. 'Ik denk dat hij het fijn zou vinden.'

Vicky keek haar een beetje vreemd aan. 'Ik denk het ook,' zei ze zachtjes. 'Ik mis hem zo.'

Luciano ging vooruit met paardrijden. Hij leerde om op te veren, waar hij knap moe van werd en veel spierpijn aan overhield. Dondola was een zachtaardig paard en Dethridge was een geduldige leraar. Natuurlijk haalde Luciano het in de verste verte nog niet bij Cesare. De jonge Taliaan reed op de ongezadelde Arcangelo de renbaan rond en Luciano was niet de enige die vol bewondering naar hem keek met het idee dat hij een toekomstig kampioen zag rijden. De stalmeesters van de andere twaalfden sloegen de tegenstanders gade en wogen de kansen van hun eigen jockeys.

Luciano bleef na zijn les zo lang bij de baan kijken dat hij er nog rondhing toen Georgia hem kwam zoeken.

'Wat is hij goed, hè?' zei Luciano.

'Fantastisch,' zei Georgia. 'Hij en Arcangelo zijn een geweldige combinatie. Ze zullen niet makkelijk te kloppen zijn.'

Cesare steeg af en liep naar hen toe. Hij zweette en lachte.

'Wil jij nu, Georgia?' vroeg hij.

Luciano zag Georgia op de grote kastanjebruine vos ronddraven. Ze was goed, daar was geen twijfel over. Zonder zadel hield ze het bij een korte galop, maar ze reed soepel en had een mooie zit. Toen ze weer bij Luciano terugkwam, gloeide ze van trots.

'Laten we ergens heen gaan waar we kunnen praten,' zei ze.

Ze zaten op een groene helling met uitzicht op de renbaan. Daarachter lagen de velden waar volgens Cesare de herfstkrokussen werden gekweekt die de beroemde saffraan van Remora leverden. De groene jonge scheuten stonden al bijna in bloei. Cesare had hun verteld dat de stad over een paar weken omringd zou zijn door een zee van goud en paars.

'Wil je de test vanavond doorzetten?' vroeg Luciano aan haar.

'Het lijkt me de enige manier om erachter te komen of Falco's transformatie lukt,' zei ze. 'Ik heb van alles geregeld.'

'Het wordt linke soep voor je, hè?' zei hij. 'Ik bedoel, stel dat iemand hem in je kamer aantreft.'

'Ik weet het,' antwoordde ze. 'Maar ik zou niet weten hoe het anders moest, jij?'

Luciano schudde van nee. 'Ik zie Falco zich nog niet aanpassen aan het leven van een jongen in de eenentwintigste eeuw,' zei hij.

'Het is jou toch ook gelukt om een zestiende-eeuwer te worden,' zei Georgia zacht.

Luciano dacht even na en zei toen: 'Mag ik je wat vragen?'

Georgia knikte.

'Ga je nog steeds naar vioolles bij... bij mijn moeder?'

'Ja,' zei Georgia. 'Ik ben er vandaag nog geweest.'

'En... heeft ze het dan wel eens over mij?'

'Niet vaak,' zei ze. 'Maar vandaag wel.'

Luciano wist even niets te zeggen. Hij graaide door zijn haar. 'Kunnen we Falco's familie dit wel aandoen?' vroeg hij na een poosje. 'Ik bedoel, ik had nu eenmaal geen keus, maar hij zit doodleuk te bedenken dat hij zijn vader, zus en broers achterlaat. Hoe zal dat voor hen zijn? En voor hemzelf? Je weet dat ik een paar keer teruggegaan ben om mijn ouders te zien. En dat is heel zwaar.'

'Ja,' zei Georgia. 'Als ik hem was zou ik het vast niet door kunnen zetten. Maar Falco is uniek. En hij wil het zo.'

*

Voor Falco kropen de uren voorbij tot het avond werd. Hij verwachtte Georgia en Luciano even voor de schemering. Hij was veel te opgewonden om te kunnen lezen. Hij strompelde naar de stallen om met Nello te praten, die verbaasd was toen hij de jongen zag komen en zenuwachtig van hem werd.

Falco werd rustig van de nabijheid van de paarden. Hij zou ontzettend graag zelf weer paard kunnen rijden. Alleen daarom al zou hij alles wat hij in Talia had, willen opgeven.

Hij strompelde door de stallen, praatte tegen de paarden en streelde ze. Hij wist alle namen nog – Fiordiligi, Amato, Caramella – en zij herkenden hem en hinnikten begroetend.

'Wat is dat daar voor een paard?' vroeg hij aan Nello en hij kneep zijn ogen tot spleetjes in de halfduistere stal toen hij helemaal achteraan in een donkere hoek een silhouet zag dat hij niet thuis kon brengen. Het paard had een deken over de rug.

'O, een nieuwe merrie die we van je vader moeten temmen,' zei Nello nerveus en hij probeerde Falco de stal uit te tronen. 'Kom niet in haar buurt. Ze is erg schichtig.'

Falco liet zich door de stalknecht naar het zonlicht leiden, maar toen hij wegging hoorde hij de onbekende merrie hinniken – een geluid dat zo klaaglijk en aangrijpend klonk dat hij het de rest van de dag niet meer van zich af kon zetten.

*

In de twaalfde van de Leeuwin hief de blinde Manoush zijn hoofd alsof hij naar iets heel in de verte luisterde.

'Wat is er?' vroeg Raffaella.

'Er is iets mis in de stad,' zei Aurelio. 'Iets anders dan de gewone listen en bedriegerijen die bij de race horen. Als iemand de zhou volou van de Ram heeft gestolen, probeert diegene hun het geluk af te stelen. En de godin is boos.'

'Wat zal ze doen?' vroeg Raffaella.

Aurelio keerde haar zijn donkere, nietsziende ogen toe. 'Dat merken we vanzelf,' zei hij. 'Maar voor de geluksdief zal het op ongeluk uitdraaien.'

*

Het was bijna tijd voor Falco's grote avontuur. Hij had de bedienden gezegd dat zijn twee vrienden bleven slapen. Er werden kamers naast de zijne in orde gemaakt en het drietal kreeg in de eetkamer van de familie een diner voorgezet. Het was geen grote zaal, zoals die waar Gaetano's verjaardag was gevierd, maar Georgia was behoorlijk onder de indruk. Wat zou Falco, gewend aan paleizen met zalen van kamers, van haar huis vinden?

Luciano en zij hadden zich uitgesloofd om het leven in de eenentwintigste eeuw aan hem uit te leggen, maar het leek onbegonnen werk. Falco kon domweg het idee van wagens zonder paarden niet bevatten. 'Als ze van voren niet getrokken worden, worden ze dan van achteren geduwd?' vroeg hij ongelovig. Op het laatst leek het maar het beste om het hem bij zijn testvlucht gewoon te laten zien.

Georgia at weinig en alledrie wilden ze niets liever dan zo snel mogelijk de zaken in gang zetten. Als het eenmaal donker was in Talia, hadden ze maar een paar uur om de reis te maken. Falco stuurde de bedienden weg en nam Georgia en Luciano mee naar zijn slaapvertrek, waar Georgia het zilveren ringetje uit haar wenkbrauw haalde. Ze gaf het aan de jongen, die het nieuwsgierig omdraaide voordat hij het om zijn pink schoof.

Hij kleedde zich achter een kamerscherm om en toen hij te voorschijn kwam zag hij er belachelijk jong en klein uit in een wit nachthemd. Hij ging op het voeteneinde van zijn enorme bed zitten.

'En wat doe ik nu?' vroeg hij.

Georgia ging naast hem zitten. 'Het is niet zo moeilijk, maar ook niet makkelijk,' zei ze. 'Je gaat liggen en denkt aan mijn huis in Engeland, waar het ringetje vandaan komt, tot je in slaap valt. Ik ga je over Engeland vertellen en jij probeert het voor je te zien. Nou, kruip maar in bed, dan kom ik naast je liggen.'

De jongen kroop moeizaam in het hoge bed en Georgia ging naast hem op de sprei van brokaat liggen.

'Zie het maar als een verhaaltje voor het slapengaan,' zei ze. 'Ik ga je vertellen hoe mijn huis en eigen kamer eruitzien. En vergeet niet wat ik gezegd heb over het wakker worden in mijn wereld. Als het goed is, ben ik er dan ook. Als het lijkt of ik nog slaap, moet je me wakker maken.'

Ze haalde haar eigen talisman uit haar zak.

'Luciano, blijf bij ons,' zei Falco.

'Natuurlijk blijf ik bij jullie,' zei Luciano en hij ging in een luie stoel naast het bed zitten. Hij wist dat hem een lange nacht te wachten stond.

Zonlicht stroomde door het raam en viel op Georgia's gezicht. Ze lag op haar bed, in haar topje en broek, achter de magere rug van de jonge Di Chimici. Even kon ze niet geloven dat het echt gelukt was. Toen fluisterde ze: 'Falco! Is alles goed met je?'

Hij draaide zich naar haar om en zijn ogen gingen snel door de onbekende kamer.

'Het is gelukt!' zei hij. Voorzichtig schoof hij het ringetje van zijn vinger en Georgia peuterde het weer in haar wenkbrauw.

Toen sprong ze van bed, want ze wilde dat hij zo snel mogelijk eigentijdse kleren aantrok. Ze liet hem alles zien, ook het ondergoed, waar hij verwonderd naar keek. Daarna gaf ze hem de wandelstokken.

'Ik ga me in de badkamer omkleden,' zei ze, 'en ondertussen trek jij die spullen aan. Verstop je nachthemd maar in mijn bed. Ik doe de deur achter me op slot.'

Falco knikte alleen maar en ze greep haar kleren en sloop de kamer uit.

Het was heel vroeg op de zaterdagochtend en iedereen sliep nog. Ze nam snel een douche, kleedde zich aan en ging naar haar kamer terug. Ze kon het niet riskeren om te kloppen, deed de deur van het slot en ging naar binnen in de hoop dat Falco al aangekleed was.

Tot haar verbazing zag ze een heel gewone jongen op haar bed zitten. Oké, hij keek wel beduusd, had het T-shirt achterstevoren aan en was eigenlijk ongewoon mooi voor een jongen van deze tijd, maar hij zag er niet uit alsof hij uit een andere dimensie kwam.

'Je ziet er tof uit, Falco,' fluisterde ze.

Hij deed een poging tot een lachje.

'Ja, maar ik moet plassen,' zei hij.

'Als je maar heel stil doet,' zei Georgia. 'De badkamer is de eerste deur rechts.'

Ze moest er niet aan denken dat hij op de overloop Russell tegen het lijf zou lopen. Ze gaf Falco de wandelstokken en hij kwam aarzelend overeind.

'Maar ik hoef niet in bad,' zei hij.

Georgia vond het knap stom van zichzelf dat ze hem zoiets primairs de vorige avond niet had uitgelegd. Ze koos zorgvuldig haar woorden, zodat ze zich geen van beiden opgelaten zouden voelen, toen ze hem uitlegde hoe modern sanitair werkte. Zijn ogen werden zo groot als schoteltjes.

Ze liep met hem mee naar de deur en hield de wacht terwijl hij naar de badkamer hinkte en naar binnen ging. Ze had hem het slot uitgelegd, maar zolang hij daar binnen was stond ze strak van angst. De hele onderneming dreigde een ontzettende klus te worden, en dit was nog maar proefdraaien.

Ze hoorde de wc doorspoelen. Even later kwam Falco naar buiten en hobbelde naar Georgia's kamer terug. De eerste hindernis was genomen.

Tot zijn eigen verbazing was Luciano ingedommeld in de stoel. Toen hij met een stijve nek wakker werd, baadde de kamer in een schijnsel van maanlicht. Hij stond op, rekte zich uit en keek naar het bed. Hij zag Falco's donkere krullen op het kussen en het leek alsof hij gewoon sliep. Van Georgia was geen spoor te bekennen.

Luciano staarde naar de slapende jongen. Hij wist dat hij naar het lichaam keek van een persoon die hier zelf niet mccr was. Plotseling werd hij overmand door heimwee.

'Wat ga je vandaag doen, Georgia?' vroeg Maura. 'Moeten we nog dingen voor je vakantie kopen?'

'Nee hoor, mam,' antwoordde ze. 'Ik heb alles al. Mijn koffer is al zo goed als ingepakt. Ik wil vandaag naar het Brits Museum.'

Russell maakte een minachtend geluid.

'Is er iets, Russell?' vroeg Ralph.

'Nee, niks, ik verslikte me,' legde Russell uit.

'Is het voor school?' vroeg Maura.

'Ja,' loog Georgia. 'Het is voor een werkstuk over klassieke beschavingen. Ik wou nog wat aantekeningen maken voordat ik wegga.'

'Uitslover,' fluisterde Russell, voor de anderen onhoorbaar door het gerammel van borden terwijl de tafel werd afgeruimd.

Hij zal in ieder geval niet voorstellen mee te gaan, dacht Georgia, zelfs niet om me te pesten. Russell ging voor geen goud een museum in. Toch moest ze weten wat hij en haar ouders wél gingen doen. Falco het huis uit smokkelen werd het moeilijkste van alles.

Ze had geluk. Russell en Ralph hadden hun trainingspak aan en gingen naar de sportschool. Maura zou zich in het kamertje, dat Ralph en zij als kantoortje gebruikten, opsluiten om alle rekeningen uit te zoeken.

'Dat heb ik veel te lang uitgesteld,' zei ze schuldbewust.

Georgia wachtte tot de mannen weg waren, maakte toen een kop koffie voor haar moeder en bracht hem naar het kantoortje. Maura's haar stond alle kanten op en ze beet op haar ballpoint terwijl ze met een rekenmachine rommelde.

'Ik ga ervandoor, mam,' zei Georgia. 'Ik kom pas in de middag terug.'

Maura glimlachte dankbaar. 'Lief dat je koffie brengt, Georgia. En ik zal je wat geld meegeven.' Ze haalde een biljet van twintig pond uit haar portemonnee. 'Zo heb je genoeg voor een hapje tussen de middag en de metro,' zei ze.

Georgia wist dat Maura voorlopig het kantoortje niet uit zou komen, dus greep ze haar kans om Falco naar beneden te smokkelen. Hij nam de trap verrassend behendig. Na de grote, brede wenteltrappen van Santa Fina liet hij zich niet verslaan door die onnozele treden in een rijtjeshuis.

Ze had hem verteld wat ze van plan was. Ze gingen naar een Etruskisch evenbeeld van haar talisman. Bovendien was het haar bedoeling Falco kennis te laten maken met hartje Londen.

Nog voordat ze de tuin uit waren, werd hij al bijna gek. Een paar doodgewone auto's kwamen langs en hij schrok zich een ongeluk. Georgia's pogingen om auto's en verkeer uit te leggen vielen in het niet bij de werkelijkheid. Hij draaide bijna dol. Toen Georgia hem wees dat hij geen schaduw had, kon hij daar veel minder mee zitten.

Het duurde uren voordat ze bij het dichtstbijzijnde metrostation waren. Georgia had van tevoren uitgezocht of er een lift was, zodat Falco niet zou flippen op de roltrappen, maar ze had geen rekening gehouden met zijn traagheid en de vele keren dat hij stokstijf stil bleef staan uit angst voor het verkeer. Uiteindelijk nam ze hem mee een café in.

'Je moet wat eten,' zei ze.

Ze bestelde thee en een uitsmijter voor hem. Falco bekeek de nieuwigheden en liet het zich smaken. Hij knapte er merkbaar van op. De rest van hun tocht ging hem beter af, al drukte hij zich tegen de muur toen de metrotrein kwam aangestormd. Georgia probeerde met zestiende-eeuwse ogen naar haar dagelijks leven te kijken en besefte dat haar wereld bijna ongelooflijk was.

Op Leicester Square moesten ze overstappen en daar was wel een roltrap, maar geen erg lange en Falco nam hem zonder problemen. Tegen de tijd dat ze de lift naar Goodge Street in gingen, was hij al doodmoe en het was van daaraf nog een hele wandeling.

Toen ze eindelijk op de hoek van Gower Street en Great Russell Street stonden, zuchtte Falco opgelucht.

'Gelukkig, we zijn er! Ik kan niet meer.'

Georgia besefte dat hij de mooie kunstboekenwinkel op de hoek, met op de gevel 'Brits Museum', voor hun bestemming aanzag. Hoe zou hij in vredesnaam kijken als het echte gebouw opdoemde?

'Het is nog een klein stukje,' zei ze bemoedigend en ze leidde hem langs de zwarte hekken van het voetpad naar het museum. Opeens stonden ze bij de ingang en Falco zag het museum in al zijn architectonische glorie. Hij hield zijn adem in.

'Wat een kasteel!' riep hij uit. 'Woont er een machtige vorst?'

'Er woont niemand,' zei Georgia, 'maar ik ben blij dat je het mooi vindt.' Ze ging Falco voor over het plein vol toeristen en duiven. Hij bleef bij het massieve bronzen hoofd aan de zijkant staan en bekeek het aandachtig.

'Is het maar een deel van het oorspronkelijke standbeeld?' vroeg hij. 'Dat moet reusachtig zijn. Waar is de rest?'

'Dit is het hele beeld,' legde Georgia uit. 'Zo heeft de beeld-houwer het bedoeld.'

Falco was er nog lang niet; hij moest al die trappen naar de hoofdingang nog op. Toen hij eenmaal boven kwam, was hij uitgeput. Maar toen Georgia hem vertelde dat ze voor hun doel op de eerste verdieping moesten zijn, begon hij dapper in de richting van de brede marmeren trap te lopen.

'Wacht even,' zei Georgia, die ongerust werd nu hij er zo moe uitzag. 'Er moet ergens een lift zijn. Er zijn tegenwoordig overal liften.'

Een suppoost hoorde haar en kwam naar haar toe. 'De liften zijn daar, jongedame, vlak voor de grote binnenhof. Kan hij niet beter een rolstoel gebruiken? Ze staan daar.' Hij bracht hen naar een hoek waar een hele rij ingeklapte rolstoelen klaarstond.

'Hoeveel kost dat?' fluisterde Georgia, die een uitje met Fal-co wel erg duur begon te vinden. Het was maar goed dat Mau-ra haar geld had meegegeven.

'Het is gratis, hoor,' lachte de suppoost. 'Gewoon terugbren-gen als jullie weggaan.'

Hij klapte een stoel uit en deed voor hoe de remmen werk-ten. Falco was opgetogen. Hij zette de wandelstokken voor-zichtig tussen zijn knieën.

'Rijdt-ie nu vanzelf?' vroeg hij. Georgia had hem wel eens over elektrische rolstoelen verteld.

'Dit type niet, jongen,' zei de suppoost. 'Kijk, je duwt je voor-uit aan de wielen, of je vriendin moet duwen.'

'Ik duw wel,' zei Georgia gedecideerd. 'Bedankt voor de hulp.'

Toen ze verdergingen, hoorde ze hem nog zacht tegen een andere suppoost zeggen: 'Arm joch. Waarom heeft hij geen eigen rolstoel? Hij kan amper een been verzetten.'

Georgia ging er snel vandoor en duwde Falco naar de lift. Het was een piepklein hok, waar niemand meer bij kon toen zij binnen waren. Gelukkig wilde er ook niemand meer bij. Nadat ze een paar keer op en neer waren gezoefd, want de begane grond heette verwarrend genoeg 2 en de eerste verdieping 6, kwamen ze op de bovenzalen. Georgia duwde Falco de lift uit en bleef toen even staan om naar zijn gezicht te kijken. Al die tijd dat ze met de lift op en neer gingen en Georgia stond te mopperen over de onduidelijke wegwijzers, had hij geen woord gezegd. Pas nu zag ze dat hij bleek en doodsbang zag.

'Het komt allemaal goed, Falco,' zei ze. 'Dat was ook weer zo'n machine. Je weet wel, om mee van a naar b te komen. Iedereen gebruikt ze. Het is hartstikke veilig.'

Wat zou hij wel niet denken van de transporters in Star Trek? vroeg ze zich af. Om hem af te leiden duwde ze de stoel verder, naar een raam met uitzicht op de grote binnenhof.

Boven de deur kondigde een affiche 'De koningin van Sheba' aan en de mensen dromden naar binnen.

'Is dat haar paleis?' fluisterde Falco met grote ogen.

'Nee,' zei Georgia. 'Het is een speciale expositie over haar. Ik zal even aan een suppoost vragen waar we de Etrusken kunnen vinden.'

Ze liepen door een lange galerij, met vitrines die vol muntstukken lagen, en Falco was zo geboeid door de grote koperen weegschalen voor het goud dat hij steeds wilde stoppen. 'Die hebben we in Giglia ook,' zei hij. 'Mijn familie heeft fortuin gemaakt in het bankwezen, weet je.'

Ze kwamen bij zaal 69 en zagen als eerste een angstwekkend marmeren beeld van een man die een stier in de nek stak, terwijl zijn hondje opsprong om het marmeren bloed op te likken dat uit de steekwond gutste. Falco stond zich te vergapen.

'Mithras,' las Georgia. 'Romeins, tweede eeuw voor Christus.'

'Precies zo'n beeld staat bij ons thuis in Santa Fina,' zei Falco met gedempte stem. 'Het staat in het park bij het paleis. Ik zal het je de volgende keer laten zien. Wij noemen het natuurlijk Remaans.'

Eindelijk kwamen ze in zaal 71, Italië van vóór het Romeinse Rijk, waar ze hun speurtocht naar een gevleugeld paard begonnen. Falco wilde nu liever zelf rijden en ze gingen ieder een andere kant uit. Opeens riep Falco: 'Georgia, kom eens kijken!'

Ze holde naar hem toe om te zien wat hij gevonden had. Het waren vier bronzen beelden van ongeveer tien centimeter hoog, van jongens te paard. Ze lazen: 'Vier bronzen van jongens die van hun paard stijgen, van de rand van een urn uit Campania, Etruskisch-Campaniaans, rond 500-480 v. Chr. Waarschijnlijk gemaakt in Capua. De jongens lijken wedstrijdrijders in een Oudgriekse paardenren waarbij ruiters afstegen en de laatste meters hollend naast het paard aflegden.'

De jongens waren naakt, hadden lang haar dat in een meisjesachtige stijl achterover was gebonden, waren gespierd met brede schouders en reden zonder zadel. Ze stegen aan de rechterflank af.

'Geweldig, hè?' zei Falco. 'Wist je dat de Stellata waarschijnlijk van zo'n race afstamt? Onze voorouders – de Rasenianen, noemen we ze – reden de koers in rechte lijn en de ruiters stegen voor de laatste etappe af. Het duo van paard en ruiter dat als eerste finishte, had gewonnen.'

Ergens anders in de zaal vonden ze eindelijk een vliegend paard. Het was geen beeld, maar een afbeelding op een zwarte schaal. Daarna zagen ze nog een tekening onder een muurbiljet met uitleg van de geschiedenis van de Etrusken. Op deze vondst uit Tarquinia stonden twee gevleugelde paarden van terracotta dicht naast elkaar.

Eenmaal buiten aten Georgia en Falco een hotdog en dronken Pepsi bij een kraampje, en daarna gingen ze langzaam naar huis terug. De Taliaanse jongen was zo overdonderd door alle indrukken en zo moe dat hij niet protesteerde toen Georgia hem hielp met uitkleden en hem zijn Taliaanse nachthemd weer aantrok. Ze maakten er geen woorden over vuil dat hij Russells boxershort beter kon aanhouden.

Falco viel als een blok op Georgia's bed in slaap nadat ze hem het ringetje had gegeven. Ze zag hem bleek en doorschijnend worden voordat hij verdween. Ze durfde niet met hem mee te gaan en kon alleen maar hopen dat hij in zijn eentje veilig in Talia zou komen.

's Nachts werd Luciano wakker van geluiden uit het bed. Falco zat rechtovereind tegen de kussens voor zich uit te staren. Hij keek omlaag naar zijn kanten nachthemd en begon te beven. Luciano ging naast hem zitten en legde zijn arm om zijn schouders.

'Hoe is het gegaan?' vroeg hij.

'Het is... met geen pen te beschrijven,' zei de jongen. 'Het was een wereld vol wonderen.' Hij draaide het ringetje aan zijn vinger om en om.

'En voelde je je daar beter?' vroeg Luciano.

'Het was net als jij zei,' zei Falco. 'Mijn been was nog hetzelfde, maar toch had ik meer kracht. En ik weet zeker dat zo'n wereld de magie bevat waarmee ik beter kan worden.'

'Het is geen magie, het is wetenschap,' zei Luciano in het donker en hij wist nog dat hij ooit hetzelfde tegen Rodolfo had gezegd. Maar hij was er nu niet meer zo zeker van als toen.

# 17

# Transformatie

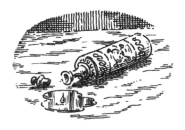

Georgia had het er moeilijk mee toen ze Falco uit haar kamer zag verdwijnen. Ze wilde niets liever dan haar talisman pakken en achter hem aan reizen. Maar ze durfde niet 's middags spoorloos te verdwijnen en ze wist dat hij in Santa Fina door Luciano werd opvangen. Op datzelfde moment hoorde ze Maura roepen. Ze moest tot vanavond wachten om erachter te komen hoe het in Santa Fina was gegaan.

'Ha, Georgie,' zei Maura, die haar hoofd om de deur stak. 'Ik dacht al dat ik je hoorde thuiskomen. Hoe was het in het museum?'

'O, goed,' zei Georgia. 'Ik heb veel aantekeningen gemaakt.' Ze zwaaide vaag met haar notitieblok.

'Waarom staan oma's oude wandelstokken hier?' vroeg Maura met gefronste wenkbrauwen. Georgia schrok en keek schuldig. De stokken stonden nog tegen haar bed.

'Ik heb ze bij een schrijfopdracht voor Engels gebruikt,' zei ze snel en ze stond er zelf verbaasd van hoe makkelijk de leugen eruit rolde. 'We moeten in de vakantie iets schrijven over het leven van Richard iii als mankepoot.' Gelukkig was dit stuk van Shakespeare een examenopdracht.

'Invalide,' verbeterde Maura automatisch. 'Het geeft niet, maar je had het even moeten vragen.'

'Ik dacht dat je het wel goed zou vinden,' zei Georgia.

'Vind ik ook,' zei Maura. 'Maar overdrijf je niet een beetje? Eerst dat geschiedenisproject en nu weer Engels. Het is de eerste dag van je vakantie, hoor.'

'Morgen ga ik twee weken naar Devon,' zei Georgia. 'Ik heb geen zin om bij Alice te moeten werken.'

Maura keek haar onderzoekend aan. 'Nee, dat snap ik,' zei ze, en toen: 'Hé, je hebt je wenkbrauwring niet in. Ben je 'm zat?'

'Nee, maar hij jeukte,' zei Georgia. 'Ik laat hem nu uit en doe er van die druppels op.'

'Het staat leuk, zonder,' zei Maura. 'Misschien moet je hem in Devon maar uit laten. Straks denkt Alice' vader nog dat je een punker bent. Je haar wordt ook langer. Het verbaast me dat je niet naar de kapper wilde voordat je naar Alice gaat.'

Georgia zuchtte. 'Als het niet meer jeukt, doe ik mijn ringetje weer in. Alsof de vader van Alice daarop let! En mijn haar kan me niet schelen als ik weg ben. Alleen hij en Alice zullen me zo zien. Als ik terugkom, gaat het er weer af.'

Merla liet haar vleugels hangen. Ze kreeg te weinig beweging en ze miste haar moeder nog steeds. Door het enorme tempo waarin ze groeide, had ze Starlights melk niet meer nodig, maar ze at slecht en ze was te mager.

'Je moet haar 's avonds mee naar buiten nemen,' zei Nello tegen Enrico, die nog steeds in het paleis woonde.

Enrico had dat ook al bedacht. Het was riskant, maar het was tegelijkertijd zinloos een vliegend paard te hebben als het niet vliegen kon.

'Vanavond gaat ze naar buiten,' zei hij.

Georgia was klaar met inpakken en ze wilde vroeg naar bed. Het was een mooi plan, maar Russell dacht er anders over. Hij hing weer in zijn deuropening in die houding waar ze zo bang voor was, want dan verveelde hij zich en zocht iets om haar mee te kunnen pesten.

Blijkbaar had hij nieuwe munitie gevonden.

'Waar heb je dat vriendje vandaan?' vroeg hij achteloos.

Georgia bevroor. 'Klets geen onzin,' zei ze zo rustig mogelijk.

'Maz heeft je gezien,' zei hij. 'Hij zag je in de stad, met een spastische knul. Wat is dat toch met jou? Je trekt alleen mensen met een afwijking aan. Soort zoekt soort, zeker.'

Georgia zei niets. Soms werkte die tactiek. Als ze niet hapte, liet hij haar wel eens met rust. Maar voor hetzelfde geld werd hij er razend om.

'Maz zei dat het nog een klein kind was,' hield hij aan. 'Een kreupel jochie. Ben benieuwd wat Maura daarvan zou zeggen. Vieze ouwe mannetjes en rare kleine jochies. Gekker moet het niet worden.'

Het had lang geduurd voordat Falco na zijn terugkomst in Santa Fina weer in slaap viel. Hij wilde Georgia's ringetje bij zich houden, maar Luciano pakte het af.

'Je mag niet per ongeluk in Engeland wakker worden. Ik blijf bij je tot je slaapt en dan ga ik naar mijn eigen kamer.'

Georgia had half en half gehoopt dat ze in Falco's paleis in Talia terug zou komen, omdat ze daar ook was vertrokken. Maar haar vliegende paardje bracht haar zoals gewoonlijk naar de hooizolder van de Ram.

Ze leende een paard van Paolo en reed naar Santa Fina. Een verbaasde bediende nam het paard van haar over en de huisknecht die haar binnenliet, stond ook raar te kijken. Die jongen uit Remora was toch in het paleis blijven slapen, nadat hij de vorige avond met een vriend in een rijtuig was gearriveerd... hoe kon hij dan de volgende ochtend te paard aankomen?

Maar de huisknecht liet Georgia naar haar logeerkamer gaan en ze deed de verbindingsdeur tussen haar kamer en die van Falco open. Ze zag zijn bleke, bedrukte gezicht op de stapel kussens. Hij sliep nog. De deur naar de kamer aan de andere kant ging open en Luciano kwam binnen, met donkere kringen onder zijn ogen. Hij lachte naar haar.

'Je hebt het klaargespeeld!' zei hij. 'Falco heeft me het hele verhaal verteld. Hij vond het allemaal even prachtig.'

'Zelfs het verkeer?' vroeg Georgia, die haar ringetje in haar wenkbrauw peuterde.

'Zelfs het verkeer,' beaamde hij.

Georgia ging op een laag stoeltje zitten, plotseling ontdaan toen ze eraan dacht wat ze allemaal nog moest doen.

'Als ik geluk heb en vanuit Devon hierheen kan stravageren, hebben we twee weken de tijd,' zei ze. 'Na de race gaat Falco natuurlijk naar Giglia terug. En de talisman hou ik steeds bij me nu Russell hem al eens gemold heeft. We hebben dus veertien dagen om Falco alles te leren wat hij weten moet over het leven in de eenentwintigste eeuw.'

'Dat moet lukken,' zei Luciano. 'We doen het toch samen.'

Georgia had het nog nooit zo druk gehad als in de twee weken die nu aanbraken.

Alice en zij namen de volgende dag de trein naar Devon. Paul, de vader van Alice, stond hen op te wachten met zijn jeep. Het was een aardige man, met een baard en kleren van tweedstof, in alles anders dan Ralph, maar vriendelijk en grappig. Als Georgia geen tijd had doorgebracht in Taliaanse paleizen zou ze onder de indruk zijn geweest van zijn huis, dat ze nu alleen maar leuk vond. Het was een grote boerderijwoning van rode baksteen, met bijgebouwen, stallen en een weiland. In de stallen stond Alice' paard, een grote bruine merrie die Truffle heette.

Nog voordat ze hun koffers hadden uitgepakt, stonden ze al bij Truffle.

'Wat een prachtpaard,' zei Georgia jaloers. Het was allemaal leuk en aardig om in Talia alle paarden van de Ram tot je beschikking te hebben, maar daar had ze in haar gewone leven niet veel aan. Alice, ook maar een gewoon schoolmeisje en even oud als zij, had een eigen paard dat alle vakanties en elk weekend dat ze hierheen kon op haar stond te wachten, terwijl Georgia tevreden moest zijn met eens in de veertien dagen een bezoekje aan Jeans manege.

Truffle was niet de enige bewoner van de stallen. 'Dit is Conker,' zei Paul. In de stal naast die van Truffle stond een kastanjebruine ruin die veel van de Remaanse Arcangelo had.

'Hoe kom je opeens aan hem?' vroeg Alice, die even verbaasd was als Georgia.

'Van de buurman,' zei Paul. 'Je weet wel, Jim Gardiner van verderop. Hij is met vakantie en hij wilde Conker bij de manege in de kost doen, maar ik bood aan hem te verzorgen als de vriendin van mijn dochter op hem mocht rijden. Goed idee, toch? Je wilt toch wel rijden terwijl je hier bent, Georgia? Volgens Alice ben je goed. Denk je dat je hem aankunt?'

Georgia was sprakeloos van blijdschap en kon alleen maar knikken. Dit was een geschenk uit de hemel.

Er ontstond algauw een nieuwe dagindeling. Georgia sliep in een kamer naast die van Alice en ontdekte tot haar opluchting dat haar vriendin lang uitsliep. Zo kon ze zelf nog een paar uur slapen nadat ze uit Talia terugkwam.

Tegen de tijd dat de meiden 's ochtends beneden kwamen, was Paul al uren op en weg naar zijn werk als advocaat in de dichtstbijzijnde stad. Georgia en Alice maakten een picknick van pannenkoeken, fruit, brood en eieren en gingen dan de hele dag paardrijden.

Ze waren urenlang met Truffle en Conker op de hei en als ze er genoeg van kregen, lieten ze de paarden grazen en lagen zelf op de verende grasbodem te picknicken met het lekkers dat ze uit hun zadeltassen haalden.

Het was een magische tijd, met lange zonnige dagen, waarin ze veel en vertrouwelijk met elkaar praatten. Alice legde uit hoe het met haar ouders mis was gegaan. Die twee hadden elkaar in hun studietijd leren kennen. Jane, haar moeder, was politiek actief en voorzitter van de studentenvakbond. Niemand had ooit kunnen denken dat uitgerekend zij verliefd zou worden op een degelijk type als Paul, de enige zoon van plaatselijke middenstanders.

'Niet lang na mijn geboorte zijn ze uit elkaar gegaan,' zei Alice. 'En toen mijn opa en oma dood waren, verhuisde mijn vader naar Devon terug. Ik kom al mijn hele leven in dit huis.'

'Kunnen ze met elkaar overweg, je ouders?' vroeg Georgia.

'Nu weer wel,' zei Alice. 'De laatste grote heibel was om mijn middelbare school. Pap wilde me op een kostschool hier in de buurt hebben en mijn moeder was ertegen. Een dochter van haar naar een particuliere school... geen denken aan! Ze is een hartstikke links raadslid, moet je weten, en ze vond onze scholengemeenschap goed genoeg. Mam en ik woonden toen al in Barnsbury. Het werd laaiende ruzie en toen ik toch naar kostschool ging, wilden ze elkaar niet meer zien. Maar ja, ik vond het er zelf ook vreselijk en dus kreeg mam uiteindelijk haar zin en schreef me op Barnsbury in.'

'Vond je dat ze toch gelijk had?' vroeg Georgia.

'Nou ja, zo erg is het er toch niet?' zei Alice. 'Ik vind het vervelender dat ik eigenlijk twee levens leid. Een hier en een daar.'

'Zo voelt iedereen met gescheiden ouders zich wel een beetje.'

'Ja, maar die meiden uit onze klas – Selina, Julie, Tashi en Callum bijvoorbeeld – hebben gescheiden ouders die allebei in Londen wonen. Dan is het niet zo'n heksentoer om een weekend bij je vader te zitten. Voor mij is het een reis van uren om hier te komen en dan blijft er maar één hele dag in het weekend over. Maar ik vind het hier zo tof. Zonder Devon zou ik gek worden in de stad. Ik zou het liefst hier wonen, maar daar wil mam niks van horen. Maar daardoor voel ik me wel een buitenbeentje, met een vader die zo anders is dan die van de anderen op school. Ik zou doodgaan als ze wisten hoe wij hier leven. Jij bent de enige die ik ooit heb meegenomen.'

Georgia was gevleid. Ze bedacht dat het misschien toch wel gemakkelijker was om een vader te hebben die je je amper kon herinneren. Ze vertelde Alice over hoe het bij hen thuis toeging en ze luchtte haar hart over Russell. Alice wist natuurlijk wie hij was, maar ze kende hem alleen van gezicht en Georgia dacht dat ze niet goed werd toen ze hoorde dat veel meiden uit hun klas hem een spetter vonden.

'Die griezel!' zei Georgia. Toen dacht ze erover na. Zij kende Russell niet anders dan met een valse grijns op zijn tronie, zijn gezicht lelijk verwrongen als hij met afschuw naar haar keek. Misschien was hij veel leuker als hij lachte. Hij was lang, had een goed lijf, dik bruin haar en bruine ogen. Ze moest toegeven dat daar niks mis mee was. In haar ogen spoorde hij nu eenmaal niet. Hij was het tegendeel van Gaetano, die zonder meer lelijk was maar zo aardig en hartelijk dat iedereen die hem kende van hem hield.

'Zoals jij Russell beschrijft is-ie een hufter,' zei Alice. 'Ik zou niet op zo'n monster kunnen vallen, al was het nog zo'n lekker ding.'

Laat in de middag reden ze terug naar de boerderij en oefenden ze zonder zadel in het weiland. Georgia was er al beter in dan Alice door haar regelmatige oefeningen in Remora. Maar Alice had het ook eerder gedaan en ze kreeg de kunst snel te pakken. Ze waren allebei goede ruiters, die hun paarden aanvoelden. Georgia wist dat ze Conker erg zou missen als ze weer thuis was. Ze reed bijna nooit op zo'n groot paard, maar het was een schat van een beest. Hij deed haar steeds meer aan Arcangelo denken, al kreeg ze zelden de kans om op hem te rijden omdat Cesare meestal met hem voor de Stellata trainde.

Het was sensationeel om zonder zadel te rijden. In het begin voelde het ongemakkelijk, maar de band met het paard was veel beter door het directe contact van knieën en billen. Wat een geluk dat Russell dit niet kan horen, bedacht Georgia. Ze had bij Cesare die harmonieuze eenheid van paard en ruiter gezien, waardoor dr. Dethridge de jongen een paardmens had genoemd. Georgia wilde eigenlijk niets anders meer. Ze vroeg zich af hoe Jean zou kijken als ze de volgende keer in de manege voorstelde geen zadel te gebruiken.

In Talia bracht Luciano intussen veel tijd met Falco door. Ook zijn dagen kregen een nieuw patroon, net als die van Georgia in Devon. Nadat hij vroeg in de ochtend met zijn geheime rijlessen bezig was geweest, ontmoette hij Georgia in de Ram. Meestal gingen ze met het rijtuig naar Santa Fina om Falco klaar te stomen voor zijn nieuwe leven. Als een toevallige voorbijganger hen had gehoord, zou hij niets van de lessen begrepen hebben.

'Je moet natuurlijk naar school,' zei Georgia. 'En als je bij mij in de buurt komt te wonen, wordt het mijn school, waar Luciano ook op heeft gezeten.'

'Dan kom je in de brugklas,' zei Luciano. 'Je hebt dan een heel jaar de tijd om een richting te kiezen. Dat betekent dat je alle vakken krijgt.'

Georgia telde af op haar vingers: 'Engelse taal en literatuur...
geen probleem, want je verstond het en je sprak ook goed Engels toen je in Londen was, net als ik hier in Talia geen probleem heb met de taal, en je leest heel veel.'

Falco knikte. 'Ga door,' zei hij.

'Dan heb je wiskunde en natuurwetenschap – scheikunde,
natuurkunde en biologie.'

'Ik heb nu wiskunde en astronomie,' zei Falco. 'En een beetje anatomie, maar vooral om te tekenen.'

'O ja, tekenen krijg je ook, en muziek,' zei Luciano.

'En de talen?' vroeg Georgia. 'Spreek je Frans? Is er eigenlijk
een equivalent van Frankrijk in deze wereld?' vroeg ze aan Luciano.

'Ze bedoelt Gallia,' verklaarde Luciano.

'Ik spreek Gallisch,' zei Falco. 'Is dat ook goed?'

'Het lijkt er wel veel op, voorzover ik weet,' zei Luciano. 'Net
zoals Taliaans op Italiaans lijkt.'

'Je kunt in de derde klas Italiaans doen,' zei Georgia. 'Dat is
een keuzevak. Ik zit meer in over informatica.'

'Wat mag dat zijn?' vroeg Falco.

Ze hadden de hele dag nodig om de Taliaanse jongen iets wijzer te maken over computers. Hij kon er met zijn verstand niet
echt bij.

Dan had je nog televisie, hoe auto's werkten, mobiele tele-
foons, voetbal, fastfood, elektriciteit, Nintendo's, magnetrons,
vliegtuigen. Falco's ogen werden steeds groter. Ze beseften dat
er ook enorme verschillen zouden zijn in wat hij van geschiedenis en aardrijkskunde wist. Zij waren vier eeuwen verder
dan hij en al bezig aan de vijfde. Voor hem was Talia het middelpunt van wat hij het gebied om de Middenzee noemde en
zijn kennis van de wereld was gebaseerd op de globes die bij

hem thuis in Giglia stonden. Hij beschreef hoe de wereld er daarop uitzag en Luciano moest denken aan de globes in het paleis van de duchessa in Bellezza.

Daarentegen was Falco heel slim en hij leerde snel. Van gym en sport kon geen sprake zijn zolang zijn been niet genezen was, zodat hij die uren in het documentatiecentrum zou mogen doorbrengen, omringd door boeken en computers. En er zou vast wel een computer met internetaansluiting zijn in het huis waar hij uiteindelijk kwam te wonen. Ook internet was een verschijnsel dat hij nauwelijks kon bevatten. Hij zag het als een groot spinnenweb, net als Rodolfo had gedaan toen Luciano hem het destijds probeerde uit te leggen, en hij begreep al evenmin dat iedereen daar maar gewoon informatie kon oproepen.

'Is dat dan niet alleen voor de machtigen?' vroeg hij. Georgia en Luciano dachten allebei dat Niccolo di Chimici inderdaad zou vinden dat alleen hij de toegang mocht hebben tot een Taliaanse versie van het wereldwijde net, als zoiets al kon bestaan, maar ze hielden die gedachte voor zich.

Bij een andere gelegenheid gaven ze hem les in eenentwintigste-eeuws geld.

'Weet je nog dat bankbiljet dat ik je in Londen liet zien?' vroeg Georgia. 'Het stond voor twintig pond en kinderen van onze leeftijd hebben dat niet vaak op zak. Maar je moet wel de verschillende munten kennen.'

Het was lastig dat ze hem de munten niet kon laten zien. Hij vond het idee van gouden en zilveren muntjes leuk, maar omdat zilver in Talia belangrijker was dan goud raakte hij steeds weer in de war over de waarde.

Toen ze teruggingen naar Remora begon Luciano over het onderwerp dat hem had dwarsgezeten vanaf het eerste moment dat Falco hun hulp had ingeroepen.

'Je doet wel alsof hij ergens in jouw buurt terechtkomt, maar waar moet hij in vredesnaam wonen?' vroeg hij aan Georgia. 'Wat gaan ze doen met een gehandicapte Taliaanse jongen die uit de lucht komt vallen?'

Er was één bijzonderheid aan haar plan die Georgia liever nog voor zich hield.

'Je weet toch dat mijn moeder maatschappelijk werkster is?' zei ze. 'Ze is teamleider van de sectie die over pleeggezinnen en adoptie gaat. Ik zal het proberen zo uit te mikken dat zij een thuis voor hem vindt. Hij kan maar het beste doen of hij aan geheugenverlies lijdt. Dan maakt het niet uit als de autoriteiten hem vragen stellen waar hij geen antwoord op heeft.'

*

Falco kreeg vreemde dromen. Hij zag zichzelf steeds vaker in een ondergrondse tunnel staan, waar een donderende draak op hem af kwam stormen. Hij was in een hokje dat in razende vaart op en neer zoefde. Hij stond boven aan een glimmende zilveren trap, die onder zijn voeten van hem weg rolde. Zijn stokken kletterden uit zijn handen en hij viel languit voorover de diepte in. Op dat punt werd hij wakker, zwetend en doodsbang.

Als hij weer insliep, droomde hij van andere nieuwe indrukken. Hij hoorde een hoge ontroostbare kreet en het geruis van brede, klapwiekende vleugels. Maar hij wist dat het geluid niet van een vogel kwam, ook al ving hij nog net voor het einde van de droom een glimp van zwarte veren op.

Zijn nachten waren lang en onrustig, vooral wanneer zijn vader weer bij hem was geweest. Dan miste hij Gaetano meer dan ooit. De twee broers hadden vaak steun aan elkaar gehad als het om hun vader ging. Het was al moeilijk genoeg om bij deze familie te horen, maar het was dubbel zo moeilijk om de zoon te zijn van een vader die berucht en gevreesd was en met wie niet te spotten viel. Maar Falco hield van zijn vader en hij wist dat zijn vader van hem hield. Nu wist hij nooit bij welk bezoek van de hertog ze elkaar voor het laatst zagen, en van zijn lievelingsbroer had hij al afscheid genomen.

*

In Bellezza leefde Gaetano zijn dubbelleven. Bijna alle avonden was hij bij de jonge duchessa die hij het hof moest maken, en overdag was hij bij het nichtje van wie hij nog net zoveel hield als toen ze spelende kleuters waren.

Maar zijn gevoelens voor Arianna veranderden. En de hare voor hem ook. Hij was charmant gezelschap, geestig, onderhoudend en interessant, met al zijn kennis. En hoe beter ze hem leerde kennen, hoe minder lelijk ze hem vond. Ze verheugde zich nu op hun avondjes. Hoe ze Luciano ook miste, het was ontspannend om tijd door te brengen met iemand uit een andere Taliaanse, hertogelijke familie, die haar taken en haar rol begreep zonder dat ze er woorden aan vuil hoefde te maken. Ze wees zichzelf er steeds weer op dat ze niet mocht vergeten dat zijn vader waarschijnlijk achter de moord op haar moeder had gezeten.

Gaetano moest ook moeite doen zich dat te blijven herinneren. Hij kende het gerucht dat hertog Niccolo iemand opdracht had gegeven een bom naar Arianna's moeder te gooien. Het zou net iets voor zijn vader zijn om dan toch nog zulke schandalige plannen voor Gaetano's huwelijk uit te broeden.

'Wat vind je van die jonge afstammeling van onze vijand?' vroeg een dinergast van Rodolfo op een avond aan tafel. Ze was volgens de traditie van Taliaanse weduwen gekleed in donkere kleuren, met een lichte sluier. Maar haar kobaltblauwe jurk was volgens de laatste mode en ze droeg een saffieren armband.

De regent was nerveus. 'Je weet heel goed dat je me hier niet moet komen opzoeken, Silvia,' zei hij met gedempte stem. 'Dat is een veel te groot risico.'

'Ik heb hem zien varen met dat dwaze meisje dat bij de verkiezing de strijd met Arianna aanbond,' zei Silvia, die zijn opmerking negeerde. 'Toch besteedt hij nu veel aandacht aan de duchessa.'

'Het is een aardige jongen,' zei Rodolfo. 'Hij heeft niets van zijn vader, of van zijn neef de ambassadeur. Toch denk ik dat hij eerder gehoor geeft aan zijn vader dan aan de stem van zijn hart.'

De weduwe knikte. 'Misschien zit er niets anders op voor mensen in zijn positie en die van Arianna. Er zijn nu eenmaal hogere belangen dan prille liefde.'

'Je vindt toch niet serieus dat ze hem moet accepteren?' zei Rodolfo.

'Ik vind dat jij, en zij ook, goed moeten nadenken voordat ze hem afwijst,' antwoordde Silvia. 'Ik heb nooit een huwelijksaanzoek van een Chimici gehad. Het is wel interessant om die mogelijkheid verder te onderzoeken.'

Bijna twee weken nadat ze in Devon waren aangekomen, namen Georgia en Alicia de trein terug naar Londen. Georgia had de volgende dag rijles bij de manege en die wilde ze niet voorbij laten gaan; ze had de afspraak al moeten verzetten omdat ze de afgelopen weken niet kon. Het was de eerste dag van augustus en over een paar dagen zou Falco al voorgoed stravageren.

De meiden namen van het station de metro naar Islington, spraken af voor zondag en omhelsden elkaar.

Georgia kwam in een leeg huis. Maura, Ralph en Russell waren nog op hun werk. Het huis deed opeens zo vreemd aan – zo anders dan Devon of Remora. Ze voelde zich als een logé en ze ging meteen naar haar kamer om de vertrouwde posters en print van de zwarte en witte paarden te zien en zich weer een beetje thuis te voelen. Ze besloot dat ze vanavond met Luciano een datum zou afspreken voor Falco's stravagatie.

Niccolo di Chimici ging op zoek naar Enrico in de stallen bij het paleis in Santa Fina. Overdag was Enrico daar vaak aan het kletsen met Nello.

'Hoe gaat het met het nieuwe paard?' vroeg de hertog aan beide mannen.

'Ze knapt goed op,' zei Nello.

'Veel beter nu ik 's avonds met haar vlieg,' zei Enrico. 'Ze is al van de longe af. Ik kan al op haar vliegen. Wat een sensatie is dat!'

'Dat wil ik wel geloven,' zei de hertog. 'Misschien moest ik 's avonds maar eens langskomen en het zelf meemaken.'

'Tja,' zei Enrico, 'ze kan nog niet erg veel gewicht dragen. Ze is nog in de groei. Zo'n miezerig ventje als ik kan ze wel hebben, maar een grote goedgebouwde man als uwe hoogheid is nog wat te veel van het goede voor haar.'

'Over een tijdje dan maar,' zei Niccolo. 'Ik kom eigenlijk voor iets anders. Mijn zoon ontvangt hier bijna elke dag bezoek. Je moet uitzoeken wat die mensen komen doen en waarom hij zo aan hen gehecht is.'

Enrico knikte. 'Ik weet wie het zijn, heer. Ze komen van de Ram, maar minstens één van hen komt eigenlijk uit Bellezza. Hij heet Luciano en hij is de leerling van de regent.'

'O, die,' zei Niccolo. 'Die heb ik ontmoet toen ik met mijn zoons bij de Ram was om de Zinti te horen spelen. Zijn vader is een oudere Angliaan. Die andere is een staljongen, geloof ik.'

'Tja,' zei Enrico. 'Ze kunnen wel beweren dat de Bellezziaan een zoon van de oude geleerde is, maar dat was hij niet toen hij voor het eerst naar de stad kwam. Toen was hij een verre neef van de regent. En ik heb hem in handen gehad en er is iets vreemds aan hem, iets waar de neef van uwe hoogheid veel belangstelling voor had.'

'Die meid heeft echt talent, zie je dat,' zei Jean tegen Angela, de mede-eigenares van de manege.

Ze keken hoe Georgia op een ongezadeld paard de wei rond reed.

'Waar heeft ze dat geleerd?' vroeg Angela.

'Ze zegt dat ze een paar weken in Devon heeft geoefend,' zei Jean.

'Maar ze zit alsof ze het al veel langer kan,' zei Angela.
'Ja,' zei Jean. 'Het lijkt wel of ze vliegt.'

*

De grote dag brak aan: maandag 4 augustus. Georgia rekende erop dat het in Talia dezelfde dag zou zijn. De doorgang tussen de twee werelden was al drie weken stabiel gebleven, ondanks Luciano's regelmatige waarschuwingen over de onzekerheidsfactor. Falco's vader was gisteren bij hem geweest en het leek onwaarschijnlijk dat de hertog twee dagen achter elkaar naar het paleis zou rijden.

Georgia had dezelfde kleren bij elkaar gezocht die Falco eerder had gedragen en ze knipte de etiketten eruit. Ook zocht ze een oude sporttas van zichzelf op die hij kon gebruiken en ze had een kleine boxershort voor hem gekocht. Ze wist dat hij die van Russell nog had, alsof het een souvenir was, maar die was hem echt veel te groot.

Ze had aan één stuk door plannen gemaakt en uitgevoerd en nu leek de zaak in kannen en kruiken; het werd tijd om tot daden over te gaan. Bovendien werd het haar te gek om bijna al haar tijd in Talia in het zomerpaleis door te brengen. Ze maakte zich geen illusies dat ze het makkelijk zou hebben als Falco eenmaal voorgoed hier was, maar dan zou ze wel in Remora weer haar eigen gang kunnen gaan. Nu bleef daar bijna geen tijd meer over om met het paardrijden zonder zadel te oefenen, en met Luciano praatte ze over niets anders meer dan over Falco.

Georgia kon zich nauwelijks herinneren hoe het voelde om niet voortdurend verantwoordelijk te zijn voor een ander.

Ze besloot om weer eens bij meneer Goldsmith in de antiekwinkel langs te gaan. Hij was blij haar te zien, maar hij deed ook een beetje terughoudend.

'Ik heb onverwacht bezoek gehad toen jij op vakantie was,' zei hij. 'Je moeder kwam een praatje maken.'

Georgia sloeg haar handen voor haar gezicht. Ze was boos en opgelaten tegelijk. 'Hoe heeft ze het lef!' mompelde ze.

'Het geeft niet,' zei meneer Goldsmith. 'Ik denk dat ze nieuwsgierig was. Het zal haar wel zijn meegevallen, als ze het goedvindt dat je weer komt.'

Georgia schudde haar hoofd. 'Ze heeft er geen woord over gezegd. Ik hoop dat ze niet rot tegen u heeft gedaan.'

'Welnee... ze was juist erg aardig. Maar ze zei wel dat ze het graag wilde weten als je weer hiernaartoe kwam. Weet ze niet dat je hier nu bent?'

'Nee,' zei Georgia. 'Ze heeft me niet te vertellen wanneer en naar wie ik wel of niet toe mag. Als zij altijd op de hoogte moet zijn, kan ik nooit meer eens spontaan binnenvallen.'

'Ze is alleen maar bezorgd, Georgia,' zei meneer Goldsmith vriendelijk. 'Je kunt tegenwoordig niet voorzichtig genoeg zijn.'

Plotseling viel Georgia iets op in een hoek van de winkel, achter meneer Goldsmiths bureau met de kassa.

'Krukken!' riep ze uit. 'Ik wist wel dat ik ergens een paar krukken had zien staan. Zijn ze van u?'

'Ze zijn nog van vorig jaar,' zei de oude man. 'Ik moest ze na mijn heupoperatie zes weken gebruiken. Ik ben er nog niet aan toegekomen om ze naar het ziekenhuis terug te brengen. Goed dat je me eraan herinnert.'

'Nee, niet doen,' zei Georgia snel. 'Mag ik ze lenen? Het is voor een opdracht van school en ik probeer al een tijdje om krukken te pakken te krijgen. En ik kan ze naderhand voor u naar het ziekenhuis brengen.'

'Graag,' zei meneer Goldsmith. 'Dat is dan afgesproken. Afdeling orthopedie.'

Hij gaf de krukken aan Georgia, die nu alles had wat ze hebben moest voor het plan van vanavond.

'Ik wilde u nog vertellen over mijn bezoek aan het Brits Museum,' zei ze.

Falco was al uren klaar. Hij droeg het gekke ondergoed onder zijn nachthemd, dat hij expres al vroeg had aangetrokken. Hij had een flesje vergif, dat hij een paar dagen geleden uit het schuurtje van de hovenier had gestolen. Hij had de inhoud voorzichtig in een afvoerbuis weg laten lopen, maar het flesje rook nog naar gif en er zat nog een restje vloeistof in.

In gedachten had hij afscheid genomen van Casa di Chimici, het paleis in Santa Fina, terwijl hij door zijn favoriete vertrekken was gedwaald en over de paden van de uitgestrekte tuinen strompelde. Hij was in de hof met het standbeeld van de stervende stier blijven staan. 'Mithras,' mompelde hij toen hij zich de naam herinnerde die Georgia had voorgelezen in het museum in haar wereld. Een snelle dood, dacht hij. Een mes in je keel – heel anders dan de langzame onzekerheid die hem te wachten stond. Zou het pijn doen als hij in deze wereld doodging terwijl hij in een andere voortleefde? Hij wilde het Luciano niet vragen.

Het leek eeuwen te duren voordat de twee stravaganti arriveerden. Ze namen alles wat hij moest doen tot in de kleinste bijzonderheden met hem door. Georgia zag er moe uit; het was haar aan te zien dat ze gebukt ging onder de spanning van hun onderneming. Luciano was ook niet in een vrolijke bui. Hij dacht al zo lang over de plannen na dat hij niet langer wist of het wel verstandig was wat ze gingen doen.

De bedienden brachten nieuwe kaarsen en het drietal wist dat het tijd werd. Falco ging op bed liggen met in de ene hand het lege flesje en in de andere Georgia's zilveren ringetje. Weer ging ze achter hem liggen en zo wachtten ze tot ze in slaap vielen.

Maar het duurde lang voordat de slaap wilde komen. Luciano zat met gesloten ogen naast het bed, in gedachten verzonken. Het was al heel laat in de avond toen Falco eindelijk voor de laatste keer in zijn eigen kamer zijn ogen dichtdeed. De sfeer in de kamer veranderde, en Luciano keek op. Georgia was verdwenen. Hij liep naar het bed en zag dat Falco sliep; het glazen flesje was uit zijn hand gegleden. Zo zouden de bedienden hem de volgende ochtend aantreffen. Luciano ging naar zijn eigen kamer terug en doezelde in, met de vreemde gedachte dat hij buiten het raam geruis van vleugels hoorde.

'Dat was dan dat,' zei Falco, zodra hij in Georgia's kamer wakker werd. Ze kwam overeind en keek naar hem.

'Hier heb je je ringetje,' zei hij en hij deed zijn hand open. 'En geef het nooit meer aan mij terug, ook niet als ik erom vraag.'

# 18

## Rivalen

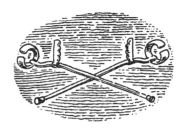

Het was in zekere zin makkelijker dan de vorige keer. Het was vakantie en Georgia hoefde niet bijtijds aan het ontbijt te verschijnen. Toen ze beneden kwam, waren de anderen naar hun werk vertrokken en er hing alleen een briefje met de vraag of ze tegen zessen het eten op wilde zetten. Ze holde weer naar boven en haalde Falco. Hij had een baseballpetje aan zijn nieuwe uiterlijk toegevoegd.

'Gaaf,' zei Georgia. 'Maar de klep moet naar achteren.'

Ze zaten op hun gemakje te eten. Falco was geboeid door alle apparaten in de keuken en wilde dat Georgia alles demonstreerde. Het was fijn om eigentijdse dingen als een magnetron, waterkoker en broodrooster nu gewoon aan te kunnen zetten om te laten zien hoe alles werkte, al ontstond daardoor wel een veel uitgebreider ontbijt dan anders. Falco inspecteerde de inhoud van de keukenkastjes en wilde alles wel proeven. Aardbeienjam en sinaasappelsap vond hij heerlijk, net als gebakken spek en croissants.

Georgia kon ook nog laten zien waar de afwasmachine voor diende.

'Heb je daarom geen bedienden?' vroeg Falco. 'Omdat je machines hebt die koken, drinken maken en daarna de afwas voor je doen?'

'Ja,' zei Georgia. 'Als je het zo bekijkt, hebben we ook geen bedienden nodig. Maar we hebben er ook het geld niet voor. Apparaten zijn goedkoper.'

'Betalen ze in deze wereld de bedienden dan?' vroeg Falco.

'Doen jullie dat dan niet?' vroeg Georgia.

Ze staarden elkaar aan. Het leek ongelooflijk dat ze in zulke andere werelden leefden en toch vrienden konden zijn. Maar van nu af aan leefden ze in dezelfde wereld.

Luciano werd wakker door schuifelende voetstappen en gedempte stemmen. Hij worstelde zich in zijn kleren en ging naar buiten, waar hij de bedienden in grote paniek aantrof.

'Wat is er aan de hand?' vroeg hij, hoewel hij het maar al te goed wist.

'We kunnen de jonge meester niet wakker krijgen,' zei de huisknecht. 'Hij... heeft een tinctuur gedronken... We weten niet wat het voor drankje is.'

'Is de dokter geroepen?' vroeg Luciano.

'Ja,' zei de huisknecht. 'En de hertog ook.'

'Ik wil bij hem,' zei Luciano.

Hij ging naast het bed zitten. Falco lag nog precies zoals hij hem de vorige avond had achtergelaten. Ik ben benieuwd wat hij nu in Engeland doet, dacht Luciano.

Toen Falco genoeg had gegeten, liet Georgia hem de badkamer zien en legde uit hoe de douche, haar elektrische tandenborstel en zelfs Ralphs scheerapparaat werkten.

'Zo'n ding moet jij over een paar jaar ook gebruiken, als je je baard niet laat staan,' zei ze.

Ze gaf hem een snelle rondleiding door de rest van het huis en zette de televisie en de computer aan. Vooral kranen en lichtknopjes boeiden hem. De kamerbrede vloerbedekking vond hij niets, al was zo'n ondergrond handig voor iemand op krukken.

'Kom mee,' zei Georgia. 'We moeten weg. Je moet je niet te veel aan mijn huis gaan hechten. Je komt hier niet te wonen.'

'Gaan we naar het ziekenhuis?' vroeg Falco.

'Nog niet,' zei Georgia. 'Eerst moet je gevonden worden. Niet vergeten dat je aan geheugenverlies lijdt, hè?'

Langzaam gingen ze door de straten van Islington en namen deze keer alle tijd om Falco te laten wennen aan de auto's en het lawaai. Georgia legde zorgvuldig uit hoe het zat met stoplichten en zebrapaden, in plaats van hem zonder pardon de straat over te helpen.

Falco vond alles even interessant, vooral de mensen die langsliepen. Hij kon niet zomaar zien wie man of vrouw was. 'Ze dragen allemaal een pantalon,' fluisterde hij.

Niemand lette daarentegen op hem. Door haar eigen ervaring in Talia wist Georgia dat de meeste mensen niet naar schaduwen keken, en als je er geen had viel dat op een bewolkte zomerdag in Londen nog minder op dan in het felle zonlicht van Remora.

Toen ze in de buurt van hun bestemming waren, ging Georgia nog langzamer lopen. Ze had vaak over dit moment nagedacht en nu het zover was, zag ze er als een berg tegen op.

'We zijn er,' zei ze. 'Blijf jij hier wachten, dan ga ik het binnen uitleggen.'

Het paard van de hertog was glanzend donker van het zweet toen hij bij het zomerpaleis kwam. De hertog steeg af, gooide de teugels naar een staljongen en rende de treden naar het bordes op.

Luciano sprong uit zijn stoel toen de doodongeruste hertog de deur opensmeet en naar het bed stormde. Hij sloeg zijn armen om zijn zoon heen en tilde hem op, maar het lichaam van de jongen bleef slap als een lappenpop.

'Waar is de dokter?' riep Niccolo. Het was vreselijk om hem zo in paniek te zien en Luciano probeerde weg te glippen terwijl de bediende uitlegde dat de dokter onderweg was.

'Hier blijven, jij!' brulde de hertog. 'Geen stap, Bellezziaan! Wat weet jij hiervan?'

'Ik hoorde vanochtend bange stemmen,' zei Luciano naar waarheid. 'En de bedienden vertelden me wat er was gebeurd. Ik trof uw zoon aan zoals hij nu is en ik heb geprobeerd hem wakker te maken, hoogheid. Ik ben bij hem blijven waken en heb op de dokter gewacht.'

'Was je gisteravond hier?' vroeg Niccolo.

Luciano knikte.

'En die ander, je knecht?'

'Mijn vriend,' verbeterde Luciano hem zacht. 'Giorgio zal

wel naar de Ram terug zijn. Ik wil ook graag terug om hem te vertellen wat er gebeurd is.' Hij had met Georgia afgesproken dat ze in Remora op hem zou wachten als ze uit Londen terug was.

Niccolo schudde zijn hoofd als een gewonde beer.

'Je kunt nu gaan,' zei hij. 'Maar ik wil je binnenkort spreken. Vooral als het misgaat met mijn zoon.'

Luciano nam met een bang hart het rijtuig terug naar Remora.

'Een jongen die zijn geheugen kwijt is?' herhaalde Vicky Mulholland niet-begrijpend.

Geduldig deed Georgia nog eens haar verhaal. 'Ja. Ik zei al, hij sprak me hier vlakbij zomaar aan. Ik heb aangebeld omdat ik hier in de buurt verder niemand ken. Ik weet niet wat ik ermee aan moet. Hij is helemaal de kluts kwijt... hij weet niet waar hij woont en wie zijn ouders zijn.'

'Is het geen truc?'

'Nee. Hij is wel een beetje... vreemd. En hij heeft een handicap. Hij is kreupel en hij loopt op krukken. Hij is er slecht aan toe en zo kan hij zich echt niet redden op straat. Moeten we de politie bellen?'

'Even denken,' zei Vicky en ze graaide door haar krullen. 'Staat hij buiten?'

'Ik zei dat hij moest blijven wachten terwijl ik hulp ging vragen.'

'Nou, laten we hem eerst maar eens binnenhalen voordat we actie ondernemen,' zei Vicky.

Mooi! dacht Georgia. Ze had er steeds op gerekend dat Falco het verder voor zijn rekening zou nemen.

Ze ging met Vicky naar de voordeur en wenkte Falco. Hij stond nog precies waar ze hem bij het hekje had achtergelaten, steunde op zijn krukken en zag er bleek en moe uit. Georgia hoorde hoe Vicky haar adem inhield toen ze zijn zwarte krullen en zijn fijn getekende, knappe gezicht zag.

'Wil je even binnenkomen?' vroeg Vicky en Falco lachte naar haar.

Het werd tijd voor Arianna's vertrek uit Bellezza. Ze moest op 10 augustus in Remora aankomen, de dag voordat de Campo in een renbaan werd omgebouwd. Ze had ruim de tijd, want een duchessa moest in stijl reizen, in een staatskoets, in rustig tempo, met overnachtingen in herbergen onderweg zodat ze fris en monter aan zou komen. Nu kon ze ook nog andere delen van Talia zien. Rodolfo zou haar begeleiden en Gaetano zou naast de koets meerijden.

Het was de eerste keer dat Arianna de lagune uit ging en het was meteen haar eerste staatsbezoek als duchessa. Haar kamenier Barbara volgde in een rijtuig beladen met kisten vol kleding voor de week van officiële feestelijkheden. De koffers alleen al hadden drie mandola's gevuld toen het hertogelijke gezelschap naar de steiger ging om een boot naar het vasteland te nemen.

Het was maar goed dat Arianne gemaskerd was en een capuchon over haar hoofd had toen ze de zeereis naar het vasteland maakte, anders zou haar gezicht haar onhertogelijke opwinding over de reis hebben verraden. Aan wal wachtte haar nog meer avontuur en spanning. De Bellezziaanse staatskoets was op het vasteland gestationeerd en werd zelden gebruikt. Arianna had nog nooit van haar leven paarden gezien en was diep onder de indruk van hun grootte en kracht.

Het deed Gaetano's hofmakerij geen kwaad dat ze zag hoe hij de hoge vos besteeg die hij drie weken geleden in de hertogelijke stallen had moeten achterlaten, toen hij de boot naar Bellezza nam. Arianna keek stralend door het raampje van het rijtuig naar hem op.

'Je kunt met paarden omgaan, principe,' zei ze.

'Inderdaad, hoogheid,' antwoordde hij plechtig. 'Bellezza is een prachtige stad, maar paarden heb ik er toch wel erg gemist.'

'Gelukkig ben je over de rest kennelijk wél tevreden,' zei Arianna en ze trok het gordijntje dicht.

'Hoe heet je?' vroeg Vicky en ze schoof een keukenstoel voor Falco bij. 'Weet je dat nog?'

'Nicholas Hertog,' zei Falco, die langzaam de naam uitsprak waar hij en Georgia op geoefend hadden. De klanken rolden raar over zijn tong, maar de naam was in ieder geval makkelijk te onthouden.

'Nicholas,' herhaalde Vicky. 'Kun je ons iets meer over jezelf vertellen?'

Falco schudde zijn hoofd. 'Nee,' loog hij.

'Over je ouders dan?'

Weer schudde hij van nee.

'Wat is er met je been gebeurd?' drong Vicky aan.

'Ik geloof dat het iets met een paard te maken had,' zei Falco.

'En hoe ben je hier terechtgekomen?'

Falco keek smekend naar Georgia. 'Ik kan het niet uitleggen,' zei hij. Hij voelde tranen opkomen.

Vicky was aangedaan. Ze vroeg niet door en zette een ketel water op. 'Ik denk dat je gelijk hebt, Georgia,' zei ze zachtjes. 'We moeten de politie bellen en zo gauw mogelijk zijn ouders opsporen. Maar eerst drinken we koffie; die jongen is uitgeput.'

Ze droeg een blad naar de woonkamer, waar de piano en haar violen stonden. Van schrik liet ze het blad bijna vallen toen ze Falco achter zich naar adem hoorde snakken. Hij staarde naar een foto op de piano. Het was onmiskenbaar de stravagante Luciano, maar dan in een jongere versie. Vicky zette het blad neer en duwde Falco zachtjes in een makkelijke stoel.

'Ik zie je naar die foto kijken,' zei ze. 'Dat is mijn zoon Lucien. Hij... hij is vorig jaar overleden.'

'Hij leeft ergens anders verder,' zei Falco. Georgia gaf hem een schop tegen zijn enkel.

Vicky ging met een wit gezicht zitten. 'Op zijn begrafenis heeft een eigenaardige man hetzelfde tegen me gezegd,' zei ze. 'Wat bedoelen jullie daarmee?' Ze streek langs haar ogen. 'Ik beeld me soms in dat hij in een andere wereld verder leeft. Ik heb zelfs wel eens het idee gehad dat ik hem zag.' Ze keek van de een naar de ander om hun reactie te zien.

'Het is meer bij wijze van spreken. Hij zal wel gelovig zijn,' zei Georgia snel. Ze keek Falco kwaad aan.

*

'We hebben vandaag zo'n apart geval binnengekregen,' zei Maura bij het avondeten. 'De politie belde over een jongetje. Hij is zijn geheugen kwijt en is kennelijk door zijn ouders in de steek gelaten.'

'Allemachtig,' zei Ralph. 'Hoe oud is hij?'

'Dertien,' zei Maura. 'Dat zegt hij tenminste. Maar dan is hij wel klein voor zijn leeftijd. En hij heeft een gehandicapt been. Zonder krukken kan hij geen stap doen. Maar het gekke is, hij werd aangemeld door Georgia's vioollerares, Vicky Mulholland.'

De spaghetti in Georgia's mond leek wel as. Ze slikte moeilijk. Nu moest ze ermee voor de draad komen. Maar Russell zat mee te luisteren in plaats van zoals anders onder het eten het gesprek aan zijn laars te lappen.

'Ja, ik heb hem gevonden. Ik was bij haar in de buurt toen ik toevallig dat verdwaalde joch tegenkwam,' zei ze. 'Ik heb haar gevraagd om de politie te bellen.'

Iedereen gaf haar nu de volle aandacht.

'Waarom heb je dat in vredesnaam niet verteld?' vroeg Maura.

Georgia schokschouderde. 'Zo wereldschokkend was het nou ook weer niet,' zei ze.

'O nee? Vind je soms elke dag verdwaalde kinderen?' vroeg Ralph.

'Ze vindt altijd wel mankepoten,' zei Russell. 'Georgia verzamelt ze.'

'Invalide mensen, Russell,' zei Maura scherp. 'Nou, ik had toch liever dat je het verteld had, Georgie. Nu moet ik op mijn werk zeggen dat ik er persoonlijk bij betrokken ben.'

'Hoezo dat? Ik ken hem zelf niet eens,' loog Georgia. 'Ik vond hem toevallig en heb hem naar mevrouw Mulholland gebracht. Daar houdt het toch mee op?'

'Nee, het ligt wel wat ingewikkelder,' zei Maura. 'Er is geen melding gemaakt van een vermist kind dat aan zijn beschrijving beantwoordt, zie je. We hebben hem tijdelijk moeten onderbrengen. We zoeken al voor zoveel kinderen een pleeggezin en de tehuizen zijn overvol.'

'Als wij hem maar niet in huis krijgen,' zei Russell.

'Nee, Russell,' zei Maura. 'Maar de Mulhollands hebben hem onderdak geboden en we gaan daar voorlopig mee akkoord. Hij blijft bij hen tot we zijn eigen ouders hebben gevonden.'

'Wat zou er met hen gebeurd zijn?' vroeg Ralph.

'Het zullen wel asielzoekers zijn, die hem expres alleen hebben gelaten in de hoop dat iemand hem vindt en hij een goede medische behandeling krijgt. Misschien is hij zelfs wel in zijn eentje het land in gekomen. Het zou niet de eerste keer zijn dat zoiets gebeurde,' zei Maura.

'Het is wel wat harteloos om zo'n kind in de steek te laten,' zei Ralph. 'Vooral als hij zijn geheugen kwijt is.'

'Ja, áls,' zei Maura. 'Als je het mij vraagt hebben ze hem ingefluisterd dat hij dat moest zeggen. Het is een goeie dekmantel. Ik denk dat zijn ouders verre van harteloos zijn.'

Georgia voelde zich slecht op haar gemak. Haar moeder zat wel erg dicht bij de waarheid.

'Welkom!' zei Paolo. 'Jou zien we niet vaak meer.'

'Nee, maar dat wordt nu weer anders,' zei Georgia.

'Daar lijk je nogal zeker van,' zei de oudere stravagante. 'Ik zou wel eens willen weten wat Luciano en jij uitspoken. Ik heb wel gezegd dat het een goed idee was om vriendschap te sluiten met de jongere generatie Di Chimici, maar je moet het niet overdrijven. De hertog is een vijand met veel macht.'

Georgia werd gered door de terugkomst van Luciano in het rijtuig. Hij moest Paolo en dr. Dethridge vertellen wat er zogenaamd met Falco was gebeurd. De vier stravaganti zwegen even toen ze hun gedachten over deze gebeurtenis lieten gaan.

'En den beweegredenen van den arme knaap zijn duister?' vroeg Dethridge toen. 'Het is een schriklijke daad die hij begaan heeft.'

'Heeft hij jullie echt niet verteld wat hij van plan was?' drong Paolo aan.

Georgia en Luciano konden zich met moeite van den domme houden terwijl ze de twee mannen recht in de ogen moesten kijken bij het beantwoorden van al die vragen. Paolo liet hen uiteindelijk gaan, maar hij zag er erg bezorgd uit.

Opgelucht liepen de twee jongere stravaganti de stad in.

'Zo'n nacht wil ik nooit meer meemaken,' zei Luciano. 'Hoe ging het aan jouw kant?'

'Prima,' zei Georgia. Toch zag ze er beroerd uit, en zo voelde ze zich ook. Ze had geen idee hoe Luciano zou reageren op het geheim dat ze nu voor hem en ieder ander in Talia had.

Falco lag in Luciano's oude bed in Londen en hij deed geen oog dicht. Hij kon zich niet ontspannen. Er was hem zoveel overkomen na zijn tweede stravagatie. Hij had geen moment vermoed dat Georgia van plan was geweest hem naar Luciano's ouders te brengen. Hij vond het aardige mensen. David leek in de verste verte niet op Falco's eigen vader en er was niets angst-aanjagends aan hem. Zodra zijn vrouw erover begon, had hij het idee geaccepteerd dat Falco een tijdje bij hen zou wonen. En het was heerlijk om bij iemand te zijn die over hem moe-derde. Falco was bijna vergeten hoe dat was.

Wel voelde hij zich schuldig dat hij hier was in plaats van Lu-ciano. En hij voelde zich ellendig als hij zich het verdriet van zijn familieleden in Remora, Giglia en Bellezza voorstelde. Hij wist dat Georgia nu bij Luciano in Remora moest zijn en hij kreeg opeens ontzettend heimwee naar Talia.

Hij gaf niet alleen zijn familie op, maar ook Luciano, en hij was aan de stravagante gehecht geraakt als aan een oudere broer. Als hij zich aan zijn plan hield, zou hij Luciano niet te-rugzien. Voorlopig werd hem geen keus gelaten, want Georgia had hem zijn talisman afgepakt en ze sliep in een ander huis. Tegelijkertijd was ze wakker in Remora, waar ze vast een vra-genvuur over Falco moest doorstaan.

Hij zuchtte en deed zijn ogen dicht. Aan het hoofdeinde van het bed waren weer zwarte krullen op een kussen te zien – net als vroeger.

'Wát heb je gedaan?' riep Luciano uit.

Hij had honderduit gevraagd over Falco's wel en wee in Lon-den. Georgia, die niet van plan was geweest al iets los te laten over dat deel van haar plan, was onder zijn vragen bezweken. Gelukkig waren ze in een openbare gelegenheid. Ze dronken limonade die ze bij een kraam aan de Campo delle Stelle hadden gekocht en zaten op de stenen rand om de hoge, dunne pilaar midden op het plein.

Luciano was zo verontwaardigd dat Georgia's hart ineenkromp. Ze wilde dat hij bewondering voor haar had, als een dieper gevoel dan niet mogelijk was, en nu leek die kans verkeken.

'Ik geloof mijn oren niet,' zei hij. 'Bij mijn ouders! Ik heb hen nog nooit over de mogelijkheid van pleegkinderen gehoord.'

'Het was ook helemaal niet de bedoeling,' zei Georgia. 'Ze hebben het aangeboden omdat de sociale dienst geen onderdak voor hem kon vinden.'

'Volgens mij was het juist wel de bedoeling,' zei Luciano bitter. 'Je hebt nooit gezegd dat je mijn ouders erin wilde betrekken.'

'Vind je het erg?' vroeg Georgia nerveus.

Luciano bleef even stil. 'Nee,' zei hij toen. 'Niet zo heel erg. Het is eerder een schok. Hoe kwam je op het idee?'

'Door iets wat je moeder laatst zei,' zei Georgia. 'Ze mist je zo. Falco moest toch ergens heen en ik had het gevoel dat zij graag weer voor een jongen wilde zorgen.'

'Ach god, en toen heb je hen maar gekoppeld?' zei Luciano, maar hij probeerde er wel bij te lachen. 'Het zal wel egoïstisch van me zijn, maar ik wil niet dat iemand mijn plaats inneemt, ook niet als het Falco is.'

Georgia gaf zijn hand een kneepje. 'Niemand kan jouw plaats innemen,' zei ze.

Ze gingen naar het kraampje om hun houten bekers terug te brengen – in Talia bestonden geen wegwerpartikelen.

'Raar idee dat het plein over een week in een renbaan is veranderd, hè?' zei Georgia, om van onderwerp te veranderen.

'Dan galopperen Cesare en de anderen hier rond.'

'En de hele Ram loopt uit om hem en Arcangelo met man en macht aan te vuren,' zei Luciano. 'Iedereen is erbij.'

'Jij ook?' vroeg Georgia.

'Ja,' zei Luciano, niet erg op zijn gemak. 'Ik geloof dat dr. Dethridge en ik een plaatsje bij Rodolfo en de duchessa op het podium van de paus krijgen.'

'Toe maar, de loge voor de adel,' zei Georgia. 'Waarom word jij in de watten gelegd en moet ik de nederige staljongen uit- hangen?'

'Toeval,' zei Luciano. 'Of het noodlot. Jij mag gewoon bij het volk op de Campo staan. En dat is vast een stuk leuker.'

'Kijk uit!' zei Georgia opeens. 'Vissen!'

Luciano's hand vloog naar de dolk in zijn riem. De drie jon- ge kerels die hun richting uit kwamen, droegen de blauwe en roze kleuren van de twaalfde van de Vissen, en ze keken alles- behalve vriendschappelijk. In de dagen voorafgaande aan de paardenrennen laaiden de vijandelijkheden tussen de twaalf- den in de stad op. Luciano en Georgia waren in de minderheid, maar opeens bliezen de Vissen de aftocht.

Ze draaiden zich om en zagen Cesare en Paolo naar hen toe komen. De Vissen hadden zich kennelijk bedacht toen de te- genpartij vier man sterk werd, vooral omdat een van de twee nieuwkomers een stevige kerel was.

'Net op tijd,' zei Paolo. 'Maar ik heb nieuws waar we ons meer zorgen over moeten maken dan over Vissen, vooral als het zulke kwallen als die daar zijn. Ik kom een boodschap brengen. Hertog Niccolo wil jullie spreken in het pauselijk pa- leis. En als hij iets wil, moet het op staande voet gebeuren.'

*

In het pauselijk paleis voerde Rinaldo di Chimici een onaangenaam gesprek met zijn oom. Hij had de hertog niet eerder verteld dat hij de jonge Bellezziaan gevangen had gehouden, omdat het plan op een jammerlijke mislukking was uitgelopen. Rinaldo had zijn gevoel van eigenwaarde teruggevonden toen hij bericht over een veel belangrijker succes naar Giglia kon sturen: de moord op de duchessa. Maar op dit moment legde de hertog hem het vuur na aan de schenen over Luciano.

'Je hebt hem in handen gehad en weer laten lopen?' vroeg Niccolo ongelovig. 'En dat terwijl je wist dat hij een stravagante uit de andere wereld was?'

'Ik vermoedde zoiets, oom. Het moet haast wel zo zijn, want ik heb hem zonder schaduw gezien. Maar ik denk dat er iets fout is gegaan met de geheimzinnige plannen die de oude magiër Rodolfo met hem had. Ik heb u al verteld dat die jongen opeens wél een schaduw had toen we hem voor het gerecht daagden.'

'En hoe zit het met dat boek?' vroeg Niccolo. 'Je zegt dat hij daar veel waarde aan hechtte. Dat boek moet iets met zijn krachten te maken hebben.'

Rinaldo verschoof in zijn stoel. 'Ik heb het boek, oom, maar we kunnen er niets mee, wat we ook proberen. Ik denk dat het betoverd is.'

'En je hebt hem gewoon laten lopen?' zei Niccolo.

'We konden hem niet eeuwig vasthouden,' zei Rinaldo.

'Je had hem zijn strot moeten afsnijden toen je de kans kreeg,' zei Niccolo. 'Dan lag mijn jongen nu niet bewusteloos boven.'

Een lakei kwam binnen. 'De jonge mannen die u wilt spreken zijn er, heer.'

'Je kunt gaan, Rinaldo,' zei Niccolo kil.

Luciano schrok toen hij bij de deur langs zijn oude vijand de ambassadeur liep. Georgia had Rinaldo niet eerder gezien en ze kende zijn voorgeschiedenis met Luciano niet. Voor haar was hij alleen maar een zenuwachtige, weke man die in een wolk van parfum langsliep.

In de twintig minuten die volgden, vuurde de hertog een genadeloos spervuur van vragen over Falco op hen af. Waarom waren ze zo vaak bij hem geweest? Waar hadden ze over gepraat? Wat wisten ze van de gemoedstoestand van zijn zoon?

Hun antwoorden stonden hem niet aan. Dat was ook geen wonder, want Georgia en Luciano logen erop los om Falco's wensen te respecteren. Het viel niet mee om die hertog voor de gek te houden. Ze vonden dat ze geluk hadden toen ze zonder kleerscheuren konden vertrekken, maar bang waren ze wel.

'Waag het niet om Remora te verlaten,' zei de hertog kil. 'Ik zal opdracht geven dat de stadspoorten voor jullie op slot blijven. Als mijn zoon niet beter wordt, komen jullie hier nooit meer weg.'

Toen het tweetal vertrokken was, legde hij zijn hoofd in zijn handen.

*

De ruiter uit Remora spaarde zichzelf niet. Hij had onderweg vaak van paard gewisseld en hield midden in de nacht stil bij een herberg even buiten Volana. De slaperige herbergier had er een hard hoofd in dat hij de hertogszoon uit zijn nachtrust moest halen, maar hij liet zich vermurwen omdat de boodschap dringend en ernstig was. Niet veel later zat Gaetano rechtovereind in bed en wreef door zijn ogen terwijl hij de boodschap van de ruiter tot zich door liet dringen.

Op woensdagochtend ging een deftig rijtuig onder de Zonnepoort door. De gesloten gordijnen ontnamen het zicht op de twee inzittenden, maar het dak was beladen met bagage en naast de koetsier zat een lakei in elegante livrei. Hij was lang en mager, met rood haar dat ongewoon was voor Talianen en juist daarom werd bewonderd.

Het rijtuig ratelde over de keitjes van de lege straten tot het bij de twaalfde van de Ram kwam. Het bleef stilstaan bij een hoog huis aan de Via di Montone en de lakei met het rode haar sprong van de bok. De gordijntjes werden opzijgeschoven en het raampje van het rijtuig werd opengedraaid zodat hij met zijn werkgeefster kon praten.

Daarna liet hij de deurklopper een paar keer op het hout bonken en ging naar binnen om te zien of er geen onraad was. Pas toen het huis grondig was onderzocht en goedgekeurd, hielp hij een passagier uitstappen. Ze was een knappe vrouw van middelbare leeftijd, met een nog slank figuur, in een grijsfluwelen reisjapon. Ze droeg een sluier en ze werd gevolgd door een kamermeisje beladen met koffertjes en tassen, die de lakei hoffelijk van haar overnam. Het drietal ging het huis in; ze werden niet opgemerkt, behalve door een paar duiven en een grijze kat die zich even soepel bewoog als de elegante vreemdelinge.

Er volgde een week van spannende gebeurtenissen voor Falco. Het eerste evenement was een afspraak met de dokter. Dokter

Kennedy keek verbaasd op toen ze de jongen met Vicky Mulholland zag binnenkomen, maar ze had de sociale dienst beloofd dat ze hem voorrang zou geven zodat er snel een medisch rapport kon worden opgemaakt. Maura was er ook bij. De twee vrouwen kenden elkaar heel oppervlakkig.

De dokter maakte veel werk van haar onderzoek van Nicholas. Falco had er nog wel eens moeite mee te onthouden dat hij voortaan zo heette. Met de vragen die ze hem over ziektes uit zijn kinderjaren stelde, had hij nog veel meer moeite en hij kon ze niet beantwoorden.

'Nou,' zei de dokter, toen ze klaar was en het formulier invulde dat Maura haar had gegeven. 'In zekere zin gaat het goed met je. Je bent niet ondervoed en je hart en longen zijn gezond. Voor je leeftijd hoor je eigenlijk een paar kilo zwaarder te zijn, maar je bent niet lang en er komt misschien een groeispurt aan. Het enige echte probleem is natuurlijk je been. Je zegt dat je je alleen herinnert dat er een paard bij het ongeluk betrokken was. Het is een nare breuk, die slecht gezet is.'

'Kunt u me beter maken?' vroeg Falco. Daar draaide zijn avontuur tenslotte om.

'Ik niet,' zei dokter Kennedy en ze glimlachte om zijn teleurgestelde gezicht. 'Maar de orthopedische chirurg waarschijnlijk wel.' Ze wendde zich tot Maura. 'Ik zal zo snel mogelijk een afspraak bij de Barts-kliniek regelen. Het lijkt me meer dan waarschijnlijk dat hij een uitgebreide operatie moet ondergaan, gevolgd door fysiotherapie.'

'En denkt u dat hij daarna weer normaal zal kunnen lopen?' vroeg Vicky, die de vraag stelde waar Falco het lef niet voor had.

'Ik kan niets beloven, mevrouw Mulholland,' zei de dokter. 'Ik ben geen specialist. Maar we zullen zien wat de chirurgen ervan vinden. Ik ga nu de secretaresse van dr. Turnbull bellen. Dan weten we hoe snel ze Nicholas kunnen bekijken. Het is een ongewoon geval, waardoor hij vast hoger op de wachtlijst komt.'

'Gelukkig,' zei Maura. 'De gezondheidszorg werkt altijd zo traag.' Ze beet op haar lip en kon haar tong wel afbijten toen ze de grimas zag die Vicky trok. Die serieuze, zorgzame vrouw had natuurlijk meer artsen en ziekenhuizen meegemaakt dan Maura ooit van haar leven zou willen zien.

Falco kon binnen een week bij de kliniek terecht. De verpleegster keek een beetje vreemd naar zijn krukken, die uit het ziekenhuis zelf kwamen, maar ze zei niets. Ze woog hem, nam zijn lengte op, gaf de krukken terug en riep hem niet veel later om naar dokter Turnbull te gaan. Weer werd Falco vergezeld door zijn pleegmoeder en maatschappelijk werkster. Maura was teamleidster, maar deze zaak behandelde ze persoonlijk. Falco was een bekendheid aan het worden; zijn foto stond in alle kranten onder koppen als 'WAAR ZIJN MIJN OUDERS?' en 'DRAMA VAN EEN VERLATEN KIND'. Door al die publiciteit kon de sociale dienst zich geen blunders met hem veroorloven.

*

Georgia nam Falco mee naar de winkel van meneer Goldsmith. De Taliaanse jongen vond de chaos van spullen geweldig – snuifdozen en klokken, soepterrines en pianolarollen. De oude antiekhandelaar keek bevreemd naar zijn krukken en toen naar Georgia, maar een van de dingen die ze zo leuk aan hem vond was dat hij nooit doorvroeg.

'Dit is Nicholas, een vriend van me,' zei ze. 'En dit is meneer Goldsmith,' en ze dacht erbij: ook een vriend van me. Met Alice erbij heb ik al drie vrienden in deze wereld.

Meneer Goldsmith had wel iets van dr. Dethridge, besloot ze. Hij en Falco konden het uitstekend met elkaar vinden en ze zaten al snel eendrachtig boven het uurwerk van een grootvadersklok gebogen.

In Remora verzamelde de hele familie Di Chimici zich. Gaetano had zich vroeg in de ochtend na de komst van de boodschapper verontschuldigd bij de duchessa. Eerst was ze gepikeerd dat ze haar reisgenoot kwijtraakte, vooral nu er een verblijf van twee nachten in zijn geboortestad Giglia naderde, maar ze kon er meer begrip voor opbrengen toen ze zag hoe verdrietig hij was om zijn broer.

Gaetano had de boodschapper naar Bellezza doorgestuurd en over een paar dagen werd de komst van Francesca verwacht. De hertog had andere koeriers naar Giglia gezonden om de andere leden van Falco's familie naar het paleis te roepen. Zijn broers Fabrizio en Carlo en zijn zus Beatrice hadden hun eigen besognes onmiddellijk in de steek gelaten om naar Remora af te reizen.

Het bewusteloze lichaam van de jongen was van Santa Fina overgebracht naar het stadsziekenhuis, dat tegenover het pauselijk paleis en de kathedraal aan het plein in de twaalfde van de Tweeling stond. De paus droeg dagelijks in de kathedraal een mis voor hem op en de bevolking van Remora bad voor hem.

Officieel heette het nu dat Falco aan de *morte vivenda* leed en dat er nog weinig hoop was dat hij bij bewustzijn zou komen. Het flesje vergif was herleid naar de hovenier van Santa Fina en de man had zweepslagen gekregen. Buiten het ziekenhuis verzamelden zich mensen die smeekoffers aan de godin brachten; het ziekenhuis was op de ruïnes van haar tempel gebouwd.

De hertog zat bijna voortdurend aan het bed van zijn zoon. Hij at en sliep alleen wanneer zijn dochter Beatrice hem ertoe dwong. Op een dag stuurde hij zijn bedienden erop uit om de Manoush te vinden, in de hoop dat de blinde harpist onder Falco's raam zou willen spelen.

Aurelio kwam harpspelen, de verdrietigste, klaaglijkste klanken die ooit in Remora waren gehoord en het volk buiten huilde eensgezind. Raffaella ging niet met de pet rond.

Voor Luciano en Georgia was het een spannende tijd. Ze zaten over Falco in en daarnaast hing het dreigement van de hertog boven hun hoofd. Georgia kon Luciano verzekeren dat het in de andere wereld goed met de jongen ging, maar ze hadden geen van beiden verwacht dat zijn lichaam het in Talia zo lang zou uithouden.

Drie dagen nadat zijn broer bewusteloos was geraakt, kwam Gaetano in Remora aan en hij ging regelrecht naar het ziekenhuis. Hij bracht er kwellende uren door en ging daarna naar de Ram, waar hij Luciano, Georgia en Cesare op het erf bij de stallen aantrof. Zonder iets te zeggen omarmden ze elkaar.

'Ik had nooit gedacht dat hij het zo snel zou doen,' fluisterde Gaetano. 'Hij heeft wel afscheid van me genomen, maar eerlijk gezegd dacht ik dat hij niet zou doorzetten. Waren jullie bij hem? Was het makkelijk?'

'Ik was er niet bij,' zei Cesare. 'Ik ben geen stravagante. Maar ik vind het heel erg.'

'Wij waren erbij,' zei Luciano. 'Georgia heeft voor alles aan de andere kant gezorgd.'

'Hij is in goede handen,' zei ze.

'In de beste handen,' zei Luciano. 'Hij is bij mijn eigen ouders.'

Gaetano schrok en sloeg toen zijn armen om hem heen. 'Dan zijn we broeders,' zei hij.

Luciano haalde diep adem. 'Hoe is het met de duchessa?' vroeg hij.

'Uitstekend!' zei Gaetano. 'Ze is echt fantastisch. Over een paar dagen zal ze hier zijn.'

En Georgia vroeg zich af welk hart sneller klopte – dat van haar of van Luciano.

# 19

## DREIGING

Het was laat op de avond toen de staatskoets van Bellezza door de Zonnepoort ratelde. Drommen inwoners, van wie de meerderheid uit de Ram kwam, stonden klaar om de duchessa welkom te heten, zwaaiend met de vlaggen van hun twaalfde, de zwarte en witte banieren van de stad en hier en daar Bellezziaanse vlaggen versierd met maskers. De familie Di Chimici werd vertegenwoordigd door Gaetano met zijn oudere broers en zijn oom, die bij de poort stonden. Hertog Niccolo kon ook voor dit hoge bezoek niet overgehaald worden het ziekenhuis te verlaten.

Herauten bliezen een welkomsfanfare en op de achtergrond was het doffe getrommel hoorbaar vanuit de andere twaalfden, waar de tamboers onafgebroken bleven oefenen voor de optocht van de Stellata. Rodolfo kwam de koets uit en hielp Arianna uitstappen voor de plechtige ontvangst door paus Clementius VI.

De toeschouwers zuchtten. Ze was even mooi als beweerd werd, al konden ze haar gezicht dan niet goed zien door het masker dat traditie in haar stad was. Ze was lang en gracieus, met een enorme bos kastanjebruine krullen die losjes opgestoken waren. Haar jurk was van zwart met wit satijn, ter ere van de stadskleuren van Remora – een detail dat door de bewoners op prijs werd gesteld.

De jonge duchessa maakte een kniebuiging voor de paus en kuste zijn ring, om haar respect voor de kerk te tonen, wat de bewoners ook al waardeerden. De paus trok haar snel overeind en stelde haar voor aan zijn drie neven. De menigte applaudisseerde toen de drie Gigliaanse jonge edelen zich op hun beurt over de hand van de duchessa bogen. Het moest de toeschouwers wel opvallen dat ze vooral lang met de jongste praatte, die niet bepaald moeders mooiste was.

Het viel Luciano, die tussen de supporters van de Ram stond, ook op. Hij had Arianna bijna een hele maand niet gezien en hij wist niet wanneer hij de kans zou krijgen alleen met haar te zijn. Ze werd naar het pauselijk paleis in het gebied van de Tweeling geleid, een oord waar hij in deze omstandigheden liever ver uit de buurt bleef. En ze kletste honderduit met Gaetano. Luciano voelde zich ellendig. Hij mocht Gaetano graag, maar hij mocht Arianna veel liever.

De gebogen, zwarte gestalte achter Arianna draaide zich op dat moment om en keek Luciano recht aan. De stravagante Rodolfo had niet alleen gevoeld dat iemand van het genootschap in de buurt was, maar ook dat het zijn leerling moest zijn. Hij knikte Luciano toe en glimlachte even, maar het was genoeg voor Luciano om van op te kikkeren. Nu Rodolfo er was, zou alles wel in orde komen.

'Ze zien er goed uit, hè?' zei een zachte stem in zijn oor en hij draaide zich om naar dat gezicht dat hem zo vertrouwd was, al was het bedekt met een lichte sluier.

'Silvia!' hijgde hij. 'Ik wist niet dat je kwam.'

'Zij weten het ook niet,' lachte ze. 'Denk je dat ze er blij mee zijn?'

'Het is toch niet veilig?' fluisterde Luciano. 'Het barst hier van de Chimici's, en de hertog is in een gevaarlijke stemming.'

'Ik heb het gehoord, van zijn zoon,' zei Silvia. 'Vreemd, hè, dat iemand die tegelijk met een nieuw paar laarzen de dood van onbekenden bestelt, toch zo'n toegewijde vader is?'

'Hij is een vriend van me,' zei Luciano.

'Hertog Niccolo?' vroeg ze.

'Nee, zijn jongste zoon, Falco,' zei Luciano. 'Ik denk dat hertog Niccolo maar al te graag mijn naam bij zijn volgende bestelling laarzen doet.'

Het viel Georgia zwaar om die avond uit Remora weg te gaan en een nieuwe dag in Londen onder ogen te komen, in de wetenschap dat Luciano herenigd werd met de beroemde Arianna. Het zou al moeilijk genoeg zijn geweest als de oude Lucien was blijven leven en een vriendinnetje had gekregen dat Georgia kende. De nieuwe Luciano, met zijn fluwelen kleding en aristocratische vrienden, leefde in een wereld waar Georgia slechts op bezoek kon gaan, in een tijd die eeuwen geleden was verdwenen. En nu de duchessa er was, kwam er een eind aan Georgia's knusse momenten met hem.

Het was een griezelige week in Remora geweest, zo spannend dat ze bijna had besloten om maar eens een nachtje niet te stravageren. Haar taak was tenslotte al volbracht. 'Nicholas Hertog' was veilig in haar wereld, waar de Mulhollands voor hem zorgden, waar hij artsen bezocht en plannen voor een nieuwe toekomst kon smeden.

Intussen lag Falco in Remora op sterven. Niemand in de stad twijfelde eraan. De hertog was buiten zinnen van verdriet en bracht elk moment dat hij kon in het ziekenhuis door. Toch was Georgia 's nachts blijven komen, in de greep van het persoonlijke drama van de familie Di Chimici en de spanning die overal in de stad hoog opliep nu de paardenren steeds dichterbij kwam.

Haar twee beste vrienden in Remora waren bij beide zaken betrokken. Cesare kon zijn enthousiasme over de Stellata niet verbergen; hij praatte er met Georgia over als ze samen op ongezadelde paarden uit rijden gingen, vertelde haar over de samenzweringen van de jockeys van de verschillende twaalfden en over de vele rituelen en gewoontes die bij de koers hoorden.

Luciano wond er geen doekjes om dat hij zich zorgen maakte over zijn lot en dat van Georgia. Niccolo di Chimici had met ernstige gevolgen gedreigd als Falco doodging, en dat moment kwam steeds dichterbij. De jongen had zijn ogen niet meer opengedaan nadat hij bijna een week geleden met het lege flesje gif gevonden was. De artsen van de stad stonden voor een raadsel. Hij vertoonde geen enkel symptoom van vergiftiging. Niemand wilde graag geloven dat zo'n jong iemand zelf een einde aan zijn leven had gemaakt. Zelfmoord was in Talia even zeldzaam als moord gewoon was.

Georgia en Luciano mochten het ziekenhuis niet in, al hadden ze het wel geprobeerd. De hertog waakte als een havik over zijn zoon. In plaats daarvan bespraken ze de toestand in Paolo's keuken.

Georgia vertelde Luciano alles wat ze wist over Falco's handel en wandel in Londen. Daar ging het prima met de jongen. Ze kwam nu veel vaker bij de Mulhollands over de vloer, wat niemand gek vond, want zij had de jongen tenslotte gevonden. Zij vond het lastig om eraan te denken dat ze hem Nicholas moest noemen, maar hijzelf paste zich moeiteloos bij zijn nieuwe identiteit aan. De Mulhollands hadden kleren voor hem gekocht en hij droeg ook oude kleren van Lucien, die nog in huis waren. Georgia was geschrokken toen ze Falco in het grijze sweatshirt met capuchon zag dat Lucien had gedragen toen ze hem voor het eerst ontmoette.

Ze had Falco aan Alice voorgesteld, die haar vriendschap met een jongere jongen wel grappig vond.

'Je voelt je vast verantwoordelijk voor hem omdat jij hem gevonden hebt,' zei Alice.

'Zeg dat wel,' zei Georgia. 'Nou en of ik me verantwoordelijk voel.'

Falco kwam ook bij haar thuis en ze nam hem op een zaterdag mee naar de manege, want Maura bood aan hen erheen te rijden. Nu de kwestie van een pleegtehuis was opgelost, vond Maura het geen enkel punt dat de vondeling bevriend was geraakt met haar dochter, en ze hoopte dat het contact met paarden hem goed zou doen.

'Misschien herinnert hij zich dan weer iets van het ongeluk,' zei ze tegen Georgia.

Falco was uitgelaten nu hij weer in de buurt van paarden was. Dit was tenminste iets in zijn nieuwe leven waarmee hij helemaal vertrouwd was, al kon hij niet rijden. Jean liet hem de stallen zien terwijl Georgia buiten les had en ze vertelde hem de namen van alle paarden die op dat moment niet bereden werden. Falco was vooral enthousiast over een zwarte merrie die Blackbird heette.

'Denkt u dat ik na mijn operatie op haar kan rijden, mevrouw O'Grady?' vroeg hij aan Maura.

'Nou, zeker niet meteen,' zei Maura. 'Je weet dat je in ieder geval zes weken in het gips zit. Maar als je helemaal genezen bent, zullen we het met je pleegouders over paardrijles hebben.'

'Van mij mag je,' zei Jean, al kon ze zich nauwelijks voorstellen dat die gehavende jongen ooit fit genoeg zou zijn om te kunnen rijden.

Toen Georgia de ochtend na de aankomst van de duchessa in Remora terugkwam, trof ze vreemdelingen in de keuken. Een elegante, gesluierde vrouw van middelbare leeftijd zat met dr. Dethridge te praten en je zag zo dat ze oude vrienden waren. Een slungelige roodharige jonge man, kennelijk de bediende van de dame, stond achter haar stoel.

'Kijk aan, nog een welkome gast,' zei Dethridge. 'Gun mij het genoegen je voor te stellen aan signora Bellina. Silvia, dit is nu den jonge George... een van de onzen.'

De onbekende stak Georgia een koele, prachtig verzorgde hand toe en bekeek haar onderzoekend.

'Zo,' zei ze. 'Als dat de nieuwe stravagante niet is. Maar mijn... Rodolfo zei dat je een meisje was.'

Georgia voelde zich blozen. Ze had zich nog nooit zo slecht op haar gemak gevoeld in haar grove Taliaanse jongenskleren als onder de scherpe blik van die violetkleurige ogen.

'Aha,' zei Silvia. 'Het is natuurlijk een vermomming. Heel verstandig in deze stad. Die strategie kan ik zelf ook beter volgen. Hoewel ik dat in zeker opzicht eigenlijk al doe.'

Georgia stond als een razende na te denken hoe deze kennelijk belangrijke vrouw in het patroon paste. Had ze echt 'mijn Rodolfo' gezegd? Wie had het recht zich te beroemen op zo'n intieme band met die grootheid? En waarom had dat mens een vermomming nodig?

Op dat moment kwamen Luciano, Paolo en Cesare van de renbaan terug. Het was gaan regenen en de baan werd glad. Cesare zat erover in, omdat uitgerekend vandaag de grote dag was waarop de grondlaag voor de race om de Campo moest worden gelegd.

'Het is maar een buitje,' stelde zijn vader hem gerust. 'Het komt echt wel goed met de baan.'

'Dus je hebt al kennisgemaakt met Silvia,' zei Luciano tegen Georgia, en ze stond weer verbaasd van zijn gemakkelijke omgang met de machtigen van Talia.

'Wanneer ga je naar Arianna?' vroeg Silvia en Georgia was al even geïnteresseerd in het antwoord.

'Ik weet het nog niet,' zei Luciano.

Er werd geklopt en de twee jonge stravaganti schrokken, al was het vrijwel onmogelijk dat de duchessa van Bellezza zomaar op bezoek zou komen in de twaalfde van de Ram.

Paolo opende de deur voor een persoon, van wie Georgia begreep dat het Rodolfo moest zijn. Ze herkende hem als de merkwaardige vreemdeling die naar Luciens begrafenis was gekomen. Hij was een wat gebogen, lange man met zilverachtig haar en een gedistingeerd uiterlijk. Hij kwam de keuken in en omarmde Paolo hartelijk. Ook Dethridge kreeg een omhelzing, en daarna Luciano. De bezoeker keek hem lang en vorsend aan.

'Het is hartverwarmend je te zien,' hoorde Georgia hem zacht zeggen en ze zag dat Luciano zijn leermeester met onverholen genegenheid aankeek.

Wat doe ik hier eigenlijk? dacht ze en ze voelde zich klein en onbeduidend.

Toen draaide de man zich naar haar om en gaf haar een hand. Ze werd bijna gehypnotiseerd door die donkere, rustige ogen die haar diepste geheimen leken te kunnen lezen.

'Jij moet Georgia zijn,' zei hij vriendelijk. 'Het is me een eer je te ontmoeten.'

'Vijf stravaganti in één kamer,' zei een lage stem. 'Dat is een eer voor iedereen.'

Nu was het Rodolfo's beurt om te schrikken. Tot haar verbazing zag Georgia dat er van zijn kalmte niets overbleef toen de mysterieuze Silvia naar hem toe liep.

De twee vielen elkaar in de armen. Georgia wist dat dit verder ging dan Taliaanse hartelijkheid en ze begreep nu wie die dame was.

Ze zag dat Luciano toegeeflijk lachte om het paar, dat elkaar langdurig omhelsde.

'Ik zou eigenlijk boos op je moeten zijn,' zei Rodolfo zacht. 'Maar hoe kan dat als ik tegelijkertijd zo blij ben je te zien?'

'Stel me liever nog eens aan dat meisje voor,' zei Silvia.

'Georgia,' zei Rodolfo, die de hand van de dame vast bleef houden, 'dit is mijn vrouw, Silvia Rossi, de voormalige duchessa van Bellezza en moeder van de tegenwoordige duchessa.'

*

In het paleis van de paus voerde Rinaldo di Chimici opnieuw een ongemakkelijk gesprek met een oom. Deze was dan wel niet zo schrikwekkend als hertog Niccolo, maar Ferdinando was en bleef de paus en hij was ook nog eens prins van Remora.

'Het huwelijk is een heilig instituut,' zei Ferdinando op dat moment, in zijn rol als hoofd van de Taliaanse kerk. 'Daar mag niet lichtvaardig mee worden omgesprongen.'

'Nee, zeker niet, uwe heiligheid,' zei Rinaldo. 'Maar ik moet toegeven dat het ook een beetje mijn schuld was dat dit huwelijk misschien te lichtvaardig werd gesloten. Ik was degene die het gearrangeerd heeft.'

De paus wist dit allang. Zijn nichtje Francesca was door Rinaldo tot het huwelijk gedwongen onder het dreigement dat ze zich het ongenoegen van hertog Niccolo op de hals zou halen als ze zou weigeren. Als de list gelukt was en Francesca tot duchessa van Bellezza was gekozen, zou ze volgens de paus vast wel een manier hebben gevonden om haar oude Bellezziaanse echtgenoot voor lief te nemen. Ferdinando was dan ook niet zomaar bereid om haar een uitweg te bieden nu het plan mislukt was. Het was tenslotte wel zijn plicht om het sacrament van het huwelijk in ere te houden.

'En waarom verzoekt de jonge vrouw om een nietigverklaring?' vroeg hij nu.

Rinaldo aarzelde. Als hun oom Francesca opeens 'de jonge vrouw' ging noemen, was er weinig hoop dat hij een beroep kon doen op de familiebanden.

'Ze... hij... ik geloof dat het huwelijk alleen in naam bestaat, uwe heiligheid,' stotterde Rinaldo en hij was er zich akelig van bewust dat hij bloosde.

'Hoe lang is het al zo?'

'Bijna een jaar, uwe heiligheid. En ze houdt niet van hem.'

'Als ze hem in haar bed toeliet, werd het daar misschien beter van,' zei de paus. 'Een baby... zou haar een goede reden geven om bij haar man te blijven.'

Rinaldo wilde koste wat het kost verzwijgen dat hij Francesca onder druk had gezet om met raadsman Albani te trouwen. Dat stelde hem in een kwaad daglicht, al was dat reuze oneerlijk, want als Francesca wél duchessa was geworden, zou het zijn reputatie in de familie veel goed hebben gedaan.

'Als hij daartoe in staat is, uwe heiligheid,' mompelde hij.

Ferdinando di Chimici was geen slecht man. Hij was zwak en genotzuchtig, maar hij zag niet graag dat een van zijn nichtjes gekoppeld moest blijven aan iemand van wie ze niet hield, vooral als er toch geen baby's van kwamen. Bovendien leek die Albani hem van geen verder nut voor zijn broer, de hertog, nu het Bellezziaanse plot mislukt was. En het kon juist heel nuttig zijn om Francesca beschikbaar te hebben voor een band die de dynastie wél vooruithielp. Ferdinando zou zijn best doen om te zorgen dat er de volgende keer een geschiktere man voor haar werd bestemd.

'Vooruit dan maar,' zei hij kregelig en hij gebaarde naar zijn klerk dat hij het document kon opstellen. Hij liet zijn zegelring, met de symbolen van de lelie en de tweeling, in de zachte rode was zinken en gaf de nietigverklaring aan Rinaldo. Francesca was weer vrij.

*

Het regende niet meer, de lucht klaarde op en het rook fris op de Campo. Karren getrokken door ossen kwamen in een lange stroom aan, beladen met grond van het omringende platteland die door ploegjes mannen in een brede baan om de piazza werd geharkt. Anderen waren bezig met het bouwen van houten platforms waarop de voorname toeschouwers van de paardenrace zouden zitten, terwijl de meeste inwoners van Remora binnen het traject toe zouden staan kijken.

De grootste loge werd opgericht voor het pauselijk paleis, maar elk huis met een balkon dat uitkeek op de renbaan was al gedrapeerd met banieren in de kleuren van de twaalfde die gesteund werd. De hele Campo was een zee van kleuren.

Iemand die zich nog meer dan alle anderen op de wedstrijd verheugde was Enrico. Hij sloot weddenschappen op de uitkomst. De Tweeling en de Vrouwe maakten de meeste kans, waardoor de leden van hun twaalfden niet veel konden winnen. Andere twaalfden zetten in op de overwinning van hun eigen paarden en ruiters, maar waagden ook nog een gokje op de twee grootste kanshebbers. De bewoners van Remora waren nuchter in die dingen. Tegelijkertijd wilden ze niet voor ontrouw worden uitgemaakt, zodat ze hun geld in het geheim inzetten. Enrico dwaalde vaak door alle twaalfden van de stad, met een tas vol halsdoeken in allerlei kleuren, zodat hij zich kon aanpassen bij de twaalfde waar hij op dat moment was. Hij was aan geen enkele twaalfde gebonden en het leek hem een goede voorzorgsmaatregel.

Overdag was hij in Remora en 's avonds reed hij naar Santa Fina terug om in het donker met Merla te vliegen. Ze was inmiddels aan hem gewend en maakte er geen bezwaar tegen dat hij op haar rug zat als ze vloog. Enrico wilde niet meer tijd dan nodig was in het Casa di Chimici doorbrengen. Dat gedoe met die jongen zat hem niet lekker. Hij had het gevoel dat hij het op de een of andere manier had moeten voorkomen. Hij maakte zich liever druk om zijn gokpraktijken dan om die bleke jongen in het ziekenhuis. Zijn beschermheer en werkgever zag hij niet.

*

Arianna kon niet slapen. Ze stond op het balkon van haar kamer in het pauselijk paleis. De Campo was vol maanlicht en schaduwen. In het halfduister naast de baan stonden groepjes mensen bij de paarden. Af en toe ging er een oefenrit van start, waarbij de paarden drie keer met de klok mee over de ronde baan galoppeerden. Er werd veel gelachen op de Campo en Arianna vond het iets geheimzinnigs hebben dat er zo veel mensen in het holst van de nacht rondliepen.

Rodolfo kwam naast haar staan toen ze net een vreemd tafereeltje in de gaten kreeg. Een groot, krachtig grijs paard, zo te zien geen renpaard, arriveerde met twee mensen op zijn rug. Het waren een man en een vrouw die buitenissige, felgekleurde kleren droegen, al leken de kleuren bleker in het maanlicht.

'Wie zijn dat?' vroeg Arianna, toen het tweetal naar de start reed.

'Het lijken me Zinti,' zei Rodolfo. 'Het reizende volk. Ze komen hier voor het feest van de godin. Dat valt samen met de paardenrennen.'

Ze zagen hoe de volgende geïmproviseerde race begon. Het grote grijze paard droeg de twee ruiters even makkelijk alsof ze één waren en het won met een neklengte voorsprong. Toen het tweetal afsteeg en de vrouw de man van de Campo leidde, hield Arianna haar adem in.

'Hij is blind!' zei ze.

'Zinti kunnen op meer manieren zien dan andere mensen,' zei Rodolfo. 'Moet jij niet eens gaan slapen?'

'Ik kan niet slapen,' zei ze. 'Hebben we er wel goed aan gedaan om hierheen te gaan?'

'Het lijkt me volmaakt veilig, als je dat bedoelt,' zei Rodolfo. 'Vooral nu Niccolo te veel in beslag wordt genomen door zijn zieke zoon om het ons moeilijk te maken.'

'Heeft hij het me niet al moeilijk genoeg gemaakt?' vroeg Arianna.

'Bedoel je Gaetano?' vroeg Rodolfo. 'Heb je problemen met hem?'

Arianna haalde haar schouders op. 'Het is moeilijker dan ik dacht. Ik vind hem echt aardig en nu is hij helemaal van slag door zijn broertje. Het is kwetsend om hem zomaar af te wijzen.'

'Denk je dat hij zijn aanzoek uit liefde doet?'

Arianna zweeg.

'Ik heb Luciano vanochtend gesproken,' zei Rodolfo.

'Hoe is het met hem?' vroeg Arianna gretig.

'Hij maakt zich zorgen,' zei Rodolfo. 'Hij wil je spreken. Maar hij wil niet hierheen komen. Hertog Niccolo heeft zich in zijn hoofd gezet dat Luciano en de nieuwe stravagante betrokken zijn bij de zelfmoordpoging van zijn zoon.'

'Dat is belachelijk!' riep Arianna uit. 'Luciano zou zich nooit met zoiets inlaten.'

'Ik dacht dat je hem misschien wel op neutraal terrein wilde ontmoeten,' zei Rodolfo. 'Ik heb Gaetano voorgesteld om ons morgen mee te nemen voor een bezichtiging van Belle Vigne. Luciano zal daar dan ook zijn.'

Georgia wist niet goed wat ze met haar dagen in Londen aan moest. Ze sliep veel, om alle tijd die ze in Remora was verloren in te halen. Evenals Luciano de zomer ervoor had ze al bedacht dat ze dit nooit kon volhouden als ze in september weer naar school ging. Het maakte haar verdrietig. Talia zou een incidenteel uitstapje worden, een bezoekje aan Cesare en zijn familie. Luciano ging na de wedstrijd natuurlijk met Arianna en Rodolfo naar Bellezza terug en daar kon zij niet komen. Haar talisman bracht haar alleen naar Remora en je kon niet in één dag van daaruit naar Bellezza op en neer. Gaetano en zijn familie zouden na Falco's dood naar Giglia teruggaan en daar kon ze al evenmin vlug even heen, al was het dichterbij dan de stad van maskers.

Ze had nog maar een week om van haar tijd in de Taliaanse stad te genieten, terwijl haar vrienden en vijanden er nog waren. Nu alle stravaganti die zij kende bij elkaar waren, heerste het gevoel dat er een crisis naderde. Georgia had geen idee welke crisis. Had het te maken met de dreiging die haar en Luciano boven het hoofd hing?

Over zichzelf maakte Georgia zich niet veel zorgen. Zij kon altijd naar huis stravageren zolang ze haar talisman had, maar Luciano liep het gevaar in Talia vermoord te worden als hertog Niccolo op die manier de dood van zijn zoon wilde wreken. Dan zou ze hem voor de tweede keer verliezen.

Toen herinnerde ze zich dat Luciano haar verteld had over zijn eerdere gevangenschap, waarbij zijn talisman hem was afgepakt. Als dat haar gebeurde, zou ze in Remora moeten blijven, zoals Falco nu in Londen leefde, en zoals het met Luciano was gegaan toen hij nog Lucien was en zijn ouders ermee hadden ingestemd dat de ziekenhuisapparatuur die hem in leven hield, afgesloten moest worden.

Van zulke gedachten brak het koude angstzweet haar uit en ze moest en zou naar Remora terug om erachter te komen wat daar gebeurde. Ze was vreselijk nieuwsgierig naar de duchessa. Als Silvia degene was die zogenaamd door een huurmoordenaar van de hertog was omgebracht, wat bezielde haar dan om koelbloedig in Remora op te duiken? En wat bezielde haar dochter, die over Bellezza regeerde?

Het Bellezziaanse rijtuig stond op het punt van vertrek toen Georgia in Remora terugkwam.

'Stap in,' riep Luciano, die naar haar zwaaide. 'We gaan naar Belle Vigne.'

In het rijtuig zat een uitgelaten Dethridge.

'Weest wellekom, wichtje,' zei hij. 'Wij gaan ons weegs om den ruïnes ener Raseniaanse vesting te bezichtigen. Wellicht zal blijken dat anderen eenzelfde voornemen koesteren!'

Luciano zat in zijn hoekje van het rijtuig te grijnzen en Georgia voelde de moed in haar schoenen zakken.

En jawel, eenmaal in Belle Vigne hielden ze halt naast een ander rijtuig, dat getooid was met het Gigliaanse familiewapen van de Chimici's – de lelie en het parfumflesje. Toen Georgia tegen de groene heuvel op klauterde die ze de vorige keer met Gaetano en Falco had bekeken, kon ze op de top mensen zien. Rodolfo, Gaetano en een elegante jonge vrouw die niemand minder dan de duchessa moest zijn.

Georgia hield zich afzijdig toen Dethridge op Arianna af liep en haar omhelsde. Luciano kwam meteen achter hem aan, maar hij en de duchessa begroetten elkaar veel vormelijker en een beetje afstandelijk. Luciano knikte naar Gaetano, draaide zich toen om en haalde Georgia erbij.

'En dit is Giorgio,' zei hij.

Georgia was verbaasd dat hij de jongensversie van haar naam gebruikte, tot ze merkte dat er nog iemand van de partij was. Terwijl ze Arianna een hand gaf, luisterde ze naar Gaetano die zijn oudere broer Fabrizio aan Dethridge en Luciano voorstelde. Maar het was moeilijk om op de anderen te letten onder de onderzoekende blik van die paarsblauwe ogen achter een licht turkoois, zijden masker. Het was het eerste masker dat Georgia in Talia zag en het paste perfect bij de elegante jurk van de duchessa.

Georgia voelde zich in haar nabijheid al even onhandig en lomp als ze zich bij de moeder had gevoeld, maar de jonge duchessa deed heel vriendelijk.

'Giorgio, wat heb ik veel over je gehoord,' zei ze.

'Ik ook,' zei Fabrizio, die naar voren kwam om Georgia een hand te geven. Hij was veel indrukwekkender dan Gaetano en hij leek op zijn vader, groot en breed, met zwart haar en een sterk, intelligent gezicht. Hij zag er nu al uit als de hertog die hij op een dag echt zou zijn. 'Ik heb gehoord dat je mijn broer Falco goed kent.'

'Ja,' zei Georgia. 'Hij was... is... een goede vriend van me.'

'En toch heb je mijn vader wijsgemaakt dat je ons niet kunt vertellen over die gruwelijke daad van hem?'

Gaetano schoot haar te hulp. 'Laat die jongen met rust, Fabrizio,' zei hij. 'Hij kan je niets anders vertellen dan wat je al weet. Falco kon niet langer tegen de pijn en zijn gebrek aan bewegingsvrijheid.'

'Maar hij leefde al twee jaar zo,' protesteerde Fabrizio en Georgia zag dat hij diepbedroefd was. 'Waarom geeft hij het dan opeens op?'

'Misschien omdat vader plannen met hem had die hij vreselijk vond?' zei Gaetano zacht.

'Wat voor plannen?'

'Vraag dat maar aan vader.'

Rodolfo kwam Fabrizio en Gaetano iets laten zien wat hij gevonden had en Dethridge stak zijn arm door die van Georgia. Ze begreep dat deze uitstap erom begonnen was dat Luciano en Arianna even alleen konden zijn. Ze probeerde niet in hun richting te kijken, maar was zich hevig bewust van hun stemmen achter haar. Ze kon zich niet goed concentreren op de vriendelijke pogingen van dr. Dethridge om haar belangstelling voor andere zaken te wekken. Ten slotte gaf hij het op en keek haar nauwlettend aan.

'Hier rust geen zegen op,' zei hij en hij schudde zijn slordige grijze hoofd. 'Bepaalde zaken zijn schier onmogelijk. Het zal je vergaan als den jonge Falco indien je niet kunt besluiten in welke wereld je verkiest te leven.'

Georgia schrok. Wist Dethridge wat Falco gedaan had? Of vergeleek hij haar met een bleke, levenloze jongen omdat haar gevoelens voor Luciano haar zwak maakten? Je wist het nooit met die man. Behalve Luciano was hij de enige die de zware, permanente overgang van de ene wereld naar de andere had gemaakt. Misschien vermoedde hij daardoor iets, maar het was al erg genoeg dat hij haar gevoelens doorzag.

'Ik weet het,' zei ze zacht. 'Ik weet dat het een verloren zaak is. Maar ik kan het niet helpen.'

Dethridge gaf haar een klopje op haar hand.

*

'Hoe was je reis?' vroeg Luciano.

'Erg boeiend,' zei Arianna. 'Ik ben in Volana, Bellona en Giglia geweest. En nu Remora. Wat een fascinerende stad, zeg!'

'We hoeven niet zo beleefd te doen, Arianna,' zei Luciano. 'De anderen kunnen ons niet horen. Ik heb je gemist. Ik vind het vreselijk dat we niet bij elkaar kunnen zijn zonder al die mensen eromheen.'

'Een duchessa kan niet vaak alleen zijn. Dat weet je best,' zei Arianna.

'En heeft een duchessa zo vaak gezelschap dat ze haar vrienden niet mist als ze weg zijn?' drong Luciano lachend aan.

Ze lachte terug. 'Nee,' zei ze. 'Zo erg is het nu ook weer niet. Maar jij bent ook niet bepaald een kluizenaar geweest. En je bent zo te zien goede vrienden met de nieuwe stravagante. Is het leuk om met iemand uit je oude wereld op te trekken?'

'Niet altijd,' zei Luciano. 'Ze zorgt ook voor pijnlijke herinneringen.'

Arianna bevroor. 'Ze?' herhaalde ze ongelovig.

'Ja. Heeft Rodolfo je dat niet verteld? Georgia zit op dezelfde school als ik vroeger en ik kende haar toen ook.'

'Dus zo zien meisjes in jouw wereld eruit!' zei Arianna met een mengelmoes van nieuwsgierigheid en spot.

'Niet allemaal, hoor,' antwoordde Luciano geprikkeld. 'Georgia is geen doorsneetype. En omdat ze zulk kort haar heeft, besloten we om haar voor een jongen door te laten gaan.'

'Dat is dan goed gelukt,' zei Arianna bitter. 'Die kunst heb je van mij afgekeken.'

Ze herinnerden zich levendig hoe ze elkaar hadden ontmoet in Bellezza, waarbij Arianna, verkleed als jongen, woedend was geworden op Luciano – zo ongeveer als nu.

'Kom,' zei ze. 'Ik mag mijn gastheren niet verwaarlozen.' En de rest van de tijd deed ze allerliefst tegen Gaetano en Frabrizio di Chimici.

*

Georgia en Luciano kwamen allebei terneergeslagen in de Ram terug. In het rijtuig hadden ze niet veel te melden gehad en dr. Dethridge bracht de terugreis dommelend door. Kort na hun terugkomst werd er heftig op de deur geklopt.

Rodolfo beende Paolo's keuken binnen en zijn houding was verre van gebogen. Zijn ogen vonkten en hij was zo te zien razend. Georgia vond hem angstaanjagend, even overweldigend als de hertog.

Zijn woede leek zich vooral op Luciano te richten.

'Wat heb je gedaan?' vroeg hij. 'Nee, zeg maar niets. Ik wéét wat je gedaan hebt. Vriendschap gesloten met een beschadigd kind, dagen en zelfs nachten bij hem doorgebracht. En dat kind valt in een raadselachtige slaap nadat hij zogenaamd vergif heeft ingenomen.'

'Dat wist u al langer,' zei Luciano rustig.

'Maar nu heb ik hem gezien,' zei Rodolfo. 'Fabrizio heeft me in het ziekenhuis aan zijn vader voorgesteld, omdat de hertog niet naar mij toe wilde komen. En zo zag ik de jongen. Dacht je soms dat ik het lichaam van iemand die in de andere wereld is niet zou herkennen?'

Nu was het Georgia's beurt. 'En jij, jij moet een talisman meegenomen hebben uit jouw wereld. Heb je dan geen idee hoe gevaarlijk dat is voor een ongeoefende stravagante?'

Hij ijsbeerde door de keuken.

'Van jou begrijp ik zo'n fout nog wel,' zei hij. 'Jij bent een groentje dat gezwicht is voor de eisen van een zieke jongen. Ik neem aan dat je hem daarheen hebt gebracht om hem te genezen. Maar Luciano... na alles wat ik je heb geleerd! Hoe kon je zo roekeloos zijn?' Toen draaide hij zich weer om naar Georgia.

'Er zit maar één ding op. Je moet hem onmiddellijk terugbrengen!'

# 20

## Vlag en wimpel

Volslagen in paniek werd Georgia in haar eigen wereld wakker. Ze had bijna verwacht dat Rodolfo met haar mee terug zou stravageren, zo kwaad was hij. Ze raakte over haar toeren bij het idee dat die in het zwart fluweel gehulde gedaante in haar kamer zou opdoemen, en ze wist zich geen raad als Russell hem op de gang tegen zou komen. Maar toen werd ze kalm. Rodolfo was er niet en als hij er wel was geweest, had hij de vloer met Russell aangeveegd. Het was eigenlijk jammer dat ze dat nu niet zou meemaken.

Haastig spatte ze zich nat en schoot ze in haar kleren om naar Falco te kunnen gaan, maar toen ze bij zijn huis kwam, had ze geen idee wat ze tegen hem moest zeggen. Hoe kon ze hem overhalen mee terug te gaan naar Talia nu hij op de wachtlijst voor een operatie stond? En hoe moesten de Mulhollands het verwerken als ze weer een jongen verloren?

Ze had veel ontzag voor Rodolfo, maar ze gaf hem geen gelijk. Tegelijkertijd zonk de moed haar in de schoenen bij het idee dat ze tegen hem inging. Ze zat klem tussen hem en de van verdriet gek geworden hertog en ze kon geen oplossing bedenken. Had ze haar missie naar Remora dan helemaal verkeerd opgevat?

'Hoi Georgia,' zei Falco toen hij haar binnenliet. 'Hoe gaat het?'

Hij zag er nu al veel beter uit dan hij in Talia ooit gedaan had. Hij at goed en vond het heerlijk om bij een gewoon gezin te horen. Eigenlijk werd hij in hoog tempo een eenentwintigste-eeuwse jongen.

'Niet zo goed,' zei Georgia. 'Kunnen we praten?'

'Vicky is er niet,' zei Falco. 'Ze is naar een vriendin om met het strijkkwartet te oefenen.'

'Rodolfo is erachter gekomen wat we gedaan hebben om jou te helpen,' zei Georgia.

'En dat vindt-ie niet leuk?'

'Dat is wel erg zacht uitgedrukt.'

Falco keek bang, al had hij Rodolfo nooit ontmoet. 'Hij komt toch niet hier, hè?'

'Ik denk het niet,' zei Georgia. 'Anders had hij dat gisteravond wel meteen gedaan. Hij was zo kwaad dat ik hem er toen wel toe in staat zag.'

'Waarom zou hij?' vroeg Falco. 'Wat zou hij kunnen doen?'

Georgia aarzelde. 'Hij wil dat je terugkomt.'

Falco werd lijkbleek. 'Dat doe ik niet,' zei hij heftig. 'Ik ben hier voorgoed gekomen en ik ga niet zomaar terug.'

'Denk er eens over na,' zei Georgia. 'Nee, laat me uitpraten,' onderbrak ze zijn protesten. 'Je weet niet wat voor effect dit op je familie heeft. Ze zijn in Remora bij elkaar gekomen – Gaetano en alle anderen – en je vader wijkt niet van je bed.'

Falco staarde haar aan en de tranen sprongen hem in de ogen. 'Ik kan niet terug,' fluisterde hij. 'Dat was de eerste keer al zo moeilijk. En het zal alleen maar erger voor hen worden, vooral voor vader, als ik terugkom en daarna weer transformeer.'

'Rodolfo wil dat ik je dwing om voorgoed mee terug te gaan,' zei Georgia.

'Dan moet je de talisman vernietigen,' zei Falco vastbesloten.

Georgia keek hem verbijsterd aan.

'Laat het ringetje smelten... of gooi het weg,' drong hij aan.

'Jij bent me er een, zeg,' zei Georgia. 'Meen je dat echt? Ik dacht juist dat je wilde dat ik het goed zou bewaren voor het geval je van gedachten veranderde.'

'Ik wil niet van gedachten kúnnen veranderen,' zei Falco. 'En als je het niet meer hebt, is dat onmogelijk.'

Heel vroeg in de ochtend stond Cesare met Arcangelo klaar bij de renbaan voor de tweede voorronde. Gisteravond bij de eerste proef was hij zo zenuwachtig geweest dat de Ram als negende was geëindigd. Vandaag was het een ander verhaal. Hij voelde zich fit, energiek en popelde om te rijden.

Hij droeg de rode en gele kleuren van de Ram en om hem heen wemelde het van de jockeys die de kleuren van hun eigen twaalfde droegen. Sommige paarden waren pas na de proef bij maanlicht gekozen en sommige jockeys zelfs nog later. Cesare was dan ook in het voordeel omdat hij en Arcangelo al wekenlang samen trainden.

'Dat is degene die je moet verslaan,' zei Enrico tegen Riccardo, de stalmeester van de Tweeling, toen Cesare op Arcangelo tussen de touwen door manoeuvreerde.

'Denk je?' zei Riccardo. 'Hij was gisteravond niet snel.'

'Hij moest nog warmdraaien,' zei Enrico. 'Geloof me... dat is de beste combinatie van de hele Campo.'

'Onze Silk klopt ze toch moeiteloos?' zei Riccardo.

Alle jockeys die eerder een Stellata hadden gereden hadden bijnamen. De man van de Tweeling was Silk en die van de Vrouwe heette Cherubino. Paradoxaal genoeg was hij de oudste jockey die meedeed, want hij had al vijftien Stellata's op zijn naam staan. Hij was vijfendertig, al had hij nog het frisse, jongensachtige hoofd waaraan hij zijn engelachtige bijnaam te danken had. Naast Cesare waren er twee andere groentjes die hun bijnaam nog moesten verdienen; ze kwamen uit voor de Leeuwin en de Waterman.

Emilio, stalmeester voor de Vrouwe, keek samen met Enrico en Riccardo naar de gebeurtenissen vanaf de houten tribunes die nu rond de Campo stonden. Hij wilde wel toegeven dat de Ram dit jaar een sterke combinatie had, maar hij vertrouwde erop dat de afspraken die hij gesloten had een overwinning voor Cherubino en de Vrouwe waarborgden. Tenzij de Tweeling nog meer geld had uitgegeven aan hún pacts, natuurlijk.

In de laatste twintig jaar waren veertien Stellata's door de Vrouwe of de Tweeling gewonnen. Toch hadden de ingewikkeldste en duurste pacts niet kunnen verhinderen dat andere twaalfden, die minder trouw aan de Chimici's waren, in zes andere jaren hadden gewonnen. De Ram had daarentegen al een generatie lang geen overwinning binnengehaald. De laatste keer dat het gebeurde, was Paolo de ruiter geweest.

De Ram stond er goed voor. Ze hadden een geweldig paard

en de jockey was de zoon van hun laatste winnaar. Ook hadden ze een geheim voorteken dat geluk voorspelde, maar alleen het huis van de stalmeester wist het fijne van de geboorte van het gevleugelde paard. Cesare klampte zich aan die gedachte vast, ook al werd Merla nu vermist. Hij probeerde er niet aan te denken dat de Ram juist in deze dagen met Merla voor den dag had willen komen om tegenover de hele stad met hun geluk te pronken.

De paarden traden aan voor de start. Het twaalfde paard, de Rincorsa, die in deze voorronde voor de Weegschaal uitkwam, kwam in galop tussen de touwen door en de race ging in vliegende vaart van start. De Schorpioen was als eerste weg en ging aan kop, maar Cesare haalde hun jockey Razzo op Celeste in de bocht in en hield tot de finish zijn voorsprong.

Hij straalde uit al zijn poriën toen Paolo hem bij de finish kwam feliciteren. De toeschouwers van de Ram begeleidden zingend en juichend hun paard en ruiter naar de twaalfde terug. Georgia kwam aan op het moment dat Arcangelo in een klein weiland werd afgestapt om af te koelen.

'Hè, nou heb ik het gemist!' riep ze teleurgesteld. 'Hoe is het gegaan?'

'Hij heeft gewonnen,' zei Paolo trots.

'Dat zegt nog niks,' zei Cesare bescheiden. 'Iedereen weet dat de voorrondes niet meetellen. Het gaat om de race zelf.' Maar hij grijnsde van oor tot oor.

\*

'Jammer dat de hertog niet wat meer om de Stellata denkt,' zei Enrico, die zich met Riccardo in een herberg had teruggetrokken.

'Dat is toch begrijpelijk,' zei Riccardo. 'Hij is ook maar een mens van vlees en bloed, en ze zeggen dat de jongen doodgaat.'

Enrico huiverde. Hij wilde er niet aan denken. 'Dan moeten we zelf iets aan de concurrentie doen.'

Riccardo haalde zijn schouders op. 'Wat dan, bijvoorbeeld?'

Enrico tikte tegen de zijkant van zijn neus. 'Laat dat maar aan mij over,' zei hij.

*

Luciano en Dethridge waren ook bij het feestelijke ontbijt van de Ram. Iedereen wist dat het maar een voorronde was, maar Paolo's huis was in een jubelstemming. De kleintjes werden erdoor aangestoken. De meisjes hadden kleine rood met gele vlaggetjes gemaakt en zwaaiden er enthousiast mee.

'Ram, Ram, Ram!' gilden ze. 'Wij zijn de beste van de stam!'

'Nee, hoor, Cesare is vanochtend de beste,' zei Teresa en ze lachte naar hem.

Cesare genoot van de lof van zijn familie. Het winnen van de voorronde had hem een voorpoefje gegeven van hoe een overwinning in de Stellata moest smaken en hij was klaar voor het echte werk.

Door de blije sfeer om Cesares triomf dacht Georgia niet meer aan de moeilijkheden met Rodolfo. Maar dat duurde niet lang. Zodra zij en Luciano alleen waren, vertelde ze hem wat Falco had gezegd.

Luciano had nog steeds last van Rodolfo's verwijten, maar toen hij van Falco's besluit hoorde voelde hij zich een stuk beter.

'Het is een dapper joch,' zei hij. 'En ik vind dat we hem moeten steunen.'

Georgia knikte. 'Alleen is er wel veel lef voor nodig om tegen Rodolfo in te gaan,' zei ze. 'We moeten geloven dat wij gelijk hebben en hij niet.'

'Hij kent Falco niet,' zei Luciano. 'Hij weet niet wat het voor hem betekent. Ik heb al eens eerder iets tegen zijn zin gedaan, weet je. Ik ben een keer 's nachts naar Bellezza teruggegaan... om het vuurwerk te zien dat ik had helpen maken.'

'En was hij toen kwaad op je?' vroeg Georgia.

'Nee. Hij zei dat het lot het zo wilde, of zoiets. Omdat ik daardoor de duchessa van een moordaanslag kon redden.'

'Maar iedereen deed of ze wel dood was?'

'Nee, dat was later... de tweede keer. Iemand anders is in haar plaats vermoord en Silvia besloot dat ze er schoon genoeg van had. Ze dacht dat ze zich beter tegen de Chimici's kon verweren als ze achter de schermen bleef. Nadat Arianna de macht overnam, is Silvia heel actief gebleven in de Bellezziaanse politiek.'

'Stel je je toch voor dat je die twee als ouders hebt!' Georgia had bijna met Arianna te doen.

'Dat stel ik me zo vaak voor,' zei Luciano. 'Het zijn allebei prachtmensen als je hen beter leert kennen, maar je kunt hen beter niet dwarszitten. Arianna heeft veel van allebei.' Hij zuchtte.

'Denk je dat Rodolfo aan dr. Dethridge en Paolo heeft verteld wat we gedaan hebben?' vroeg Georgia.

'O, stellig,' zei een bekende stem. William Dethridge en Paolo waren de stallen uit gekomen om hen te zoeken. 'Ge poogt den arme knaap getransformeerd te krijgen.'

'Daar hadden jullie nooit aan mogen beginnen zonder overleg met ons,' zei Paolo ernstig. 'Het is een enorme stap voor de jongen zelf en een veel te groot waagstuk voor een onervaren stravagante. En hebben jullie wel over de gevolgen voor jezelf nagedacht? Als Falco doodgaat, en dat laat niet lang op zich wachten, zal de hertog op wraak zinnen. En dan kijkt hij eerst naar de Ram, waar hij de aanhangers van Bellezza vindt, en mijn familie, om nog maar te zwijgen van een groepje stravaganti. Jullie hebben het hele genootschap in gevaar gebracht.'

*

Zich onbewust van de donkere wolken die boven de Ram samentrokken, stond Cesare op de Campo naar de renbaan te kijken. Het had al dagen niet meer geregend en het traject zag er goed uit. Als er geen voorrondes werden gehouden, namen de bewoners van de stad hun kans waar om over de baan te lopen en de aarde aan te stampen zodat het een stevige onderlaag werd voor de rennen. Cesare knikte naar een groepje Boogschutters dat daar nu mee bezig was.

'Goed gereden!' schreeuwden ze. Ze waren in opperbeste stemming, want hun eigen jockey, Topolino, was in de voorronde van die ochtend derde geworden met het paard Alba.

'Goed gereden, zeg dat wel!' zei een kleine man in een blauwe mantel. Hij droeg de kleuren van de Ram, maar Cesare kende hem niet. Verbazend was dat niet, want rond de tijd van de wedstrijd kwamen veel mensen die al jaren ergens anders woonden naar Remora terug om hun twaalfde te steunen.

'Ga je mee wat drinken?' vroeg de vriendelijke man gezellig. 'Ik wil graag meer weten over jou en je paard – Angelo, toch?'

'Arcangelo,' zei Cesare trots. 'Het beste paard sinds jaren in de Ram. Op eentje na,' voegde hij er treurig aan toe, met zijn gedachten bij Merla.

Hij ging met de vreemdeling mee. En hij proefde niets vreemds aan zijn limonade terwijl hij enthousiast over de prestaties van de kastanjekleurige kampioen praatte.

'Beetje vroeg op de dag om al dronken te zijn, niet?' zei een andere klant toen de jongeman, die niet meer op zijn benen kon staan, weggevoerd werd door de man met de blauwe mantel.

'Ja, gek. Vooral omdat die jongen niets anders dan citroenlimonade heeft gedronken,' zei de waard. Hij dacht er niet verder over na toen een groepje toeristen binnenkwam en om wijn riep.

*

Signor Albani was niet rijk genoeg om er een eigen rijtuig op na te houden en Francesca reisde per postkoets naar Remora. Dat kon haar niet schelen. Ze ging regelrecht naar het ziekenhuis en liet haar bagage door de portier naar het pauselijk paleis brengen. Ze was er zeker van dat ze welkom was bij de paus. In tijden van crisis waren de Chimici's nog saamhoriger dan anders.

Gaetano sprong overeind toen ze binnenkwam. Haar verschijning deed hem even zijn verdriet vergeten.

'Hoe is het met hem?' vroeg Francesca.

'Kijk zelf maar,' zei Gaetano en hij gebaarde naar het bed waar het weggeteerde, bijna doorschijnende lichaam van zijn broer lag. Niccolo zat waar hij altijd zat, naast het bed, en hij hield de hand van zijn zoon vast. Francesca schrok van Niccolo's ongeschoren gezicht en bloeddoorlopen ogen.

'Kijk eens wie er is, vader,' zei Gaetano zacht. 'Francesca is terug uit Bellezza.'

De hertog schudde zich wakker uit zijn verdoving en ging even met zijn tong langs zijn droge lippen voordat hij haar kon begroeten.

'Dat is lief van je, kind,' zei hij. 'Het is goed dat je er bent. Niet dat je iets kunt doen... dat kan niemand.' Hij veegde langs zijn gezicht.

Beatrice kwam gehaast binnen. 'O, Francesca, wat fijn dat er nog een vrouw is!' zei ze. 'Jij helpt me wel met vader, hè? Vader, hoor eens, nu Francesca bij ons is kunt u echt wel even in het paleis gaan rusten. Als er hier ook maar iets verandert, laten we u meteen halen.'

Gaetano begon te protesteren dat hun nichtje er nog maar net was en wel moe zou zijn van haar lange reis, maar Francesca onderbrak hem.

'Ik blijf bij je en hou samen met jou de wacht, Beatrice,' zei ze. En tot Gaetano's grote verbazing stond Niccolo op en legde Falco's hand in die van Francesca.

'Dan ga ik maar eventjes liggen,' zei hij. 'Je bent een lieve meid, Francesca. En je zweert dat je Gaetano meteen naar me toe stuurt als er verandering is, Beatrice?'

'Zal ik met u meelopen naar het paleis, vader?' bood Gaetano aan.

'Nee,' zei de hertog. 'Jij moet hier blijven voor het geval dat hij zijn ogen opendoet. Het is hiernaast en ik red me wel.'

Hij ging het ziekenhuis uit en liep door de kleine menigte van meelevende wachtenden, die de rozenkrans baden of een symbool van de godin bij zich hadden.

*

'Hoe bedoel je, hij is er niet?' vroeg Paolo.

'Cesare is er niet,' zei Teresa weer. 'Hij zal nog wel op de Campo zijn.'

'Maar de voorronde begint zo,' zei Paolo. 'Hij moet hier zijn om met Arcangelo naar de start te gaan.'

Cesare was nergens te bekennen. Niemand had hem na het ontbijt nog gezien. Paolo reed Arcangelo zelf naar de Campo, als altijd omringd door belangstellende Ramsupporters. Luciano en Georgia gingen ook mee, al was het voor Georgia al aan de late kant om nog in Talia te zijn.

Op de piazza was Cesare ook niet. Een paar Boogschutters, die op Alba en haar jockey wachtten, kwamen naar Paolo toe toen ze Arcangelo zonder zijn ruiter zagen. Op zijn gefluisterde vragen antwoordden ze bevestigend, ja, ze hadden Cesare die ochtend op de Campo gezien.

'Hij ging iets drinken met een man in een blauwe mantel,' zei iemand. 'Het was er een van de Ram, tenminste, hij droeg de kleuren van de Ram.'

Luciano schrok. Een man in een blauwe mantel zei hem maar één ding: ellende.

'Cesare zou wel eens ontvoerd kunnen zijn,' fluisterde hij tegen Georgia.

'Deelnemers naar de start!' riep de wedstrijdleider.

'Dat meen je niet! Wat moet Paolo nu doen?' vroeg Georgia. Er ontstond rumoer bij de kluwen paarden en mannen die naar de start dromden.

'De Ram trekt zich terug,' werd er aangekondigd. 'De andere elf deelnemers stellen zich nu op. Neem je plaats in voor de derde voorronde.'

De race werd zonder de Ram gereden.

Cesare werd met barstende koppijn wakker. Hij had geen idee waar hij was of hoe hij daar gekomen was. Hij was in een kale, hete en stoffige kamer met hoge getraliede ramen. Hij rekte zich uit en zag dat hij ergens heel hoog moest zijn, met uitzicht op heuvels en bossen. Het kwam hem niet onbekend voor, maar hij was te wazig om de plek echt te herkennen.

Aan de lichtval kon hij zien dat hij uren buiten westen was geweest en dat het tijd werd voor de voorronde in de avond. Gekweld ijsbeerde Cesare door zijn cel. Hij rammelde aan de deur, maar die was kennelijk van buitenaf gesloten en hij zat als een rat in de val.

'Georgia,' zei Ralph de volgende dag. 'Er is vanavond een tv-programma dat je vast graag wilt zien. Over paarden.'

Georgia had eigenlijk geen aandacht voor de krant die hij haar aanreikte. Ze was nog te verlamd door wat er de vorige avond in Remora was gebeurd, vlak voordat ze terug moest stravageren. Het was een schande als een twaalfde zich uit een voorronde terugtrok, maar Paolo had geen reservejockey klaarstaan. Hijzelf was inmiddels te groot en zwaar om in de Stellata te rijden; hij was nog maar vijftien geweest toen hij vijfentwintig jaar geleden de overwinning voor de Ram had binnengesleept. Het begon er steeds meer op te lijken dat Cesare inderdaad ontvoerd was.

Georgia durfde het risico te nemen zo laat terug te komen,

omdat ze wist dat niemand het gek zou vinden als ze de volgende ochtend niet voor dag en dauw aan het ontbijt zat. Het verbaasde haar dat Ralph nog thuis was, maar hij legde uit dat hij niet aan de slag kon voordat er belangrijke onderdelen waren geleverd. En nu wapperde hij met de tv-bijlage van de krant voor haar waterige ogen.

Opeens schoot ze wakker. 'PALIO,' zei de kop. 'Een documentaire over de uniekste paardenrennen in de wereld. Channel 4, 20.00 uur.'

'Ik dacht wel dat het je zou interesseren,' zei Ralph, blij met haar reactie.

'Nou!' zei Georgia. 'Hebben we een lege videoband om het op te nemen? Ik wil het graag bewaren.'

'Ja,' zei Ralph. 'Spoel maar over *Four weddings and a funeral* heen. Die hoef ik nooit meer te zien.'

Georgia lachte. 'Ik kijk wel uit. Maura zou me vermoorden. Ze is gek op die film.'

'Geintje,' zei Ralph. 'Gebruik die band van de Oscars maar. Die wil ze echt niet nog eens zien.'

'Ik ga Fal... Nicholas vragen om mee te kijken,' zei Georgia. 'Je weet dat hij ook een paardengek is.'

'Goed idee,' zei Ralph. 'We kunnen het wel met z'n allen op de tv in de huiskamer zien.'

Dat was niet helemaal Georgia's bedoeling. Ze moest Falco op het hart drukken dat hij geen vergelijkingen met de Stellata ging trekken, want daar zouden ze maar last mee krijgen.

'Eerst Merla en nu Cesare,' zei Paolo. 'Hier moeten de Chimici's achter zitten.'

'Dat lijkt me ook,' zei Rodolfo, die naar het huis van de stalmeester was geroepen. 'Maar het verbaast me dat de hertog stappen onderneemt nu zijn zoon nog in levensgevaar is. Ik dacht dat hij zich nergens anders mee bezighield.'

'Hij is niet de enige Chimici in de stad,' zei Paolo.

'Wat ga je eraan doen?' vroeg Teresa. De kleintjes lagen in bed en ze had nu tijd genoeg om over haar pleegzoon te tobben.

'Ze zullen hem geen haar krenken, Teresa,' zei Paolo. 'Ik denk dat ze hem tot na de race gevangenhouden en dan laten gaan.'

'Maar hoe moet het met de race?' vroeg Luciano.

'Er zit maar één ding op,' zei Paolo. 'Georgia moet voor de Ram rijden.'

Zonder ook maar een moment te kunnen vermoeden welke plannen er in Remora voor haar werden gesmeed, keek Georgia als betoverd naar de documentaire. Falco en zij zaten op de bank met een grote bak popcorn tussen zich in. Popcorn was een van Falco's favoriete ontdekkingen in zijn nieuwe leven. Ralph zat in een luie stoel bij hen, maar Maura was in het kantoortje bezig met werknotities en Russell was demonstratief naar zijn kamer gegaan om een sciencefictionvideo te zien.

'Het is wel een agressieve boel,' zei Ralph, die zijn wenkbrauwen fronste bij de waanzinnige galop om de schelpvormige Campo in Siena en de jockeys die er met hun zwepen op los ramden.

'Ze rijden zonder zadel, Georgia,' fluisterde Falco, 'net als onze ruiters.'

'Het ziet er veel moeilijker uit dan wanneer ik zonder zadel rij,' zei ze hardop en in stilte vroeg ze zich af of de echte Stellata net zo'n bliksemsnelle razernij was als de Palio. De jockeys waren stuk voor stuk veel ouder dan Cesare en je kon zien dat het beroeps waren, die bijna allemaal van buiten Siena kwamen.

Toen Ralph Falco naar huis bracht, besloot Georgia vroeg naar bed te gaan. Ze wilde op tijd in Remora zijn voor de volgende voorronde. Ze was razend nieuwsgierig of Paolo een vervanger voor Cesare zou vinden. Ze stond warme chocolademelk in de keuken te maken toen Russell naar beneden kwam om de ijskast te plunderen.

'Het is mij een raadsel hoe je het met dat joch uithoudt,' zei hij en hij rilde aanstellerig. 'Wat een griezel met die mismaakte poot. Om te kotsen.'

Maura, die in de deuropening verscheen, hoorde hem vol afschuw aan.

'Ik hoop maar dat je dat niet meent, Russell,' zei ze.

'Welnee, gewoon een geintje,' zei hij onmiddellijk.

'Ik kan er niet om lachen,' zei Maura, die nog nooit zo'n boze toon tegen haar stiefzoon had aangeslagen.

Met een dodelijke blik naar Georgia ging Russell de keuken uit.

'Toe maar, schoonheid,' fluisterde Enrico midden in de nacht tegen Merla. 'We gaan iets heel bijzonders doen.'

De zwarte merrie was inmiddels volgroeid. Ze vloog op sterke vleugels naar Remora, aangemoedigd door de man aan wie ze nu gewend was. De vlucht duurde langer dan anders en ze vond het heerlijk om voluit haar vleugels te gebruiken.

Door de met sterren bezaaide nacht gingen ze steeds verder naar het zuiden. Toen ze over de muren van een grote stad vlogen, werd er een herinnering in Merla wakker. Ze wilde naar het westen afzwenken, maar haar berijder hield haar in rechte lijn op koers naar het centrum van de stad en toomde haar zachtjes in, zodat ze in het luchtledige boven een open ronde plek zweefde. Merla had geen idee wat hij van haar wilde; maar ze wist wel dat ergens hier dichtbij mensen waren die haar liefdevol hadden behandeld.

*

Cesare had een beroerde nacht in de wetenschap dat hij nog steeds in dit hol zou zitten als er de volgende ochtend weer een voorronde startte. Hij droomde dat hij vlak bij zijn raam een paard hoorde hinniken, maar geen paard kon zo hoog komen. Behalve Merla, dacht hij, terwijl hij een nieuwe droom in gleed waarin Arcangelo zonder hem de race won. Het was geen onmogelijkheid dat een paard 'scosso', zonder ruiter, de Stellata won, maar het was verboden om zo van start te gaan.

Cesare hoorde grendels schuiven en hij rende naar de deur, maar twee fikse kerels die hij nooit eerder had gezien versperden de uitgang. Een van hen zette een mandje met broodjes en fruit en een beker melk neer. En daarna was hij weer alleen. Hij kon zijn lichamelijke honger stillen, maar niet zijn geestelijke pijn.

*

'Jij zult voor de Ram op Arcangelo rijden,' zei Paolo, die Georgia op de hooizolder had opgewacht. Hij had Cesares zijden rijkleding bij zich. 'Dat kun je, hè? Zonder zadel rijden, bedoel ik.'

Georgia slikte. 'Ja,' stamelde ze.

'En je hebt toch wel eerder op zo'n groot paard gereden?'

Georgia dacht aan Conker. Ze knikte.

'Trek deze kleren dan aan,' zei Paolo. 'Wij wachten beneden in de hof op je. We moeten naar de renbaan.'

*

Als een lopend vuurtje ging het gerucht over een bovennatuurlijke gebeurtenis door Remora. De Campo stond bomvol met mensen die omhoog tuurden. Het was veel drukker dan gewoonlijk bij een voorronde.

De hoge dunne pilaar, die midden op de Campo in de fontein stond, was versierd. Helemaal bovenaan, veel hoger dan iemand met een ladder kon komen, wapperde de roze en witte wimpel van de Tweeling om de hals van de Leeuwin.

'Het is een voorteken,' zeiden de Remanen, die het teken van de gelukshand sloegen. 'Nu zal de Tweeling toch zeker winnen?'

'Alsof dat een wonder is,' zeiden de anderen. 'Het echte wonder is hoe die wimpel daar kan zijn gekomen.'

'Dat moet het werk van de godin zijn,' opperde een stem. En rond de Campo echode de kreet: 'Dia! Dia!'

'Als het niet de godin was, was het iemand op een vliegend paard,' zei een ander.

En zo ontstond het gerucht dat er in Remora weer een ge-vleugeld paard was geboren.

# 21

## Wees onze winnaar

'Daar kunnen we ons nu niet druk om maken,' zei Paolo, die amper naar de pilaar met de wapperende wimpel keek. 'Luister, je weet dat er vandaag geen zwepen worden gebruikt? Het enige wat je moet doen is je er niet af laten gooien. Op welke plaats je finisht doet er niet toe.'

Dat bleek goede raad, want Georgia kwam als laatste over de eindstreep, maar ze werd er niet afgegooid. De paarden bleven de hele race in razende vaart dicht op elkaar. De Waterman won met het paard Uccello met één neuslengte. Zijn jonge jockey was berucht om zijn eetlust en omdat hij ongelukkig genoeg vlak voor de race werd betrapt met een worst in zijn hand, heette hij vanaf dat moment 'Salsiccio'.

Ook Georgia kreeg een bijnaam, die overigens tamelijk vriendelijk was. Omdat ze nog nooit een voorronde had meegemaakt moest haar alles uitgelegd worden; waar ze moest wachten, wanneer ze moest opstijgen en wat ze moest doen.

Zo werd ze 'Zonzo', het Taliaanse equivalent voor suffie, maar het was niet gemeen bedoeld en iedereen deed aardig tegen haar, zelfs de concurrerende jockeys.

Het bericht dat Cesare was verdwenen deed snel de ronde in Remora en niemand twijfelde eraan dat hij van het toneel verwijderd was omdat hij een bedreiging vormde voor de kansen van de Chimici's. Het zou niet de eerste keer zijn dat zoiets gebeurde.

'Pech voor de Ram,' zei Riccardo tegen Enrico toen ze de vierde voorronde gadesloegen.

'Ja,' beaamde Enrico. 'Ach, het is maar een voorronde. Misschien is hun vervanger nog veel beter.'

Riccardo schudde zijn hoofd. 'Een voorronde missen is een rampzalig voorteken,' zei hij. 'Daar komen ze niet overheen.'

De Ram had in ieder geval weer een ruiter in de strijd. De jockeys hoefden pas op de ochtend van de Stellata hun naam bij de wedstrijdcommissie op te geven. Daarna mocht er niets meer veranderd worden. Als Cesare na de inschrijving was ontvoerd, zou de Ram buiten de boot zijn gevallen. Maar Enrico wilde niet dat de Ram afviel; hij wilde alleen dat ze niet zouden winnen.

Georgia mocht dan onder de wedstrijd doodsangsten hebben uitgestaan, na afloop voelde ze zich opgetogen. Het was niet zo'n hel geworden als ze had gedacht. Het was veel minder gewelddadig dan de Palio die ze op tv had gezien. Maar ja, het was nog maar een voorronde. In de echte strijd zou het er wel eens veel heter aan toe kunnen gaan.

Arianna had samen met Rodolfo op haar balkon het hele gedoe bekeken.

'Wat is er aan de hand?' vroeg ze aan hem. 'De stravagante berijdt het paard van de Ram, niet hun echte jockey.'

'Cesare wordt vermist,' zei Rodolfo. 'We denken dat hij ontvoerd is. Paolo vond dat Georgia hem moest vervangen.'

'Nou, ze kan er zo te zien niet veel van,' zei Arianna. 'Daar zal hertog Niccolo blij mee zijn – de twaalfde van Bellezza als grote verliezer.'

'Daar is hij alleen tevreden mee als de Vrouwe of de Tweeling wint. Bedenk wel dat deze race een symbool is van de heerschappij van de Chimici's over Talia,' zei Rodolfo.

Arianna zuchtte. 'Waarom heb je me niet verteld dat de Remaanse stravagante een meisje was?' vroeg ze.

'Ik heb je helemaal niets verteld, behalve dat er een nieuwe stravagante was. Doet het er iets toe?'

'Wist je dat ze een vriendin van Luciano was?'

'Dr. Dethridge heeft me verteld dat ze op dezelfde school zat als Luciano. Dethridge denkt dat die school is gebouwd op de plek waar ooit zijn laboratorium heeft gestaan.'

'Wat vind je van haar?' vroeg Arianna.

'Op het moment ben ik erg boos op haar en Luciano om wat ze met Falco hebben gedaan,' zei haar vader. 'Maar ze is dapper, trouw en bereid te doen wat er van haar wordt gevraagd.'

'Vind je haar mooi?' vroeg Arianna.

Rodolfo gaf niet meteen antwoord. Hij keek haar opmerkzaam aan, maar door het kunstig bewerkte masker was het niet makkelijk te zien wat ze dacht.

'Over een paar dagen is het allemaal voorbij,' zei hij. 'Dan zijn jij, Luciano en ik weer terug in Bellezza. Deze maand zal snel in het vergeetboek raken.'

'Dus je vindt haar mooi,' zei Arianna somber.

'Niet mooi zoals jij dat bent,' zei Rodolfo. 'Als Georgia een doorsneemeisje is, zien jonge vrouwen in de toekomst van de andere wereld er anders uit. Maar ze is niet onplezierig om te zien.'

'Ik vind haar wel onplezierig om te zien,' mompelde Arian-na.

En als Rodolfo haar woorden al hoorde, vond hij het beter om er het zwijgen toe te doen.

\*

Cesare bereidde zijn ontsnapping voor. Hij had weinig hoop op succes, maar hij zou gek worden als hij niet iets bedacht om hieruit te kunnen komen. De laatste keren was hem door één man eten gebracht, maar die was wel gewapend. Cesare mocht dan wanhopig zijn, hij wist ook dat het verspilling van energie was om zich op een kerel te storten die groter en sterker was en een dolk bij zich had.

De list die hij had bedacht viel hem zwaar. Hij had besloten om het eten en drinken dat hem werd gebracht niet meer aan te raken. De honger knaagde aan zijn maag, zijn keel was van kurk en de tergende verveling van zijn gevangenschap maakte het bijna onmogelijk om niet aan eten te denken, maar er was niets dat Cesare liever wilde dan op de Campo delle Stelle te zijn en daarom zette hij zijn kiezen op elkaar en schopte de gerechten over de stoffige grond, zodat hij niet in de verleiding kwam.

\*

Georgia leefde op de toppen van haar zenuwen. Paolo ging met haar terug naar de Ram en besprak alles wat haar de komende anderhalve dag te wachten stond. Die avond was er weer een voorronde, gevolgd door lange maaltijden in de straten van alle twaalfden, en de meeste Remanen zouden de hele nacht doorzakken en over de race praten. Vlak na zonsopgang woonden de jockeys de mis in de kathedraal bij en dan, na de laatste voorronde, schreven ze zich officieel bij de wedstrijdcommissie in als deelnemers aan de Stellata van die avond.

Daarna kon er niet meer van jockey worden gewisseld. Zelfs als Cesare op wonderlijke wijze kwam opduiken, was Georgia na aanmelding degene die met Arcangelo in de Stellata uitkwam. En dan was er de allerlaatste voorronde in de ochtend. Tussen de middag zou ze even kunnen rusten, maar rond twee uur 's middags begon de aanloop naar de grote wedstrijd. Iedereen die aan de parade meedeed hulde zich in de kleuren van hun twaalfde, ook de jockeys; daarna ging de stoet achter de vaandeldragers en trommelaars op weg naar de kathedraal.

'Het klinkt alsof ik al die tijd hier moet blijven,' zei Georgia onthutst.

'Dat valt wel mee,' zei Paolo. 'Maar het houdt wel in dat je na donker lang hier moet zijn. Lukt dat?'

'Is het wel veilig?' vroeg ze, opeens ongerust dat ze evenals Luciano voorgoed in Talia zou stranden.

'Dat denk ik wel,' zei Paolo. 'Ik zal het voor alle zekerheid met dr. Dethridge en Rodolfo bespreken, maar ik vind dat we het risico moeten lopen. Ik denk dat je ons misschien wel hiervoor hebt gevonden.'

Alleen ik moet het risico lopen, dacht Georgia. Hardop zei ze: 'Heb ik nu nog tijd om naar huis te stravageren? Ik moet het een en ander regelen.'

Ze klom de hooizolder op, die ze bijna als een eigen kamer was gaan zien, en haalde de talisman te voorschijn. De slaap wilde niet komen. Ze had het veel te druk met haar gedachten. Als Paolo gelijk had en ze met dit doel naar Remora was gebracht – om in de Stellata te rijden en ervoor te zorgen dat Bellezza's twaalfde zich niet openlijk te schande maakte – dan was het helemaal niet haar taak geweest om voor Falco te zorgen. Had Rodolfo dan toch gelijk en moest ze de jongen terugbrengen? En zou dat nog wel kunnen? Gaetano had hun verteld dat zijn broer broodmager en verzwakt was, nog maar net in leven bleef op de melk met honing die tussen zijn lippen werd gedruppeld. In het zestiende-eeuwse Talia bestond geen infuus.

*

Rodolfo ging Luciano opzoeken bij de Ram. Ze waren het nooit eerder zo grondig met elkaar oneens geweest en ze voelden zich er allebei onbehaaglijk onder.

'Luciano,' zei Rodolfo. 'We moeten echt over Falco praten. Ik weet dat Georgia andere dingen aan haar hoofd heeft door de race, die belangrijk genoeg is, maar het is noodzakelijk dat ze Falco naar zijn lichaam terugbrengt nu het nog kan. Ik geloof niet dat hij het hier veel langer volhoudt.'

'U begrijpt het niet,' zei Luciano. 'Het is allemaal nog veel ingewikkelder geworden. Falco woont bij mijn ouders.'

Rodolfo keek hem verbouwereerd aan. 'Ingewikkeld is nog zacht uitgedrukt,' zei hij. 'Wie heeft dat bedacht?'

'Georgia. Ze heeft alles in de andere wereld geregeld,' zei Luciano. 'Trouwens, ze was ervan overtuigd dat ze om deze reden naar Talia is gebracht.'

Rodolfo keek peinzend. 'Ze is een stravagante, en het zou me verbazen als ze zich daarin vergist,' zei hij. 'Maar ze heeft geen enkele ervaring, zoals jij. En deze onderneming kan de stabiliteit van de doorgang ontwrichten. Weet je nog dat de tijd in de andere wereld drie weken vooruitsprong nadat jij getransformeerd was? We hebben zo hard gewerkt om de data stabiel te krijgen. We zijn er zelfs in geslaagd de tijd in onze werelden op elkaar aan te laten sluiten, al leven zij dan vierhonderd jaar later in de toekomst. We weten niet welk gevolg het heeft als Falco hier doodgaat. Stel dat hij vandaag overlijdt? Dan neemt de andere wereld misschien weer een voorsprong op ons en Georgia zou zelfs als een oude vrouw kunnen terugkomen. We hebben haar hier morgen nodig zoals ze nu is, jong en in topvorm om de Stellata te rijden.'

'Het is zo'n warboel,' zei Luciano en hij graaide door zijn haar. 'Ik snap niet waarom het allemaal zo moeilijk is geworden. Het is allemaal begonnen toen we vriendschap sloten met de Chimici's.'

'En hoe is dat ontstaan?' vroeg Rodolfo.

Luciano dacht even na. 'Het kwam door de Manoush,' zei hij. 'Het begon ermee dat we hun muziek hoorden.'

'De Zinti?' zei Rodolfo. 'In dat geval kan ik niet geloven dat het verkeerd was.' Hij zuchtte hartgrondig. 'Ik moet weer met Georgia praten, maar het komt nu slecht uit. Misschien is hier meer gaande dan ik weet.' En hij legde zijn arm om Luciano's schouders.

Midden in de nacht merkte Georgia dat ze weer in haar eigen kamer was. En weer maakte ze plannen – hoe ze extra tijd vrij kon maken om in Remora te zijn, hoe ze thuis weg kon komen en hoe ze Falco zo gek kon krijgen om akkoord te gaan. Morgen was het vrijdag en als iedereen werkte kon ze de hele dag onopvallend wegblijven. Voor vrijdagavond en zaterdag moest ze een waterdicht verhaal bedenken, want in het weekend verwachtte haar moeder dat ze thuis was.

Zachtjes stond ze op en knipte haar bureaulamp aan. Ze pakte een vel papier en schreef een briefje aan Maura. Toen sloop ze de trap af en legde het briefje op de keukentafel, waar haar moeder het bij het ontbijt zou vinden. De volgende stap was veel moeilijker. In het holst van de nacht moest ze naar het huis van de Mulhollands en zorgen dat Falco haar binnenliet. En ze vond het een doodenge gedachte dat ze moederziel alleen door de stikdonkere straten van Londen zou lopen.

In Remora waren de voorbereidingen voor een van de belangrijkste feestavonden van het jaar in volle gang. De avond erna zou één van de twaalfden reden hebben om te feesten en te proosten, maar op de vooravond van de Stellata kon elke twaalfde nog hoop koesteren en zich te buiten gaan. Overal in de straten stonden houten tafels van schragen opgesteld, met banken eromheen, en in de hele stad pruttelden in de keukens potten en pannen vol saus terwijl de vrouwen het deeg kneedden en in honderd verschillende pastavormen sneden. Karren brachten sla en groente naar de markt, die al verkocht werden voordat ze uitgestald konden worden. Tonnen bier en vaten wijn werden over de keitjes naar het middenplein van de twaalfden gerold voor de slemppartij van die avond.

Op het plein bij de kathedraal, het trefpunt van de Tweeling, werd groots uitgepakt voor het uitbundigste banket van allemaal, dat onder voorzitterschap van de paus zou plaatsvinden.

Intussen verheugden de bewoners van de andere twaalfden zich net zo hard op hun eigen Stellata-diner.

In het pauselijk paleis vergaderden de Chimici's over de feestavond en wat ze ermee aan moesten. Het was de bedoeling geweest dat hertog Niccolo en bijna al zijn kinderen aan zouden schuiven bij de Vrouwe, om daarna een beleefdheidsbezoek aan de Tweeling te brengen, waar ze Carlo en Beatrice als afvaardiging konden achterlaten in de twaalfde die trouw was aan Giglia. Nu betwijfelden Niccolo's familieleden of ze hem konden overhalen zo lang uit het ziekenhuis weg te blijven dat hij beide gelegenheden kon bijwonen.

De bezoekende duchessa en haar vader zouden natuurlijk met de paus in de Tweeling eten en iemand van de familie moest haar escorteren, waarbij Gaetano de logische keus was.

Rinaldo zou bij de Steenbok eten, samen met zijn broer Alfonso, nu hertog van Volana. Ook andere leden van de familie Di Chimici waren van heinde en verre gekomen om bij de grote race te zijn. Francesca's broer Filippo was afgezant van Bellona en zij tweeën moesten bij het diner in de Weegschaal aanwezig zijn, terwijl de twee jonge prinsessen, Lucia en Bianca, uit Fortezza waren overgekomen om bij de Stier te eten. Zelfs de oude prins van Moresco was het gelukt om met zijn ongehuwde zoon en erfgenaam Ferrando op tijd in Remora te zijn voor het feest in de Schorpioen.

'De stad wemelt van de Chimici's,' zei Rodolfo toen hij Arianna's kamer in het pauselijk paleis binnen kwam.

'Ja, dat was te verwachten,' zei Arianna. 'Ze moeten toch getuige zijn van de glorieuze overwinning van hun familie en het jammerlijke verlies van Bellezza. Daar is dit bezoek om begonnen.'

'Niet alleen daarom, Arianna,' hielp Rodolfo haar herinneren. 'Je zult Gaetano binnenkort antwoord moeten geven.'

'Hij heeft me nog niets gevraagd,' zei ze.

Opgelucht stond Georgia eindelijk bij de voordeur van de Mulhollands. Met bonkend hart was ze door de duistere, verlaten straten naar Falco's huis gelopen. Er brandden bijna geen straatlantaarns en de huizen waren donker, behalve hier en daar een driehoekje licht op zolderkamers waar mensen studeerden, ruziemaakten of niet konden slapen.

Ze bofte dat Falco bij het legertje slapelozen hoorde. Georgia graaide kiezelsteentjes uit de plantenbakken bij de deur en gooide ze naar zijn raam. Het werkte haar op de lachspieren. Dit was een clichébeeld uit de avonturenboeken die ze als kind had gelezen en ze had het nog nooit in het echt gedaan. Ze gooide een paar keer mis, wat in die boeken zelden gebeurde, maar werd toen beloond door de aanblik van een donker hoofd in het open raam.

'Falco!' fluisterde ze zo hard ze durfde. 'Mag ik binnenkomen?'

Ze moest lang wachten toen de kreupele jongen zo stil en snel als hij kon op weg was naar de deur. Georgia was dolblij dat ze hem zag en nog blijer dat ze vanuit de griezelige duisternis het veilige huis in kon. Eenmaal binnen legde ze een vinger op haar lippen en gebaarde dat hij de deur weer moest afsluiten.

Stilletjes gingen ze naar boven. Toen ze veilig en wel op Falco's kamer waren, bleven ze fluisteren omdat Vicky en David hen niet mochten horen.

Bij het licht van Falco's bedlampje keek Georgia om zich heen. Ze was zich er niet eerder zo scherp van bewust geweest dat dit Luciano's oude kamer was, waar hij nooit meer zou wonen. Maar ze moest praktisch zijn en nuchter handelen; ze bekeek de deur.

'Mooi, je hebt een slot,' fluisterde ze. 'Je moet ons hier opsluiten.'

De twaalfde van de Ram was uitgerust met rode en gele banieren, de tafels gedekt met rode en gele kleden en de muren in de straatjes versierd met fraai beschilderde houten fakkels die bij het vallen van de avond aangestoken zouden worden. Op alles wat los en vast zat, was het teken van de Ram geschilderd en de kinderen droegen feestmutsjes met hoorns.

Bij Paolo thuis sliepen de baby's en ook de kleine meisjes waren naar bed gebracht, nadat ze de nodige heisa hadden geschopt omdat ze hun vlaggetjes wilden meenemen. Georgia kwam van de hooizolder, nog in haar zijden jockeykleren, en werd door Paolo en Teresa omhelsd.

'De voorronde begint zo,' zei Paolo.

'Succes!' zei Luciano en hij gaf haar een knuffel. Op datzelfde moment nam Georgia zich heilig voor dat ze een grotere prestatie zou leveren dan alleen maar te paard blijven. De hele Ram had zijn hoop op haar gevestigd en het allerbelangrijkste was dat Luciano haar steunde.

Iedereen beweerde wel dat het resultaat van een voorronde niet telde, maar deze sfeer gaf een heel ander gevoel. Het was de eerste avond dat Georgia met opzet in Remora bleef en ze kon alleen maar hopen dat de regelingen die ze in Londen had getroffen goed uitpakten. Ze zette die gedachten van zich af en stortte zich in de race.

Deze keer finishte ze niet als laatste. Ze werd tiende, voor de Steenbok en de Kreeft. De Ramaanhang juichte en ze zou het zelf ook een prestatie gevonden hebben als de Vissen niet hadden gewonnen met hun jockey Il Re op Noè. Georgia werd uitgejouwd door een groep Vissen toen ze van de baan ging; ze schreeuwden Taliaanse scheldwoorden.

Op de terugweg naar de Ram was het enthousiasme van haar supporters niet te stuiten. 'Zonzo! Zonzo!' zongen ze. En: 'Montone! Montone!' – de Ram, de Ram!

Arcangelo werd naar zijn grasveld gebracht om af te koelen en Georgia werd door allerlei onbekenden omhelsd, op de rug geklopt en gefeliciteerd. Ze had de eer van de Ram gered en ze kon geen kwaad meer doen.

Voor Georgia, die nooit populair was geweest, was dit zo'n ongekende ervaring dat die haar meer naar het hoofd steeg dan de rode wijn, die gul voor haar werd ingeschonken. Ze kreeg een plaats aan de hoofdtafel bij de Santa Trinità, de enorme kerk van de Ram, en ze was blij dat Luciano en dr. Dethridge bij haar aan tafel schoven. Ze had eigenlijk verwacht dat zij met de jonge duchessa naar de Tweeling zouden moeten. Een andere gast aan de hoofdtafel was Silvia Bellini; waar kon zij beter van het feestmaal genieten dan in de twaalfde die trouw aan Bellezza had gezworen?

Van alle kanten stroomden de wijkbewoners door de Via di Montone, de hoofdstraat van de Ram, naar de lange tafels. Toen alle plaatsen bezet waren, gingen de fakkels aan en het feestmaal kon beginnen.

Voor de officiële opening stond Paolo op en riep luid om stilte.

'Montonaioli!' zei hij. 'Ik stel jullie voor aan onze jockey van morgen – Giorgio Credi!'

Er steeg een oorverdovend applaus op.

'Op het laatste nippertje was hij bereid mijn zoon Cesare te vervangen en we zijn hem eeuwig dankbaar.' Een orkaan van gejuich.

Toen kwam de priester van de Santa Trinità op de trappen voor de kerk staan en Georgia moest een speciale cap bij hem in ontvangst gaan nemen. Die had de kleuren van de Ram, maar het was een metalen helm, in schril contrast met de zachte pet die ze bij de voorrondes had gedragen. Georgia kreeg het benauwd toen ze besefte dat de helm nodig was omdat de jockeys elkaar morgenavond bij de echte race met leren zwepen om de oren zouden slaan.

Weer stond Paolo op en stak in zijn functie van *capitano* een toespraak af over de eer van de twaalfde en het belang van de Stellata in hun leven. Georgia was bijna verlamd van schrik toen ze merkte dat van haar een antwoord werd verwacht. Ze had nog nooit van haar leven een groot publiek toegesproken.

Er gebeurde iets merkwaardigs. Paolo zat links van haar en rechts zat Luciano, met William Dethridge naast zich. Toen ze opstond om te spreken, al een beetje aangeschoten door de wijn, zag ze dat Dethridge en Luciano elkaars hand grepen. Luciano pakte met zijn vrije hand een plooi van haar zijden tuniek en Paolo deed aan haar linkerkant hetzelfde.

Zodra ze haar mond opendeed, voelde ze een golf energie door zich heen slaan. Haar stem klonk haar vreemd laag in de oren en ze merkte dat de woorden moeiteloos kwamen. Bijna automatisch sprak ze fraaie volzinnen, waarvan ze zich achteraf weinig kon herinneren. Het ging over haar liefde voor Remora in het algemeen en voor de Ram in het bijzonder, en hoe ze morgen alles op alles zou zetten om het vertrouwen dat in haar werd gesteld waard te zijn, maar de precieze woorden wist ze niet meer.

De Rambewoners vonden het kennelijk prachtig en ze ging onder donderend applaus zitten. De stravaganti lieten haar los om mee te klappen en Georgia voelde die vreemde kracht onmiddellijk wegebben. Silvia boog zich langs Dethridge heen en zei zacht: 'Als je wilt, regelen ze morgen ook nog wel een baard voor je.' Georgia schoot in de lach. Ze was onder vrienden.

Die nacht zou ze nooit meer vergeten. Het was al opwindend om bij donker in Remora te zijn en de straten met flakkerende fakkels verlicht te zien, maar het was ronduit een droom om op de belangrijkste avond van het Remaanse jaar als eregast mee te zingen en te feesten, met Luciano lachend naast haar. Ze vroeg zich af wat voor overwinningsfeest er in de Ram zou losbarsten als ze nu al op deze manier de deelname aan de race vierden. Meteen zette ze dat idee van zich af. Arcangelo was een fantastisch paard en ze waren goed op elkaar ingespeeld, maar zij was geen Cesare. Ze moest het maar nemen zoals het kwam.

Hoe later het werd, hoe harder en rauwer er werd gezongen. Er werd veelvuldig gedronken op Georgia, Paolo, Arcangelo, de Ram en op alles waar de Rambewoners maar op konden drinken. Er was een kort, plechtig moment waarin Paolo op de gezondheid van Cesare dronk, 'waar hij ook moge zijn'. Luciano voegde er fluisterend aan toe: 'En Merla.'

Er was een overvloed aan eten – geroosterde groentes die naar knoflook en kruiden geurden, vis op bedjes van pittige waterkers, pasta in alle soorten en maten naast macaroni gekruld als ramshoorntjes, sauzen van wild en spinazie en ananas, gegrilde karbonades en kip, schalen bonen, groen en wit en rood, enorme kazen, zacht en kruimelig of blauw en dooraderd. De gerechten werden af en aan gedragen.

Op het moment dat de houten borden van de tafels werden gehaald, glipte een gedaante in een dikke cape tussen Georgia en Luciano in. De fluwelen capuchon ging af en Georgia keek recht in de violetkleurige ogen van Arianna. Ze was ongemaskerd. Paolo hield even zijn adem in en stond toen op om een nieuwe toost uit te brengen. Hij kon Arianna's aanwezigheid natuurlijk niet bekendmaken – zonder masker was de duchessa onherkenbaar – en hij begreep niet hoe ze zich bij het banket van de Tweeling uit de voeten had kunnen maken. In plaats daarvan bracht hij een heildronk uit op de stad die hen beschermde en het woord 'Bellezza!' galmde door de Via di Montone.

'Bellezza!' riep ook Georgia, die een beetje onvast een slok uit haar zilveren drinkbeker nam.

'Dankjewel,' zei Arianna geamuseerd. 'En ook bedankt dat je vandaag geen laatste bent geworden. Het lijkt erop dat mijn twaalfde morgen toch niet te schande wordt gemaakt.'

Georgia vond haar fascinerend. Het kwam niet alleen doordat ze mooi was, al was ze dat op een nogal dramatische, filmsterachtige manier die niets met haar kleren of juwelen had te maken. Het kwam door haar geschiedenis met Luciano, dat grote deel van zijn leven waar Georgia niets van wist, en door haar gevaarlijke rol als alleenheerseres over een stad die zich bleef verzetten tegen de Chimici's.

'Is Rodolfo bij je?' vroeg Luciano.

'Nee,' antwoordde Arianna, zonder haar ogen van Georgia af te wenden. 'Het was al erg genoeg dat ik me verontschuldigde... ik kreeg opeens zo'n hoofdpijn, begrijp je wel. Hij moest blijven om onze stad te vertegenwoordigen. Maar ik kon deze avond toch niet voorbij laten gaan zonder mijn jockey succes te wensen?'

Ik ga níet blozen, hield Georgia zich voor, en ze besefte dat Paolo opnieuw zijn hand op de rand van haar tuniek legde.

Luciano was merkbaar zenuwachtig. De duchessa om je heen had wel iets van een wild dier in je eetkamer; je had geen idee wat er nu weer ging gebeuren. Daarentegen was een wild dier wel het laatste waar die slanke, deftige duchessa mee vergeleken kon worden.

Nu besteedde Arianna heel even en onopvallend aandacht aan de aanwezigheid van haar moeder; die twee speelden met vuur. Georgia dacht dat ze in de Ram waarschijnlijk wel veilig waren, maar er konden altijd spionnen onder de honderden aanwezigen op het hoofdplein zijn. Voor het eerst vergat Georgia haar jaloezie en ontzag voor Arianna en bewonderde alleen maar haar lef.

Toen merkte ze dat de jonge duchessa haar recht in de ogen keek. 'We hebben meer overeenkomsten dan je zou denken,' zei Arianna zacht. 'We zijn allebei vermomd en delen misschien ook nog een ander geheim.'

In Londen werd het een lange vrijdag voor Falco. Hij zat voortdurend in de rats of Maura zou bellen en naar Georgia vragen, en hij had het nog nooit zo lang zonder nieuws uit Remora moeten stellen.

'Zullen we ergens heen?' vroeg Vicky. 'Jij hebt vertier nodig.'

Falco's eerste opwelling was om nee te zeggen, maar toen bedacht hij dat het de perfecte oplossing was om weg te gaan. Als hij er niet was, hoefde hij niet tegen Georgia's moeder te liegen en zich ook niet ongerust te maken dat Vicky zijn kamer in wilde, waar Georgia's lichaam ogenschijnlijk vredig op de grond naast zijn bed lag te slapen. Zijn deur kon van buitenaf niet op slot.

Het was een heerlijke zomerdag en Vicky reed naar het park; het was niet ver lopen, maar het zou Falco te veel energie hebben gekost. De kermis had er een paar dagen zijn tenten opgeslagen en hoewel het maar een tam zootje was in de ogen van eenentwintigste-eeuwse leeftijdgenoten, vond Falco het allemaal even spannend.

Ze gingen in de spooktrein, op het reuzenrad en in de botsautootjes. Hij at een roze suikerspin en dronk blauwe milkshake. Na de botsautootjes had hij meteen weer honger.

'Mag ik zo'n dogding?' vroeg hij aan Vicky.

Vicky moest ervoor in de rij staan en verbaasde zich dat hij hotdogs kende. Ze wist nooit goed waar ze aan toe was met Nicholas. Soms dacht ze dat hij maar deed alsof hij zijn geheugen kwijt was en dan opeens zag ze aan hem dat hij echt paf stond van het leven in Londen. Op zulke momenten dacht Vicky dat Maura O'Grady wel eens gelijk kon hebben met haar asielzoekerstheorie.

Falco likte zijn lippen en vingers af en zuchtte van genoegen. Er was zo veel lekkers in zijn nieuwe wereld en het was zo makkelijk te krijgen.

De Manoush stonden altijd voor dag en dauw op, maar toen de dag van de godin aanbrak hadden ze helemaal niet geslapen. Ze hadden de nacht op de Campo delle Stelle doorgebracht met Grazia, hun oude vriendin uit de Leeuwin, en toen de volle maan hoger aan de nachthemel klom stonden ze stil bijeen met hun gezicht naar het oosten. Andere groepjes mensen met felgekleurde kleren stonden bij hen.

Toen de maan opkwam, begonnen de Manoush te zingen. Aurelio was niet de enige muzikant; harpen, fluiten en kleine trommels deden mee aan de liederen om de godin te eren in een viering die de hele nacht doorging.

Het handjevol mensen dat bij zonsopgang de straat op ging, zag de Manoush hun armen naar de opkomende zon heffen en hoorden de reizigers het hoge, klaaglijke lied over de godin en haar gemaal zingen. Elk jaar begon de Stellata met dit oudere, ingetogen ritueel, dat maar weinig inwoners meemaakten, maar dat de toon zette voor alles wat er die dag ging gebeuren.

\*

Georgia had in vergelijking met de Manoush meer nachtrust gehad en ze was blij toen ze het licht zag worden. Voor deze bijzondere nacht, haar eerste in Remora, had ze een eigen kamer gekregen in Paolo's huis.

'Het is te gevaarlijk om op de hooizolder te slapen,' zei Paolo. 'Straks wordt onze andere jockey ook nog ontvoerd.'

Na een nachtelijk buurtfeest en een paar onrustige uurtjes slapen werd Georgia wakker van de geluiden in een huis vol kleine kinderen en een aantal gasten. Vandaag deed ze niet mee aan de vrolijke ontbijtchaos. Ze moest met de andere elf jockeys de mis bijwonen in de Duomo en daarna vasten.

Georgia was niet gewend om zo vroeg op te staan en op een lege maag de dag te beginnen. De indrukwekkende Duomo, met het zwart-wit gestreepte marmer en de wolken wierook, maakte dat het idool van de vorige avond zich nu heel klein en nietig voelde. Om het nog een graadje erger te maken woonden alleen de twaalf jockeys de mis bij, terwijl buiten drommen aanhangers van elke twaalfde stonden te wachten.

Georgia lette goed op wat de anderen deden en deed hen precies na. Ze hoorde Salsiccio's maag knorren en had een binnenpretje omdat er iemand was die nog meer trek had dan zij, maar verder viel er weinig te lachen tijdens de korte plechtigheid. De mis werd door de paus opgedragen en Georgia bekeek hem eens goed. Ze was een paar keer in zijn paleis geweest, maar ze had de oom van Falco en Gaetano niet eerder gezien. Hij was heel anders dan de hertog, zacht en dik met een niet onvriendelijk gezicht. Dit was dus het lot dat Falco zo graag had willen vermijden dat hij er de dood voor onder ogen durfde te komen.

Ze stommelde de koelte van de grote kerk uit en de vroege ochtendzon in. Ze meende in de verte het geluid van een harp te horen. Toen begonnen de klokken van de Duomo te luiden en het publiek klapte de handen blauw. De dag van de Stellata was aangebroken!

*

In het paleis van Santa Fina maakte de bewaker zich zorgen. De gevangengenomen jongen lag als een bal opgerold in de hoek. Hij had al in geen twee dagen eten of drinken aangeraakt. Hij moest wel ziek zijn en de bewaker kon niemand om raad vragen. Enrico was de stad in en zou pas 's middags terugkomen.

Cesare spande elke spier in zijn lichaam toen de bewaker naar hem toe kwam om hem wakker te schudden. Voordat de man wist wat er gebeurde en kon reageren, schoot Cesare de eerste trap al af. Lukraak, als een wild dier dat uit een val vlucht, stormde Cesare de ene trap na de andere af. Met zijn lenige, lichte lijf dat hem tot zo'n goede jockey maakte, had hij al snel een enorme voorsprong op zijn forse achtervolger.

Hij had de indruk dat hij in een gigantisch paleis was, al hoorden de trappen die hij af rende niet bij het brede trappenhuis. Cesare dacht dat hij in de vleugel van de bedienden was. En toen hij eindelijk de begane grond bereikte en de uitgang vond, herkende hij de omgeving. Hij stond achter het Casi di Chimici in Santa Fina.

Hij stormde de tuinen door en bleef pas staan toen hij zich tussen de bomen in een bos kon verschuilen. Hij zat onder de schrammen, hijgde als een molenpaard en stierf van de dorst. Maar hij was vrij!

*

Voor de meeste jockeys was de voorronde op de ochtend van de Stellata niet meer dan een bijkomstigheid, maar voor Georgia was het menens. Het gaf haar de kans nog eens met Arcangelo op die verraderlijke baan te oefenen en ze wilde er het beste van maken. Ze kwam als derde over de finish. De Leeuwin won met La Primavera en hun jockey kreeg op het laatste nippertje een bijnaam. 'Tesoro' werd hij door zijn twaalfde genoemd, 'schat', met veel zoenen en knuffels, omdat hij als eerste was geëindigd, ook al deed de laatste voorronde er minder toe dan de vorige.

'Goed van je!' zei Luciano tegen Georgia en ze straalde.

Daarna moesten de jockeys zich bij de commissie melden en zich voor de race inschrijven. 'Giorgio Credi' schreef zich tegelijk met de andere elf in. Nu was er geen weg terug meer.

Ze was veel te zenuwachtig om tussen de middag een hap door haar keel te krijgen; de bezoekingen van de middag stonden voor de deur en het enige wat Georgia wilde was ze te overleven zonder de Ram voor schut te zetten. Het was een zware last op haar schouders.

Na het middageten werd ze naar Arcangelo in 'het Paardenhuis' gebracht. Hij was uitgerust van de ochtendrit en gaf blijk van blije herkenning toen ze zijn box in kwam. 'Alles goed, jongen?' fluisterde ze in zijn roestkleurige manen. 'We gaan voor goud.'

Hun eerste gang die middag was naar de Santa Trinità om de zegen in ontvangst te nemen. Alle bewoners van de twaalfde, getooid met rood en gele sjerpen, stonden dicht op elkaar in het kleine oratorium aan de zijkant, maar de menigte maakte ruim baan toen het paard werd binnengeleid. Georgia liep naast hem over de rode loper naar het altaar. De loper dempte het geluid van de paardenhoeven en toch bleef het een raar geluid in een gebedshuis. De bewoners van de Ram waren stil en de sfeer was gespannen; het paard mocht nergens van schrikken.

De priester sprak monotoon de rituele zegening van paard en ruiter uit. Ze voelde zijn hand heel even op haar hoofd rusten. En toen draaide hij zich naar het paard.

'Arcangelo – wees onze winnaar!'

De mensen wachtten nog tot het paard weer veilig in het zonlicht stond. Toen barstte er een gezang los dat de hele kerk vulde.

# 22

## DE STERREN VAN DE HEMEL RIJDEN

Er kwam beweging in hertog Niccolo toen hij het geluid van trommels buiten hoorde. Net als ieder ander in Remora leefde hij al wekenlang met dat geluid, maar het was niet langer op de achtergrond. De trommels bonkten pal onder het ziekenhuisraam en vonden weerklank in de verdoofde hersens van de hertog. Falco had altijd van de *sbandierata* gehouden, het vertoon van veelkleurige vlaggen waarmee de vaardige vaandeldragers van de twaalfden uitbundige patronen zwaaiden. Tot zijn ongeluk was het elk jaar een feest voor hem geweest om bij dat schouwspel in Remora te zijn.

De hertog begreep dat de middag van de Stellata was aangebroken wanneer alle twaalfden hun sbandierata ter ere van zijn broer de paus kwamen uitvoeren. Falco had voor het eerst na twee jaar weer zin in deze feestdag gehad. Niccolo slofte naar het raam en keek op het plein neer. Het was een oceaan van kleuren en klanken. Er waren zo veel inwoners en toeristen op de been voor het vlaggenspektakel, dat de groep belangstellenden die bij het ziekenhuis voor Falco's herstel aan het bidden was in de verdrukking kwam.

'Het leven gaat door,' mompelde de hertog bitter. Hij wist beter dan wie ook wat de jaarlijkse paardenrace voor het volk van Remora betekende; tenslotte was hij zelf druk bezig geweest met een complot om hun goedgelovigheid en bijgeloof ook dit jaar weer uit te buiten. Nu leken het hem de plannen van iemand anders, van heel lang geleden.

Hij liep naar het bed en tilde zijn zoon op, die nu zo licht als een veertje was, en droeg hem naar het open raam.

'Zie je dat, Falco?' zei hij. 'Zie je de mooie vlaggen?'

*

Cesare had het gevoel dat hij al uren in een kringetje ronddwaalde. Hij had het paleis van Santa Fina als zijn gevangenis herkend en hij wist hoe ver het van de stad lag, maar in de bossen was hij nog nooit geweest en hij was zijn hele richtingsgevoel kwijt. Om hem heen heerste doodse stilte. De grond onder zijn voeten was dik bezaaid met dorre bladeren, al was het nog maar augustus. Dode wilgenkatjes lagen in de struiken en de bomen torenden hoog boven hem uit, met de kruinen als een enorme groene koepel boven zijn pad.

Moest hij dit pad volgen? Door de dichte bladeren kon hij de richting van de zon niet goed zien. Hij hoopte maar dat hij nog steeds naar het zuiden liep. Hij was moe, had honger en verging van de dorst. Na de uitbarsting van energie waardoor hij had weten te ontsnappen voelde hij zich uitgeput.

Cesare kon aan niets anders denken dan aan de Ram zonder jockey op de dag van de Stellata. Hij ploeterde vastberaden verder, al wist hij dat hij onmogelijk fit genoeg kon zijn om een wedstrijd te rijden, of hij nu wel of niet op tijd in Remora kwam.

*

Georgia was diep onder de indruk van de ceremonie bij de paardenzegening. Ze vond het Remaanse geloof wel erg tegenstrijdig. Aan de ene kant waren de mensen op het heidense af bijgelovig in de verering van de godin en aan de andere kant gingen ze naar een christelijke kerk, waar de sfeer hen zo in vervoering bracht dat ze vurig baden in de wens dat de slotwoorden van de priester uit zouden komen.

Paolo adviseerde haar om na de zegening te gaan rusten en ze ging ook, al was ze eigenlijk te opgewonden om te blijven liggen. Dit was haar enige kans om de grote dag in alle rituele pracht en praal bij te wonen en ze wilde er geen seconde van missen. Tegelijkertijd wilde ze dolgraag weten hoe haar plannen in Londen uitpakten. Uiteindelijk lukte het haar om in te dommelen, met het gevleugelde paardje als vervoermiddel stevig tegen zich aan geklemd.

Falco schrok toen Georgia opeens rechtovereind ging zitten en zijn hand greep. Hij sliep niet echt, want het was veel te bijzonder om in alle rust en vrede naar haar te kunnen kijken bij het maanlicht dat door de geopende gordijnen viel. De maneschijn glinsterde in haar ogen toen ze hem aankeek.

'Is er iets mis?' fluisterde hij. 'Wat gebeurt er in Remora?'

Ze schudde haar hoofd. 'Er is niets mis. Ik moest even gaan liggen voor de wedstrijd. Het is allemaal even fantastisch... de vlaggen, de kleuren en de paarden. Vanochtend ben ik derde geworden en daarna ben ik naar de zegening van Arcangelo geweest en...' Ze kwam woorden te kort. 'Maar ik wilde weten hoe het hier is. En of teruggaan nog wel lukte,' voegde ze er nog zachter aan toe.

'Hier gaat het prima,' zei Falco. 'Ik wou alleen dat ik ook bij de Stellata kon zijn.'

Georgia kneep even in zijn hand. 'Ja, dit is het zwaarste deel voor jou,' zei ze. 'Hou vol. Ik vertel je alles als ik weer terugkom, maar nu moet ik weg.' Ze ging liggen en stuurde haar gedachten naar de logeerkamer bij Paolo thuis.

Al snel hoorde Falco aan haar regelmatige ademhaling dat ze sliep en hij nam zijn wake weer op. Het duurde nog uren voordat hij zijn ogen dichtdeed; in zijn herinnering beleefde hij elke minuut van de wedstrijddag, die hij in het echt nooit meer kon meemaken.

Georgia stond op de trappen voor de grote kerk en keek naar de vaandeldragers, die met de rode en gele vlaggen zwierige patronen door de lucht zwaaiden voor de plechtige opening. Net als zijzelf hield de hele Ram de adem in toen de vaandeldragers met veel krachtsvertoon de zware vlaggenstokken omhoogwierpen; de vaandels kruisten elkaar boven de hoofden van de menigte en de vaandeldragers vingen behendig elkaars vlaggenstokken op.

'De *alzata*,' zei een stem achter haar en ze draaide zich om naar Paolo, die er prachtig uitzag in zijn kledij voor de optocht. De stalmeesters van de twaalfden voerden hun wijk aan in de stoet en Paolo zou dan ook als capitano van de Ram met de vaandeldragers en tamboers vooroplopen. Hij stond te praten met een lange, grijze man die, zoals Georgia uit de gesprekken om haar heen opmaakte, de voorzitter van het zilversmedengilde was.

De afgevaardigden stelden zich op. Iedereen droeg kleding van rood en geel fluweel, met brokaatmantels en zwierige hoeden met opgeslagen randen en krullende pluimen. Paolo had het zwaard van de capitano bij zich en zilverkleurige sporen aan zijn laarzen. Later zou de praalwagen erbij komen, met een tableau van rammen, vergezeld van een uitverkoren wijkbewoner die Arcangelo aan de teugels meevoerde. Georgia moest haar metalen wedstrijdhelm opzetten en een plaatsvervangend paradepaard berijden; Arcangelo mocht voor de race geen spatje energie verspillen aan een ronde om de Campo. De stoet zette zich nu in beweging om aan te sluiten bij de andere twaalfden, die op het plein achter het pauselijk paleis aan hun uitvoering van de sbandierata waren begonnen.

Luciano was nergens te bekennen, maar Georgia ving in de menigte wel een glimp op van dr. Dethridge, in het gezelschap van een dame in rood fluweel met een gele zijden mantel die niemand anders kon zijn dan Silvia.

*

Op de piazza di Gimelli bij de Tweeling keek Enrico naar het vlaggenvertoon. Hij meende het gezicht van de hertog achter een ziekenhuisraam te zien. De hertog hield iets in zijn armen dat op een pop of een standbeeld leek. Toen besefte Enrico met een schok dat dit het bewusteloze lichaam van de jonge prins Di Chimici moest zijn.

Wat een waanzin, dacht hij. Kon het de hertog nu echt nog schelen wie de race zou winnen? Enrico overwoog om nog een deel van het geld, waarmee de hertog en de paus hem betaalden, te gebruiken om op het laatste nippertje extra druk uit te oefenen op Silk, de jockey van de Tweeling. Zijn scherpe ogen ontdekten de jockey in zijn roze met witte kleuren tussen het steeds wisselende palet van wijkbewoners met sjerpen en sjalen.

*

Bij het pauselijk paleis begeleidde de paus de duchessa naar haar plaats tussen Rodolfo en Gaetano op het podium van de Tweeling. Fabrizio di Chimici was er ook, maar Carlo was naar de Vrouwe om de Gigliaanse familie te vertegenwoordigen. Nog lang niet alle stoelen waren bezet. De andere gasten uit Bellezza moesten nog komen en de troon van de hertog was opvallend leeg. Zijn aanwezige zoons zaten fluisterend te overleggen wat ze moesten doen als hun vader niet op tijd voor de race kwam opdagen.

Het was een hete zomermiddag en Barbara stond met een witte, zijden parasol achter de duchessa. Arianna droeg een japon van smetteloos witte zijde en een masker omzoomd door witte pauwenveren. Het was een tactvolle keuze, die niet vloekte met het roze en wit van de Tweelingbewoners om haar heen en geen aanstoot gaf aan andere twaalfden. Alleen Arianna en haar kamenier wisten dat ze onder haar wijde rok kousenbanden van felrood en geel droeg.

De broers Di Chimici gingen in het paars en groen van de

Vrouwe gekleed en hadden liever aan de overkant van het plein op hun eigen podium gezeten. Maar zoals bij de diners die aan de Stellata vooraf waren gegaan, moesten ze ook nu hun vader vervangen en de eer van de familie hooghouden tegenover hun Bellezziaanse gasten. Aan de diplomatieke gevolgen van Falco's ziekte kwam geen einde en geen van de broers wist waar het op uit zou draaien. Ze tastten in het duister en konden zich alleen op kracht van hun opvoeding staande houden.

De sfeer was zo gespannen dat zelfs Rodolfo, als altijd in het zwart gekleed, nerveus leek.

'Wat is er?' fluisterde Arianna hem toe. 'Waar is hij?'

'Er is iets mis,' antwoordde haar vader zacht. 'Ik zou het liefst zien dat Georgia niet aan de wedstrijd meedeed, maar de jongen terugbracht. En ik zit ook over Cesare in.'

'En Luciano dan? Waar is hij?' vroeg Arianna.

Rodolfo zuchtte en schudde zijn hoofd. 'Wist ik het maar,' zei hij. 'Met hem is ook iets aan de hand. Ik heb hem na zijn transformatie nog nooit zo ongelukkig gezien... en daar ben ik medeschuldig aan.'

'Daar is dr. Dethridge,' zei Arianna. Met veel buiginkjes en handkussen nam de zestiende-eeuwse geleerde zijn plaats op het podium van de Tweeling in. Hij was alleen gekomen.

*

Luciano was onrustig. Hij bleef bij de stallen van de Ram rondhangen toen Georgia naar de inzegening ging. Hij had sterk het gevoel dat hij vandaag achter de feiten aan liep, al wist hij niet eens welke feiten het waren. Hij wilde liever niet vroeg op de Campo zijn, maar ook niet zo laat dat hij de optocht zou missen. Hij zag ertegen op om op het podium van de Tweeling te moeten zitten, waar het gezelschap van de Chimici's een blikvanger was voor het publiek. Als hij daar eenmaal zat, omringd door autoriteiten, kon hij niet meer ongemerkt wegglippen.

Hij moest aan Cesare denken, die ook in het nauw zat, waarschijnlijk tot na de race ergens opgesloten. Bij de gedachte aan zijn vriend in gevangenschap begon hij over de keitjes van de hof te ijsberen en herinnerde zich zijn eigen ontvoering en gevangenschap van een jaar geleden. Cesare liep natuurlijk niet hetzelfde gevaar als hij destijds, want de Taliaanse jongen zou vrijgelaten worden zonder enig ander letsel dan de teleurstelling omdat hij de race niet had gereden, maar Luciano's leven was voorgoed veranderd.

En toch, elk uur dat Cesare vastzat werd Luciano gekweld door de herinneringen aan wat hij had doorgemaakt toen hij in handen was gevallen van de Remaanse ambassadeur en zijn spion in de blauwe mantel. Het kon bijna niet anders of diezelfde spion had Cesare te pakken.

Opeens schoot hem iets te binnen dat Falco voor zijn stravagatie had gezegd: 'Ik heb steeds het gevoel dat er een vreemde in het paleis is. Iemand die mij in de gaten houdt.'

Luciano kreeg een idee. Hij wist wat hem te doen stond. Hij rende naar de stallen om te zien of er paarden waren die voor een rijtuig konden worden gespannen, maar de stalknechten waren op de Piazza del Fuoco en hij kon het niet alleen af. Dondola stond rustig hooi te kauwen in haar box en hij wist hoe hij haar moest zadelen en teugelen. Onhandig klom hij van het opstijgblok op haar rug. Ze reden door de verlaten straten van de Ram in noordelijke richting en alleen de grijze kat zag hen gaan.

*

Als teken van de dierenriem dat het eerste aan bod kwam in het astrologische jaar, opende de Ram de grote optocht. De tamboer begon de maat van de mars te slaan en werd daarin gevolgd door de trommelaars van de andere twaalfden. De vaandeldragers lieten hun vlag zakken, gingen onder de boog bij het podium van de jury door en de ronde Campo op.

Langzaam trokken ze naar het podium van de Vrouwe, klaar om hun eerste ceremoniële sbandierata uit te voeren. Georgia's paradepaard bleef stilstaan. Doordat de enorme praalwagen haar uitzicht blokkeerde zag ze niets van wat er zich bij de Ram afspeelde, behalve het moment van de alzata, toen de vlaggenstoken in de lucht werden gegooid en onder gejuich van het publiek in een spiraalbeweging neerkwamen.

Dit is ongelooflijk, dacht Georgia, die naar de menigte keek. Het hele middenplein stond afgeladen met Remoranen die de kleuren van hun twaalfde droegen. Ze zag dat veel mensen op de ronde stenen muur om de fontein in het midden stonden, waar ze zich al vroeg een plekje hadden bevochten. De kleuren van de Tweeling wapperden nog van het puntje van de pilaar. Het was onverklaarbaar, behalve als gunstig voorteken voor de Chimici's.

Georgia keek van de menigte binnen het parcours naar de tribune van de Leeuwin, waarvoor ze stil was komen te staan. Tot haar verbazing zag ze tussen de rode en zwarte sjerpen de felgekleurde kleren van de Manoush. Aurelio en Raffaella zaten bij een oude vrouw van hun volk. Georgia glimlachte; ze had niet verwacht dat het bij de strenge opvattingen van de Manoush paste om vanaf een gemakkelijke zitplaats op de houten tribune naar de race te kijken.

Ze ving Raffaella's blik van herkenning op. Op datzelfde moment mocht ze weer verder met haar paard, zodat ze er niet bij stilstond dat die herkenning voor de blinde muzikant minstens zo voelbaar kon zijn.

Op het erepodium keek Arianna haar ogen uit. Het carnaval in haar waterstad was net zo kleurig en uitbundig, maar een spektakel als dit, met al die pracht en praal en paarden, kon alleen plaatsvinden in een stad als Remora, gebouwd op vaste bodem.

Naast haar was Rodolfo nog steeds even onrustig, keurde de optocht nauwelijks een blik waardig maar keek zoekend de hemel af en dan weer achterom naar het ziekenhuis, dat verscholen lag achter het massieve paleis van de paus. Na een tijdje viel het haar op dat hij een spiegeltje in zijn hand had. En ze wist dat hij niet uit ijdelheid in spiegels keek.

*

Cesare was aan het einde van zijn krachten toen hij bij een snelstromende rivier kwam. Dankbaar schepte hij het water op en leste zijn dorst. Hij had niets bij zich om water in mee te nemen, maar hij spatte zijn gezicht en haar nat en dompelde zijn halsdoek onder, voor wat koelte op zijn verdere tocht. Nu moest hij de rivier over zien te komen en verdergaan over een pad dat hij uitnodigend tussen de bomen aan de overkant zag kronkelen.

Er lagen onregelmatig verspreide keien in de rivier. Met meer geluk dan wijsheid zou hij van de ene kei op de andere kunnen komen, maar toen hij met een stok het water peilde merkte hij hoe diep het midden was. Hij wist al dat het water ijskoud was en de snelle stroming verraderlijk. Hij klom de oever weer op en ging met zijn rug tegen een boom zitten uitrusten. Cesare kon niet zwemmen.

Luciano reed naar Santa Fina en genoot van zijn groeiende zelfvertrouwen en het gevoel dat hij het paard de baas was. Op de Strada delle Stelle kwamen ze langzaam vooruit, maar toen hij de Zonnepoort door was en op het platteland kwam, zette hij Dondola aan tot galop. Ze was blij verrast dat ze er toch op uit mocht op een dag waarop de stallen er verlaten bij lagen, en ze was maar al te bereid hem snel naar Santa Fina te brengen.

Het duurde niet lang of het grote paleis doemde voor hem op. Het was de eerste keer dat hij er onbelemmerd zicht op had; de vorige keren was hij in een rijtuig door de massieve hekken naar de binnenplaats gereden. Nu stonden de hekken open en de bedienden leken nog even van slag als de laatste keer dat hij hier was geweest, op de ochtend waarop Falco met het flesje gif was gevonden.

Hij werd herkend toen hij van Dondola's rug sprong.

'O, signore,' zei een bediende. 'Het spijt me dat ik uw paard niet naar de stallen achter kan brengen. Wilt u het zelf doen? Ik moet hier de wacht houden.'

'Natuurlijk,' zei Luciano. 'Maar wat is er dan?'

De man wilde kennelijk niets zeggen en hij mompelde maar wat. Luciano haalde zijn schouders op en leidde Dondola achterom naar het stallencomplex. Het was er uitgestorven. Hij zette het paard in een box en gaf haar hooi en water.

'Ik kom zo terug,' zei hij. 'Ik ga een kijkje in het paleis nemen. Cesare moet hier ergens zijn.'

En Merla, die misschien zijn stem herkende of de naam van de jongen die haar ter wereld had geholpen, hinnikte lang en nadrukkelijk in een box achter in het complex.

Arianna voelde dat Rodolfo naast haar verstijfde.

'Wat is er?' siste ze.

De grote optocht omcirkelde nu het hele plein. Georgia bevond zich tegenover het podium van de Tweeling en de Tweelingafvaardiging in de optocht was bij het podium van de Ram aanbeland. Op de praalwagen speelden twee jongetjes, duidelijk een tweeling, onder een enorme leeuwin van papiermaché die op een voetstuk van roze en witte papieren rozen stond. Teresa keek vertederd toe en dacht aan haar eigen tweelingzoontjes thuis in de twaalfde.

Rodolfo wisselde een blik met Dethridge en in stilte seinden ze een teken naar Paolo, die trots langs het podium paradeerde. Door hun telepathische kracht leek de driehoek van gedachten bijna tastbaar.

De deelnemers van de Vissen waren net op de Campo gearriveerd, gevolgd door de laatste praalwagen, met het grote vaandel vol sterren dat het symbool van de Stellata was. Op het vaandel stond een vrouwenfiguur in het blauw, maar het was onduidelijk of ze de christelijke maagd of de heidense godin was.

De toeschouwers barstten in gejuich uit toen de Stellata verscheen, rukten hun gekleurde sjerpen en halsdoeken af en zwaaiden ermee naar de beschilderde zijden standaard met het vaandel. Onopgemerkt in die orkaan van geluid en rumoer liet Rodolfo aan Arianna zien wat er in zijn spiegel gebeurde. Een jongen met zwart krullend haar, gekleed in het rood en geel van de Ram, klampte zich vast aan de manen van een zwart paard. Hij leek geen ervaren ruiter. Het beeld vervaagde, maar Arianna zag nog net dat het paard ongezadeld was en dat de ruiter tussen twee enorme zwarte vleugels werd voortgedragen boven de boomtoppen.

*

Cesare schrok wakker. Groen gefilterde zonnestralen vielen tussen de bomen door en aan het licht kon hij zien dat het al laat in de middag was. De honger knaagde aan hem, maar hij dwong zich het water in te gaan en zich een weg te banen over de onveilige keien.

Hij was nog lang niet op de helft toen zijn moed hem in de steek liet. De stenen waren glad en zelfs de grotere blokken helden over als hij zijn gewicht erop zette. Bij iedere stap liep hij het gevaar dat hij in de rivier viel en door de stroming werd meegesleept. Hij wist niet welke stenen hij moest kiezen, want ze konden allemaal even onstabiel en verraderlijk zijn.

Cesare bleef staan en durfde niet meer voor- of achteruit, want als hij omkeek wist hij niet over welke stenen hij gekomen was en hij voelde zich duizelig worden.

Een zwarte libel kwam aanvliegen en danste voor zijn ogen op en neer. De twee paar vleugeltjes vingen glinsterend het licht. Dit deed hem aan Merla denken. Als hij zich op het glimmende insect concentreerde, voelde hij zich minder duizelig. Toen vloog de libel weg en ging op een van de honingkleurige keien voor hem zitten.

Met zijn ogen strak op de libel gevestigd tilde Cesare één voet op en zette hem op de steen. Die stond rotsvast. De libel vloog verder en landde op een volgende kei, bleef even zitten, vloog toen naar Cesare terug en opnieuw naar de steen voor hem.

'Moet ik die hebben, mooi dier?' vroeg Cesare en hij zette weer een stap. Steen na steen en stapje voor stapje werd hij door de libel de rivier over geleid. Toen hij aan de overkant eindelijk weer vaste grond onder zijn voeten had, liet de libel drie keer zijn vleugeltjes flitsen en verdween hoog in de bomen.

'Bedankt!' schreeuwde Cesare en hij keek de libel na. En zo zag hij Merla langzaam boven de boomtoppen vliegen, met een ruiter op haar rug.

*

Luciano keek omlaag door de bomen, die voor zijn gevoel zo snel onder hem door raasden dat hij er bijna misselijk van werd. Hij wist dat Merla nog veel sneller kon, maar het leek alsof ze inhield omdat ze iets zocht en hij was er blij om. Toen hij besloten had om te leren paardrijden, had hij zich nooit voorgesteld dat hij een avontuur als dit zou beleven. Het was al een heel karwei geweest om het gevleugelde paard te bestijgen. Luciano was hulp bij het opstijgen gewend en hij had nooit op een ongezadelde paardenrug gezeten. Toen hij onzeker tussen Merla's vleugels zat en zich aan haar manen vastklampte, had hij zijn knieën tegen haar flanken geduwd en met zijn tong geklakt.

Het zwarte paard ging moeiteloos van draf op galop over en op de langzame slagen van haar sterke vleugels stegen ze de lucht in. Toen ze boven de bossen waren, had Luciano zijn ogen dichtgedaan en er het beste van gehoopt.

De bossen strekten zich van Santa Fina uit in de richting van Remora en Merla had kennelijk de stad als doel.

Paard en ruiter hoorden gelijktijdig de schreeuw vanaf de grond. Merla hield haar vleugels stil en bleef luchttrappend zweven. Luciano keek angstig door haar dikke zwarte manen naar beneden. Tussen de kruinen van de bomen was een gat, als de scheiding in een dikke bos haar. Verder onder hem was een kronkelend, blauw lint met ernaast een figuurtje dat op en neer sprong en met iets roods en geels zwaaide.

Toen het figuurtje dichterbij kwam, besefte Luciano dat Merla een plek zocht om te landen. Hij kneep zijn ogen dicht en richtte schietgebedjes naar de godin. De bomen zoefden langs zijn hoofd en hij hoorde Merla's vleugels suizen toen ze ze over haar rug vouwde, waarbij hij in een donkere wolk zwarte veren verdronk. Ze boog haar gestrekte nek zodat hij naar de grond kon glijden.

Luciano kon bijna niet op zijn wankele benen blijven staan. Hij hoorde gekraak in het struikgewas en Cesare kwam op de open plek van hun landing afgestormd.

De twee jongens grepen elkaar vast in een enthousiaste omhelzing.

'Cesare! Wat ben ik blij dat ik je gevonden heb!'

'En je hebt Merla ook gevonden!'

'Alleen omdat ik jou aan het zoeken was!'

Cesare holde naar het gevleugelde paard, dat op een belachelijk gewone paardenmanier stond te grazen. Hij gooide zijn armen om haar nek en drukte zijn gezicht tegen haar hoofd. Heel even stonden paard en jongen elkaars geur in te ademen.

Toen draaide Cesare zich om naar Luciano. 'We moeten naar de Campo. De race begint zo.'

'Dat geeft niet,' zei Luciano. 'Georgia rijdt op Arcangelo.'

Cesare worstelde met tegenstrijdige gevoelens. Hij wist dat de Ram geen andere keus had gehad dan een vervangende jockey te zoeken. En hij wist ook dat die andere jockey inmiddels ingeschreven zou staan en niet meer gewisseld kon worden. Georgia was in ieder geval gewend aan zadelloos rijden, en na zijn ontvoering was er genoeg tijd voorbijgegaan waarin ze een band met Arcangelo had kunnen opbouwen. Maar hij was ook bitter teleurgesteld. Er was maar eens per jaar een Stellata en hij had zich er zo lang op voorbereid. Volgend jaar was hij misschien wel te groot of te zwaar om mee te doen.

Cesare zuchtte. 'Kan ze ons allebei dragen?' vroeg hij, met zijn hand in Merla's manen.

Luciano schudde van nee. 'Een klein stukje misschien, maar niet het hele eind naar de stad,' zei hij. 'Ik heb mijn paard bij het paleis achtergelaten en dat is maar een paar kilometer naar het noorden.'

'Denk maar niet dat ik nog naar dat paleis terugga,' zei Cesare. 'Ik heb er dagen gevangengezeten en ik ben net ontsnapt!'

'En Roderigo dan?' stelde Luciano voor.

'Briljant!' zei Cesare. 'Hij moet hier ergens in het westen zitten en Starlight staat bij hem. Merla zal dolblij zijn als ze haar terugziet en een van ons kan op haar naar Remora rijden.'

'Dat doe ik wel,' zei Luciano, die alweer de zenuwen kreeg bij het idee aan de korte vlucht naar de stalhouderij in Santa Fina en veel liever over de grond naar Remora terug wilde.

Merla stond toe dat ze allebei opstegen; Cesare gaf Luciano een duw en sprong toen zelf soepel voor hem op de paardenrug. Hij boog zich voorover en fluisterde Merla iets in het oor. Ze spreidde haar enorme vleugels, kwam in beweging en kon op de open plek genoeg snelheid maken om op te kunnen stijgen. Het werd nog even spannend of ze het zou redden voordat ze de bomen aan de rand van de open plek bereikte, maar haar krachtige spieren en brede vleugelslag tilden haar bijtijds op. En hoger ging ze, hoger en verder, op weg naar haar moeder.

*

Er zat een baksteen in Georgia's maag. De optocht was drie keer de Campo rond gegaan en het vaandel van de Stellata hing over de balustrade bij het podium van de wedstrijdcommissie.

De vaandeldragers van de twaalfden hadden gelijktijdig een laatste, spectaculaire alzata voor het podium van de Tweeling uitgevoerd en werden beloond met een applaus van de mooie duchessa van Bellezza, die enthousiast overeind was gesprongen.

In de hof van het pauselijk paleis ruilden de jockeys het paradepaard voor hun renpaard in. Topolino, de ruiter van de Boogschutter, tikte tegen zijn helm om Georgia te begroeten en ze beantwoordde de groet. Het uiterlijk van de jockey van de Vissen stond haar niet aan; hij stond bekend als Il Re – de koning. Hij keek haar eerder moordlustig dan koninklijk aan en ze was niet vergeten hoe misselijk hij zich in de voorrondes had gedragen.

Plotseling verstomde het gebeier van de grote paleisklok en pas toen besefte Georgia dat hij vanaf het moment van de inzegening de hele middag had geluid. Het werd stil in de hof.

Een grote, verfomfaaide gestalte kwam moeizaam op de paarden af. Hij keurde Cherubino, zijn eigen jockey, amper een blik waardig. Cherubino boog zich voorover om een heilwens van de man te ontvangen. 'Uwe hoogheid,' fluisterde hij en de hertog bleef staan en staarde hem aan.

Hij stak een vermoeide hand op. 'Op de overwinning en de vreugde,' zei hij toonloos, toen de formule hem te binnen schoot, en hij liep de Campo op.

*

Arianna's hart bonkte. Ze wist dat de race doorgestoken kaart was, zodat een twaalfde van de Chimici's zou winnen. En ze wist ook dat ze was uitgenodigd om met eigen ogen te zien hoe onoverwinnelijk de Chimici's waren. Als het even geregeld kon worden, mocht ze de verpletterende nederlaag meemaken van de Ram, de twaalfde die trouw was aan Bellezza.

Over een paar minuten zou ze naar het podium van de wedstrijdcommissie geleid worden om de volgorde te kiezen waarin de paarden zich moesten opstellen. Daar kon in ieder geval niet mee gesjoemeld worden; ze moest haar hand in een fluwelen zak stoppen en er houten ballen uit grabbelen, die in de kleuren van de twaalfden waren geschilderd. De volgorde waarin ze ze pakte was de volgorde waarin de paarden zouden starten, van de binnenbaan af gezien.

Arianna bad in stilte om een goede plaats voor Georgia, liefst aan het begin. De hertog moest haar naar de commissie brengen, maar hij was er nog niet en Arianna probeerde niet op het drukke gefluister van zijn zoons te letten. Er ontstond beroering op het podium en plotseling was Niccolo di Chimici er wél, maar hij zag eruit als een geest. Zijn glimlach was een akelige grijns.

'Tijd voor de loting, hoogheid,' zei hij en hij bood haar zijn arm.

*

De jockeys gingen onder een boog bij het podium van de Tweeling door en Georgia kreeg een zweep aangereikt toen ze met Arcangelo de Campo op reed. De start lag in het neutrale gebied, aan de noordkant van de Strada delle Stelle. Ook aan de zuidkant was een neutrale zone, waar de deelnemers aan de optocht plaatsgenomen hadden op de voor hen gereserveerde tribune.

Georgia ging als in een droom naar de startlijn, tegenover het podium van de commissie. Ze zag de omroeper iets vasthouden dat op een grote toeter leek; het zou wel een soort megafoon zijn. Naast hem stond de duchessa van Bellezza, die het op de hete, stoffige Campo klaarspeelde er zo fris uit te zien als een glas ijswater. En naast haar kon Georgia de hertog onderscheiden, die eruitzag alsof hij wel wat ijswater kon gebruiken. Ze had hem in geen dagen gezien en was geschokt door zijn verschijning.

Arianna stak een sierlijk gehandschoende hand in een zwarte, fluwelen zak. Ze haalde een rood met paarse bal te voorschijn: 'Boogschutter,' zei ze op heldere, goed verstaanbare toon, wat de omroeper nog eens door zijn toeter herhaalde, en het 'Booggg-schutterrr' galmde door de omsloten Campo. Topolino reed op Alba naar de eerste plaats.

De bal van de Boogschutter werd als eerste neergezet op iets dat het midden hield tussen een kandelaar met verschillende armen en een rij glazen eierdopjes. De duchessa koos de tweede bal en 'Rrramm!' weerkaatste over het plein, terwijl Georgia nauwelijks kon geloven dat het rood en geel nu was geselecteerd. Ze startte als tweede vanaf de binnenkant. Wat een geluk! En aan de binnenkant startte haar bondgenoot.

Maar als derde werd het blauw en roze van de Vissen gekozen en Georgia bleek ingeklemd te zitten tussen haar grootste bondgenoot en haar felste tegenstander. Het werd nog erger toen de volgende bal roze en wit was; pal naast de Vissen zou de Tweeling starten, en die twee zouden haar het leven zo zuur mogelijk maken om haar meteen op achterstand te zetten.

Onder gekreun van het publiek werden de laatste posities aan de buitenkant bekendgemaakt, waarbij het meteen tot die twaalfden doordrong dat ze de winst wel konden vergeten. De Vrouwe werd als laatste geplaatst, nummer twaalf. De Rincorsa, het laatste paard, moest in galop tussen de touwen door rennen om de race te openen, als de commissie tenminste geen valse start liet affluiten. In de voorrondes hadden officieel dezelfde regels gegolden, maar toen had niemand zich er druk om gemaakt. Bij de echte wedstrijd was een valse start een halszaak.

De glazen doppen waren nu allemaal vol en de spookachtige hertog bracht de duchessa terug naar het erepodium bij het pauselijk paleis. De paarden stonden te draaien en te bokken bij de start; er waren geen startblokken en diverse paarden stonden met hun kont naar de startlijn, waaronder Arcangelo. Georgia zag hoe de twee hertogelijke figuren, zo volkomen verschillend, de kleine afstand naar de Tweeling aflegden en ze speurde het podium af. Luciano was er nog steeds niet.

Ze had geen tijd om over hem in te zitten. Na twee keer een valse start was de race plotseling in volle gang en Georgia kon op niets anders letten dan het geweld van de zweepslagen die Il Re op haar helm uitdeelde. Topolino gaf zijn paard de sporen, zodat ze in de binnenbaan achter hem kon rijden, maar Silk kwam met Benvenuto dwars voor haar rijden en sneed haar de pas af.

Het was een rampzalige start, maar nu lieten de Vissen en de Tweeling haar tenminste met rust omdat ze dachten dat ze met haar hadden afgerekend. Ze concentreerden zich volledig op hun eigen prestatie. Georgia was woedend, maar ze reed tenminste nog en Arcangelo was pijlsnel.

Ze haalde de anderen in toen de eerste ronde erop zat en in een wirwar van paarden en jockeys kwam ze zesde te liggen. Iets in haar hersens registreerde dat ze Paolo en de anderen op het zuidelijkste podium voorbij was gestoven. Tegen de klok in was ze al langs een heel circuit van de dierenriem om de Campo gedaverd. Hertogen en prinsen, slagers en bakkers, het kon haar niet schelen aan wie ze voorbijstormde. Georgia was zich alleen nog bewust van haar paard en haar rivalen.

Ze galoppeerden in gestrekte draf in de tweede ronde toen een schrille stem boven het geschreeuw van de toeschouwers uitkwam. 'De zhou volou!' gilde de stem. 'Het geluk van de Ram is teruggekeerd!'

Op hetzelfde moment dat Georgia de stem als die van Aurelio herkende, hoorde ze vleugels. De jockeys schrokken en hielden nog geen fractie van een seconde in, maar het was genoeg voor Arcangelo om de derde plaats te pakken, achter de Waterman en de Tweeling, terwijl ze opnieuw over de startlijn scheurden en aan de laatste ronde begonnen.

'Niet opkijken,' mompelde Georgia, die haar kiezen op elkaar zette toen ze het publiek als één man hoorde schreeuwen.

Er flitste iets roze-met-wits langs haar ogen en nóg hield ze niet in. Ze kwam naast Salsiccio op Uccello en voelde dat hij achteropraakte; ze ving in de gauwigheid een glimp op van de bange, geschrokken ogen waarmee hij omhoogstaarde.

'Niet... opkijken...' hijgde ze, bijna zij aan zij met Silk op Benvenuto. Weer hief de jockey van de Tweeling zijn zweep, maar toen liet hij het ding vallen en Georgia zag nog net hoe hij het geluksteken sloeg en lijkwit werd.

Ze scheurde langs hem heen, hield haar ogen gericht op haar doel, de kleine zwart-witte vlag die de finish markeerde. Georgia schoot erlangs.

Ze hield het grote kastanjebruine paard in en kon nauwelijks geloven wat ze gedaan had. Ze had gewonnen. Ze had de overwinning voor de Ram binnengesleept. Griezelig genoeg bleef het doodstil om haar heen. Het was alsof een videoband op pauze was gezet. Iedereen staarde in de lucht boven de pilaar midden op de Campo. De kleuren van de Tweeling wapperden er niet meer en Cesare zwaaide naar haar vanaf de rug van Merla, die geduldig bleef zweven terwijl hij een gore rood en gele halsdoek afknoopte en aan de top vastbond.

Hij boog vervaarlijk langs de flank van het vliegende paard en schreeuwde haar toe: 'De overwinning! De overwinning en de vreugde!'

En op de Campo brak een oorverdovend gejuich los.

# 23

## VUURWERK

Na zijn lange rit op Starlight kwam Luciano hijgend uit Santa Fina op de Campo aan, lang nadat Cesare en Merla de wereld op z'n kop hadden gezet. De kramen waren leeg en de laatste toeschouwers verdwenen onder het podium van de Tweeling in de richting van de kathedraal. Luciano bond zijn paard aan een van de ijzeren ringen in een zijstraatje van de piazza en holde zelf ook naar de kathedraal.

'Wie heeft er gewonnen?' vroeg hij een voorbijganger, maar het antwoord ging verloren in het lawaai dat uit de zwart-met-witte Duomo kwam. Luciano vocht zich door de menigte naar binnen en zag in één oogopslag wat hij weten wilde. Binnen was het een deinende zee van rode en gele vlaggen en wimpels waarmee de opgetogen Rambewoners hoog in de lucht zwaaiden.

Bij het grote altaar in de verte zag hij de blauw-zilveren stan-daard van de Stellata en twee figuren in de kleuren van de

Ram, die op de schouders van de dolgelukkige Montonaioli werden gedragen. In het schip van de kathedraal weergalmde gejuich en gezang; het was onmogelijk om in de buurt van Georgia en Paolo te komen.

Met een grote grijns ging Luciano de kerk uit en bracht Starlight terug naar haar stal in de Ram.

*

Arianna was in het pauselijk paleis terug en wist niet wat ze doen moest. Er zou een schitterend banket worden aangericht, ook ter ere van haar, maar in het paleis heerste een spookachtige stilte. Alles was verkeerd gelopen voor de Chimici's, die op een overwinning voor de Tweeling of de Vrouwe hadden gerekend.

Het was traditie dat de winnende twaalfde na de Stellata opnieuw een massaal straatfeest hield, met een diner onder de sterren en een hele nacht slempen. De andere twaalfden doofden hun fakkels en kaarsen en trokken zich terug alsof ze in de rouw waren.

De schragentafels met roze en witte kleden die alvast voor het nachtfeest op het plein buiten de Duomo waren klaargezet, stonden er leeg en treurig bij.

De paus was niet van plan om zich zomaar een diner te laten ontnemen; de bewoners van de Tweeling mochten dan van hun feestje zijn beroofd, dat was voor hem geen reden om het banket in het paleis af te zeggen. Ferdinando di Chimici nam als op één na oudste familielid opeens de verantwoordelijkheid op zich. De hertog was zo goed als afgeschreven en al kon Ferdinando niet in zijn voetsporen als staatsman of strateeg treden, hij wist wat hij bezoekende edelen schuldig was en het was aan hem om het gezicht van de Chimici's te redden met een zo indrukwekkend mogelijk feestbanket, ook al viel er niets te vieren.

*

De hertog was meteen na afloop van de race naar het ziekenhuis teruggegaan. Het scheen amper tot hem door te dringen dat Bellezza had gewonnen. Maar toen Gaetano zijn vader ging zoeken, bleek dat de lagunestad niet uit zijn gedachten was verdwenen.

'Vader,' zei Gaetano zacht. 'Komt u in het paleis dineren? Dat zal u goed doen en ik kan wel bij Falco blijven.'

'Nee,' zei Niccolo. 'Jij moet daar aanwezig zijn. Ik kan merken dat de duchessa op je gesteld is. Maak gebruik van haar goede stemming om vanavond je aanzoek te doen.'

Gaetano wist niet wat hij hoorde. Het was zo'n opluchting om die hele hofmakerij op een laag pitje te kunnen zetten nu Falco doodziek was. Nu moest hij er kennelijk toch vaart achter zetten.

'Maar vader,' protesteerde hij. 'Het geeft toch geen pas om over huwelijken te praten als het zo slecht gaat met Falco.'

'Hij heeft niet lang meer te leven,' zei Niccolo. 'De artsen denken dat hij de nacht niet haalt.'

Een nieuwe, verdrietige zorg beklemde Gaetano. Hij zou om zijn broer moeten rouwen, zonder met iemand in zijn familie de troost te kunnen delen dat Falco in een andere wereld doorleefde en opbloeide. En de artsen leken gelijk te hebben; Falco was nog maar een armzalige schim van wie hij geweest was.

*

In de Ram laaiden de fakkels en bonkten de trommels. De kinderen hoefden niet naar bed. Teresa zag haar tweeling onder een tafel diep in slaap en ze legde hen in hun houten schommelwieg, die ze met haar voet in beweging hield terwijl de kleine meisjes zwaaiend met hun vlaggetjes tussen de tafels door renden en tegen ieder die het maar horen wilde gilden: 'Vewinning! Vewinning! Vweugde!'

Georgia en Paolo werden in triomf op de schouders van twee sterke mannen naar de twaalfde teruggedragen. Arcangelo werd omringd door een menigte uitgelaten Ramaanhangers, die hem voortdurend wilden aaien en klopjes geven. Cesare had Merla aan de teugel, een vliegend paard dat graag mak mee terugliep naar de Ram en haar moeder. De Rambewoners waren zo onder de indruk van haar dat ze zich wel om haar verdrongen, maar niet zo dichtbij durfden te komen dat ze haar konden aanraken. William Dethridge begeleidde Silvia. De hoofdvaandeldrager had zijn vaandel aan een ander gegeven om de standaard van de Stellata in triomf naar de wijk te brengen.

De paarden moesten buiten blijven toen de Rambewoners de standaard en hun triomfantelijke jockeys de kerk in brachten; Georgia en Cesare werden de trappen op gedragen.

Welke twaalfde de paardenren ook won, de eerste gang was het bedanken van de Maagd, te beginnen in de grote kathedraal en daarna in hun eigen buurtkerk. De Santa Trinità was afgeladen met zwaaiende vlaggen en geestdriftig volk. De priester, die nog maar een paar uur geleden Georgia haar helm en Arcangelo de zegen had gegeven, besprenkelde haar en ieder ander in haar buurt royaal met wijwater. Er hing in het anders zo rustige en plechtige gebouw een sfeer van carnaval. Een twaalfde dat na vijfentwintig jaar verlies eindelijk weer de Stellata had gewonnen, mocht uit zijn dak gaan.

Nadat Georgia een uur geleden in de hof van het pauselijk paleis Arcangelo had bestegen, had ze letterlijk en figuurlijk niet meer met beide benen op de grond gestaan. Na de race was ze zo ongeveer van het paard gesleurd in de uitbundige omhelzingen van de Ramaanhang en op de schouders genomen; het was nog een wonder dat haar de kleren niet van het lijf waren gescheurd. Nu lieten haar fans haar op de grond zakken en ze viel in Cesares armen.

'Wat een avond!' zei hij. 'Wat een overwinning!'

'Het kwam door jouw afleidingsmanoeuvre,' zei ze. 'Zonder jou en Merla had ik nooit gewonnen. Maar toch jammer dat jij niet op Arcangelo reed.'

'Meen je dat?'

'Nee, natuurlijk niet,' grinnikte Georgia breed.

Er kwam nog een paard het plein op en Merla hinnikte ter begroeting. Luciano leidde Starlight naar de drukte onder aan de kerktrappen. Hij sprong van haar rug en gooide de teugels naar een bereidwillige omstander. Het gerucht dat Starlight de moeder van het wonderlijke vliegende paard was, was al als een lopend vuurtje rondgegaan.

'Luciano!' schreeuwde Georgia hem toe. 'Jij kunt opeens rijden!'

'Hij is zelfs een doorgewinterde ruiter,' lachte Cesare. 'Hij is op het ene paard helemaal naar Santa Fina gereden en op het andere weer terug. Hij heeft zelfs al op Merla gevlogen!'

'Bofkont,' zei Georgia, die verlangend naar het gevleugelde paard keek.

Toen had Luciano hen bereikt, trok haar in zijn armen en ze dacht niet meer aan paarden.

'Georgia, het is je gelukt!' zei hij en hij zoende haar op haar mond.

Ze werd warm en koud tegelijk. Ze had op die avond al meer omhelzingen en kussen gehad dan in de hele rest van haar leven, maar dit was anders. Dit was Luciano. Ze kuste hem voluit terug en voelde zijn verbazing. Daarom wendde ze zich snel naar Cesare en kuste hem ook, zodat Luciano zich geen uitzondering zou voelen. Uit haar ooghoek zag ze dat hij zich ontspande, terwijl ze tegelijkertijd merkte hoe warm Cesare haar kus beantwoordde.

*

Rodolfo's spiegels stonden op verschillende doelen gericht: op het paleis van de duchessa in Bellezza, op het ziekenhuis waar Falco roerloos in bed lag, en de derde op de Ram, omdat hij wist dat Silvia daar was. Al waren de figuurtjes nog zo klein, hij herkende haar toch tussen de menigte bij de grote kerk. En toen zag hij Luciano die de jockey van de Ram kuste, net iets langer dan nodig was voor een vriendschappelijke felicitatie.

Rodolfo slaakte een diepe zucht om deze nieuwe complicatie.

*

Georgia kreeg al snel in de gaten dat ze die avond niet zomaar uit de Ram kon vertrekken. Nog meer dan gisteren was ze de ster van de avond. Buurtbewoners van beide seksen bleven haar feliciteren en zoenen; er waren opvallend mooie meisjes bij die openlijk lieten blijken dat ze de jockey beter wilden leren kennen, maar Paolo en Cesare namen haar in bescherming.

Wat zouden Maura en Ralph in vredesnaam denken als ze die avond niet terug was? In haar briefje had ze gezegd dat ze de hele dag bij Nicholas zou zijn en ook bij de Mulhollands bleef slapen. Daarmee was ze vrijgepleit voor haar vorige avond en deze dag in Remora. Maar nu werd de hemel hier donker, zodat in de andere wereld een zaterdag aanbrak waarop iedereen thuis was en zich zou afvragen waar Georgia bleef.

Maura kon nu ieder moment Vicky bellen en ontdekken dat de Mulhollands geen Georgia gezien hadden en niet konden zeggen waar ze was. Dat ze intussen wél bij hen thuis was maakte het er niet beter op. Als ze haar in kennelijk bewusteloze staat in Falco's kamer aantroffen, zou ze even snel naar het ziekenhuis worden gebracht als Luciano vorig jaar. En ze moest er niet aan denken hoe Vicky en David zich daaronder voelden.

Maar na een paar bekers wijn besloot Georgia dat ze er domweg niet over in wilde zitten; Falco moest maar zien dat hij zich ermee redde. Dit was haar grote feest en ze wilde er geen seconde van missen. Zelfs al had ze zich kunnen terugtrekken, dan zou ze met de beste wil van de wereld toch niet kunnen slapen.

*

Gaetano zat naast zijn oom aan het diner. Nu hij voor de verandering eens niet naast Arianna zat, waren zijn gedachten toch vol van haar. De duchessa zat aan de andere zijde van de paus, naast haar vader. En daar weer naast zaten Fabrizio en Carlo, die fluisterend uitvochten wie er na het banket een toespraak moest houden – Fabrizio als erfgenaam van het hertogdom Giglia, of Carlo als volgende prins van Remora.

Beatrice kwam aanlopen en ging tegenover Gaetano zitten.

'Hoe is het in het ziekenhuis?' vroeg hij bezorgd.

Als antwoord schudde ze haar hoofd.

'Je hebt vader toch niet alleen met hem gelaten, hè?' vroeg hij.

'Nee,' zei ze moe. 'Francesca heeft me afgelost. Ze vond dat ik er even tussenuit moest.'

De paus ving die naam op. 'Ah, onze Francesca,' zei hij. 'Het is een lief kind, nietwaar? Altijd betrokken bij het wel en wee van de familie. Ik ben blij dat ik haar huwelijk nietig heb verklaard. Ze verdient een veel beter lot dan een impotente oude echtgenoot.'

Gaetano verslikte zich in zijn fazant. Francesca was weer vrij en kon hertrouwen! En binnen een paar uur moest hij Arianna vragen zijn vrouw te worden.

In Londen was Falco zo gespannen als een veer. Hij miste Talia, zijn vader en Gaetano zo erg dat het een kwelling was om niet te weten hoe het met Georgia bij de Stellata ging. En hij moest bovendien voorkomen dat ze betrapt werd. Ze lag nog in zijn kamer te slapen en hij was het liefst de hele tijd bij haar gebleven, voor het geval ze net als gisteravond opeens in haar lichaam terugkeerde. Maar Vicky zou argwaan krijgen als hij zich de hele tijd in zijn kamer opsloot. Zodra de telefoon ging deed hij zijn best om er als eerste bij te zijn, maar door zijn been was hij langzaam en meestal was Vicky degene die opnam.

Er zat hem nog iets dwars. Hij was twaalf dagen geleden gestravageerd en hij had nog steeds geen schaduw. Dat betekende dat hij in Remora nog leefde en zolang dat zo was, bleef de verleiding bestaan om Georgia het ringetje te vragen en te kijken of hij in zijn Taliaanse lichaam terug kon keren. Hij wist niet of ze de talisman had weggegooid, of hem vernietigd had. Falco wilde maar dat het achter de rug was, zodat hij beter kon worden en zich op zijn nieuwe leven kon concentreren.

De telefoon ging. Vicky was in de buurt.

'Georgia? Nee hoor, die is hier niet. Gisteravond? Nee, ze is hier gisteravond niet geweest. Wacht even... ik zal het aan Nicholas vragen.'

'De gebeurtenissen ontvouwen zich geheel volgens de voorspelling der kaarten,' probeerde een behoorlijk aangeschoten dr. Dethridge aan Georgia uit te leggen. 'Van de genummerde kaarten verschenen uitsluitend de tweeën... het nummer waarmede je in den paardenren uitkwam. Ja zeker, je was in de kaarten aanwezig... als de Vogelprinsesse.'

'Vogelprinses?' herhaalde Georgia niet-begrijpend.

'De jonge maagd,' zei Dethridge geduldig. 'De prinsesse van de vogelen, daar dit een oord van de lucht is – de geboorteplaats van het vliegende paard en de stad der sterren.'

'Nou, het zal wel,' zei Georgia. 'Wat zeiden die kaarten nog meer?'

'Dat de duchessa – Arianna is namelijk de Vissenprinsesse – volledig beschermd werd door Luciaan toen zij naar den feestelijkheden van de bewegende sterren kwam.'

'Die bescherming is me niet zo duidelijk,' zei Georgia.

'En dat den ridder – de jonge Caesar – opgesloten zoude worden in een toren,' ging Dethridge onverstoorbaar verder. 'En aan jouw andere zijde de Slangenprins – hetgeen voor een van de jonge edelen der Vrouwe vermag te staan, maar mij werd niet geduid of het den arme Falco of prins Gaetano betrof.'

'Hoe leest u dat eruit?' vroeg Georgia, die het niet lekker zat dat de zestiende-eeuwse geleerde haar betrokkenheid bij Falco's leven al had voorspeld.

'De Vrouwe is een aardteken,' zei Dethridge. 'Zoals de Ram het vuur toebehoort en de Tweeling de lucht.' Hij keek alsof het nu zo klaar als een klontje moest zijn.

Misschien moest hij nog maar eens de kaart leggen, dacht Georgia. Ze had geen idee hoe de warboel tussen haarzelf, Luciano, Arianna, Gaetano en zelfs Falco en Cesare uitgeplozen en recht gebreid moest worden.

Geschal van zilveren trompetten kondigde de komst van een voorname gast aan. In tegenstelling tot gisteravond kon de duchessa van Bellezza nu openlijk naar de twaalfde van haar stad gaan om de bewoners te feliciteren. Arianna kwam zwierig en trots binnen. Ze droeg een scharlakenrode mantel over een gele zijden jurk en een masker van rode en gele veren. Gevolgd door Rodolfo en Gaetano liep ze onder een staande ovatie de hele lengte van de steile Via di Montono af naar de hoofdtafel.

Paolo haalde stoelen voor de nieuwe gasten, maar Arianna ging niet zitten voordat ze de paarden had gestreeld. Het was traditie dat het winnende paard eregast was aan het overwinningsbanket, maar de Ram was nog een stapje verder gegaan door Merla naast Arcangelo te laten staan. En waar Merla was, moest Starlight ook zijn. Voor de drie paarden was in allerijl een ruimte voor de kerk afgezet, met een hoge paal erachter waaraan de zijden Stellata hing, en de hele avond door kwamen wijkbewoners en bezoekers zich vergapen aan de *Sorte di Montone*: het geluk van de Ram.

Een beetje zenuwachtig gaf de duchessa Arcangelo klopjes en streelde de neus van Starlight. Bij Merla bleef ze lang en verwonderd staan kijken.

'Ik kan het bijna niet geloven,' zei ze tegen Gaetano. 'Een week geleden kende ik paarden alleen maar van schilderijen en gravures. En nu sta ik bij een schepsel uit de mythen, zoals je alleen op scherven aardewerk uit de oudheid of op mozaïeken ziet.'

'En toch gebeurt dit echt,' zei Gaetano. 'Het is een werkelijkheid die mijn familie jullie heeft geprobeerd af te troggelen, met jullie jockey erbij.'

Arianna legde vol genegenheid haar hand op zijn arm – een gebaar dat weinig gasten aan de hoofdtafel ontging.

'Ik hou jou niet verantwoordelijk voor de daden van je familie,' zei ze.

'Je moet niet alleen de paarden, maar ook nog mensen feliciteren,' zei Rodolfo en hij leidde haar terug naar het feestmaal.

'Met plezier,' zei Arianne, weer een en al levendigheid. Ze liep naar Georgia en greep haar handen. Haar heldere, muzikale stem klonk over het plein toen ze zei: 'Ik feliciteer de Ram en hun geweldige ruiter, Giorgio Credi,' zonder over de naam te struikelen. 'Je hebt vanavond de eer van mijn stad hooggehouden en Bellezza is je zeer erkentelijk. Om mijn dankbaarheid te tonen, geef ik Giorgio een zak zilver en deze kus.'

Beduusd voelde Georgia hoe de lippen van de duchessa langs de hare gingen en ze zag de violetkleurige ogen eventjes strak op haar gericht toen Arianna haar een fluwelen zak gaf, die zwaar was van de zilveren munten. Ze stamelde een bedankje terwijl de Rambewoners enthousiast tekeergingen, op de tafels bonkten en met hun voeten stampten. De feestgangers vermaakten zich kostelijk.

Georgia was in de war toen ze weer ging zitten, maar de duchessa nam kalm een beker wijn van Paolo aan. Arianna moest toch wel weten dat ze de beloning niet mee kon nemen als ze naar huis stravageerde. Georgia besloot dat ze het zilver aan Cesare zou geven, als hij ooit ophield met eten; hij was met overgave de schade van de laatste dagen aan het inhalen.

Luciano werd verteerd door jaloezie. Arianna had hem geen blik of glimlach waardig gekeurd en toch voelde hij dat alles wat ze deed bedoeld was om zijn aandacht te trekken. En wat ze op dit moment deed was met Gaetano flirten. Luciano begreep niet wat hij gedaan had waardoor ze zo kwaad op hem was. Hij dacht aan Georgia's kus, maar dat had toch zeker niets te betekenen? Ze had Cesare ook gekust, om van de halve bevolking van de Ram maar te zwijgen; zo werd hier nu eenmaal een overwinning gevierd. Luciano zelf was ook omhelsd door talloze meisjes van de twaalfde die hij nog nooit van zijn leven had gezien.

De Ram was die avond in de greep van een roekeloze losbandigheid. Na een kwart eeuw hadden ze de Chimici's de Stellata weten te ontfutselen en het vaandel naar de Ram teruggebracht. Het kon wel weer jaren duurde voordat ze nog eens zouden winnen. In de meimaand die op deze zomerse triomf volgde, zouden dankzij het uitbundige feest veel baby's in de Ram worden geboren en een flink aantal jongetjes zou de naam Giorgio krijgen, met Cesare als goede tweede, en de meisjes Stella of Merla.

Gaetano raakte in de greep van de sfeer en hij was gevoelig voor alle aandacht die Arianna hem gaf. Hij sloeg meer wijn dan anders achterover om zich moed in te drinken voor wat hem te doen stond. Hij had zichzelf al bijna overtuigd met de gedachte, die niet nieuw voor hem was, dat het geen straf kon zijn om met de mooie heerseres van Bellezza te trouwen.

Zijn gepeins werd verstoord door een plotselinge schreeuw.

'Kijk!' riep Cesare. 'De Manoush zijn er!'

Aurelio en Raffaella waren stilletjes het plein op gekomen en stonden tegen Merla te praten; het leek alsof ze naar hen luisterde en hen begreep. Langzaam kwamen er steeds meer felkleurig geklede leden van hun volk het plein op en toen Paolo naar hen toe ging om ze in de gastvrije Ram welkom te heten, zetten ze hun instrumenten klaar en gaven een geïmproviseerd concert. De tamboer van de Ram sloot zich bij hen aan, pikte de ingewikkelde ritmes snel op en ook de herauten probeerden op hun trompetten een partijtje mee te blazen.

De meeste aanwezigen waren zo plezierig onder de invloed van wijn, slaaptekort en geluksgevoel dat ze alle muziek prachtig zouden hebben gevonden. Maar na een korte pauze begon Aurelio in zijn eentje te spelen. Zijn melodie klonk zo weemoedig en fijntjes dat Gaetano aan zijn broer moest denken en daarna aan zijn nichtje, het meisje dat hij binnenkort voorgoed op moest geven.

'Het klinkt hartverscheurend mooi, vind je niet, principe?' zei een vrouw die hem niet eerder was opgevallen. Ze droeg de kleuren van de Ram en hij zag dat ze heel mooi was. Eventjes deed ze hem aan de duchessa denken, maar toen besefte hij dat ze veel ouder was. Toch leek ze wel wat op Arianna; was het misschien een tante van haar? Hij meende zich vaag te herinneren dat ze een tante had die met dr. Dethridge was getrouwd.

'Ja, het is aangrijpend, mevrouw,' antwoordde hij beleefd.

'Er klinkt iets in door van een verloren liefde en plichten die voorgaan,' ging ze verder. 'Iets van verkeerde keuzes die gemaakt werden, en een leven van zelfopoffering door de gevolgen van die keuzes.'

Gaetano schrok nu echt; was die vrouw helderziend, of was ze de zoveelste stravagante?

'Hoort u zoveel in een eenvoudige melodie?' vroeg hij.

'Er is niets eenvoudigs aan de muziek van de Manoush,' zei ze.

Hij keek om naar de harpist en toen de melodie zweeg, keek hij weer naast zich, maar de vrouw was verdwenen. Het bleef even stil en de klanken van het klaaglied vervlogen in de nacht. Daarna begon een vrolijker lied en de tafels werden opzijgeschoven zodat er gedanst kon worden.

Gaetano danste met Arianna en zag uit zijn ooghoek dat haar vader met de geheimzinnige vrouw danste.

'Wie is die dame bij de regent?' vroeg hij. 'Ze heeft bijzondere dingen tegen me gezegd. Ik denk dat ze een soort tovenares is.'

Arianna lachte. 'Je bent niet de enige die dat vindt,' zei ze, maar ze gaf geen antwoord op zijn vraag.

Luciano en Cesare hadden een probleem. Ze wilden allebei met Georgia dansen, maar voorzover de Rambewoners wisten was hun jockey een jongen. In Remora ging iedereen, man of vrouw, even warm en hartelijk met elkaar om en niemand keek ervan op wanneer jongens en mannen elkaar omhelsden of een kus gaven, zeker niet bij een groot feest. Maar jongens konden niet met elkaar dansen.

Luciano, Cesare en Georgia zagen zichzelf voortdurend omringd door allerlei mooie meisjes die erop los flirtten. Arianna vuurde een dodelijke blik op Luciano af toen hij met een levendig donker meisje danste, en Georgia keek wanhopig smekend om naar Paolo. Maar die danste gelukzalig met Teresa.

Het was William Dethridge die haar te hulp schoot. Toen een volgend muziekstuk begon, zette hij alle jonge mannen, inclusief Georgia, in een kring om te dansen en de vrouwen moesten de maat klappen. Georgia had het eindelijk helemaal naar haar zin, dansend tussen Luciano en Cesare, terwijl iedereen uit volle borst het volkslied van de twaalfde zong.

Gaetano danste aan Luciano's andere zijde en allebei wensten ze dat het dansen eeuwig kon doorgaan en er geen dag van morgen bestond. Tussen nu en de volgende dag zou er iets heel belangrijks voor hun toekomst beklonken worden. Maar nu wilden ze niets anders dan dansen, drinken en zingen.

*

Behalve de gokkers die de Ram trouw waren gebleven, was Enrico de enige in heel Remora die geld met de paardenren had gewonnen. Hij had nog steeds een gezonde portie zilver over van het bedrag dat de hertog en de paus hem hadden gegeven om samenzweringen met andere twaalfden te sluiten. Door zijn goktalent was de buit nog groter geworden. Hij vroeg zich af of hij eigenlijk niet beter meteen de stad uit kon gaan. Hij had geen idee waar hij heen moest; hij had het naar zijn zin in

Remora en hij was graag bij de paarden, maar het leek hem niet verstandig te blijven. Hij had zich schuldig gemaakt aan paardendiefstal, ontvoering en vrijheidsberoving en als dat eenmaal bekend werd in de Ram was hij zijn leven niet zeker.

En het was ook nog eens allemaal voor niets geweest; de Chimici's hadden de race verloren en Bellezza's positie was sterker dan ooit. Het nieuws van de overwinning zou snel genoeg door heel Talia gaan en andere steden aanmoedigen om zich tegen verbonden en inlijving te verzetten. De hertog was nu nog gek van verdriet, maar als hij weer bij zijn volle verstand was zou hij snel genoeg bedenken dat zijn spion tekort was geschoten.

Daar stond tegenover dat Enrico nog nooit zo'n belangrijke baas als de hertog had gehad en hij wilde het graag zo houden. Zou hij zijn werkgever kunnen overtuigen dat hij nog veel nut van zijn spion kon hebben?

Eerst moest hij de Rambewoners onder ogen komen, want hij was hun geld schuldig. Enrico was een schurk, maar van het diep bijgelovige soort; hij had het geluk van de Ram gestolen, maar hij haalde het niet in zijn hoofd om de Ram van hun winst te beroven.

*

Het feest in de wijk liep zachtjesaan ten einde toen de Manoush zich verzamelden om het zonnegloren op hun rituele manier te begroeten. Georgia zat gapend op de trappen van de kerk en voelde zich opeens doodmoe. Ze zag Rodolfo en Gaetano, die het vertrek van de duchessa begeleidden. Bij de fontein stonden ze even stil om Silvia te groeten en Rodolfo bleef een praatje met haar maken. Georgia zag het jonge stel weglopen en ze zag ook hoe Luciano hen met een blik van pure wanhoop nakeek.

Paolo kwam naar haar toe. 'Je zult wel uitgeput zijn,' zei hij. 'Ga je mee terug naar de stallen?'

Overal op het plein lagen vlaggen en omgegooide stoelen tussen plasjes gemorste wijn en etensresten. Honden scharrelden in de rommel rond en mannen waren bezig de laatste fakkels te doven, met snuiters op lange stokken. Plotseling ontstond er een rel en Georgia zag dat Cesare een man met een blauwe mantel in de houdgreep had. Zij, Paolo en nog andere mensen holden eropaf om Cesare te helpen.

'Die kerel heeft me ontvoerd!' riep hij. 'Hij zal Merla ook wel gestolen hebben. Wat een lef om zich hier te vertonen!'

Enrico keek bang, maar hij week geen strobreed. 'Ik voerde een opdracht uit,' zei hij. 'Er zullen bij een Stellata wel eens ergere dingen gebeurd zijn. En ik kom de mensen die op de Ram hebben gewed hun eerlijke deel brengen.'

Een paar jongens lieten hem los. Ze dachten er nu pas aan dat ze ook nog iets gewonnen hadden en vonden dat geen onaantrekkelijk idee. Maar ze lieten Enrico niet zomaar gaan. Ze haalden zijn zakken leeg en keerden zijn tas binnenstebuiten. De spion liet het zonder protest gebeuren; zijn buit aan zilver was veilig in Santa Fina. Cesare walgde van alle verschillende kleuren sjaals in Enrico's tas en nam de hele boel in beslag.

En zo kon Enrico uiteindelijk zonder kleerscheuren van het plein vertrekken.

*

'Het is een prachtige nacht,' zei Gaetano, die de duchessa door de nauwe straatjes naar het paleis van de paus terugbracht.

'Het is al ochtend,' zei Arianna en ze stapte voorzichtig op haar rode zijden dansschoenen over de keitjes.

Van het ene moment op het andere besloot hij dat het nu of nooit was. Hij hield haar staande onder een walmende fakkel.

'Hoogheid,' zei hij. 'Arianna, er is vast wel een beter moment of een mooiere omgeving voor te bedenken, maar je gaat binnenkort naar Bellezza terug en ik wil het niet langer uitstellen. We gaan nu bijna een maand met elkaar om en we kennen elkaar inmiddels behoorlijk goed. Ik wil graag weten wat je van ons aanzoek vindt. Wil je met me trouwen?'

'Zo. Dat is eruit,' zei Arianna. 'Viel mee, hè? Niet al te elegant, niet al te romantisch, maar wel klare taal.'

\*

Ondersteund door Cesare en Paolo kwam Georgia bij de stallen terug. De Mantalbani vonden het maar niks dat hun zegevierende jockey op de hooizolder zou slapen, maar Georgia wilde het zo. Cesare hing Enrico's tas met sjaals aan een haak in de stallen en omhelsde haar nog eens voordat hij strompelend zijn eigen bed opzocht. Ook Paolo omhelsde haar.

'Hartelijk bedankt,' zei hij. 'Jij hebt de moed van een krijger. Je krijgt die stiefbroer van je ook wel klein.' En toen was hij weg.

Luciano en Dethridge waren verdwenen zonder dat ze wist waarheen en ze had ook al geen idee waar Rodolfo en Silvia sliepen, behalve dat het waarschijnlijk bij elkaar zou zijn. Ze ging in het stro liggen en luisterde naar het geschuifel van Arcangelo, Merla, Starlight en de andere paarden onder haar. Ook Dondola was weer op stal, nadat Roderigo haar bij het Casa di Chimici had opgehaald en met haar naar Remora was teruggereden om zelf op tijd op het feest te zijn.

In Georgia's hoofd was het een kermis aan tollende kleuren en vormen – de optocht, de vlaggen, de paarden, de geluiden, de aanblik van Merla die boven de Campo zweefde, de felgekleurde linten van de Manoush, de kussen, de muziek, de wijn...

*

Gaetano stormde het ziekenhuis binnen. De hertog was weggesuft in zijn stoel naast Falco's bed, maar Francesca was wakker. Het rook naar gedoofde kaarsen in de kamer. Gaetano bleef even staan en zag dat Falco's borstkas nog heel zwakjes op en neer ging. Toen nam hij Francesca's handen in de zijne en trok haar de kamer uit.

Buiten in de gang viel het ochtendlicht over de muurschilderingen, waarop patiënten stonden afgebeeld die een aderlating kregen, of bloedzuigers op hun huid, of wonderbaarlijk genezen overeind sprongen. En hier viel Gaetano op de koude plavuizen op zijn knieën en vroeg of ze met hem wilde trouwen.

En Francesca zei ja.

Georgia werd wakker en zag dat ze in Falco's kamer was, met de deur dicht maar niet vergrendeld. Hij zelf was nergens te bekennen, maar op het kussen naast haar lag een briefje met daarop één woord: 'Betrapt!' Het was avond en het huis leek uitgestorven. Ze hees zich moeizaam overeind, ging naar be-

neden en deed de voordeur open. Ze moest naar huis en de gevolgen onder ogen zien. Leuk was anders, maar ze troostte
zich met de gedachte dat het de moeite waard was geweest.

# 24

## EEN NET VAN GOUD

Georgia kon niet meteen omschakelen toen ze de huiskamer in kwam. Ze was bekaf en de mensen die ze net in de Ram had achtergelaten leken haar echter dan haar eigen familie. Ze keek naar Falco, die haar van de aanwezigen op dit moment het meest vertrouwd was.

Terwijl de anderen haar aanstaarden vormde ze met haar lippen het woord 'gewonnen' voor hem, en ze kon nog net zijn verbazing zien voordat de hel losbrak. Maura, Ralph en Russell waren er, maar ook de Mulhollands en een man en een vrouw van wie Georgia langzaam begon te begrijpen dat ze van de politie waren. Die twee bleven niet lang; wat hun betreft was een onderzoek naar een vermist kind goed afgelopen en ze hadden nog meer te doen.

Zodra ze weg waren ging Ralph naar de keuken om koffie te zetten en hij sleepte een protesterende Russell met zich mee. Russell wilde van het komende kanonnenvuur genieten, maar zijn vader hield voet bij stuk.

Er kwam geen einde aan de ruzie. Keer op keer werden dezelfde vragen op haar afgevuurd: waar had ze gezeten? Bij wie was ze geweest? Wat had ze uitgespookt? Wat wist Nicholas ervan?

Maar ze schoten er niets mee op. Wat kon ze ook zeggen? Dat ze in een andere wereld een paardenrace had gereden, gewonnen had en vervolgens de hele nacht gedanst en gefeest had en gekust was door edelen en burgers? Dat ze een gevleugeld paard had gezien? Dat ze een politieke machtsovername had verhinderd? Dat ze bij de zoon van de Mulhollands was geweest? Dat Nicholas eigenlijk een edelman van vierhonderd jaar geleden uit een andere wereld was? En zij zelf een held die Giorgio heette?

Maura en Ralph zouden er alleen overtuigd van raken dat ze aan de drugs was als ze zulke wartaal uitsloeg. Ze hield zich koppig aan een paar eenvoudige ideeën vast.

'Ik kan er echt niets over zeggen. Ik heb niets verkeerds gedaan. Het had te maken met een belofte die ik iemand heb gedaan. Nicholas weet van niets.' Ze vond dat niet helemaal een leugen, want het was Falco die op de hoogte was, niet Nicholas.

'Wedden dat die oude viezerik van de rommelwinkel er iets mee te maken heeft,' zei Russell behulpzaam en het kruisverhoor werd nog heviger.

Gelukkig bleek David Mulholland een kennis van Mortimer Goldsmith te zijn en hij verwierp het idee dat de oude man niet zou deugen.

'Meneer Goldsmith heeft er ook niets mee te maken,' zei Georgia dof. 'Mag ik alsjeblieft naar bed? Ik ben kapot.'

'Dacht je nou echt dat wij er genoegen mee nemen dat je zomaar dag en nacht wegblijft!' tierde Maura. 'Ik heb doodsangsten uitgestaan. Zo'n dag als vandaag hoop ik nooit meer mee te maken.' En ze barstte in tranen uit.

Georgia voelde zich ellendig. Wat een koude douche na alle glorie en triomfen. Ze kon er niet tegen dat haar moeder huilde en de anderen zo bezorgd keken, afgezien dan van Russell, die met volle teugen genoot, en van Falco, die wist waar ze in beide werelden was geweest.

'Het spijt me zo, mam,' zei ze. 'Ik moest het wel doen, maar het was echt niets strafbaars of verkeerds of gevaarlijks...' Weer zo'n halve waarheid. 'En ik moet er mijn mond over houden, echt waar. Je kunt me vertrouwen. Ik zei dat ik bij de Mulhollands was zodat je je niet ongerust zou maken. Maar wat ik doen moest, duurde langer dan ik van tevoren dacht. Dat is alles. Het zal nooit meer gebeuren, echt niet. Geef me huisarrest of bedenk een andere straf, als ik maar naar bed mag. Ik val om van de slaap.'

'Laat het hier maar even bij, Maura,' zei Ralph. 'Dat kind moet slapen. We praten morgen wel verder.'

'Verloofd?' herhaalde de hertog versuft, toen Gaetano en Francesca hand in hand in de kamer terugkwamen en hem het nieuws vertelden. 'En de duchessa dan?'

'Ik heb haar gevraagd, vader,' zei Gaetano, die zijn nichtje het hele verhaal al had verteld. 'Ik heb gedaan wat u zei, maar ze heeft me afgewezen. Ze zei dat we altijd vrienden zullen blijven, maar dat haar hart een ander toebehoort. Toen stuurde ze me weg en zei dat ik Francesca moest zoeken.'

'En ik ben vrij om ja te zeggen, oom,' zei Francesca. 'Mijn huwelijk met de Bellezziaan is nietig verklaard.'

Hertog Niccolo staarde hen aan. Al zijn plannen waren in het honderd gelopen. Maar hij zag dat die twee van elkaar hielden en in zijn hersens broeiden al nieuwe plannen. Gaetano kreeg Bellezza niet, maar hij kon de titel van Fortezza erven als de oude Jacopo doodging, want Jacopo had alleen dochters. En die dochters konden met Niccolo's andere zoons of neven trouwen om hen zoet te houden en ervoor te zorgen dat ze geen titelloze echtgenoten kregen die een bedreiging voor Gaetano's erfenis vormden.

'Goed, jullie hebben mijn zegen,' zei hij. 'Ga het maar in het paleis bekendmaken. Ik blijf bij Falco.'

*

Arianna kreeg bezoek in het pauselijk paleis; ze had niet kunnen slapen en droeg haar dagkleding toen een bediende haar moeder binnenliet.

'Signora Bellini,' kondigde hij aan en hij verdween.

'Silvia,' zei Arianna toen de deur dicht was. Ze noemde haar moeder altijd zo, want 'moeder' hoorde bij de tante die haar op het stille eiland had grootgebracht terwijl Silvia Bellini Bellezza regeerde en de Chimici's op afstand hield.

'Morgen, kind,' zei Silvia en ze deed haar sluier af.

'Het is zeker overbodig dat ik zeg hoe gevaarlijk het is dat je hier komt?' vroeg Arianna.

'Helemaal niet gevaarlijk,' zei Silvia. 'Niemand hier heeft ooit mijn gezicht gezien, behalve jij en je vader.'

'Je hebt hier vannacht toch niet geslapen?' vroeg Arianna, die er versteld van stond welke risico's haar moeder nam.

'De nacht was al voorbij na al dat gefeest. Nee, ik logeer in de Ram,' zei Silvia. 'Daar heb ik je vrijer gesproken.'

'Welke?' vroeg Arianna een beetje spottend.

'Degene die je ten huwelijk gaat vragen en die achter Bellez-za aan zit.'

'Gaetano,' zei Arianna. 'En wat heb je tegen hem gezegd?'

'Ik heb hem aangepraat dat hij goed moet nadenken voordat hij zijn vroegere vlam aan de kant zet en een nieuwe neemt.'

'Nou, dan heb je niet veel indruk gemaakt,' zei Arianna. 'Hij heeft me onderweg naar het paleis gevraagd, bij het krieken van de dag.'

Silvia keek haar zwijgend aan. Toen zei ze: 'Dat is veel te vroeg in de ochtend om over serieuze zaken te praten. Wat heb je geantwoord?'

'Ik heb hem afgewezen,' zei Arianna.

'En waarom?'

'Omdat ik niet van hem hou en omdat ik dacht dat hij van ie-mand anders houdt... erg goede redenen, vind ik.'

'Ja, voor een gewoon eilandenmeisje wel,' zei Silvia. 'Maar dat ben jij niet meer. Je weet dat je je keuze niet door gevoelens maar door andere overwegingen moet laten leiden.'

Arianna zette grote ogen op. 'Je bedoelt toch zeker niet dat ik ja had moeten zeggen! Tegen een Chimici? Hij zou hertog van Bellezza worden en zijn familie zou niet rusten tot ze me zo gek hadden gekregen om me bij de republiek aan te sluiten. En dan zou hij pas echt hertog zijn, niet als gemaal maar als heer-ser. Bellezza raakt haar onafhankelijkheid en tradities kwijt – alles waar jij zo lang voor hebt gevochten.'

'Heb je hem daarom afgewezen? Niet om minder hoog-staande redenen?' vroeg Silvia. 'Bijvoorbeeld dat je vrij wilde zijn voor een ander?'

'En wat dan nog?' zei Arianna, geprikkeld door die suggestie. 'Jij hebt wel je mond vol over plicht en verantwoordelijkheid, maar je bent zelf ook uit liefde getrouwd. Kom mij nu niet vertellen dat ik dat niet zou mogen.'

'Ik kom je helemaal niet vertellen wat je wel of niet mag,' zei Silvia. 'Ik zeg alleen dat je duidelijk moet zijn over je beweegredenen.'

Er werd geklopt en een bediende kondigde Gaetano aan. Breed grijnzend kwam hij hand in hand met Francesca binnen.

'Vergeef me dat ik u stoor, hoogheid,' zei hij vormelijk. 'Ik wist niet dat u bezet was.' Hij keek nieuwsgierig naar de dame met wie hij de vorige avond had gepraat.

'Ik geloof dat jij degene bent die bezet is,' lachte Arianna. Ze stak Francesca haar handen toe. 'En ik denk dat jij en ik veel beter met elkaar overweg zullen kunnen nu je geen Bellezziaanse meer bent!'

'Vader stemt in met ons huwelijk,' zei Gaetano. 'Ik hoop dat jij dat ook doet.'

'Graag,' zei Arianna. 'En ik verwacht een uitnodiging voor de bruiloft.'

Georgia had zes uur geslapen, van halfnegen 's avonds tot halfdrie 's nachts, toen de wekker afging die ze onder haar kussen had gepropt. Ze kwam gapend overeind en keek rond in haar kamer, die haar zo vreemd voorkwam. Ze had een ladekast voor de deur geschoven omdat Ralph het slot had geforceerd toen de zoektocht naar haar was begonnen.

Ze haalde het gevleugelde paardje uit haar zak en ging weer liggen; ze viel als een blok in slaap.

De dag na de wedstrijd werd er flink uitgeslapen in de Ram. Cesare zou wel een week kunnen slapen na zijn gevangenschap, ontsnapping en de wilde afloop van de Stellata, om maar te zwijgen van al het eten en drinken dat hij bij het feest naar binnen had gewerkt. Maar er moest voor de paarden worden gezorgd en hij had trek in zijn ontbijt, al was het al ver in de middag.

Hij stommelde naar beneden en vond Teresa in de keuken bezig met het klaarzetten van brood, kaas, olijven en fruit.

'Waar is iedereen?' vroeg hij terwijl hij een zware kruik bier van haar overnam en op tafel zette.

'Je vader is in de stallen met Luciano en dr. Dethridge,' zei ze. 'De tweeling speelt op het erf. Onze gasten hebben een grappig soort kooi in elkaar getimmerd en je zusjes spelen er ook in – al zal de nieuwigheid er wel snel af zijn.'

Cesare maakte een boterham en ging naar buiten. De kinderen rommelden rond in een houten omheining van spijlen, die zo dicht op elkaar stonden dat ze er niet doorheen konden glippen. Dethridge en Luciano voerden hun snoepjes door de spijlen. Cesare stond dat gedoe aan te kijken toen Georgia de stal uit kwam. Ze droeg weer haar gewone Remaanse jongenskleren, in plaats van de rood met gele zijden jockeyuitrusting.

'Hé, jullie hebben een box gemaakt,' zei ze tegen niemand in het bijzonder.

'Jongeheer Luciaan zeide mij hoe nuttig dezelfden waren en signor Paul en mijn persoon hebben onze beste krachten ertoe aangewend,' zei Dethridge, die trots was op het resultaat.

'De kleintjes wilden steeds de stal van Merla in,' verklaarde Luciano. 'En Teresa was bang dat ze onder de voet zouden worden gelopen.'

Teresa verscheen in de achterdeur en riep dat het middageten klaarstond, maar de kinderen riepen terug dat ze in hun traliehuis wilden picknicken.

'Sta het hun gerust toe,' zei Dethridge. 'Met het grootste genoegen zal ik op hen passen.'

Toen bracht Teresa een blad met eten en drinken voor hem, zichzelf en de kleintjes en Georgia en Luciano gingen met Cesare en Paolo binnen eten. Na de uitbundigheid van de vorige nacht wisten Georgia en Luciano zich niet goed een houding te geven.

'De oude geleerde is zo te zien dol op kinderen,' zei Cesare.

'Hij praat nooit over zijn eigen kinderen,' zei Luciano, 'maar ik denk dat het heel zwaar voor hem was om hen achter te moeten laten.'

'Hoe is het je thuis vergaan, Georgia?' vroeg Paolo.

Ze zuchtte zo diep dat iedereen haar aankeek.

'Het ging wel,' zei ze. 'Maar het laatste woord is nog niet gezegd. Ik moet op tijd terug, want mijn ouders willen morgenochtend verder praten. Ze lieten me naar bed gaan omdat ik te moe was om uit mijn ogen te kijken, en ik weet nog niet wat mijn straf zal zijn.'

'Erg vervelend dat je er straf voor krijgt,' zei Paolo. 'Maar je praat over "mijn ouders". Het is de eerste keer dat je je moeder en je stiefvader in één adem zo noemt.'

Georgia was zelf ook verrast. Het is waar, dacht ze. Ralph had niet veel gezegd toen Maura haar de wind van voren gaf, maar hij was meelevend en begrijpend geweest. Misschien zou ze hem ooit nog eens echt als een vader gaan zien.

Er werd geklopt en de lange gestalte van Rodolfo kwam binnen.

'Ik heb nieuws,' zei hij toen hij aanschoof. 'Er is een huwelijk ophanden in de familie Di Chimici.'

Georgia zag dat Luciano wit wegtrok en zelf voelde ze zich niet veel beter.

'Gaetano gaat met zijn nichtje Francesca trouwen,' vervolgde Rodolfo. 'Jij herinnert je haar nog wel, Luciano. Ze was de tegenkandidate die de ambassadeur inzette om Arianna te verslaan bij de duchessaverkiezing. Haar huwelijk met raadsman Albani is nietig verklaard.'

'O ja,' zei Luciano, rustiger dan hij zich voelde. 'Is ze niet de dochter van de prins van Bellona?'

'Inderdaad,' zei Rodolfo. 'Die twee zijn kennelijk al verknocht aan elkaar sinds hun kleutertijd. Ze hebben de duchessa verteld dat ze zich gaan verloven.'

'Dus Arianna weet het?' vroeg Luciano. 'En vindt ze het niet erg?'

Rodolfo trok één wenkbrauw op. 'Vraag dat maar aan haarzelf,' zei hij. 'Over een paar dagen gaan we allemaal naar Bellezza terug.'

Luciano glimlachte van opluchting en blijdschap. 'Kunnen we niet vandaag nog gaan?'

'De droeve waarheid is dat we op de dood van Falco di Chimici moeten wachten. Of op zijn herstel,' zei Rodolfo. Hij keek Georgia ernstig aan. 'Ik heb ermee gewacht tot na de wedstrijd,' zei hij, 'maar ik moet je opnieuw vragen om de jongen terug te brengen.'

*

Rinaldo di Chimici was op bezoek bij zijn broer in de twaalfde van de Steenbok. Alfonso, de jonge hertog van Volana, was diep teleurgesteld in de paardenren. Papavero, de jockey van de Steenbok, was er op Brunello nauwelijks aan te pas gekomen en er was achteraf ook geen fijne knokpartij ontstaan. Alfonso had het diner in het pauselijk paleis bijgewoond, maar de neerslachtige sfeer bij de Tweeling maakte het er niet gezelliger op en hij wilde het liefst naar zijn eigen stad terug. Maar net als ieder ander vond de hertog van Volana het niet netjes om uit Remora weg te gaan terwijl Niccolo's jongste zoon nog in levensgevaar was.

Alfonso zuchtte. 'Ik moest oom Niccolo maar eens opzoeken in het ziekenhuis en zien hoe het ervoor staat,' zei hij. 'Wat een ellendige toestand.'

'Ik ga mee,' zei Rinaldo. 'Ik moet weten wat zijn plannen voor mij zijn nu de laatste pogingen zijn mislukt om Bellezza in handen te krijgen. Heb je gehoord dat Gaetano's aanzoek is geweigerd? Hij gaat nu met Francesca trouwen.'

'Serieus?' zei Alfonso. 'Het lijkt als de dag van gisteren dat we als kinderen in die lange zomers op Santa Fina speelden. Ze was toen al dol op hem. En Fabrizio was gezworen maatjes met Caterina.'

'Misschien zit daar ook een huwelijk in,' peinsde Rinaldo, die blij zou zijn als zijn jongste zus de kans kreeg om met de erfgenaam van de Chimici-titel en het familiekapitaal te trouwen.

Alfonso dacht met hem mee. 'Dat is niet eens zo'n gek idee. We kunnen het beter meteen aankaarten, nu Niccolo nog in een toegeeflijke stemming is. Kom op.'

Georgia werd in Talia al even hard in het nauw gedreven als thuis. Rodolfo wilde onder vier ogen met haar praten en ze zaten in de kamer van Dethridge. Luciano kon haar niet bijstaan; ze moest zich in haar eentje tegen de Bellezziaanse stravagante verweren.

'Falco krijgt een operatie waardoor hij weer zal kunnen lopen,' zei ze. 'Hij vindt het fijn bij de Mulhollands... misschien adopteren ze hem wel.'

'En dan is iedereen weer gelukkig?' vroeg Rodolfo. 'Zo werken die dingen niet, Georgia. Luciano kan niet vervangen worden.'

'Dacht u dat ik dat niet wist?' zei Georgia, die tegen haar tranen vocht. 'Maar mensen kunnen wél getroost worden. Zij hebben hun zoon verloren en Falco zijn familie. Ik voel gewoon dat het zo goed is.'

'Ik bekritiseer je gevoelens niet,' zei Rodolfo mild. 'Hooguit je inzicht en misschien je wijsheid. Falco heeft zijn familie niet verloren... hij heeft hen in de steek gelaten. Als hij doodgaat, en dat zal snel gebeuren wanneer je hem niet naar Talia terugbrengt, zijn de gevolgen niet te overzien. Voor Talia, voor de doorgang, voor ieder van ons die tussen de werelden reist. Als je wilt, ga ik met je mee terug.' Hij zweeg even. 'Je draagt de ring niet meer die hij als talisman heeft gebruikt. Waar is dat ringetje?'

'Thuis in de stortkoker,' zei Georgia. Ze was banger dan toen hertog Niccolo haar had ondervraagd, of toen de jockey van de Vissen haar op haar hoofd had geslagen. Geestelijk zette ze zich schrap voor Roldolfo's reactie. Hij stond op en liep naar het raam.

Daar draaide hij zich om en keek haar aan. Hij zag er erg moe uit en Georgia had het gevoel dat hij gebukt ging onder een zware verantwoordelijkheid.

'Ik neem aan dat dat betekent dat je hem vernield hebt,' zei hij. 'Je hebt mijn opdracht getrotseerd. Maar ik denk dat ik je wel begrijp. Jij gelooft dat de troost die in de ene wereld geboden en ontvangen wordt, opweegt tegen het verdriet en verlies in de andere wereld. En ik help het je hopen. Al was het maar omdat jij en Luciano nu in groot gevaar verkeren.'

*

Hertog Niccolo leek zijn neven amper te herkennen. Hij zat waar hij nu al twee weken lang zat en hield de skeletachtige hand van zijn zoon vast.

'De artsen hadden het mis,' zei hij. 'Falco leeft nog.'

'Oom, ik vind het zo erg,' zei Alfonso en hij meende het. Alle Chimici's hielden van de jongste hertogzoon. Twee jaar geleden bij het ongeluk hadden ze verdriet om hem gehad en nu was hun hart nog zwaarder. 'Maar het nieuws van Gaetano is goed,' zei hij. 'Fijn dat mijn neef het geluk vindt in deze zware tijd. En die twee zijn jong en gezond en zullen u kleinkinderen geven.'

De hertog reageerde zo verrast dat Alfonso zich afvroeg of hij tactloos was geweest. Maar blijkbaar had hij juist een positieve gedachtestroom bij het hoofd van de familie op gang gebracht.

'Daar heb je gelijk in,' zei de hertog, 'en het is aardig dat je het zegt. Het is iets om ons op te verheugen. Maar waarom zou Gaetano al zo jong trouwen als zijn twee oudere broers nog ongehuwd zijn? En zijn zus ook. Ze moeten allemaal trouwen... jij ook, Alfonso, en jij, Rinaldo, als je wilt. De familie Di Chimici is aan uitbreiding toe. Jij hebt toch een zusje? Mijn nicht-je... hoe heet ze ook weer, Caterina? Een alleraardigst meisje, voorzover ik me herinner. Zou je haar toestaan met een van mijn zoons te trouwen? De Volana's zijn een succesvolle tak van de familie – in tegenstelling tot de Moresco's, die uitster-ven.'

De hertog dacht warrig hardop terwijl allerlei plannen door zijn broedend brein spookten bij het vooruitzicht op een lange lijn afstammelingen en een zich steeds wijder vertakkende stamboom vol prachtexemplaren van Chimici-bloed. Alfonso vond het allemaal wel wat veel van het goede, maar hij was te-gelijkertijd blij dat zijn oom in zo'n plooibare bui bleek te zijn.

'Ik geloof dat Caterina altijd erg gesteld is geweest op mijn neef Fabrizio,' begon hij.

'Mooi, mooi,' zei de hertog. 'Ik zal het er vanavond met hem over hebben. We smeden het ijzer terwijl het heet is. Heb jij huwelijksplannen?'

'Ik vroeg me af of u ideeën voor me had, oom,' zei Alfonso. 'Ik zou niet graag zonder uw goedkeuring een huwelijk aan-gaan.'

'Heel juist, heel juist,' zei de hertog, die het probleem ken-nelijk meteen serieus nam. 'Wat dacht je van Bianca, de jong-ste dochter van de oude Jacopo? Zijn oudste... hoe heet ze ook weer, Lucia? Zijn oudste vind ik wel geschikt voor Carlo. Na Ja-copo's dood heb ik het Fortezza-vorstendom voor Gaetano be-stemd, en die meisjes moeten goede echtgenoten krijgen.'

Alfonso knikte. Hij had geen idee hoe Bianca, die hij gisteren met haar zusje had gezien, op zo'n onverwacht aanzoek zou reageren, maar het leek alsof er dit jaar een explosie van trou-werijen onder de Chimici-neven en -nichten op komst was. Hijzelf was zesentwintig en wel aan een bruid toe. En Bianca was inderdaad een lieftallig meisje. Dat gold voor alle vrouwelijke Chimici's; alleen onder de mannelijke leden waren er wel eens slecht bedeelde uitschieters als Gaetano en Rinaldo. En zelfs Gaetano had in deze plotselinge trouwloterij Francesca getrokken.

'En jij, Rinaldo?' zei de hertog, voldaan dat zijn voorstellen in goede aarde vielen.

'Ik... ik ben niet aan een huwelijk toe, oom,' stamelde Rinaldo, die zich opgelaten voelde. 'Ik verzoek u mij erbuiten te laten. Maar ik wil u natuurlijk op alle andere manieren van dienst zijn.'

'Hm,' peinsde de hertog. 'Hoe sta jij tegenover de kerk?'

*

Na haar gesprek met Rodolfo voelde Georgia zich ellendig. Wie was zij om haar wil tegenover die van de grootste stravagante van Talia te zetten? Schrale troost dat Luciano aan haar kant stond, nu Paolo en Dethridge ook al twijfelden. Ze slenterde naar het erf en wist niet wat ze moest doen nu de Stellata voorbij was en haar taken in Remora voorbij leken te zijn.

Cesare zwaaide vanuit de staldeur naar haar; hij had de grijze kat onder zijn arm.

'Jij kunt zo te zien wel een verzetje gebruiken,' zei hij. 'Zin in een ritje op Merla?'

Georgia kon haar oren niet geloven; op een gevleugeld paard rijden? Dat maakte alle denkbare straffen in haar eigen wereld in één klap goed.

'Mag dat wel van Paolo?' vroeg ze.

'Het was zijn eigen idee,' zei Cesare. 'Hij is nu weg om zijn Stellata-rekeningen te betalen, maar hij zei dat je na je gesprek met Rodolfo wel iets nodig zou hebben om op te vrolijken.'

Georgia liet het zich geen twee keer zeggen. Cesare bracht het zwarte paard de stal uit en ze poetsten haar samen op het erf. Behalve het gebruikelijke kammen van manen en staart en het borstelen van haar glanzende vacht, moesten ze voor haar veren zorgen. Merla spreidde bereidwillig haar vleugels en liet hen veer na veer rechtleggen en schoonmaken.

Er was geen sprake van dat ze Merla zouden zadelen en Georgia besloot om haar ook geen hoofdstel aan te doen. Luciano had het tenslotte ook zonder klaargespeeld. Georgia leidde haar van het erf, door de steegjes naar een open plek die groot genoeg was voor Merla's aanloop. Cesare liep met hen mee en hielp Georgia opstijgen. Vanaf de paardenrug keek ze neer op zijn open, vrolijke gezicht en bedacht wat een goede vriend hij was geworden. Ze had evenveel aan hem als aan Alice. Vrienden op wie ze altijd kon vertrouwen.

'Bedankt, Cesare,' zei ze.

'Graag gedaan,' antwoordde hij. 'Het is moeilijk opstijgen met die vleugels.'

'Ja, maar ik bedoelde ook dat je altijd zo aardig bent... met de race en zo.'

Cesare haalde zijn schouders op. 'Er komen nog wel meer Stellata's,' zei hij. 'En jij hebt me de prijs van de duchessa gegeven. Nou, vliegen jij!' En hij gaf Merla een licht klopje op haar kont.

De zwarte merrie hief haar hoofd en hinnikte, strekte toen haar nek en begon te draven. Sneller en sneller ging ze en Georgia klampte zich aan haar manen vast. Het was alsof je in een vliegtuig opsteeg, alleen was het contact tijdens het hele proces veel directer. Na een laatste krachtige afzet van de grond hield Merla haar benen stil en haar vleugels namen de draagkracht voor paard en ruiter over. Na een snelle stijging was Merla op de gewenste hoogte en vertraagde haar vleugelslag tot een regelmaat waarmee ze in prettig tempo door de blauwe hemel boven Remora vlogen.

Ze zetten koers naar het noorden, weg van de stad, maar toen Georgia haar zit had aangepast, drukte ze met haar rechterknie tegen Merla's flank en trok ze zacht aan haar manen om van richting te veranderen. Het vliegende paard was bereidwillig; ze wilde niet terug naar de plaats waar ze gevangen was gehouden. Ze genoot van het vliegen bij dag en het gevoel van de warme zon op haar vleugels.

Onder hen lag Remora, dat vanaf deze hoogte een samensmelting leek van de vele wijken en begrenzingen tot één bedrijvige stad. Piepkleine burgers stonden op de pleinen met de hand boven hun ogen naar de lucht te staren. Merla was geen geheim meer; ze was de trots van de stad, al was ze vooral de glorie van de Ram. Toch zwollen zelfs de harten in de Tweeling en de Vissen als ze gezien werd; dat waren tenslotte ook Remanen, en in heel Talia kon alleen hun stad pronken met een vliegend paard.

Ze vlogen in de richting van Belle Vigne, waar Georgia met het rijtuig van de Chimici's was geweest op de dag dat ze bevriend raakten met de jonge hertogzonen. Dat was nu iets langer dan een maand geleden en Gaetano was inmiddels verloofd. Georgia, Cesare en Luciano hadden alledrie al op het vliegende paard gereden en de Ram had de Stellata gewonnen. Maar hoe zou het met hen verdergaan?

Georgia had sterk het gevoel dat haar avonturen in Remora bijna voorbij waren. Over een week ging ze naar Frankrijk, als haar ouders het tenminste nog goedvonden dat ze meeging. De Bellezzianen zouden waarschijnlijk al eerder zijn vertrokken. Ze dacht liever niet aan dat afscheid.

Het enige wat ze nu wilde was eeuwig blijven vliegen, met haar gezicht tegen Merla's warme nek en het gesuis van de zwarte vleugels die langzaam, regelmatig, door de heldere lucht zoefden.

Falco lag wakker in Luciano's oude kamer. De scène bij Georgia thuis was wel heftig geweest, maar ze was in ieder geval heelhuids in haar lichaam teruggekeerd. Hij miste haar aanwezigheid in zijn kamer en hij kon niet slapen omdat hij erover piekerde wat er met haar in Talia was gebeurd. Ze zei dat ze de Stellata had gewonnen, maar dat kon toch onmogelijk waar zijn? Falco wist alles van de grote geldbedragen waarmee zijn vader en oom een overwinning van de Tweeling of de Vrouwe wilden afdwingen.

Hij vroeg zich af of Georgia nu weer naar Talia was gestravageerd en hij voelde zich afgesneden van zijn vorige leven. Hoe stond het met Gaetano's huwelijksaanzoek aan de duchessa? Waar was zijn vader mee bezig? Hij kon pas antwoord op die vragen krijgen als hij Georgia weer zou spreken. En totdat hij de antwoorden wist, kon hij niet slapen.

De schemering viel in en ze vlogen in een wijde bocht naar de stad terug. Onder de gestage vleugelslagen van Merla moest Georgia denken aan een dichtregel waar Maura veel van hield:

'Een kostbaar moment is niet in haar eigen net van goud te vangen.' Dat is wel zo, dacht ze, maar als ik een gouden net had gehad zou ik dit moment er voorgoed in vasthouden.

Traag begon Merla aan de afdaling en de gouden vlucht was voorbij. Georgia zou het nooit vergeten. Ze hoefde op moeilijke momenten in haar verdere leven haar ogen maar dicht te doen om de vrijheid te voelen van die vlucht hoog in de lucht op de rug van het vliegende paard, met onder zich de stad van sterren, omzoomd door bloeiende weilanden vol paars en goud.

Toen Georgia afsteeg, schudde Merla haar vleugels en een zwarte veer dwarrelde op de keitjes. Georgia pakte hem op en stak hem in haar zak, bij het Etruskische paardje. Het was misschien niet goed, maar ze kon het niet over haar hart verkrijgen om de veer in Remora achter te laten.

Luciano stond haar op te wachten toen ze Merla terugbracht naar de stal. Hij wachtte tot ze het gevleugelde paard verzorgd en gevoerd had en vroeg Georgia toen of ze een stukje met hem op wilde lopen.

'Goed, maar niet lang,' zei ze. 'Ik moet vandaag op tijd thuis zijn.'

Zoals zo vaak gingen ze naar de Campo. Cesares rood met gele halsdoek wapperde nog aan de pilaar op het plein, maar waar gisteren nog de race was gehouden liepen nu weer stedelingen en toeristen. Georgia werd vaak herkend en ter begroeting op gejuich en applaus getrakteerd.

'Je bent de heldin van de stad,' zei Luciano lachend.

'Ik word er nog verwaand van,' antwoordde ze. 'Als ik na de zomervakantie het schoolplein weer op loop verwacht ik net zo'n welkom.'

'Dan ben ik allang weer in Bellezza met mijn opleiding tot volleerd stravagante bezig,' zei hij.

'Beter dan schoolonderzoeken en proefwerken,' zei Georgia.

'Ik zal je missen,' zei Luciano opeens.

'Ja?' zei Georgia en bij zichzelf dacht ze: o god, als ik nou maar niet ga blozen of huilen.

'Het was echt fijn om weer met iemand uit mijn vorige wereld om te kunnen gaan,' zei hij. 'Eerst vond ik het wel pijnlijk, maar nu wil ik alles weten wat daar gebeurt, met Falco en mijn ouders en zo.'

'Je zei dat je een paar keer terug bent geweest,' zei Georgia. 'Je kunt toch zelf gaan kijken?'

'Jawel, maar dat is niet zo makkelijk,' zei Luciano zacht. 'Ik voel me daar zo onwezenlijk. En het is ook gek om mijn ouders te kunnen zien, maar niet meer bij hen te kunnen wonen, en te weten dat ze mij ook kunnen zien, zonder dat ik kan uitleggen wat er met me is gebeurd.'

'Misschien ga je het minder moeilijk vinden als je het vaker doet,' zei Georgia. 'En misschien kunnen we elkaar dan nog eens ontmoeten?'

'Ja, leuk,' zei Luciano en hij pakte haar hand. 'Ik kan niet goed uitleggen wat ik bedoel, maar je bent heel bijzonder voor me, een band met mijn andere leven die ik met niemand hier heb, ook niet met dr. Dethridge. De wereld die hij inruilde voor zijn leven hier lijkt in niets op de wereld waar wij vandaan komen.'

Toch leuk om iets bijzonders voor hem te betekenen, dacht Georgia, al is het dan niet zoals ik zou willen.

'Ik moet terug,' zei ze. 'Ik moet stravageren.'

'Dan zeg ik hier gedag, als je het niet erg vindt,' zei Luciano. 'Ik wil nog even naar het paleis om Arianna te zien.'

'Is dat wel veilig?' vroeg Georgia bezorgd. 'Stel dat de hertog er is.'

'Ik kan toch niet mijn hele leven bang blijven voor de hertog,' zei Luciano en hij boog zich naar haar toe en omhelsde haar, met een kus die vluchtig langs haar wang streek.

En ze keek hem na toen hij met verende stappen over de Campo wegliep.

# 25

## DE VALLENDE SCHADVW

Niccolo zat in de leunstoel met Falco in zijn armen. Van de jongen van vroeger was niets meer over. Ze waren alleen; de andere familieleden waren naar het paleis terug om met de paus over hun huwelijken te praten. Door het raam viel het laatste daglicht in bundels waarin stofdeeltjes dansten.

'Het is zover,' zei de hertog. En heel zachtjes legde hij een plooi van zijn mantel over het gezicht van de jongen en drukte.

Falco voelde een onverwachte schok door zijn lichaam gaan. Het was alsof de bliksem insloeg en hij sprong overeind. Zijn lichaam voelde zwaar, op een vreemde manier steviger. Hij had zich nooit uitzonderlijk licht gevoeld in Georgia's wereld, maar pas op dit moment besefte hij dat hij al die tijd niet volledig aanwezig was geweest.

'Het is zover,' zei hij verbouwereerd. 'Mijn oude lichaam is dood.'

Hij hinkte naar het raam en trok het gordijn open. De zon kwam op boven de stad en de eerste stralen vielen door het raam. Falco ging er met zijn rug naartoe staan en zag hoe zijn schaduw zwart en langgerekt over het bed viel.

'Nu ben ik hier voorgoed,' zei hij en hij had nooit geweten dat een mens zich zo eenzaam kon voelen.

*

Georgia was vroeg opgestaan en zette zich schrap om de dag onder ogen te zien. En om te beginnen had de dag Russell voor haar op het programma staan. Hij zette zijn schouders tegen haar deur en schoof de ladekast opzij alsof het een speelgoedding uit een poppenhuis was.

'Oeps,' zei hij. 'Was dat om mij buiten te houden?'

'Wat moet je?' vroeg Georgia verveeld.

'Ik wil weten waar jij vannacht gezeten hebt,' zei hij gemoedelijk en hij ging op haar bed zitten. 'En begin niet weer over beloftes te zaniken. Ik wil wedden dat je ergens heen was met die kleine mankepoot.'

'Nee dus,' zei Georgia naar waarheid. Ze voelde zich merkwaardig kalm, al had haar oude kwelgeest zich op haar terrein binnengedrongen.

Russell raakte geprikkeld door haar onverschillige manier van doen. Hij moest grover geschut gebruiken om haar het bloed onder de nagels vandaan te halen.

'Maar je was wel bij een kerel. En dat zal ook wel weer een griezel geweest zijn.'

'Wat ben je toch altijd origineel,' zei Georgia. 'Ik was bij twee kerels, als je het per se weten wilt, allebei echte stukken, wat ook te merken was aan de andere meiden die om hen heen hingen.'

Russells ogen vielen bijna uit zijn hoofd.

'En ik heb liters rode wijn gedronken en aan één stuk door gedanst,' ging ze verder, met de herinneringen aan de feestnacht in Remora in haar hoofd. 'En iedereen proostte op mijn gezondheid en ik kreeg een kapitaal aan zilver van een hertogin.'

'Ja vast,' zei Russell. 'Fantaseer er maar op los. Droom jij maar lekker dat je een vriendje hebt en populair bent.' Omdat hij zich kapot ergerde aan haar laconieke toon, begon hij steeds harder te praten. 'Jammer dat het bij fantasie moet blijven, hè? Komt ervan als je een lelijk misbaksel bent. Niemand ziet jou zitten, behalve dan van die andere sukkels als Alice en kreupele wangedrochten als Nicky-pikkie.'

'Russell!' riepen Maura en Ralph tegelijk in de deuropening.

Georgia hoefde niets meer te zeggen. Omdat ze niet hapte, was Russell zo gaan schreeuwen tijdens zijn verhaal, dat eigenlijk niets anders was dan plichtmatig gepest, dat hun ouders zijn laatste zinnen hadden gehoord. Ze stonden daar in de deur zo geschokt over de weggeschoven ladekast de kamer in te kijken dat Georgia bijna met hen te doen had. Ze had zo vaak geprobeerd uit te leggen hoe Russell tegen haar deed, maar nu ze het eindelijk zelf hoorden kon het haar eigenlijk al niet meer schelen.

Ze haalde haar schouders op en hief haar handen in een gebaar van berusting. Russell draaide zich met een gezicht rood van woede naar haar om. 'Dit zet ik je betaald,' fluisterde hij.

'Wat zet je me betaald?' zei Georgia goed hoorbaar. 'Jij bent degene die stennis maakt. Ik zat hier gewoon, net als anders.'

Niccolo haalde de mantel van Falco's gezicht. Het lange, martelende wachten op Falco's dood was voorbij. Zijn zoon kon de eeuwige rust in gaan en de hertog zou hem in pracht en praal begraven. Hij wilde het stoffelijk overschot mee terugnemen naar Giglia om het bij te zetten in de familietombe van de Chimici's en hij zou een plaatselijke beeldhouwster, hoe heette ze toch, Miele of zoiets, opdracht geven een gedenkteken voor hem te maken. Dergelijke gedachten waren makkelijker te verdragen dan Falco's langzame afdaling naar de dood.

Hij keek naar zijn dierbare kind, legde zijn hoofd in de nek en huilde als een wolf. Beatrice, die op weg was om haar vader af te lossen bij de wacht aan het bed, hoorde het gebrul en begon te rennen. De gruwelijke jammerklacht zei haar wat er gebeurd was.

Toen ze de kamer in kwam, snakte ze naar adem. Het eerste wat haar opviel was Niccolo's haar. Gisteren was het nog grotendeels zwart geweest, doorspekt met wat grijs. Nu was het sneeuwwit. Hij was in één dag tien jaar ouder geworden. En na die schrik zag ze iets waardoor ze verschillende keren een kruisteken sloeg.

De schaduw van het omvangrijke lichaam van de hertog viel in het laatste daglicht over de plavuizen vloer. Falco's lichaam lag op zijn schoot als het Christusbeeld in de kathedraal van Giglia... maar zonder een spoor van een schaduw.

Toen de hertog zag waar ze naar keek, werd hij stil. Hij ging staan met het vederlichte lijk in zijn armen. Langzaam liep hij naar het bed en legde Falco daar neer. De schaduw van de hertog had lege armen en legde niets neer.

Niccolo en Beatrice staarden elkaar aan; zij sloeg opnieuw een kruisteken en maakte daarna het geluksteken.

*

Luciano was bij zijn leermeester en Arianna in Rodolfo's kamer in het paleis. Ze waren alledrie schrikachtig. Rodolfo en zijn leerling hadden de grond onder hun voeten voelen trillen, alsof de stad geteisterd werd door een aardbeving.

'Wat hebben jullie?' vroeg Arianna, die niets gemerkt had.

Rodolfo was naar zijn spiegels gelopen en had ze anders afgesteld. Luciano ging naast Arianna zitten. Aarzelend legde hij zijn arm om haar heen. 'Het komt wel goed,' zei hij, maar hij geloofde zelf niet echt in die bemoedigende woorden. Ze leunde tegen hem aan, opeens moe.

'Ik wil naar huis,' zei ze zacht. 'Laten we teruggaan naar Bellezza.'

'Dat lijkt me een heel goed idee,' zei Rodolfo.

En toen stormde een verwilderde figuur onaangekondigd de kamer in. Ze herkenden hem niet meteen als de hertog. Zijn haar was sneeuwwit geworden en zijn ogen waren bloeddoorlopen van het slaaptekort.

'Ze zeiden dat je hier was,' schreeuwde hij tegen Luciano. 'Jij die ooit geen schaduw had! Vertel wat je met mijn jongen hebt uitgevoerd!'

'Gaat het slechter met hem, hoogheid?' vroeg Arianna geschrokken.

'Hij is dood,' zei de hertog. 'Dood, maar zijn dode lichaam

heeft geen schaduw. Wie legt me uit hoe dat kan? Die ouwe to-
venaar of zijn leerling in het kwaad?'

Niccolo ving een beeld op in een van Rodolfo's spiegels. Tot
zijn afgrijzen zag Luciano zijn oude kamer thuis, waar Falco
op bed zat en zijn hoofd in zijn handen steunde. De vroege
ochtendzon tekende een onmiskenbare schaduw op de sprei
achter hem.

Die aanblik werd de hertog te machtig. Zijn verstand en laatste restje gezondheid lieten hem in de steek. Hij zakte bewusteloos op de grond in elkaar. Rodolfo ging naar hem toe en legde mompelend zijn vingers op Niccolo's ogen.

'Hij zal uren blijven slapen en zich hier niets van herinneren,' zei hij. 'En wij moeten weg zijn als hij bijkomt.'

Snel verzamelde Rodolfo zijn spiegels en deed ze in een
koffer terwijl Arianna de bedienden riep. Ze legde uit dat de
hertog overmand was geraakt door verdriet toen hij hun van de
dood van zijn zoon vertelde en vervolgens flauwgevallen was.
De bedienden droegen hem naar zijn kamer en gingen de
paus inlichten.

Niet veel later begon de klok van de campanile te luiden en
de stad hulde zich in rouw.

Zodra Falco bij Georgia thuiskwam, wist ze wat er gebeurd
was. De Mulhollands brachten hem en ze konden niet meteen
samen praten, maar ze zag de schaduw aan zijn voeten en de
glinstering in zijn ogen.

'Hoe gaat het?' kon ze alleen maar uitbrengen, een gewone
groet, waarin ze zo veel mogelijk betekenis legde.

'Goed,' zei hij. En hij meende het.

De volwassenen zaten bij elkaar en begonnen met gedempte stem te praten. Russell was naar zijn maten; het was de bedoeling dat hij de volgende dag naar Griekenland vertrok en Ralph en Maura wilden hem allebei het huis uit hebben. Na gisteravond, toen dezelfde mensen bij elkaar waren om Georgia uit te horen, was de sfeer totaal omgeslagen. Nu was Russell het doelwit van hun zorgen, waarbij Georgia's uitspattingen in het niet vielen.

'Georgia,' zei Ralph opeens. 'Wil je even koffie voor ons zetten?' Ze wist dat de ouders elkaar onder vier ogen wilden spreken.

'Nicholas helpt je wel,' zei Vicky.

Dit was precies wat Georgia en Nicholas wilden; ze trokken zich samen terug. Een potje koffie zetten had dan ook nog nooit zo lang geduurd als nu. Georgia vertelde honderduit over de race, Cesare en Merla en het banket in de Ram. Dan was er nog het nieuws over Gaetano en Francesca. Vervolgens moest Falco haar vertellen over het moment waarop hij zijn schaduw voelde terugkomen.

'Wat gaat dat voor Luciano betekenen?' vroeg Georgia zich hardop af. 'Je vader heeft hem en mij bedreigd als er iets met je gebeurde.'

'Ik kan nu niet meer terug, hè?' zei Falco.

'Niet zonder een talisman uit Talia,' zei ze.

Hij keek zo treurig dat ze de zwarte veer uit haar zak haalde en aan hem gaf.

'Hier,' zei ze. 'Als stravagante geef ik je iets uit de andere wereld. Ik weet zeker dat je er op een dag mee terug zult kunnen gaan.'

Bij de Ram werden rijtuigen ingespannen terwijl de passagiers afscheid namen. Rodolfo zou met Silvia naar Bellezza teruggaan en zijn plaats in Arianna's koets werd door Luciano ingenomen. Dethridge hoefde niet alleen te reizen, want Francesca ging met hem naar Bellezza terug om haar bezittingen uit Albani's huis te halen. Gaetano was naar de stalhouderij gekomen om haar gedag te zeggen.

Hij kreeg allerlei boodschappen voor zijn vader mee om het snelle vertrek van de Bellezzianen te verklaren. Cesare, Luciano en Gaetano sloegen hun armen om elkaar heen, de drie overgebleven gezworenen van het verbond dat ze gesloten hadden op weg naar Belle Vigne. In de verte hoorden ze de doodsklok voor Falco luiden; Luciano vroeg zich af of hij dat geluid ooit nog uit zijn hoofd zou kunnen zetten.

'Doe onze plaatsvervangende jockey de groeten als hij terugkomt,' zei de duchessa tegen Cesare. 'Maar ik reken erop dat jij volgend jaar voor de Ram uitkomt.'

'Dat doe ik, hoogheid,' zei Cesare, die nog altijd onder de indruk was van de mooie jonge bewindsvrouwe.

'En druk haar op het hart dat ze goed voor mijn broer zorgt,' voegde Gaetano er fluisterend aan toe. Toen zei hij hardop tegen het gezelschap uit Bellezza: 'Pas goed op mijn Francesca in jullie stad van maskers. Ik zal de uren tellen totdat ze weer bij mij in Giglia is.'

'Kijk,' zei Arianna. 'Zie je nu wel dat je romantisch kunt zijn als je wilt. Natuurlijk zal ik op haar passen.'

De drie vertrekkende stravaganti omhelsden Paolo. Zo wisselden de vier nog eenmaal onderling hun bijzondere krachten uit. En toen rolden de rijtuigen in de richting van de Zonnepoort. Onderweg kwamen ze langs twee mensen in felgekleurde kleding, versierd met sjaals en linten, die muziekinstrumenten bij zich hadden.

'Stop!' riep Arianna naar de koetsier. 'Willen jullie meerijden?' vroeg ze aan Raffaella. 'Op het dak is ruimte en ook in het vierde rijtuig, als je het niet erg vindt om bij mijn bagage te zitten.'

'Nee, dank u, hoogheid,' zei Aurelio, die het woord voor hen beiden deed. 'Voor ons is lopen onderdeel van de lange reis. Maar we zullen elkaar vast terugzien, in de stad van bloemen misschien, of in uw eigen stadstaat.'

'Ik hoop het van harte,' zei Arianna. 'Ik wil graag de muziek van de Manoush weer horen.'

Georgia's straf was dat ze tot Kerstmis niet meer naar de manege mocht. Dat was niet niks, maar ze kon het wel aan. Ze had de hele zomer naar hartelust gereden en alles wat ze in Remora had geleerd zou ze echt niet vergeten. Bovendien leek rijden op een gewoon paard haar een tamme boel na haar vlucht met Merla en ze vond het niet zo heel erg om het moment waarop ze die vergelijking moest maken nog een tijdje uit te stellen.

Ondertussen waren er ook meevallers. Ze mocht wel mee naar Frankrijk en de volgende ochtend zou Russell naar Griekenland opkrassen. En Ralph en Maura namen haar problemen met Russell eindelijk serieus.

'Ik begrijp nu wel dat je een slot op je deur wilde,' zei Maura neerslachtig toen Ralph een nieuw slot op Georgia's deur monteerde. 'En het spijt me dat ik niet naar je luisterde toen je me probeerde te vertellen hoe het er met Russell voor stond.'

'Ik baal ervan dat mijn zoon zich zo misdraagt,' zei Ralph.

'Hij heeft me nooit kunnen luchten of zien,' zei Georgia. 'Ik denk dat ik zijn pispaaltje werd omdat hij stinkend jaloers was toen je met mam trouwde.'

'Dat moet afgelopen zijn,' zei Ralph. 'Maura en ik vinden dat hij in therapie moet.'

'Wil hij dat?' vroeg Georgia.

Ralph en Maura keken elkaar even aan.

'Willen is wat veel gezegd,' zei Ralph. 'Maar hij mag naar Griekenland op voorwaarde dat hij na terugkomst aan therapie begint.'

Het was een opluchting om erover te kunnen praten, maar Georgia wist dat Russell zijn macht over haar toch al kwijt was. Ze herinnerde zich de woorden van Paolo: 'Hij zal er niet eeuwig zijn. Bedenk wel dat alles voorbijgaat – niet alleen de goede dingen, ook de slechte.'

Ze sprak Russell niet meer voor zijn vertrek. Ze had besloten die nacht niet te stravageren. Misschien wel laf van me, dacht ze, maar ik durf die hertog niet onder ogen te komen als ik niet uitgeslapen ben.

En de volgende avond bleek dat het te laat was. Russell was weg en het Etruskische paardje ook. Deze keer dacht ze dat het waarschijnlijk voorgoed weg was.

Na de familie kwamen de buitenstaanders naar het paleis van de paus om de laatste eer te bewijzen. Een van de eersten was Enrico, de spion. Hij had een zwarte rouwband om zijn arm.

Hij kreeg te horen dat de hertog sliep, maar dat de paus hem wilde ontvangen. Enrico streek zijn haar glad en ging de ontvangstzaal van de kerkvorst binnen.

'Heiligheid,' zei hij en hij knielde voor Ferdinando di Chimici om zijn ring te kussen.

De paus gebaarde hem overeind te komen. 'U hebt van ons smartelijk verlies gehoord?' zei hij.

'Zeker, zeker,' zei Enrico. 'Vreselijk, vreselijk.' En hij meende het.

'Het valt in het niet bij de dood van onze jongste telg,' zei de paus, 'maar ik was toch teleurgesteld dat geen kampioen van onze familie de Stellata heeft gewonnen. Het was vernederend voor mijn broer en mij.'

'Dat betreur ik, heiligheid,' zei Enrico. 'Maar wat kan een man beginnen tegen de kracht van het noodlot? U zult het met me eens zijn dat de godin tegen ons was.'

'Hoe durf je! Een dergelijk heidens idee moet ik pertinent afwijzen,' zei de paus en hij kreeg een hoogrode kleur. 'Als hoofd van de kerk geloof ik niet in die godin!'

'Het was maar bij wijze van spreken, heiligheid,' herstelde Enrico zich gladjes. Hij deed of hij zich krabde en moest hoesten, maar eigenlijk maakte hij het geluksteken. De paus huiverde.

'Ik bedoelde dat sommige dingen niet voorbestemd zijn... zoals het herstel van de jonge edelman,' zei Enrico. 'Ik heb gedaan wat ik kon om de paardenren voor ons te veilig te stellen, maar het Remaanse bijgeloof speelde ons parten. Toen de jockeys het gevleugelde wonder zagen, vielen ze allemaal bijna stil. Behalve dan die ene van de Ram.'

'Ik weet wie er gewonnen heeft,' zei de paus smalend. 'Maar goed, ik geef toe dat onze kansen ongunstig stonden vanaf het moment dat dat dier in Remora werd geboren. Rest ons de vraag wat we met jou moeten nu de wedstrijd voorbij is. Ik stel voor dat je mijn broer de hertog begeleidt, zodra hij in staat is met het lichaam van zijn zoon naar Giglia terug te gaan. Hij zal daar wel bezigheden voor je vinden.'

Falco was opgeroepen voor zijn operatie en hij moest en zou het meteen aan Georgia vertellen. Hij belde haar op en kreeg haar overstuur aan de lijn.

'Hoezo, weg?' vroeg hij.

'Russell is tot het eind van de vakantie in Griekenland en ik denk dat hij de talisman mee heeft genomen. Of misschien heeft hij het beeldje inmiddels gemold. Hij zei dat hij het me nog betaald zou zetten en dat heeft hij nu gedaan.'

'Dat is rot,' zei Falco. 'Kun je mijn veer dan niet gebruiken? Ik geef hem je zo terug, hoor.'

Aan de andere kant van de lijn bleef het lang stil.

'Nee,' zei Georgia toen. 'Die was niet voor mij bedoeld. De veer kan mij niet helpen.'

Hertog Niccolo sliep twaalf uur onafgebroken door en werd daarna met hernieuwde energie wakker. Hij riep zijn bediende om zich te laten scheren en zijn nieuwe witte haar te knippen en daarna at hij een stevig ontbijt, tot opluchting van de rest van de familie. De hertog wilde zijn verdriet achter zich laten en zijn gebruikelijke intriges weer oppakken. Hij herinnerde zich weinig van de gebeurtenissen van de dag ervoor. In zijn achterhoofd wist hij dat het verhaal van Falco's dood anders was gelopen dan hij het verteldé, maar hij begroef die gedachte even diep als hij zijn kind ging begraven.

Toch kon hij niet helemaal vergeten wat er daarna was gebeurd. Er was iets griezeligs aan de manier waarop Falco deze wereld had verlaten en het had met die stravaganti te maken, al wist Niccolo niet meer wat hij in Rodolfo's spiegels had gezien. Hij was vastbesloten om een harde strijd met die lui aan te binden en erachter te komen wat ze nu eigenlijk precies konden.

Met dit doel liet hij zijn zoons bij elkaar komen voor een familieberaad. Gaetano arriveerde als eerste en het nieuws dat hij bracht stond zijn vader helemaal niet aan.

'Vertrokken? De Bellezzianen zijn al vertrokken?' zei Niccolo niet-begrijpend. 'Zonder zelfs maar een schijntje beleefdheid te tonen, of op de begrafenis van mijn zoon te wachten?'

'De duchessa stond erop dat ik u haar oprechte verontschuldigingen zou overbrengen, vader,' zei Gaetano. 'En we wilden u niet storen nu u eindelijk weer eens goed sliep. Maar haar vertrek stond al voor gisteren gepland en ze maakte zich zorgen over haar stad. De regent en zij zijn hier twee weken geweest en u weet hoe kwetsbaar een hertogdom kan zijn als het staatshoofd weg is.'

'Ik ben al minstens twee keer zo lang uit Giglia weg,' zei de hertog verachtelijk.

'Geen mens waagt het om tegen u in opstand te komen, vader,' zei Gaetano. 'De duchessa draagt nog maar een jaar haar titel. Zij moet veel voorzichtiger zijn.'

'We moeten allemaal naar onze steden terug,' zei Niccolo. 'We hebben belangrijke zaken aan ons hoofd – een begrafenis, bruiloften en de strijd tegen de stravaganti.'

'Waarom?' zei Gaetano moedig. 'Omdat we Falco hebben verloren? Dat was hun schuld toch niet?'

Niccolo keek hem verbijsterd aan.

'Vader, Falco rust nu in vrede,' zei Gaetano zacht. 'Kunnen wij onze wraak dan niet vergeten en in vrede om hem rouwen?'

'Praat geen onzin,' zei Niccolo. 'De stravaganti zitten erachter. Die Rodolfo in ieder geval. Ik heb iets gezien... iets bovennatuurlijks. Er speelt tovenarij in mee en ik ga dat tot op de bodem uitspitten.'

Meneer Goldsmith nam een korte vakantie. Hij had het bordje GESLOTEN op zijn winkeldeur gehangen en ging Georgia nog even gedag zeggen. Maura was ook thuis en keek verbaasd toen ze opendeed, maar ze zette thee en kwam bij hen zitten.

'Ik ga een paar weekjes weg,' zei hij. 'Dat wilde ik je even laten weten. Mijn neef belde gisteravond en vroeg of ik zin had met hem en zijn gezin in Norfolk te gaan varen.'

Georgia was er blij om. Meneer Goldsmith had niet eerder over familie gesproken en ze had gedacht dat hij misschien wel alleen op de wereld was.

'Ik zou het vervelend vinden als jij of Nicholas voor een dichte deur kwam,' ging hij verder. 'Meestal blijf ik in de zomer open, maar deze kans wilde ik niet laten glippen.'

'Woont uw neef in Norfolk?' vroeg Maura.

'Nee, hij woont in Cambridge,' zei meneer Goldsmith. 'Daar komt mijn familie vandaan. Mijn vrouw ook.'

'Ik wist niet dat u getrouwd was,' zei Georgia.

'Ik heb haar jaren geleden verloren,' zei meneer Goldsmith. 'We hadden geen kinderen. Maar mijn neef heeft drie kinderen en we zullen ons best vermaken op het water.'

Toen hij weg was, zei Maura spijtig tegen Georgia dat ze zich nooit op het verkeerde been had moeten laten zetten. 'Die meneer Goldsmith is een aardige oude man. Het was Russell zelf aan wie een steekje los zat.'

Georgia sloeg haar armen om haar heen.

'Dat doet er niet meer toe,' zei ze.

Enrico was naar het paleis in Santa Fina gekomen om zijn geld te halen toen hij de hertog zag. Niccolo di Chimici dwaalde door de vertrekken van het grote gebouw alsof hij iets zocht.

'Heer...' zei Enrico aarzelend.

Geschrokken draaide de hertog zich met een ruk om en ontspande zich toen.

'Ach, de spion,' zei hij. 'Hier valt niets te spioneren... het is maar een leeg paleis met een oude man erin.'

'Gecondoleerd met de dood van uw zoon, hoogheid,' zei Enrico. 'Kan ik iets voor u doen?'

Hertog Niccolo dacht even na.

'Vertel eens,' zei hij. 'Als jij je lievelingszoon begroef, wat zou je hem dan in zijn kist meegeven?'

Enrico had geen kinderen, en nu zijn Giuliana verdwenen was dacht hij ze ook niet te krijgen. Maar er mankeerde niets aan zijn verbeeldingskracht.

'Een herinnering aan zijn jeugd, heer? Een geliefd speelgoedje? Een beeldje of een portret?'

'Een portret? Ja, dat is een idee.' De hertog haalde een medaillon uit zijn hemd. 'Dit draag ik sinds de dood van mijn vrouw Benedetta bij me. Zij zal over ons kind in zijn graf waken. Voor mij is dat alles nu voorbij.'

Georgia ging nog even bij de Mulhollands gedag zeggen voordat ze naar Frankrijk vertrok.

'Denk je dat je nog ooit naar Remora terug zult gaan?' vroeg Falco.

'Ik hoop het wel,' zei Georgia met een diepe zucht. 'Het is er zo fantastisch, en ik mis Cesare en zijn familie.'

'Maar degene die je het meest mist zul je in die stad niet meer zien, denk ik,' zei Falco zacht.

Georgia gaf geen antwoord; het zag ernaar uit dat ze in Talia haar gevoelens minder goed had weten te verbergen dan in haar eigen wereld.

'Was je verbaasd toen de duchessa niet met mijn broer wilde trouwen?' hield Falco aan.

'Nee, niet zo,' zei Georgia. 'Hij is en blijft een Chimici, al is hij dan van het aardige soort.'

'En ik?' vroeg Falco. 'Ben ik ook van het aardige soort?'

'Jij bent geen Chimici meer, toch?' zei Georgia. 'Je bent nu een Hertog, en op een goede dag misschien een Mulholland.'

'Maar je vindt me toch wel aardig?'

'Doe niet zo stom!' zei Georgia. Wat had iedereen opeens? Nadat ze de Stellata had gewonnen leek het wel alsof ze in beide werelden onweerstaanbaar was geworden. 'Natuurlijk vind ik je aardig,' voegde ze eraan toe, toen ze zag hoe terneergeslagen hij keek. 'Ik kan het niet zo goed uitleggen,' zei ze, en er kwam een herinnering bij haar op. 'Je zult altijd heel bijzonder voor me zijn omdat je de schakel bent tussen mijn leven hier en in de andere wereld, die ik met niemand anders kan delen.'

Toen boog ze zich naar hem toe, omhelsde hem en gaf vluchtig een kus op zijn wang.

# Epiloog: De dertiende ruiter

*Remora, september 1578*

De Campo delle Stelle werd voor de tweede keer die zomer in een renbaan omgebouwd. Bij hoge uitzondering werd terwille van een gewichtig plaatselijk evenement wel eens een tweede race gehouden, een zogenaamde Stellata Straordinaria. Dat was twintig jaar geleden voor het laatst voorgekomen, toen Ferdinando di Chimici paus werd en de tot leven gewekte titel van prins van Remora kreeg.

Nu had Niccolo, de broer van de paus, een Straordinaria uitgeroepen ter ere van het korte leven van de jongste Di Chimici. De stad bruiste van bedrijvigheid nu er zo kort na de eerste race een nieuwe Stellata moest worden georganiseerd. Er moest een nieuwe baan worden aangelegd, een wedstrijdcommissie opgetrommeld, de optochtkleren moesten in orde worden gebracht en weer oefenden de vaandelzwaaiers. Het tromgeroffel van de vorige feestelijke paardenren was amper verstild als de voortdurende achtergrondmuziek van het leven in Remora of het kwam alweer op gang.

In de komende Stellata di Falco was het zelfs nog belangrijker dat de Vrouwe, of in ieder geval de Tweeling, als overwinnaar uit de strijd zou komen. Er werd een nog grotere prijs dan anders voor de winnende jockey uitgeloofd.

Cesare kon zijn geluk niet op. Nu kreeg hij alsnog de kans om op Arcangelo aan de race mee te doen, zonder een heel jaar te moeten wachten. En deze keer zou hij er wel voor zorgen dat hij niet ontvoerd werd. In de maand na het vertrek van de Bellezzianen en de terugkeer van de Chimici's naar Giglia was zijn leven behoorlijk saai geworden. Cesare treurde om de dood van Falco; hij wist wel dat de jongen in een andere wereld verder leefde, maar hij zou Falco nooit meer zien omdat er geen schijn van kans was dat hij zelf in die wereld zou komen. Hij was aan de jongste Di Chimici gehecht geraakt. Ook miste hij Georgia, die na de race en de feesten niet meer bij hen was geweest.

Cesare vroeg zich af of ze bij de Straordinaria zou zijn; aan die buitenlandse vakantie van haar moest nu toch wel eens een eind zijn gekomen.

*Londen, september 2004*

In werkelijkheid was Georgia al een heel jaar terug van haar vakantie in Frankrijk. Er was veel gebeurd in die tijd, maar tochtjes naar Talia had ze niet meer kunnen maken na de verdwijning van de talisman. Bij Russells terugkomst uit Griekenland was hem het vuur na aan de schenen gelegd, maar deze keer wist hij niet van wijken. Hij ontkende in alle toonaarden dat hij het gevleugelde paardje had gepakt.

Tot Georgia's verbazing was hij echt in therapie gegaan, waardoor haar leven thuis een stuk leuker was geworden, al zou ze het nog niet perfect willen noemen. Ralph en Maura waren een paar keer met hem meegegaan en kwamen geschokt terug omdat de problemen bij hem zo diep bleken te zitten.

Het was uitgesloten dat hij Georgia ooit aardig zou gaan vinden, of zij hem, maar de pesterijen waren voorbij. Ze hielden zich aan een wapenstilstand en Ralph en Maura waren nu zo alert dat verdere uitbarstingen onmogelijk waren. Eigenlijk was het ironisch. Nu ze bestand was geworden tegen Russells getreiter en bedreigingen omdat hij geen macht meer over haar had, deed hij er niet meer aan.

Intussen had ze handenvol werk. Het was het jaar van de examens, waarna beslist werd op welk niveau ze de eindexamenklassen in zou gaan; ze had bergen huiswerk en projecten.

Alice en zij waren dikke vriendinnen geworden; ze gingen veel weekends samen naar Devon, wat vooral het eerste trimester een uitkomst was omdat ze Remora miste en niet meer naar de manege mocht.

In het trimester na de kerstvakantie kreeg Georgia haar eerste vriendje, Dan, die een klas hoger zat. Ze gingen acht weken met elkaar en het verwaterde vlak voordat Georgia zich volledig op haar komende examens moest concentreren, wat op zich wel goed uitkwam. Pas drie weken geleden had ze de uitslag gekregen, en ze had het goed genoeg gedaan om door

Ralph en Maura mee uit eten te worden genomen en een digitale camera te krijgen.

Maar het mooiste cadeau was het bericht dat Russell het huis uit ging. Hij had de nodige diploma's gehaald waarmee hij aan een IT-opleiding in Sussex kon beginnen. Hij voelde er niets voor om dat met zijn familie te vieren, maar had zo veel zin in ladderzat worden met zijn vrienden dat hij nog twee dagen lang een kater had. Zijn cadeau was de huur van een kamer in Brighton en voordat het nieuwe schooljaar begon, zou hij verhuizen. 'Alles gaat voorbij,' juichte Georgia in zichzelf.

Ze bracht bijna de hele zomer met Alice in Devon door, waar ze paardreden en in de buurt nieuwe vrienden maakten. Een van hen was Adam, een jongen met donkere ogen en donker haar, en ze hoopte dat ze hem in de weekenden waarin ze weer naar Devon kon nog veel beter zou leren kennen.

Ook op school kreeg ze steeds meer vrienden. Door haar overwinning in de Stellata was ze meer veranderd dan ze had kunnen denken. Haar nieuwe zelfvertrouwen kwam voort uit de diepe voldoening dat ze ergens in had uitgeblonken, waardoor haar hele houding en zelfs haar uiterlijk anders werd. Ze sloot zich niet meer af als mensen aardig tegen haar deden en ontdekte dat meer mensen bereid waren haar aardig te vinden dan ze ooit had vermoed. En toen Russell haar thuis niet langer probeerde onderuit te schoffelen, voelde ze zich zo bevrijd dat haar persoonlijkheid opbloeide.

Georgia had geen nieuw ringetje in haar wenkbrauw laten zetten, maar ze had nu een tatoeage van een vliegend paard op haar schouder en ze had haar haar laten groeien en het donker geverfd, met aan de voorkant lichtere plukken. En ze had eindelijk borsten gekregen – niet wat je noemt van Playboy-kaliber, maar toch plezierig zichtbaar. Ze was strakke topjes in plaats van slobbertruien gaan dragen. In geen enkele wereld zou ze nog voor een jongen worden aangezien.

Als Georgia's leven al veranderd was na haar laatste bezoek aan Remora, was dat van Falco helemaal omgetoverd. Vanwege zijn leeftijd en de ernst van zijn handicap kreeg hij voorrang op de operatiewachtlijst, en nog voor de eerste Kerstmis in zijn nieuwe wereld was hem een nieuwe heup aangemeten.

Maanden van behandelingen en revalidatie volgden, waarin hij opnieuw en zonder krukken leerde lopen. In februari kon hij al zonder steun lopen, maar hij hinkte nog een beetje. In mei, na maandenlange zwemlessen en training in de sportzaal, was hij vijf centimeter langer dan toen hij net in Engeland was aangekomen.

Falco zat nu in de brugklas van de Barnsburyschool en hij was opvallend populair. De meisjes waren weg van zijn exotische uiterlijk en de jongens vonden zijn energieke fitnessprogramma wel oké. Ook deed het hem geen kwaad dat hij goed bevriend was met een meid in de vierde, die de reputatie had nogal stoer te zijn.

Het was de vooravond van de Stellata di Falco en weer baadden de twaalfden van Remora in een gloed van fakkels. De stad had altijd al de kunst beheerst om zich snel van de ene race te herstellen en zich op de volgende voor te bereiden, want, zoals een plaatselijk spreekwoord zei: 'De Stellata gaat het hele jaar door.' Dit jaar was het enthousiasme groot over de extra kans die de twaalfden kregen om te winnen. Uit Giglia kwam een nieuw Stellata-vaandel, dat in allerijl gemaakt was, met rechtsonder een kleine afbeelding van Falco te paard.

Cesare verwachtte geen moment dat het de Ram toegestaan zou worden om voor de tweede keer te winnen. Maar hij genoot ervan om de eregast te zijn bij het banket in zijn twaalfde aan de vooravond van de paardenrace, de helm van de priester te krijgen en op te staan om zijn eerste toespraak te houden.

'Rambewoners!' zei hij tegen zijn buurtgenoten, die in een zee van rode en gele tafelkleden en vlaggen aan de tafels zaten. 'Ik ben vereerd dat jullie mij tot jullie jockey hebben gekozen. Jammer genoeg moest ik noodgedwongen verstek laten gaan bij de vorige Stellata, maar we zullen nooit vergeten wat er toen gebeurd is, of wel soms?'

Goedkeurend gebrul van de wijkbewoners.

'En dus, al kan hij dan vanavond niet bij ons zijn, vraag ik jullie om met mij te drinken op de gezondheid van de vorige kampioen van de Ram... Giorgio Credi!'

'Giorgio Credi!' galmde het als uit één mond over het plein.

Georgia had de hele dag een vreemd gevoel. Ze was nog niet gewend aan de nieuwe routine van de eindexamenklassen op school. Ze had een nieuwe mentor en de luxe dat haar pakket uit vijf vakken bestond; ze mocht gaan en staan waar ze wilde in de aula, waar de eindexamenklassers meestal de luie stoelen bezetten, en ze had studie-uren waarin ze in de stilteruimtes kon gaan leren of zelfs, als het mooi weer was, buiten op het gras.

Vandaag was het zo'n mooie dag dat het nog hoogzomer leek, al waren de avonden alweer kil. Georgia had een vrij uur voor de grote pauze en ze zat buiten met Alice een boek voor Engels te lezen.

'Stel je een wereld voor waarin gewone mensen geen kinderen konden krijgen,' zei Alice over het thema van *The Handmaid's Tale*, waar ze mee bezig waren.

'Dan bleven je ook exemplaren als Russell bespaard,' zei Georgia.

'O ja, die verhuist vandaag, hè? Hebben jullie teder afscheid genomen?'

Georgia gromde. 'Opgeruimd staat netjes,' zei ze en ze vroeg zich af of ze zich daardoor zo anders dan anders voelde. 'Het is de mooiste dag van mijn leven.'

Dat was niet waar. De mooiste dag van haar leven was de dag geweest waarop ze de Stellata won en een kus van Luciano kreeg, al kon ze dat tot haar verdriet nooit aan Alice of wie dan ook vertellen.

Ze was onrustig. Op de vijftiende augustus van dit jaar had ze het een marteling gevonden dat ze steeds aan Remora moest denken en wat daar allemaal gebeurde. Zij en Falco, die ze nu Nicholas moest noemen, waren bij elkaar gekomen, hadden over de race gepraat en zich afgevraagd welke paarden en jockeys zouden meedoen en of de Chimici's nu wel zouden winnen.

Op de dag waarop het een jaar geleden was dat Nicholas 'getransformeerd' was, had hij last van heimwee en hij was terneergeslagen. Ze hadden er vaak over gepraat of hij ooit zijn gevederde talisman zou uitproberen met een bezoekje aan Talia, zoals Luciano andersom had gedaan, maar Falco piekerde er niet over om zonder Georgia te gaan en zij had geen talisman meer.

Georgia zuchtte. Ze had gehoopt dat ze minstens één keer in

het afgelopen jaar Luciano zou zien als hij de moed had een van zijn pijnlijke kijkjes bij zijn ouders te komen nemen. Ze ging nog steeds naar vioolles, maakte goede vorderingen en ze kwam natuurlijk ook vaak bij de Mulhollands thuis voor Nicholas. Maar er kwam taal noch teken van Luciano.

Er was niks mis met Dan, en Adam deed op zijn manier ook niet voor hem onder, maar ze bleef hopen dat ze Luciano terug zou zien.

'Waar denk je aan?' vroeg Alice. 'Wat een diepe zucht.'

'Heb je wel eens van een jongen gehoord die één klas hoger zat dan wij, en die twee jaar geleden dood is gegaan?' vroeg Georgia opeens. Ze had nooit eerder met Alice over hem gepraat.

'Bedoel je dat lekkere ding met die zwarte krullen? Bijna de hele klas was smoor op hem, hè? Wat is er met hem?'

'Niets,' zei Georgia. 'We zaten samen in het schoolorkest. Ik vond hem geweldig.'

'O,' zei Alice verbaasd. 'Daar heb je nooit iets over gezegd.'

'Dat had ook geen zin, hè?' zei Georgia. 'Hij is er niet meer.' En ze besefte dat het waar was; ze zou voor de tweede keer om Luciano moeten rouwen.

Alice keek haar echt bezorgd aan. Op dat moment ging de bel voor de middagpauze en ze konden er niet over doorpraten. Alle klassen kwamen naar buiten om van een van de laatste mooie dagen op het gras te genieten.

'Lijkt Nicholas soms een beetje op hem?' vroeg Alice onverwachts. Een groep brugklassers lag languit op het gras. Een lenige gedaante met krullend haar maakte zich uit de groep los en kwam naar hun plek op de groene helling.

Georgia keek met haar hand boven haar ogen naar Nicholas; het was fijn om te zien hoe zijn schaduw langgerekt op het pad achter hem aan gleed.

Luciano was in Roldolfo's laboratorium aan het werk met zijn leermeester en dr. Dethridge. Vanaf het moment dat ze in Bellezza terug waren, hadden de stravaganti zich druk gemaakt om de gevolgen van Falco's dood, op de eerste plaats omdat ze bang waren voor wraakacties die de hertog tegen hen zou ondernemen. Bovendien was Rodolfo ervan overtuigd dat er een verschuiving in de doorgang tussen hen en de andere wereld moest zijn opgetreden.

Na de transformatie van William Dethridge was de wereld waar Luciano vandaan kwam in een tijdsversnelling geraakt ten opzichte van het zestiende-eeuwse Talia, maar in de periode van Luciano's eerste bezoek was het verschil weer afgenomen. De doorgang was toen maandenlang stabiel gebleven, maar raakte opnieuw ontwricht toen Luciano in Talia strandde. Het ging maar om een paar weken en de gezamenlijke inspanningen van de drie stravaganti hadden ervoor gezorgd dat ze dag na dag konden inhalen, zodat de data in de twee werelden weer op elkaar werden afgestemd, al bleef het verschil van meer dan vier eeuwen bestaan.

Maar nu, na de dood van Falco, had de andere wereld weer een sprong vooruit genomen. Ze waren nog steeds aan het uitzoeken om hoeveel tijd het precies ging. Rodolfo hield voortdurend een spiegel op Luciano's vroegere kamer gericht, zoals hij ook op de dag van Falco's dood had gedaan, toen de hertog een glimp van zijn zoon had opgevangen en zijn verstand verloor. Rodolfo had liever niet dat Luciano in de spiegel keek.

De twee oudere stravaganti hadden gezien hoe de Taliaanse jongen in snel wisselende beelden zijn leven voortzette. Als ze

ooit een film hadden gezien waarin de tijd op een versneld af-
gedraaide videoband vooruit raasde, zouden ze dat hebben vergeleken met wat ze nu in de spiegel zagen. Maar ze kenden die
verschijnselen niet en wisten alleen dat Falco wegbleef en bij
terugkomst een been in het gips had. Ze zagen hem geleidelijk
sterker worden, oefeningen doen en op een dag was het gips
weg en liep hij op één kruk.

Ze probeerden de omvliegende seizoenen aan de lichtval
door zijn raam te meten, maar soms moesten ze Luciano erbij
roepen om te verklaren wat ze zagen.

'Waartoe moge dien paarse kous met objecten erin dienen?'
vroeg Dethridge hem op een dag.

'Dat is een sok, die je met Kerstmis aan de schoorsteen
hangt, en dan komen er cadeautjes in,' zei Luciano, met heimwee in zijn stem. Talia kende die traditie niet en bovendien was
het hier nog maar eind augustus.

Ze zagen Falco door zijn maanden van genezing en herstel
gaan, zonder dat de jongen wist dat zijn oude vrienden hem
gadesloegen. Ze zagen hem sterker en groter worden. Soms
zat Georgia bij hem op bed te praten. Dan riepen de oudere
stravaganti Luciano erbij en hij was altijd blij haar te zien. Geluid drong niet door in de spiegel die Talia met de andere wereld verbond, maar hij vond het leuk om te bedenken dat Georgia en Falco het af en toe over hem hadden.

Op een dag keek Rodolfo in de spiegel die op Remora was gericht en merkte dat er een Stellata Straordinaria ophanden was.
In de andere wereld leek de tijd inmiddels weer langzamer te
gaan. Aan de uiterlijke veranderingen bij zowel Georgia als Falco maakte hij op dat er daar ongeveer een jaar voorbij was.

'Gaan we naar Remora om bij Falco's race te zijn?' vroeg Luciano.

'Nee,' zei Rodolfo. 'Dat is nergens voor nodig. Arianna gaat ook niet, en we zouden je maar nodeloos blootstellen aan een ontmoeting met de hertog. Er is geen twijfel aan dat alle Chimici's er zullen zijn.'

*

De Chimici-clan had zich verzameld op het plein bij de kathedraal, waar ze in de Tweeling het feestdiner genoten dat aan de paardenrace voorafging. De twaalfden van hun eigen steden werden overgeslagen om als familie bij deze speciale gelegenheid een eenheid te kunnen vormen. Hertog Niccolo, die naast zijn broer de paus zat, nam zijn overgebleven zoons, zijn dochter en zijn vele neven en nichten in ogenschouw.

Zijn plannen voor de huwelijken binnen de familie waren goed ontvangen en hij keek uit naar een volgende generatie Di Chimici, naar een toekomst waarin zijn nageslacht alle stadstaten van Talia in handen zou hebben, als prins of als hertog. Hij sloot zich af voor de gedachte aan die lastpak van een jonge duchessa in Bellezza. Met haar zou hij ook nog wel afrekenen; het was een kwestie van tijd.

'Kan ik na school langskomen?' vroeg Nicholas. 'Ik moet iets met je bespreken.'

'Oké. Zie ik je dan,' zei Georgia.

Ze was de hele dag zenuwachtig en het was een opluchting om thuis te komen. Het was stil in huis, waar een nieuwe leegte hing die het leek uit te schreeuwen: RUSSELL IS WEG!

Georgia ging naar haar kamer en zag dat Russells kamerdeur openstond. Dat was eerder alleen voorgekomen wanneer hij in de opening stond om haar te treiteren.

Ze duwde de deur verder open en ging naar binnen. Zijn bed, ladekast en bureau stonden er nog. Maar zijn stereo, computer en tv waren met hem mee naar Sussex verhuisd en het bed was afgehaald. En daar, midden op de kale matras, lag het gevleugelde paardje.

Geen briefje, helemaal niets, alleen het paardje. Zonder kras of deuk. Russell moest geweten hebben dat ze zijn kamer in zou gaan om zijn vertrek te vieren en hij was kennelijk op het laatste nippertje, toen Maura en Ralph niet langer sjouwend met dozen heen en weer liepen, nog één keer teruggegaan om de talisman neer te leggen.

Voorzichtig pakte Georgia het paardje op. Het voelde nog precies hetzelfde, glad en warm, met kwetsbare vleugeltjes, de fijne breuklijntjes van de vorige reparatie alleen zichtbaar als je ervan wist. Toen ging de bel.

Nicholas stond op de stoep en Georgia besefte met een schok dat hij nu even groot was als zij.

'Hoe gaat het?' zei hij. 'Ik voel me de hele dag zo raar. Ik denk dat het iets met Remora heeft te maken en ik wil weten of jij er ook last van hebt.'

En toen zag hij wat ze in haar hand hield.

De dag van de Stellata di Falco brak aan met een stralende, heldere ochtend. Cesare onderging alle rituelen die hij de vorige maand was misgelopen: de plechtigheid voor de jockeys in de kathedraal, de laatste voorronde en de inschrijving. Daarna ging hij naar de Ram terug om een licht hapje te eten voordat de verplichtingen van de middag begonnen.

Hij ging naar de stallen om tot bedaren te komen, maar daar wachtte hem een doodsschrik. Daar, in de schaduw, stond een slank meisje met tijgerhaar. Ze droeg een minuscuul topje en een slobberige broek die hem bekender voorkwam.

'Georgia?' vroeg hij aarzelend.

'Cesare!' riep ze uit en ze omhelsde hem warm. Ze rook verrukkelijk. 'Zoek alsjeblieft iets wat ik aankan... mijn oude jongenskleren liggen er niet meer.'

'Jongenskleren passen helemaal niet meer bij je,' zei Cesare, die haar nieuwe figuur bewonderend bekeek. Georgia bloosde ervan en ze gaf hem een stomp tegen zijn arm.

'Moet jij eens zien wie ik bij me heb,' grinnikte ze. Het was heerlijk om weer in Remora te zijn. 'Het duurde uren voordat we konden slapen... we waren veel te opgewonden omdat we hierheen gingen.'

Achter haar stond een lange jongen met zwart krulhaar; hij droeg de wijde, gekke kleren van de andere wereld. Hij stapte het licht in. Cesare herkende hem pas toen Falco zijn naam zei en van schrik maakte hij het geluksteken. Want het was Falco echt, een oudere, langere Falco, die zonder krukken liep alsof het de gewoonste zaak van de wereld was. Die andere wereld moest inderdaad wel magisch zijn.

'Ik ben er weer,' zei hij. 'Vertel me wat er dit jaar allemaal gebeurd is.'

'Jaar?' zei Cesare. 'Je bent nog geen maand weg. Het is niet te geloven hoe je veranderd bent! En dat je uitgerekend vandaag terugkomt!'

'Hoezo?' vroeg Georgia. 'Wat is er vandaag dan?'

'Er wordt een extra Stellata gehouden, ter ere van Falco,' legde Cesare uit. 'En ik rij voor de Ram op Arcangelo.'

'Grandioos!' zei Falco.

'Dat moeten we zien,' zei Georgia. 'We hebben alleen kleren nodig.'

Cesare vloog het huis in om Paolo en Teresa het nieuws te vertellen.

*

Ter ere van de overleden Falco was de praalwagen van de Vrouwe gedrapeerd met zwarte kleden, naast het paars en groen van de twaalfde. Zwarte paarden met zilveren tuig en pluimen van sabelbont trokken de wagen. Er stond een lege doodskist op, met het wapen van de Gigliaanse Chimici's – de lelie en het parfumflesje – en een portret van Falco, geschilderd door een plaatselijke meester. Een klein orkestje speelde op de praalwagen een dodenmars.

De vaandeldragers hadden zwarte rouwbanden aan hun vlaggenstok gebonden en de hele optocht van de Vrouwe droeg zwarte kleding onder de groen met paarse sjerpen. Wanneer dat deel van de optocht langs de podiums kwam, deden de toeschouwers hun hoed af en maakten een kruisteken. Er werd gehuild, zelfs bij de Weegschaal; het bleef een droevig verhaal, ook al was het dan je vijand overkomen.

De grote klok boven het pauselijk paleis, die altijd bleef luiden totdat de Stellata voorbij was, deed nu denken aan die dag, een maand geleden, toen hij voor Falco had geluid. Maar ondanks de somberheid van de optocht heerste er ook de opwinding van de paardenren.

Georgia zat bij Teresa en de kinderen op het podium van de

Ram. Ze had een rode jurk van Teresa geleend en ze droeg de rood met gele sjerp van hun twaalfde. De jurk en haar haar oogstten veel bewondering van omstanders en ze voelde zich een heel ander mens dan de jockey die een jaar geleden de Stellata had gewonnen.

En hier was het helemaal geen jaar geleden. Het was maar moeilijk te bevatten dat ze hier amper lang genoeg was weg geweest om gemist te worden. Volgens de Mantalbani had ze een van die weken in Frankrijk gezeten en al vonden ze het een tikkeltje vreemd dat ze in de drie weken daarna niet terug was geweest, veel zorgen hadden ze zich niet gemaakt.

In Remora was weinig veranderd sinds ze hier de laatste keer was. Het leek alsof de stad in een aanhoudende feeststemming verkeerde. En toch was deze Stellata op zich geen feestelijke gebeurtenis. Ze speurde de menigte af, op zoek naar Falco. Hij was langer dan zij in de Ram gebleven. Ze hadden alle paarden begroet en waren lang bij Merla blijven staan, maar nog kon Falco zich niet van het wonderpaard losrukken.

Georgia rekende erop dat hij niet zo gek zou zijn om op het podium van de Vrouwe te gaan zitten, of zich bij de Tweeling aan te sluiten. Hij mocht dan een jaar ouder zijn, en oergezond, maar voor wie beter keek bleef hij onmiskenbaar Falco. Ze hoopte dat hij zich rustig hield; het was een overdonderende eerste terugreis naar zijn oude wereld. Georgia herinnerde zich dat Luciano had gezegd het zo pijnlijk te vinden, maar Falco's ogen straalden en hij leek een en al energie.

De optocht was voorbij en de klok zweeg, zonder dat ze Falco ergens zag. Georgia besloot niet langer over hem te tobben en domweg van de race te genieten. De twaalf paarden kwamen de Campo op en ze zag bijna meteen Cesare op de grote kastanjebruine vos. Hij zat er statig en zelfverzekerd bij. Na de

441

overwinning van de vorige maand was er veel respect voor het paard van de twaalfde, en dat werd niet minder door het feit dat hij nu door een andere jockey werd bereden.

De zwepen werden uitgedeeld en de paarden gingen naar de start. Hertog Niccolo in eigen persoon haalde de gekleurde ballen uit de zak en de volgorde werd vastgesteld. Het bekende manoeuvreren en hinderen van elkaars paard begon weer en het publiek had alleen nog aandacht voor de gebeurtenissen aan de start.

De Rincorsa – dit keer het paard van de Waterman – kwam door de touwen aan galopperen. Precies op dat moment daalde uit de lucht het gevleugelde paard. Deze keer was er geen waarschuwende schreeuw van de Manoush. Bij de sierlijke landing werden de vleugels ruisend ingetrokken en van het ene moment op het andere begon dit dertiende paard in volle galop aan de wedstrijd.

Het publiek raakte buiten zinnen; wie was die jockey, in zijn vreemde kleren? Hij droeg geen bepaalde sjerp, maar had de sjaals met de kleuren van alle twaalfden om zijn doodgewone staljongenskleren gebonden. Hij droeg geen helm en zijn zwarte krullen dansten achter hem aan. Het was een mooie jongen en de meisjes van Remora begonnen voor hem te juichen: 'Bellorofonte! Bellorofonte!' Zo kreeg de onbekende spontaan de naam van een vliegende ruiter uit oude legendes.

Merla en haar jockey rondden ver voor de andere twaalf de eerste ronde af en op dat moment ontstond op het podium een gerucht dat als een lopend vuurtje over de Campo ging. Het gejuich veranderde in: 'Falco! Falco!' en niet veel later vielen de toeschouwers die binnen het parcours stonden op hun knieën en sloegen kruistekens.

'Het is een geest!' ging het gerucht. 'Falco is teruggekomen voor zijn eigen herdenking!' Gaetano zat er als versteend bij, kon bijna geen adem meer krijgen en klemde Francesca's hand vast. Niemand hoorde hem fluisteren: 'Het is gelukt...'

De hertog was de enige die nog overeind stond, met een gezicht wit van schrik – of misschien van woede.

Alle jockeys, op Cesare na, stonden stijf van angst, maar Falco zou anders ook nog op zijn gemak hebben gewonnen. Hij liet Merla niet vliegen, maar ze was en bleef veel sneller dan een gewoon paard. Meters voorliggend op de Ram en de Vrouwe racete hij naar de eindstreep.

Zodra hij over de finish was, fluisterde hij Merla in het oor en dwong haar de lucht in. Toen het vliegende paard tegen de ondergaande zon opsteeg, viel haar machtige gevleugelde schaduw over de opgeheven gezichten van het publiek onder haar. En dat publiek hield de adem in en schreeuwde: 'Dia!'

Op de rug van het schaduwpaard zat geen schaduwruiter.

Toen het paard over het podium van de Vrouwe vloog, dwarrelde een paars met groene sjaal naar beneden en werd door de ijzeren vuist van de hertog uit de lucht gegrist.

Het duurde even voordat de menigte besefte dat de wedstrijd voorbij was. Cesare had op het laatste moment ingehouden en de jockey van de Vrouwe greep zijn kans. Cherubino dreef Zarina over de finish en stak triomferend zijn zweep voor zich uit. De aanhang van de Vrouwe stormde de baan op om de jockey te omhelzen en het paard klopjes te geven. Georgia verliet het podium van de Ram en ging op weg naar Cesare, worstelend tegen de menigte Vrouwebewoners in die op weg waren naar het podium van de wedstrijdcommissie om de standaard van de Stellata te bemachtigen.

'Waarom deed je dat?' fluisterde ze tegen Cesare, die zwetend naast Arcangelo stond.

'Kijk dan naar de hertog,' zei Cesare. 'Het zou fataal zijn om de Vrouwe nog een keer te dwarsbomen.'

'Maar Falco zou gediskwalificeerd zijn en dan had je met gemak de overwinning voor de Ram kunnen pakken,' protesteerde Georgia. 'Stel je voor, twee Stellata-standaards in één jaar! Wat zou Arianna blij zijn geweest.'

'Gediskwalificeerd of niet, Falco is de grote winnaar,' zei Cesare.

Ze keken naar de hertog, die van het podium werd geleid om Cherubino te feliciteren. Zijn ogen stonden glazig en in zijn vuist klemde hij nog steeds de groen met paarse sjaal, die nog warm voelde van het lichaam van zijn zoon. Ondanks het misbaar van de menigte geloofde hij geen moment dat hij een geest had gezien. Terwijl hij de Campo op ging, ving hij een glimp op van een vlammend meisje bij het kastanjebruine paard en hij moest denken aan de geheimzinnige ruiter van de Ram die een maand geleden zijn familie de overwinning had ontnomen.

Hertog Niccolo wist heel goed wat hij had gezien, al kon hij het niet bevatten; hij had zijn zoon gezien, een nieuwe Falco, gezond en wel, teruggekomen om hem en zijn andere familieleden te laten zien dat hij in een andere wereld voortleefde. En het geheim van dit alles lag bij de stravaganti. Voortaan zou de hertog hemel en aarde bewegen om achter dat geheim te komen.

# Over de Stellata en de Palio

Zoals Georgia merkt, gaat het er bij de jaarlijkse paardenrace van Remora niet precies zo aan toe als bij die van Siena. Zo is de verzonnen stad Remora in twaalf wijken verdeeld, die dan ook de twaalfden heten, terwijl Siena uit zeventien *contrade* bestaat.

De twaalfden zijn naar de Taliaanse versie van de dierenriem genoemd, terwijl de contrade naar allerlei dieren heten, waaronder langzame als Bruco (duizendpoot) en Chiocciola (slak). Ook dragen ze de namen van voorwerpen: Nicchio (schelp), Torre (toren), Onda (golf) en Selva (bos).

Slechts één wijk is in beide steden hetzelfde – de Ram in Remora en Valdimontone in Siena. Valdimontone voert ook de kleuren rood en geel, en het symbool van de gekroonde ram beheerst de hele Derde van San Martino, in het zuidwesten van de stad Siena.

De Palio wordt twee keer in de zomer gehouden, op 2 juli en

16 augustus, terwijl de Stellata één keer plaatsvindt, op 15 augustus. Wel kunnen er in beide steden extra races worden uitgeschreven om een speciale gelegenheid te herdenken. Er doen maar tien contrade in een Palio mee – zeven omdat ze aan de beurt zijn, doordat ze geen paard en ruiter in de Palio van het jaar daarvoor hadden, en drie na loting. Daardoor kan een contrada twee keer per jaar winnen, al komt dat zelden voor.

De grote Campo in Siena is niet rond, maar schelpvormig. Ook de Palio duurt niet langer dan ongeveer anderhalve minuut en wordt voorafgegaan door een twee uur durende optocht, de Corteo Storico. (Maar het kan wel meer dan een uur duren voordat de wedstrijd volgens de reglementen van start kan!)

Oorspronkelijk, vanaf ongeveer de veertiende eeuw, werd de Palio in rechte lijn gelopen, maar in 1650 werd de renbaan naar de schelpvormige Campo verhuisd. In Remora werd de Stellata in 1578 al minstens een eeuw op de ronde Campo gehouden.

Ik dacht dat ik drie aspecten van de Stellata zelf had verzonnen, maar merkte tot mijn verbazing dat ze ook bij de Palio van Siena hoorden. Honderden jaren geleden waren de jockeys in Siena meestal jonge jongens en aan een speciale Palio van 1581 deed zelfs een meisje mee. Ze heette Virgina, kwam uit voor de Draak (Drago) maar won niet.

Ook kwam ik erachter dat er echt een oude traditie bestond waarbij de contrade banden hadden met andere steden, lang nadat ik besloten had dat het in Remora de gewoonte was dat de Ram bij Bellezza hoorde, de Vrouwe bij Giglia, enzovoort. Zoals Alan Dundes en Alessandro Falassi zeggen in hun boek *La Terra in Piazza* (University of California Press, 1975): 'We moeten bedenken dat een contrada zich als minirepubliek of zelfstandig staatje beschouwt... Veel contrade hebben zich aan andere Italiaanse steden verbonden, alsof ze zo een politieke eenheid vormen die volkomen onafhankelijk is van de stad Siena.'

# WOORD VAN DANK

Met dank aan mijn Italiaanse adviseurs, Edgardo Zaghini van de Young Book Trust en Carla Poesio uit Florence. Ook bedank ik Graziella Rossi voor haar hartelijke hulp in de zeventiende van de Ram, Roberto Filiani voor zijn vele e-mails over de Palio, Reuben Wright voor zijn gezelschap in juli op de Campo, Frances Hardinge en Sint Galgano voor een onverwachte wandeling in het bos en voor de libel, en Eileen Walker voor aanvullende informatie over de paardenrace in augustus. Het boek *La Terra in Piazza* van Alan Dundes en Alessandro Falassi was een onmisbare bron. Dank ook aan professor Luigi Bernabei in Santa Chiara en Giuliana en Giorgio Citterio in Podere Vignali voor het verschaffen van het perfecte decor waarin het zestiende-eeuwse Remora gecreëerd kon worden.